LE MEILLEUR AMI
DE MON FRÈRE

De la même auteure aux éditions

addictives

Dark Ride

Last Ride

Vicious Ride

The Dominant

Evil Ride

Sensual Stepbrother

Un enfoiré mais un coup d'enfer !

Say Yes to the Boss

Dans la collection

Luv

À corps brisés

ANA SCOTT

LE MEILLEUR AMI DE MON FRÈRE

addictives

1

Camille

Mon téléphone vibre pour la troisième fois consécutive sur le plateau du bureau.

Je lâche un soupir exaspéré, retiens la tête de mon collègue pour qu'il suspende les mouvements de sa langue autour de mon clitoris, m'empare de l'appareil et serre les cuisses par réflexe en voyant qui m'appelle.

– Je suis occupée, maman ! C'est bon, Baptiste, chuchoté-je à son intention.

– Mmm… Oui, je sais que c'est bon, ronronne-t-il en me donnant un coup de langue bien placé.

Je le repousse, rétorque à voix basse :

– C'est ma mère ! Casse-toi !

– Tu fais chier, Camille !

Oui, c'est ça, tire-toi !

Je remets ma culotte en place, saute du bureau.

– Parle plus lentement, maman, je ne comprends rien à ce que tu dis ! Quoi ?

J'arrive enfin à capter quelques mots à travers ses larmes.

– Ton père… il a… il a fait un infarctus…

– Mais… quand ?

Je l'ai eu au téléphone hier, il allait très bien !

Réflexion débile s'il en est : avant d'être en panne, une voiture fonctionnait parfaitement. Encore une réflexion débile ! On ne peut pas comparer un organisme humain à une voiture !

Mon cerveau est en train de dérailler, j'imagine déjà le pire et je perds pied. J'ai peur. Tout se mélange dans ma tête.

– Il y a une heure, répond enfin ma mère entre deux sanglots. Les pompiers l'ont conduit à l'hôpital. Je lui préparais des affaires lorsqu'ils m'ont avertie qu'ils le transféraient en hélicoptère au CHU de Dijon. Je… je crois que c'est grave, Camille. Tu devrais venir.

Je ne tergiverse pas.

J'ai du boulot par-dessus la tête, je dois rejoindre mon associé, Éric Deschamps, au tribunal dans une heure, mais je ne peux pas rester à Paris alors que mon père est peut-être dans un état critique, entre la vie et la mort.

– J'arrive, maman. Je serai à Dijon dans trois heures, grand maximum.

– Fais attention sur la route…

– Oui, ne t'inquiète pas ! Pas plus de deux cents !

– Camille !

Un rire nerveux m'échappe, proche du sanglot.

– Je plaisante, maman…

– Je ne voudrais pas qu'il t'arrive quelque chose. Tu dois être en stress, toi aussi. Sois prudente, réitère-t-elle.

Oui, je suis en stress, en totale panique, terrifiée ! On parle de mon père, là, de l'homme que j'aime le plus au monde.

Des larmes envahissent mes yeux à la pensée d'arriver trop tard.

J'éteins mon ordinateur portable, interromps la communication avec ma mère après lui avoir donné rendez-vous à l'hôpital et l'avoir rassurée comme je le peux alors que je suis moi-même morte de trouille, et cherche Éric dans la liste de mes contacts favoris.

J'ai réussi à intégrer ce grand cabinet d'avocats grâce à lui !

Il a été le seul à me proposer un poste intéressant après mes études, il a cru en moi, puis m'a nommée associée il y a deux ans.

Je lui dois ma carrière et lui en serai éternellement reconnaissante.

Mais… parce qu'il y a un « mais », malgré une réputation grandissante en tant que défenseuse de la cause féminine – ma clientèle l'est essentiellement –, on me considère encore comme une « bleue », et sa présence à mes côtés sur certains dossiers s'avère nécessaire.

C'est le cas aujourd'hui !

Nous devons défendre une femme, P.-D.G. de sa propre entreprise, face à son mari, un connard qui veut la mettre sur la paille et tout lui prendre, y compris ses enfants.

Éric déjeune à l'extérieur avec un client ; je vais le déranger, mais tant pis, je n'ai pas le choix.

Je lui envoie un texto pour qu'il me rappelle, lui dis que c'est urgent.

Mes mains tremblent.

Je fais les cent pas dans la pièce, pour finir par me placer devant l'immense baie. Habituellement, la vue sur les toits de Paris m'apaise, mais aujourd'hui, non, mon père prend toute la place dans ma tête.

Si Éric ne me rappelle pas dans les cinq minutes, je lui renvoie un texto pour l'avertir de mon départ, mais j'aimerais autant le lui dire de vive voix.

Enfin, mon portable sonne.

C'est lui…

– Camille ? Un problème ?

– Oui… Je suis désolée de t'interrompre en plein déjeuner, mais…

Ma gorge se serre, mes yeux, de nouveau, s'emplissent de larmes.

– … mon père a fait un infarctus, continué-je, la voix éraillée. Il est à l'hôpital. Je suis désolée, Éric, réitéré-je, mais je…

Je m'interromps une nouvelle fois, la gorge de plus en plus serrée.

Je m'en veux. Mme Delatour est *ma* cliente, elle a confiance en moi, et j'ai vraiment le sentiment de l'abandonner au pire moment de son existence alors que je l'ai soutenue jusqu'à maintenant, mais là encore je n'ai pas le choix.

– Tu pars pour la Bourgogne ?

– Oui, soufflé-je. J'ai besoin d'être près de lui.

– Je comprends. Ne t'inquiète pas, je vais défendre ta cliente. Et elle aussi comprendra, j'en suis sûr.

Je me pince l'arête du nez, respire lentement pour calmer mes nerfs à vif, ajoute, la mort dans l'âme :

– Ma plaidoirie est sur le serveur. Merci, Éric, je te revaudrai ça. Si un jour tu as besoin de moi, je serai là.

– Je n'en doute pas une seule seconde. Va rejoindre ton père…

Je m'empare de ma veste, de mon sac, avance jusqu'à la porte.

– Tu me tiens au courant ? m'enquiers-je, avant de tourner la poignée.

– Bien sûr !

Sa sollicitude me touche.

Il sait à quel point cette cliente, ainsi que mon travail, compte pour moi, et combien lui laisser la main dans cette affaire est difficile.

– Merci, Éric…

– Je t'en prie. Entre collègues, il est normal de s'entraider. Reste auprès de ta famille le temps nécessaire. Nous nous organiserons en conséquence.

– Je rentrerai dimanche, l'assuré-je.

Enfin… je l'espère.

J'espère surtout que tout se passera bien pour mon père.

– Camille !

– Oui ?

– C'est important, la famille. Prends ton temps !

Un léger sourire m'échappe.

Il a raison… j'ai un peu trop tendance à placer mon job au-dessus de tout. Au-dessus de ma vie personnelle, en tout cas.

J'ouvre la porte, sors.

– OK, chef…

Discuter avec lui et obtenir son soutien m'ont fait un bien fou.

Je lui promets de donner des nouvelles de mon père et l'encourage à tout défoncer au tribunal. Mais sur ce point, je lui fais confiance, il est un avocat hors pair. Lui me souhaite bonne route, un bon rétablissement pour mon père, et nous raccrochons alors que j'atteins la banque d'accueil où officient les secrétaires, et la mienne en particulier.

– Annulez tous mes rendez-vous de l'après-midi, Faustine, s'il vous plaît, mon père vient d'être hospitalisé. Je retourne dans ma famille. Reportez à lundi et s'il y a le moindre problème, déléguez à M. Granger. Je resterai joignable sur mon portable.

– Oh, je suis désolée, mademoiselle Dumas. Si je peux faire quelque chose…

– Vous êtes gentille, mais ça ira. Prévenez M. Granger de mon départ. Dites-lui que je l'appellerai de la voiture. À lundi.

– Partez tranquille, mademoiselle Dumas, je m'occupe de tout. J'espère que tout ira bien pour votre papa.

– Je l'espère aussi. Je vous souhaite un bon week-end.

– Bon week-end à vous aussi, mademoiselle…

Ce dernier mot se perd dans le bruit sec de mes escarpins sur le parquet du couloir menant aux ascenseurs.

Dix minutes plus tard, c'est au volant de ma Porsche 911 Turbo S, garée au sous-sol, que je sors du bâtiment où se situent les locaux du cabinet, boulevard Haussmann, dans le 8e. Le moteur rugit et le pot laisse échapper un joli bruit lorsque je redémarre au feu du coin de la rue. Des femmes se retournent, plusieurs mecs, sur le trottoir, me sifflent.

Je les ignore et accélère, tout en programmant mon GPS : Paris-Dijon, 3 h 19, arrivée 15 h 49. En poussant un peu, avec mon petit bolide, je gagnerai quelques précieuses minutes…

Accroche-toi, mon petit papa !

Mais évidemment, il y a un monde de fou !

Je frappe avec impatience du plat de la main sur le volant. J'ai envie de tous les pousser et de klaxonner comme une cinglée.

Putains de bouchons...

Quelle que soit l'heure, l'accès au périphérique est toujours compliqué.

Je me faufile entre les véhicules dès qu'une petite place se libère.

La sonnerie de mon téléphone de voiture m'empêche de laisser exploser ma colère, ma frustration, ma peur d'arriver trop tard...

– Qu'est-ce que tu veux, Baptiste ?

Ou pas...

– Je te dérange ?

Je lève les yeux au ciel.

– Nan, je suis sur la plage, je me fais bronzer !

– Je te dérange, soupire-t-il.

Je me reprends.

Mon collègue n'a pas à faire les frais de la situation, mais c'est plus fort que moi, parfois, j'ai envie de le secouer.

– Je suis sur le périph et c'est blindé ! Faustine ne t'a pas informé que mon père a fait un infarctus ?

– Si, mais...

Mais t'en as rien à foutre !

– Il va se remettre...

Aucune empathie dans sa voix !

Baptiste est un égoïste, mais ça, je le savais déjà.

Je me pince l'arête du nez pour refréner ma colère. Elle me ferait du bien, mais encore une fois, il n'y est pour rien, ce ne serait pas juste, même s'il m'énerve et me déçoit.

– Tu reviens quand ?

Je soupire à mon tour :

– Dimanche ! Je ne veux pas m'attarder mais honnêtement, je ne sais pas. Je ne sais même pas comment il va, je n'ai aucune nouvelle depuis tout à l'heure. Ma mère m'a dit qu'ils le transportaient en hélicoptère à Dijon, c'est grave, et…

Je réprime un sanglot.

– J'ai peur d'arriver trop tard et de ne pas pouvoir lui dire…

que je l'aime… tout simplement.

Je ne le lui ai jamais dit, comme je ne l'ai jamais dit à aucun membre de ma famille. Une famille que je vois peu par manque de temps et parce que j'ai fui ma Bourgogne natale, Meursault, le village près de Beaune où j'ai grandi, le poids des traditions ; cette « caste » viticole où la seule conversation consiste en la fermentation du vin et comment vont se passer – ou se sont passées – les vendanges ; l'ennui, la sensation de vivre dans un immobilisme total, hors du temps…

J'inspire profondément.

Conduire les yeux brouillés de larmes n'est pas la meilleure des choses à faire.

– C'est dommage, j'avais prévu de te présenter à mes parents ce week-end.

Bordel…

Personne n'est plus sourd que celui qui ne veut rien entendre !

Pourtant j'ai été honnête avec lui, je ne lui ai rien promis, je ne lui ai jamais menti ni jamais laisser espérer autre chose que du sexe.

Je change de voie, lève le pied :

– On en a déjà parlé, Baptiste. Nous ne sommes pas ensemble !

Nous baisons, c'est tout!

– Je me suis dit que tu changerais peut-être d'avis lorsque tu rencontrerais mes parents, ma sœur, et que tu verrais d'où je viens…

Non merci!

Même si je ne doute pas que ses parents sont charmants et accueillants, sa sœur certainement très sympa, je déteste que l'on me mette la pression et me retrouver au pied du mur, ça m'empêche de respirer.

J'accède enfin au péage de l'A6.

Je prends le ticket et appuie sur l'accélérateur.

Le turbo s'enclenche, troisième voie de gauche, je double tout le monde, accélère encore… le pied! J'adore l'autoroute… surtout lorsque l'asphalte se déroule ainsi devant moi, sans personne d'autre que moi, mon bolide, le paysage qui défile à toute vitesse…

– Ce n'est pas le bon moment, Baptiste.

Non, pas le bon moment du tout…

– Pour parler ou pour te présenter mes parents?

– Les deux! Je te laisse, je t'appelle plus tard!

– Promis?

Cette fois-ci, je soupire de frustration:

– Baptiste…

Je pensais que nous étions d'accord pour que notre relation se limite au sexe mais, manifestement, il attend davantage de moi. Davantage que ce que je veux lui donner.

– Tu m'appelleras? insiste-t-il.

– Je ne peux rien te promettre, je ne sais pas si j'en aurai le temps.

– J'espère que tout se passera bien pour ton père…

Parole bateau, mais sa compassion le fait enfin remonter dans mon estime.

– Je penserai à toi…

– Mais non, bon sang !

Sors, fais des rencontres, trouve-toi une bonne petite femme avec qui faire plein de bébés, avec qui avoir une maison en banlieue, un chien… la famille parfaite ! Parce que je ne suis pas le genre de femme à qui l'on propose ces choses !

– Tu vas me manquer…

J'ai l'impression qu'il va se mettre à chialer, et là, tout de suite, je ne veux pas l'entendre se plaindre. Pas maintenant. C'est au-dessus de mes forces.

– Bon, écoute, comme tu veux, après tout ! Si tu veux soupirer après une femme qui ne veut pas de toi, c'est ton problème ! Je vais devoir te laisser, salut !

Je raccroche.

Concentrée sur la route et la circulation de plus en plus fluide au fil des kilomètres, et habituée à passer des appels de la voiture pour rentabiliser mon temps précieux, je prononce le prénom de mon frère aîné. Le système vocal téléphonique s'enclenche, et une sonnerie se fait entendre dans l'habitacle.

Maxence décroche.

– Salut, Cam, j'allais justement t'appeler. Tu es au courant ?

– Oui ! Comment va-t-il ?

– Je n'ai pas de nouvelles. Maman est partie pour le CHU. Je n'ai pas pu l'accompagner, je ne pouvais pas laisser le domaine…

Oui, bien sûr… le domaine…

– Ne te justifie pas, je ne suis pas papa !

Mon père est très exigeant.

Notamment avec Maxence…

– Je sais, mais là, tu vois, ça tombe hyper mal !

– J'imagine ! Mais s'il avait eu le choix, papa n'aurait pas fait un infarctus ! réponds-je, avec toute la sérénité dont je suis capable alors que j'ai envie de lui voler dans les plumes pour oser proférer de telles énormités.

À croire que notre domaine familial, les Perrières, est plus important que tout le reste !

Plus important que la santé ou même la vie de mon père, manifestement. Ce dont je ne suis pas véritablement surprise.

Pour les Dumas, la terre – la vigne – prime sur toute autre considération. On ne compte plus les membres de notre famille morts pour elle. À commencer par mon grand-père, écrasé par son enjambeur, un engin de malheur très haut et très étroit qui sert à traiter la vigne, en « enjambant » les rangs. Nos coteaux étant pentus, c'est extrêmement dangereux. Alors qu'il avait fait ça toute sa vie, un petit moment d'inattention lui a coûté la sienne. À tout juste 60 ans. Ma grand-mère ne s'en est jamais remise et est morte quelques mois plus tard. D'autres ont péri intoxiqués par les vapeurs des cuves… ou se sont ruiné la santé au travail.

La vigne est impitoyable…

– Camille ?

Je reviens au moment présent :

– Mmm ?

– Il va s'en sortir…

Enfin une parole réconfortante.

– Je l'espère… Sinon… tu as beaucoup de réservations ? demandé-je afin de faire taire l'angoisse dans mon cœur.

– Le restaurant affiche complet !

Super…

En plus de notre exploitation viticole, des chais et des caves accessibles au public où se déroulent des dégustations et d'une boutique, et comme nous possédions de nombreuses dépendances, mes parents ont eu l'idée de créer, il y a cinq ans, un restaurant de luxe. Ils ont visé haut, très haut, et ça a très vite bien fonctionné grâce à une clientèle étrangère, notamment japonaise et chinoise, qui adore nos crus et l'art de vivre à la bourguignonne. Je les ai aidés à mettre leur projet sur pied, alors c'est un peu mon bébé à moi aussi.

– C'est bien !

– Oui, c'est bien, mais je pense quand même que nous devrions évoluer, dépoussiérer un peu, tu vois…

Dépoussiérer ?

Les bâtiments ont été restaurés récemment, le restaurant a encore gagné une étoile au *Gault & Millau*, alors certes, nous proposons des plats régionaux et traditionnels, mais que veut-il de plus ? Maxence est un perfectionniste ! C'est tout à son honneur, mais le connaissant, il n'a pas pris de gants pour imposer ses objectifs.

– Tu en as parlé aux parents ?

– Tu sais comment est papa…

OK, je vois…

Ils se sont pris la tête !

J'espère qu'il n'est pas responsable de la crise cardiaque de notre père ou il s'en voudra toute sa vie. Ils ont tous les deux « la tête près du bonnet », mais heureusement, leurs coups de gueule ne portent jamais à conséquence.

Le domaine des Perrières, appartenant aux Dumas depuis plusieurs centaines d'années, est une histoire de famille, comme souvent en Bourgogne. En tout cas, dans des domaines de l'importance du nôtre : Maxence gère avec mon père le business dans son ensemble, en plus du restaurant – il a fait une école hôtelière ; ma mère, le personnel et la comptabilité – que je supervise –, assistée de ma belle-sœur Julie, la femme de Maxence ; tandis que mon petit frère Timothée, sommelier, œuvre au restaurant, ainsi que dans les caves pour les dégustations, si nécessaire. Même si un personnel conséquent les seconde, ils ne comptent pas leurs heures. Surtout en ce moment, avec les fêtes de Noël qui arrivent à grands pas.

Dans deux semaines exactement, c'est le réveillon, et je suppose qu'ils sont déjà tous sur les dents.

J'aurais apprécié qu'il m'en parle, mais il a raison, il faut aller de l'avant, innover et ne pas rester sur des acquis.

– Qu'as-tu prévu ?

– J'ai plusieurs idées et j'ai un nouveau pâtissier ! Un as des as ! Je suis persuadé qu'il donnera le meilleur de lui-même !

– Pourquoi ? Tu le connais personnellement en plus de le connaître de réputation ?

– Plutôt bien, oui !

Là, il m'intrigue…

– Qui est-ce ?

– C'est…

Il s'interrompt, et je l'entends discuter avec sa femme.

– Il faut que je te laisse, Camille, reprend-il. Julie ne se sent pas très bien. Tu seras à la maison vers quelle heure ?

– Je ne sais pas, je vais essayer de voir papa. Tout va bien avec le bébé ?

Ma belle-sœur est enceinte de sept mois et une semaine. J'espère que les problèmes de santé de mon père n'auront pas de conséquences sur sa grossesse.

– Jusque-là, tout allait bien. Elle va rentrer se reposer et dans quelques heures, elle ira mieux, j'en suis sûr.

Il faut que ça aille, pas vrai ?

Chez les Dumas, c'est « marche ou crève » !

– Passe à la maison, Julie nous préparera un truc.

– Elle est fatiguée, Maxence, laisse-la souffler un peu, on se débrouillera !

Sous-entendu : tu peux peut-être gérer pour une fois !

Là, tout de suite, je n'ai pas envie de me bagarrer avec lui ni de me prendre la tête mais je lui dirai ma façon de penser lorsque je l'aurai en face de moi, même si, sous des dehors bourrus et caractériels, les hommes de la famille n'ont pas mauvais fond. Maxence aime profondément sa femme, il est juste, comme l'est mon père, exigeant et dur ; les chiens ne font pas des chats !

Et sans doute que je n'échappe pas à la règle, ceci dit en passant.

– OK ! Fais attention sur la route !

Protecteur aussi, cela va sans dire !

Qu'est-ce qu'ils ont tous avec ça ?

OK, j'aime la vitesse, je roule vite, mais j'ai pris des cours de pilotage sur circuit alors j'estime être capable de rester maîtresse de mon véhicule en toutes circonstances. C'était d'ailleurs très instructif, très formateur et… vraiment jouissif.

Peut-être parce que mon prof était canon !

Les décharges d'adrénaline que procure la vitesse intensifient le plaisir sexuel, j'ai pu le vérifier, mais bon, je m'égare, revenons au temps présent.

Et le temps présent, c'est mon père…

Je promets à mon frère de ne pas faire d'excès de vitesse alors que je roule à plus de deux cents, mais ça, il n'a pas besoin de le savoir ! En outre, je ne prends aucun risque : la circulation est fluide, mon Coyote enclenché, la Porsche ronronne comme un chat…

Je prie pourtant pour ne pas tomber sur une patrouille de flics ou je suis mal.

Bah… je jouerai de mon charme et de ma force de persuasion. Je suis avocate ! Il faut bien que ma verve serve à quelque chose !

Je raccroche avec mon frère et appelle ma mère pour obtenir des nouvelles de mon père, mais elle ne répond pas. Ce qui augmente instantanément mon angoisse.

Et si…

Non… je ne veux pas y penser !

Tout va très bien se passer !

Ils vont le prendre en charge, le soigner, ce sera juste une alerte, il va se reposer quelque temps et tout va rentrer dans l'ordre. Je n'y connais rien en médecine, mais le CHU de Dijon a bonne réputation. Il est entre de bonnes mains.

Comme je refuse de laisser la peur et le sentiment d'impuissance me submerger, j'appelle Timothée. Lui aussi doit être bouleversé.

Il ne répond pas non plus.

Décidément…

Je réessaie de contacter ma mère. Sans succès ! Je n'en peux plus, cette attente m'use les nerfs. Je n'aime pas rester dans l'ignorance, ni ne rien maîtriser, ni avoir le sentiment que tout m'échappe, je déteste ça.

– OK Google !

La commande vocale d'Internet s'enclenche. Je demande à obtenir le numéro du CHU de Dijon, puis de me mettre en relation.

C'est beau la technologie…

Après quelques sonneries, une voix féminine me répond :

– Le Bocage, bonjour, que puis-je pour vous ?

– Bonjour, madame, Camille Dumas. Mon père, Jean Dumas, est arrivé chez vous par hélicoptère, il a fait un infarctus. Pourriez-vous me donner de ses nouvelles, s'il vous plaît ? Je suis très inquiète.

– Ne quittez pas, je me renseigne !

Le ton est sec, froid, impersonnel.

Elle est certainement débordée, mais un peu de chaleur humaine serait la bienvenue…

– Je vous passe les urgences, ne quittez pas !

– Merci, madame, vous êtes bien… aimable ! terminé-je pour moi seule alors que la musique explose à nouveau dans mes oreilles.

D'accord…

Passablement dépitée et toujours à fleur de peau, je fais des appels de phare au crétin qui me bloque le passage.

– Allez… dégage ! m'impatienté-je, perdant patience.

Nom de Dieu !

S'il me cherche, il va me trouver !

Je le colle, fais vrombir le moteur, enclenche les pleins phares, et enfin, ce connard – parce que ça ne peut être qu'un homme, une femme m'aurait cédé la place depuis longtemps ; et, non, je ne suis pas une connasse ! – daigne se rabattre sur la deuxième voie et me laisse passer, mais sitôt doublé, il me colle au train à son tour et me fait des appels.

Je jette un coup d'œil dans mon rétroviseur.

C'est bien ce que je pensais, c'est un connard !

– Ouais… ben t'avais qu'à dégager ! crié-je.

Bon Dieu, ça fait du bien !

– Pardon ?

Eh merde…

– Oh… excusez-moi, madame. Camille Dumas. Je voudrais des nouvelles de mon père s'il vous plaît, Jean Dumas, arrivé chez vous par hélicoptère de l'hôpital de Beaune. Vous pourriez me dire comment il va ?

– Il est effectivement dans notre service, mademoiselle, les médecins s'occupent de lui.

– Vous pourriez m'en dire un peu plus, il est conscient, il respire, ça va aller ?

– Nous ne pouvons pas nous prononcer pour le moment, je suis désolée. Rappelez dans une heure.

Putain…

– Mais dites-moi au moins si son pronostic vital est engagé… s'il vous plaît…

– Je suis désolée, mademoiselle, réitère-t-elle pour la troisième fois, augmentant mon angoisse. Les médecins s'occupent de lui. Nous en saurons plus dans une heure…

OK… pas la peine d'insister.

– Très bien. Merci !

J'appuie sur la commande du volant pour mettre fin à la communication, alors que le mec à la Jaguar continue de me coller et de me faire des appels.

Ce connard veut faire la course ?

Qu'il s'accroche !

C'est tout à fait ce dont j'avais besoin !

***

Deux heures plus tard, je me gare sur le parking de l'hôpital.

Je ne prends pas le temps de souffler et m'extirpe aussitôt de ma voiture pour courir jusqu'à l'entrée. Je n'ai pas pu joindre ma mère et n'ai donc aucune nouvelle de mon père. J'espère qu'ils auront pitié de moi et ne me feront pas poireauter pendant des heures…

Faire la course avec la Jaguar m'a un peu calmée, mais j'ai encore les nerfs à cran.

Pourtant, j'ai pris mon pied !

Le mec insistait tellement avec ses appels de phare que j'ai fini par comprendre qu'il avait une idée derrière la tête.

Ou comment draguer sur l'autoroute à plus de deux cents kilomètres-heure !

Comme si j'allais m'arrêter tirer un coup ! J'aime le sexe, je consomme les hommes sans complexe, mais de là à baiser dans des toilettes d'autoroute, non, merci ! Ce n'est pas ma came !

Ça me rappelle subitement une phrase que me sortait à tout bout de champ Léo, le meilleur ami de mon frère, pour se foutre de moi : « Cam… t'es ma came ! »

Un de mes « soupirants » m'avait sorti cette connerie en plein réfectoire, devant une bonne cinquantaine d'élèves ! J'aurais voulu que la terre s'ouvre sous mes pieds et m'engloutisse ; j'étais en seconde, je sortais de ma cambrousse, je découvrais la connerie des garçons que ma poitrine naissante émoustillait plus que de raison. Léo, comme un fait exprès, était présent, avec mon frère et leur bande de potes, qui eux étaient en terminale. Ils ont sifflé et applaudi, aggravant mon malaise. Mon « soupirant » s'est contenté de ricaner, alors que je ne savais plus où me mettre. En soi, ce n'était pas un problème qu'il exprime son attirance pour moi, non, le problème, c'est qu'il le fasse devant *lui*…

Pourquoi je pense à *lui* maintenant ?

Certainement parce que ce comportement de connard sûr de lui serait parfaitement son genre !

Je vire Léo de ma tête et m'appuie contre la banque d'accueil, attendant que l'employée lève les yeux de son écran et daigne se rendre compte de ma présence.

Ce qu'elle finit par faire.

– Bonjour, madame. M. Jean Dumas, s'il vous plaît. La dernière fois que j'ai appelé, il était aux urgences. Je suis sa fille.

Sans un mot, elle pianote sur son clavier.

– Il est en soins intensifs. Quatrième étage.

Enfin un sourire…

Je la remercie et m'élance vers l'escalier que je gravis au pas de course. *Quatrième…* je m'arrête devant une porte blindée… enfin, qui me semble blindée… il y a une sonnette. J'appuie dessus… plusieurs fois… puis un nombre incalculable de fois, jusqu'à ce que le visage d'une femme s'encadre dans la lucarne vitrée.

Elle se décale, appuie sur un bouton.

Les portes s'ouvrent et je lui fais mon plus beau sourire.

– Je suis désolée, je pensais que vous n'entendiez pas. Camille Dumas, je voudrais voir mon père, s'il vous plaît. Jean Dumas.

Elle me sourit en retour, certainement habituée aux excessifs en tout genre !

– Je vous rassure, nous vous entendions parfaitement ! Veuillez me suivre, votre maman est à son chevet.

Sa sérénité agit sur moi, me calme instantanément, et le poids sur ma poitrine s'allège enfin.

Je la retiens par le bras.

– Comment va-t-il ?

Elle me fait face, m'adresse un sourire indulgent.

– Bien, rassurez-vous. Nous lui avons fait une échographie, une coronarographie, puis un cathétérisme, et le docteur lui a placé un stent actif.

J'ai rien compris…

– Un stent ?

– Une sorte de petit ressort qui maintient l'artère coronaire ouverte pour que le sang circule mieux.

– D'accord, et… est-ce que ça peut se reproduire ?

– Tout est possible, mademoiselle. En médecine, il n'y a aucune certitude. Ce que je peux vous dire en revanche, c'est qu'à partir d'aujourd'hui votre père sera suivi de près. S'il refait une sténose, nous le verrons et le docteur prendra les mesures nécessaires. Il aura également un traitement. À vie !

Ah…

Je ne suis pas sûre qu'il le prendra, le seul traitement qu'il connaisse, c'est le vin rouge !

– Si vous avez d'autres questions, vous pourrez les poser à son cardiologue, il va passer le voir.

– Merci pour ces renseignements, madame, je suis effectivement un peu rassurée.

– Vous pouvez l'être. Il a été traité, tout devrait bien se passer à partir de maintenant s'il reste prudent.

Je l'espère…

Je la remercie encore, pénètre dans un sas qu'elle ouvre à mon intention. Tout en cherchant ma mère des yeux à travers la vitre, j'obéis aux ordres et revêts une blouse, des surchausses, une charlotte, un masque et des gants.

Enfin je la repère, assise au pied d'un lit qu'un rideau m'occulte en partie et sur lequel, je suppose, mon père est allongé. J'aurais aimé l'apercevoir avant de me diriger vers lui, pour me préparer au pire, surtout s'il est branché à tout un tas de machines, mais s'il était inconscient et vraiment mal en point, l'infirmière me l'aurait dit.

Je me rassure en me répétant que tout va bien se passer, elle me l'a certifié : l'artère coronaire a été réparée, son cœur ne va plus manquer de sang… il va s'en sortir.

Je vais pour ouvrir la porte et entrer dans la salle des soins intensifs lorsque mon portable, que j'avais placé sur silencieux, vibre dans ma main.

Mon petit frère…

– Salut, Tim, ça va ?

Comme vous l'avez compris, je suis l'unique fille. Entre deux garçons. Maxence a 30 ans et Timothée, 24. D'où, peut-être – certainement, même –, mon esprit combatif et revanchard. Je suppose que me battre en permanence avec mes frères, *et Léo* qui prenait systématiquement le parti de Maxence contre moi, a contribué à faire de moi celle que je suis aujourd'hui.

– Ça va ! répond-il, peu loquace, comme à son habitude. Tu en sais plus pour papa ?

– J'allais justement entrer dans la salle des soins intensifs pour le voir. L'infirmière m'a dit qu'il allait bien. Apparemment, ils lui ont mis une sorte de petit ressort dans une artère pour que le cœur soit mieux irrigué et tout va rentrer dans l'ordre. Vous avez dû flipper, que s'est-il passé exactement ? demandé-je.

Car je l'ignore, j'ai oublié de questionner ma mère.

– Il est tombé dans le chai, me répond Tim. C'est Quentin qui l'a trouvé.

– Quentin ?

– Notre nouvel œnologue.

Oh... OK !

– Il est resté longtemps par terre ?

– J'en sais rien !

D'accord... je n'en saurai pas davantage.

– Ça va, toi ? réitéré-je. Pas trop de boulot ?

– Si, plein ! Mais c'est cool.

– Tu es au courant des projets de Maxence pour le restaurant ? Tu sais ce qu'il envisage ?

– Non, et je ne cherche pas à savoir. Il t'en parlera certainement.

Timothée a l'intelligence ou le recul nécessaire de ne pas se mêler de l'organisation du domaine ; il laisse ça à notre aîné et à notre père. C'est également ma façon de procéder. Ce n'est peut-être pas très courageux, nous en aurons l'usufruit sans les inconvénients, mais autant laisser les loups se dévorer entre eux pour la place d'alpha.

Non, plus sérieusement, les colères de mon père et de mon frère sont si phénoménales que même les employés s'échappent comme une nuée de moineaux dès qu'ils sentent le vent tourner, mais heureusement, ils ont – dixit ma mère qui me raconte tout – la présence d'esprit de ne s'empoigner verbalement que lorsqu'ils sont seuls.

Mais voilà ce qui arrive lorsqu'on a le sang chaud : on pète une durite !

J'espère que mon père aura retenu la leçon, et Maxence aussi !

– Tu dînes avec nous, ce soir ? demandé-je encore. On se retrouve chez Maxence.

– Il me l'a dit. Après le service, pourquoi pas… Tu restes quelques jours ?

– Je retourne à Paris dimanche.

Si tout se déroule selon mes plans…

– Bon, je te laisse, Tim, ajouté-je. On se voit tout à l'heure. Bon courage pour le boulot.

– Embrasse-le pour moi ! Dis-lui que je pense à lui. Je passerai le voir demain s'il n'est pas sorti d'ici là.

– Je n'y manquerai pas. Bisous…

Je coupe la communication et pénètre dans la salle. L'odeur me saute à la gorge. Une odeur bizarre, qui ne ressemble à rien de ce que je connais.

J'avance, pas à pas, le cœur au bord des lèvres, les larmes aux yeux.

Je ne réalise toujours pas que mon père est ici, aux soins intensifs, et… qu'il a peut-être frôlé la mort.

Je ne veux plus jamais revivre ça…

Je rencontre le regard de ma mère ; elle me sourit. Un sourire qui me réconforte et me redonne confiance. Je respire enfin un peu mieux.

Je l'embrasse et me tourne vers mon père qui m'observait. Et là, les digues se rompent. Je m'effondre dans ses bras, et c'est lui qui est obligé de me serrer contre lui pour me consoler.

Au bout de longues minutes, je me redresse, essuie mes joues, et m'assois au bord du lit. Je saisis sa main, sonde son visage. Ses traits sont tirés, il a des cernes sous les yeux, mais il est vivant…

– Tu nous as fait une de ces peurs ! Ça va ? Tu n'as pas trop mal ? Tu peux le dire, hein, si c'est le cas, et si tu as besoin d'un calmant, tu n'es pas obligé de jouer les héros.

Quand je suis troublée, ou émue, ou énervée, j'ai un peu tendance à m'enflammer.

Il serre mes doigts.

– Je vais bien, Camille. C'est juste un petit malaise de rien du tout.

Mais bien sûr…

Je renonce à lui faire voir la réalité en face, et la réalité c'est qu'il va devoir se reposer et se ménager. Et penser à lui avant de penser au domaine ! Ce n'est pas dans ses habitudes, mais il devra changer son mode de fonctionnement s'il ne veut pas refaire un malaise, ou pire, un infarctus majeur. Je suppose que son médecin le mettra en garde. Pour ma part, j'ai peur que cette appréhension ne me quitte pas de sitôt.

Les larmes glissent sur mes joues, ma gorge se serre douloureusement et je ne peux plus retenir les mots qui brûlent mes lèvres :

– Je t'aime, papa…

– Moi aussi, je t'aime, ma puce.

Il écarte les bras, m'invite à me loger contre lui. Ce que je m'empresse de faire. Son contact m'apaise. J'ai 28 ans, mais en cet instant, je me sens comme une enfant. Une enfant effrayée, un peu perdue, terrifiée à l'idée que la vie lui arrache l'une des personnes qu'elle aime le plus au monde.

Je ne sais pas comment j'aurais fait sans lui. Il est mon pilier, mon ancre, mon modèle. Il m'a transmis sa force, son courage, sa détermination. Je me moque souvent de sa brutalité, tant en gestes qu'en paroles, de sa rudesse, de son manque d'empathie, de compassion et de patience, mais je suis exactement comme lui.

Je resserre mon bras autour de lui, lève mon visage. Nos regards se rencontrent, mes lèvres tremblent. Je suis incapable de lui dire à quel point je l'aime, hormis avec ces trois misérables petits mots, mais à la lueur dans ses yeux, je sais qu'il le sait, qu'il m'aime aussi et que nous n'avons pas besoin de mots. L'amour est là : il est mon papa chéri, et je suis sa fille adorée.

Il a fallu ce drame pour que j'aie le courage de le lui dire et de le lui montrer.

Il tend le bras vers ma mère, qui vient à son tour l'enlacer, et alors, mon bonheur est total.

2

Camille

Un mois, bon sang !

Mon père va être envoyé *un mois* dans un centre de rééducation spécialisé pour se reposer et réentraîner progressivement son cœur à l'effort. Et ce, dès dimanche ! Et interdit de rentrer à la maison ! Il a eu beau protester, son cardiologue est resté intraitable et, pour ma part, je pense qu'il a eu raison de lui mettre les points sur les I, au risque de lui faire peur.

Il doit se mé-na-ger !

Ma mère l'accompagne. Elle ne veut pas le laisser seul et surtout… surtout… elle doit veiller à ce qu'il prenne ses médicaments, car le connaissant, ça va être compliqué !

Nous allons donc devoir trouver quelqu'un pour la remplacer, ce qui n'était pas non plus franchement prévu au programme.

Maxence va être fou !

En même temps, il fallait s'en douter. Mon père ne pouvait pas avoir fait un infarctus et reprendre le travail dès la semaine prochaine.

Perdue dans mes pensées, j'emprunte la route menant au domaine, à la sortie du village. Je décélère, tourne à gauche et franchis les grilles d'entrée. Mes pneus crissent sur les gravillons de l'allée bordée de végétation et éclairée d'immenses lampadaires. Le restaurant en brique rouge, avec sa façade agrémentée de fenêtres de bois blanc en forme d'arches, m'apparaît, illuminé, derrière un vaste terre-plein où trône une fontaine. À droite, la boutique attenante, en pierre de taille. À gauche, en retrait, notre demeure ancestrale, en pierre également, puis, encore un peu plus loin sur la gauche, les caves, les chais, avec derrière, les cuveries : de vastes hangars modernes dans les tons bordeaux. L'allée est impeccable, comme d'habitude, tout comme la cour, les bordures, les massifs…

L'ensemble est attrayant, élégant, et une intense émotion m'étreint. La peur peut-être, rétroactivement, de perdre mon père, je ne sais pas, mais depuis que j'ai quitté l'hôpital, j'ai le sentiment de porter un regard neuf sur ce qui m'entoure ; comme si je réalisais la précarité de l'existence et redécouvrais ce lieu où j'ai grandi.

Je ralentis en remarquant un gros 4x4 noir qui se dirige vers moi à vive allure, me détourne pour le laisser passer. Nous nous croisons. Mon regard rencontre celui du conducteur, et… la Terre s'arrête de tourner, mon cœur sur le point de jaillir de ma cage thoracique.

Léo ?!

Mais… qu'est-ce qu'il fait là ?

Sans même ralentir, ce connard de première porte les doigts à son front pour me saluer et continue sa route, mais j'ai eu le temps d'apercevoir son sourire éclatant.

Bon sang, j'avais ce sourire en horreur!

Malgré son ironie manifeste, il le rendait encore plus beau, encore plus irrésistible, encore plus attirant et il me faisait littéralement fondre presque autant qu'il me mettait en colère et me donnait envie de le frapper pour qu'il cesse de se foutre de ma gueule. Car depuis l'instant où il est entré dans notre vie, il n'a pas arrêté une seule seconde de me faire chier!

J'aurais d'ailleurs apprécié que Maxence me prévienne de son retour.

Mon cœur continue de tambouriner comme un taré, mais un soupir de soulagement m'échappe : je l'ai manqué. J'espère qu'il ne remettra pas les pieds au domaine de sitôt, parce que dans le passé il avait un peu trop tendance à se croire ici chez lui, ce qui m'exaspérait au plus haut point!

Passablement perturbée par la rencontre, je contourne la fontaine et vais me garer devant notre demeure, une grosse maison « bourgeoise » de trois étages, fenêtres à petits carreaux blancs identiques à celles du restaurant et de la boutique, et tellement grande que mes frères possèdent chacun un appartement. Maxence au premier, en duplex, Timothée tout en haut, tandis que celui de mes parents se situe au rez-de-chaussée, en duplex également. Sur l'arrière, aussi bien côté habitation que restaurant et boutique, des terrasses, séparées par des haies pour plus d'intimité et, à perte de vue, une partie de notre vignoble.

Je coupe le moteur de la Porsche, m'empare de mon téléphone.

Éric m'a envoyé un texto :

[Fait! Appelle-moi!]

J'appuie sur son contact, un peu fébrile.

– Alors ? demandé-je, dès que sa voix me parvient.

– Ça s'est plutôt bien passé ! Nous avons cédé sur la soulte, comme convenu, et il a lâché sur la garde des enfants.

Parfait…

Nous avions décidé, avec ma cliente, de nous battre pour une garde alternée alors que *monsieur* réclamait la garde exclusive de leurs trois enfants, arguant qu'elle était davantage que lui occupée par son travail. S'il cédait, nous acceptions une prime compensatoire conséquente. S'il s'acharnait, nous entamions une procédure pour adultère, et il se contenterait d'une soulte dérisoire. J'étais sûre qu'il prendrait l'argent.

– Elle doit être soulagée…

– Oui ! Elle te contactera lundi, et elle m'a dit de te remercier.

– Merci à toi ! Tu as fait du bon travail !

– Toi, tu as fait du bon travail ! Je n'ai eu qu'à suivre ta plaidoirie mot pour mot.

Je sais que c'est faux !

Il m'a sauvé la mise, mais la modestie fait partie de ses multiples qualités. Quant à ma cliente, encore très éprise de son époux, j'espère qu'elle réussira à tourner la page.

Éric demande des nouvelles de mon père, réitère son conseil de prendre du temps pour ma famille, et nous nous séparons.

Le cœur plus léger, je m'empare de mon bagage à main dans lequel j'avais glissé mon ordinateur portable, sors de la voiture, la verrouille, franchis les quelques mètres de gravillons qui me séparent de la maison, tape le code de la porte d'entrée et pénètre dans le vaste hall au sol recouvert de gros carreaux noirs et blancs.

L'escalier monumental en marbre menant aux appartements de mes frères me fait face. À droite, celui de mes parents, alors qu'à gauche, une arche donne accès à un espace accessible à tous, « la salle de jeux pour grands » avec bar, table de billard, des canapés, des fauteuils club, un juke-box, une table de bridge…, lui-même donnant accès à une piscine sous une immense verrière, agrémentée d'un sauna.

Mon endroit préféré de toute la maison !

Les poutres apparentes, le bois omniprésent lui donnent une touche chaleureuse, et les lumières de la piscine à laquelle on accède par de grandes baies vitrées, une atmosphère bleutée apaisante.

Je me demande pourquoi je ne viens pas plus souvent en Bourgogne, parce que j'ai vraiment de bons souvenirs dans cette maison, même avant qu'elle soit restaurée, lorsque mes grands-parents vivaient encore ici et malgré les chamailleries incessantes avec mes frères et Léo…

Non, en vrai, je sais pourquoi : je déteste la campagne ! Et je n'ai pas une minute à moi ! Je ne prends jamais de vacances et quand j'en prends, je me sens tellement perdue que je bosse sur mes dossiers pour prendre de l'avance.

Mon ordinateur portable est mon meilleur ami !

Et le temps, c'est de l'argent !

J'ai déboursé une petite fortune pour accéder au poste d'associé, je me suis endettée et je dois bosser comme une damnée, je n'ai pas le choix, mais je ne regrette rien, j'adore mon travail et j'aime la vie que je mène. Ici, malgré la beauté des lieux et la présence de ma famille, je finis toujours par m'ennuyer comme un rat mort, et je ne reste jamais plus d'un week-end.

Les souvenirs des moments passés en famille, justement, ne me quittent pas lorsque j'ouvre la porte de l'appartement de mes parents. Ici aussi, tout a été refait à neuf et les petites pièces d'antan ont laissé place à de grands espaces lumineux avec cuisine à l'américaine, banquettes, écran plat, baies vitrées ; en bas la suite parentale, un bureau, des W.-C., et à l'étage, nos trois chambres – celles que nous occupions, mes frères et moi – avec un seul bémol : une seule salle de bains et une seule toilette pour tout l'étage, mais étant la seule à les utiliser maintenant que mes frères ont leurs quartiers privés, ce n'est pas un problème…

J'entre dans ma chambre, pose mon sac sur le lit, et vais ouvrir ma penderie.

C'est bien ce que je pensais !

Toutes les femmes se plaignent qu'elles n'ont rien à se mettre, mais là, c'est une réalité : je n'ai véritablement rien à me mettre puisque j'ai quitté Paris sans aucun vêtement, et il n'y a que des vieilleries dans ce placard ! Vieilleries que j'avais pourtant plaisir à revêtir lorsque, étudiante, je rentrais à la maison pour de courtes vacances.

Je touche du bout des doigts mon vieux jogging qui a connu des jours meilleurs, mais après tout, qu'importe, j'ai quelques produits dans la salle de bains, la robe que je porte fera parfaitement l'affaire ce week-end – je ne verrai personne d'autre que mes parents, mes frères et Julie –, et je ne compte pas mettre le nez dehors hormis pour retourner voir mon père à l'hôpital demain, puis dimanche avant de reprendre la direction de la capitale.

Je retire mes vêtements et file sous la douche avec dans l'idée d'aller piquer une tête avant le dîner, en espérant pouvoir enfin me détendre. Depuis que j'ai reçu l'appel de ma mère, j'ai le sentiment d'avoir perdu mes repères et que plus rien ne va… moi qui suis habituée à prévoir et planifier, j'ai l'impression qu'un gouffre s'est ouvert devant moi – un gouffre prêt à m'engloutir.

J'ai hâte de discuter avec mes frères et Julie pour évaluer la situation : si les parents sont absents un mois, nous allons devoir gérer le domaine tous les quatre et nous organiser ; mes frères et Julie ici, et moi, à Paris.

Un quart d'heure plus tard, affublée de mon vieux jogging, d'un maillot de bain deux-pièces, d'un débardeur et de mon « gilet de glande » comme je l'appelle, en grosse laine écrue, et pieds nus, j'entre dans « la salle de jeux pour grands », face à l'appartement de mes parents.

J'allume les plafonniers, et salon et verrière s'illuminent.

J'inspire profondément, me gorge de l'odeur de bois et de cuir des banquettes et des fauteuils club. Le billard me fait de l'œil. J'adore pratiquer, et je me défends bien. En tout cas, j'arrivais à battre mes frères.

Des images de vignobles d'un photographe local, dans des cadres noirs, ainsi que des tentures de couleurs vives égayent les épais murs de pierres.

Je traverse le salon, ouvre l'une des baies donnant accès à la verrière. La chaleur de la piscine et son odeur caractéristique m'envahissent immédiatement. Demain, je ferai un sauna, mais pour le moment, j'ai besoin de nager ; j'ai les muscles noués.

Je me déshabille et descends les marches menant à l'eau.

Même si la chaleur est agréable, j'ai envie de prendre tout mon temps.

Je mouille ma nuque, mes bras, effectue quelques inclinaisons cervicales pour me détendre et me laisse glisser dans l'eau.

J'effectuais mon cinquième aller-retour de crawl lorsque des chaussures, sur le bord, attirent mon regard.

Mes yeux longent le jean brut, la chemise blanche, la veste noire de bonne coupe qui souligne avantageusement le buste mince, puis vont à la rencontre d'iris bleus, semblables aux miens… Maxence est un beau mec, distingué, sûr de lui, et ce mélange des styles, à la fois cool et classe, lui va bien.

Il fronce les sourcils en m'observant sortir de l'eau et venir à lui, me tend une serviette-éponge.

– Bon Dieu, Camille, ne me dis pas que tu travailles tellement que tu ne prends même plus le temps de manger !

Je lui arrache la serviette des mains, l'enroule autour de moi.

– Salut, frérot, moi aussi je suis heureuse de te voir.

Il s'avance, me prend aux épaules et me fait un baiser sur la tempe.

– Salut ! Excuse-moi, mais putain, tu n'as que la peau sur les os ! Tu ne manges pas ou quoi ?

Je ronchonne.

Avant, c'est vrai, j'étais bonne vivante. J'appréciais la bonne chère, les bons vins et les bons repas, mais il est vrai que depuis quelques années – surmenage oblige –, j'ai toujours plus important à faire que manger. Et lorsque je trouve le temps, je mange peu, et vite.

– Je ne t'ai jamais vue aussi maigre, renchérit-il.

– Peut-être parce que ça fait quasiment six mois que nous ne nous sommes pas vus, tu as oublié à quoi je ressemblais parce que, honnêtement, je ne suis pas si maigre que ça !

Il m'observe avec suspicion. J'ai toujours eu beaucoup de mal à lui cacher des choses. Là, en l'occurrence, je ne lui cache rien, je suis juste peut-être… un peu fatiguée.

– Tu es sûre que ça va ?

– Mis à part la grande frayeur que vient de nous faire papa, je te jure que je vais bien.

Il m'observe encore avec attention, n'en croyant visiblement pas un mot, alors que si… je vais bien ! J'ai tout ce que je désire ! Un job qui me plaît, de l'argent… c'est déjà beaucoup. C'est plus que n'en auront jamais certains ! Je m'estime chanceuse, et j'estime également n'avoir aucun droit de me plaindre.

– Comment va Julie ? demandé-je, pour couper court à ce moment d'introspection.

Je me rhabille et redonne du volume à mon carré tout en le suivant jusqu'au bar, qu'il contourne, et sur lequel il avait déposé plusieurs plateaux provenant certainement du restaurant : fromages, charcuterie, tranches de viande fumée et mignardises.

– Elle se repose. Rouge ou blanc ?

OK…

Son front soucieux ne me dit rien qui vaille.

Je garde mes questions pour plus tard, réponds :

– Blanc, s'il te plaît.

Quatre-vingt-dix pour cent de notre production est en blanc et notre domaine s'étend également sur les communes alentour : Aloxe-Corton, Chassagne-Montrachet, Vosne-Romanée… nous ne possédons pas de Romanée-Conti, dont le vin est l'un des plus grands de Bourgogne et l'un des plus chers du monde, mais le nôtre est tout aussi bon et, moins onéreux, il se vend plutôt très bien.

Je m'installe sur l'un des tabourets et le regarde se saisir de deux gros verres ballon, les placer sur le bar et ouvrir une bouteille. Ses gestes, effectués des centaines de fois – des milliers peut-être même car, pendant les vacances scolaires, il donnait un coup de main dans les caves et l'espace dégustation –, témoignent d'une grande habitude. Tout comme Timothée, lui aussi passionné par la vigne, il n'aurait pas envisagé sa vie ailleurs qu'ici. Et il a eu la chance de tomber amoureux d'une fille de viticulteurs qui savait dans quoi elle s'embarquait en devenant son épouse !

Il remplit nos verres, s'empare du sien, fait tourner quelques secondes le vin à la belle robe dorée, limpide et brillante, avant d'en inspirer les arômes.

Je garde le silence en faisant de même.

Un silence presque religieux.

Les senteurs se développent, écorce d'orange, tilleul, pomme… Je prends une gorgée, la garde en bouche, la ventile en aspirant de petites quantités d'air, avale. Il est parfait, à température idéale, tout en rondeur mais avec une belle touche d'acidité. Un chardonnay, évidemment, un « Côte de Meursault », encore appelé « Côte de Blanc », un premier cru en tout cas… Il fut un temps où je savais les reconnaître.

Je tente :

– Un Charme ?

Du clos « Les Charmes », l'un de nos meilleurs blancs.

– Oui ! Comment le trouves-tu ?

– Jeune, mais prometteur…

– Je trouve aussi… Papa va s'en sortir, alors ? demande-t-il, la voix légèrement altérée.

Je l'ai appelé après ma visite à l'hôpital pour lui donner des nouvelles.

– Oui, il est fatigué, mais il va bien. Il va devoir se ménager, Maxence.

– Je sais.

– Vous vous êtes disputés ?

– Même pas !

Tant mieux !

Je suis soulagée, mais cela n'empêche pas des larmes d'envahir mes yeux.

– J'ai eu peur de le perdre, avoué-je, la gorge serrée.

– Moi aussi, Cam… Je… je sais que ça va arriver, mais…

Ses yeux brillent. Je ne l'ai jamais vu aussi perturbé. Je me racle la gorge, émue moi aussi. Nous nous observons sans rien dire, nous comprenons. Je ne sais pas pour lui, mais pour ma part, je ne suis pas prête à perdre mes parents, j'ai trop besoin d'eux.

Je repousse ces pensées, trop douloureuses, demande :

– Et sinon, qu'as-tu prévu pour le réveillon de Noël ?

En plus des plats traditionnels – escargots, jambon persillé, œufs en meurette, poulet Gaston Gérard, bœuf bourguignon revisité… pain d'épice, poires pochées au vin, mousse cassis… pour ne citer que les plus courants –, le chef concocte toujours des nouveautés pour l'événement.

– J'y travaille ! répond-il après quelques secondes de silence.

Pourquoi tant de mystère ?

– Allez, Maxence, ne me fais pas languir, crache le morceau ! Tu m'as parlé d'un nouvel employé, tu as changé le chef ?

Sans cesser d'analyser ses réactions pour le moins surprenantes, je bois une nouvelle gorgée de vin et pique un morceau de jambon persillé, mon péché mignon, en plus du chocolat.

– Non ! Cette personne sera en plus, pour, disons… apporter une touche d'exotisme…

– D'exotisme ? répété-je, surprise. Tu crois que c'est ce que les gens recherchent en venant chez nous ?

– Je pense que nous devons nous démarquer des autres…

– Je vois… et que va proposer cette perle de cuisinier, si ce n'est pas trop demander ?

– Ce n'est pas un cuisinier, mais un nouveau pâtissier ! Un pâtissier d'art ! Et… disons que nous nous rendons mutuellement service. Je vais profiter de sa présence pour concrétiser un tout nouveau projet qui me tient à cœur, et pour mettre au point une nouvelle carte des desserts ainsi que le dessert pour Noël, celui qui fera toute la différence.

Je ne comprends pas, nous sommes déjà blindés de réservations et le domaine se porte bien financièrement ; mais il a sans doute raison, il faut innover de temps à autre pour rester au sommet, alors si cette personne lui paraît utile, soit, pas de problème, même s'il nous coûte une blinde, j'imagine. S'il est si bon que ça, ça vaut certainement le coup…

Et c'est quoi ce tout nouveau projet ?

Je décide de laisser tomber pour l'instant.

Je n'ai pas envie de l'assommer de questions et de fouiner alors que je viens tout juste d'arriver. Il finira par me donner des détails lorsqu'il le jugera utile, *s'il le juge utile*… et de surcroît, je n'ai pas pour habitude de me mêler du fonctionnement interne du domaine, même si j'aime bien être au courant de ce qui s'y passe.

– Et Julie, ça va aller ?

– Non, justement, elle a des contractions, le col commence à se modifier, et il y a « menace d'accouchement prématuré ».

Pardon ?

– Ce qui veut dire ?

– Elle doit rester couchée le plus possible ou le bébé arrivera très en avance. Le médecin l'a mise en arrêt.

Mince… moi qui pensais que mes frères et elle géreraient le domaine en l'absence des parents…

– Merde !

– Tu l'as dit.

– Mais rassure-moi, pour le moment, le bébé va bien ?

– Oui, oui, ça va… il est juste trop petit pour venir au monde maintenant.

– Je vois… tant mieux si tout va bien pour le petit bout, mais… comment tu vas faire pour le domaine ?

– Je voulais justement évoquer le sujet avec toi. J'ai contacté les agences d'intérim pour trouver du personnel, mais avec les fêtes, c'est mission impossible. Ça m'embête de te demander ça, Cam, mais j'aimerais que tu restes pour remplacer maman.

– Et toi pour suppléer à papa, ça va aller ?

– Je ferai avec… la vinification est en cours, tout se passe bien, le maître de chai et les gars des caves vont gérer en son absence, je peux me consacrer au restaurant. Pour ça, pas de problème, c'est la paperasserie, le problème, je n'y connais rien ! Julie aurait pu le faire, elle en a les capacités et elle seconde maman depuis longtemps, mais maintenant qu'elle est en arrêt… Je sais que tu es très occupée, insiste-t-il, mais tu pourrais prendre quelques jours de congé le temps que je trouve au moins une personne ?

– Combien de temps ?

– Je ne sais pas, Camille. Trois semaines, un mois. Jusqu'à ce que maman revienne…

C'est ça qu'il appelle quelques jours ?

– Je ne sais pas si je peux m'absenter autant de temps du cabinet, Max…

J'entrevois l'ampleur de ce qui m'attend.

– Je suis sûr que tu réussiras à tout faire.

– Je ne sais pas, Max, je…

– Pour une avocate, je trouve que tu manques cruellement d'arguments !

Je tourne la tête vers l'entrée de la pièce, surprise par l'intrusion.

LÉO !

Nom de Dieu… qu'est-ce qu'il fout là !

J'ai l'impression de faire un bond en arrière de plusieurs années, lorsqu'il surgissait à n'importe quel moment.

Pitié… je ne veux pas revivre ça ! À aucun prix !

Il avance vers moi et plus il avance, plus j'ai le sentiment de manquer d'air.

De petits picotements parcourent ma colonne vertébrale sous l'intensité de son regard.

– Bonjour, Camille. Ça fait longtemps…

Il se penche et je ne peux pas faire autrement que de l'embrasser lorsqu'il me tend la joue. Son parfum m'enveloppe, sa peau contre la mienne me fait frémir. Un flot de souvenirs me submerge. Ses baisers étaient toujours très appuyés et à la limite de la commissure de mes lèvres. Pour me faire chier ! Et j'ai comme la vague impression qu'il va remettre ça !

Je frissonne.

– Respire ! murmure-t-il à mon oreille.

Connard !

Et soudain, je comprends.

Je le désigne du doigt à mon frère alors que mon pire cauchemar s'installe sur un tabouret tout près de moi. Bien trop près. Mon cœur s'emballe lorsque son regard sur mes cheveux mouillés et ma nuque, qui elle aussi se met à picoter, devient insistant.

C'est pas vrai…

J'oublie que je n'ai même pas daigné répondre verbalement à son salut, et m'écrie :

– Ne me dis pas que c'est *lui* que tu as embauché ?

– Si, maître, c'est moi !

Je prends sur moi et me retiens de ne pas réagir à l'ironie manifeste de ses propos.

Je ne veux pas me comporter comme une hystérique, mais là, tout de suite, mon cerveau est incapable de se focaliser ailleurs que sur sa présence à mes côtés, et une chose, une seule, trotte dans ma tête : si je décide de rester au domaine, nous allons nous côtoyer.

IMPOSSIBLE !

Tout bonnement impossible !

Je bous intérieurement, me contiens avec toute la bonne volonté dont je suis capable.

– Et donc… c'est lui que tu vas payer une fortune ?! m'insurgé-je pourtant, d'une voix plus sèche que je ne l'aurais voulu.

Léo émet un petit rire.

Bon, oui, je sais, je dépasse un peu les bornes, mais… j'ai de bonnes raisons !

– Je ne le paierai pas, Camille, Léo me rend service, réagit Maxence. Quand bien même, il est excellent dans ce qu'il fait !

– Je ne peux que confirmer les dires de Maxence, maître !

Oh, toi, ta gueule ! fulminé-je intérieurement.

Je le savais !

Ils vont se liguer contre moi, et Léo va passer son temps à me faire chier !

Mon enfer personnel est sur le point de refaire surface, et ça commence à faire beaucoup ! Je n'ai plus de patience, plus de raison, plus de forces, plus… rien ! J'ai juste envie d'aller me coucher, de dormir, et d'oublier cette journée de merde !

Je me pince l'arête du nez, me tourne vers Léo.

– T'es pas censé être au Japon, toi ?

Il va comprendre que je me suis renseignée sur lui, mais je m'en fous.

– J'ai à faire ici, répond-il, laconique.

Que cache-t-il, lui aussi ?

Oh, et puis après tout, je m'en moque ! Qu'il fasse des mystères si ça l'amuse.

Je glisse de mon tabouret.

– Bien, si nous en avons terminé, je vous laisse entre hommes ! Je vais voir Julie !

Hors de question que je reste une minute de plus dans la même pièce que Léo !

Sa présence me fout en rogne, ce qui me met encore plus en colère.

Il n'aurait pas pu devenir moche, se « dodufier », prendre du bide, perdre ses cheveux… non, il est super beau ! Et toujours aussi outrecuidant ! Sinon plus… et pourquoi je fantasme sur ses lèvres, ses yeux et ses pectoraux mis en valeur par un tee-shirt noir qui chez un autre aurait semblé banal, bordel de merde ?! Alors que lui… il est juste à tomber !

La voix de mon frère m'atteint avant que je franchisse le seuil de la pièce.

– Tu restes, alors ?

Je me retourne, les observe.

Ils ont tous les deux les yeux rivés sur moi, et ceux de Léo sont les plus pénétrants. Ils balaient mon corps, s'attardent sur mes courbes. Une lueur les traverse. Une lueur que je serais bien en peine de comprendre, mais qui déclenche une petite sirène d'alarme quelque part dans ma tête. Une sirène qui m'enjoint à rester sur mes gardes. Dans mon souvenir, dès que je relâchais ma vigilance à son égard, je le payais très cher. Quant à la question de mon frère, ai-je véritablement le choix ?

Il a besoin de moi, le domaine a besoin de moi, comment refuser ?

Je peux parfaitement exercer mon boulot d'avocate d'ici, tout en remplaçant ma mère et Julie pour la comptabilité et la paperasserie du domaine. C'est jouable ! Je suis habituée à travailler dur, ça ne me fait pas peur et au besoin, je déléguerai davantage à mes collaborateurs.

– Bien sûr, je reste, tranché-je. Mais pas plus d'un mois, Max ! Et je serai certainement obligée de retourner à Paris de temps à autre si nécessaire.

– Tout ce que tu voudras. Merci, Cam ! Je savais que je pouvais compter sur toi !

– Mouais… Ma bonté me perdra…

Évidemment, je n'en pense pas un traître mot... J'ai pris cette décision pour nous tous, parce qu'ils ont besoin de moi... et parce que c'est ça une famille, être présent lorsqu'il le faut.

Mon frère sourit et l'expression de Léo se modifie, me laissant une nouvelle fois dubitative. J'ai l'impression, une fraction de seconde, que ma décision lui fait infiniment plaisir, qu'il semble en être heureux comme il semblait heureux de me revoir.

Je ne pourrais pas en dire autant.

Max me remercie encore chaleureusement et je prends la tangente pour tomber nez à nez avec ma mère dans le hall.

Je l'enlace et nous restons un long moment l'une contre l'autre à rechercher du réconfort dans cette étreinte. Ma mère est une femme extraordinaire. Brune, pas très grande, menue, énergique, elle veille à tout, œuvre énormément pour le bon fonctionnement du domaine et certaines initiatives, notamment la création du restaurant, viennent d'elle. Mes parents se complètent à merveille ; mon père est terrien, pragmatique, directif, peut-être un rien totalitaire, tandis que ma mère possède un sens aigu des affaires ! Que je dois tenir d'elle. Elle-même fille de viticulteur – certaines des vignes de sa famille sont d'ailleurs venues s'ajouter aux Perrières dernièrement après le décès de ses parents (son frère aîné gère le domaine familial, à Pommard, un village voisin) –, elle a grandi dans ce milieu, et je crois... non, je suis sûre... qu'elle est ambitieuse et a toujours voulu diriger un grand domaine. Elle m'a un jour confié qu'elle se savait née pour ça. C'est chose faite ! Avec les Perrières et sa trentaine d'employés, sans compter les saisonniers tels que les vendangeurs, il y a de quoi s'occuper et s'épanouir !

Je reprends un peu de distance et nous nous observons, aussi émue l'une que l'autre.

Elle lève la main, me caresse la joue, avec cette tendresse dont elle a toujours fait preuve. Quand nous étions adolescents, ses câlins et ses marques d'amour nous embarrassaient. Aujourd'hui, ils me sécurisent et me font du bien.

– Ça va, toi ?

– Oui, maman, ça va. Et toi ?

– Mieux, maintenant que ton père est tiré d'affaire.

– Il n'a pas trop ronchonné, pour le centre ?

– Si, mais qu'est-ce que tu veux, quand il faut, il faut ! Et vous allez bien vous débrouiller, tous les trois… j'en suis sûre. De toute façon, un jour, le domaine sera à vous.

– Maman…

– C'est la vérité, Camille. Nous ne sommes pas éternels.

– Je sais, mais… on peut parler d'autre chose ? Je n'aime pas l'idée qu'un jour, justement, vous ne serez plus là.

Eux-mêmes ont perdu leurs deux parents : mon grand-père paternel, comme je l'ai dit, dans de tragiques circonstances, ma grand-mère paternelle de chagrin, et mes grands-parents maternels de cancers. Les épreuves de la vie ne les ont pas épargnés, comme tout un chacun…

– C'est la vie, Camille…

– Je sais, maman, mais concentrons-nous sur l'instant présent, tu veux bien ? Je te prépare un café ou autre chose ? Tu as mangé ?

– Je n'ai pas faim, je vais me coucher, je suis éreintée. Tu montais voir Julie ?

– Oui ! Elle est en arrêt, Maxence a dû t'en parler.

– Effectivement, il m'a appelée pour me prévenir et je lui ai conseillé de voir avec toi si tu pouvais nous remplacer puisque, visiblement, il n'a pas réussi à trouver une intérimaire. Tu as accepté de rester ?

– Bien sûr ! Tu en doutais ?

– Absolument pas ! Nous savions, ton père et moi, que nous pouvions compter sur toi. Je t'en aurais parlé moi-même, mais j'ignorais que Julie n'allait pas bien. Pour moi, elle était tout à fait capable de me remplacer durant notre mois d'absence.

– Je sais, maman. Ne t'inquiète pas. Nous allons gérer. Partez tranquilles, et profitez-en pour vous reposer. Toi aussi, hein ! Profite ! Si j'ai un problème, je t'appelle.

– Pas de souci, n'hésite surtout pas. Tu ne me dérangeras jamais.

– OK !

– Allez, file voir Julie ! Tu lui diras que je lui rendrai visite demain matin.

C'est pratique d'habiter dans la même maison…

– Je n'y manquerai pas. Bonne nuit, maman.

– Bonne nuit, ma puce.

Nous nous embrassons et nous enlaçons une dernière fois, avant de nous séparer.

Je pose le pied sur la première marche de l'escalier, me retourne.

– Au fait, Léo est là !

– Je sais…

– Tu le sais depuis longtemps ?

– Quelques jours.

– Et tu ne m'en as pas parlé ?

Elle semble surprise.

– Je ne pensais pas que c'était important pour toi. Ça l'est ?

Ben quand même… il a fait partie de notre vie durant treize ans avant de partir pour le Japon après ses trois années d'école hôtelière.

– Oui… non… en fait, j'en sais rien…

– Tu veux m'en parler ?

– Non, maman, pas maintenant. Un jour, peut-être…

Oui, un jour…

Peut-être un jour lui confierai-je ce que j'ai sur le cœur, mais pas aujourd'hui. Je suis trop bouleversée pour ça. Bouleversée et désemparée par les récents événements, je l'avoue. Tout est allé si vite… trop vite : l'accident cardiaque de mon père, mon départ de Paris, la présence de Léo, l'arrêt de Julie, les décisions que j'ai été amenée à prendre… j'ai le sentiment d'être groggy et complètement à côté de la plaque.

– Camille ?

Nos regards se croisent et j'entrevois de la compassion dans le sien. Mon cœur s'étreint. S'est-elle rendu compte de mes sentiments – non partagés – pour Léo ? Et à quel point je souffrais de ses railleries incessantes, alors que j'espérais qu'il m'aime ? Il paraît que les mamans savent toujours tout ! Si c'est le cas, pourquoi ne pas m'avoir interrogée à ce sujet ? À sa décharge, j'étais plutôt secrète. Je gardais mes pensées pour moi et ne me confiais pas.

– Je suis là, si tu as besoin de parler.

– Je sais, maman. Merci… à demain.

– À demain, ma puce…

Je lui adresse un petit signe de la main et reprends mon ascension.

Quelques minutes plus tard, je m'échoue sur la banquette du salon de Max et Julie, sous les yeux étonnés de ma belle-sœur que je viens d'embrasser. La pression est un peu retombée pendant la discussion avec ma mère, mais rien que de penser à Léo dans cette maison, j'ai des frissons sur tout le corps. Je vais pour la questionner sur son état de santé, parce que clairement, la vie de mon neveu est plus importante que tout le reste, plus importante de toute façon que mes états d'âme, lorsqu'elle me devance :

– Qu'est-ce qui t'arrive ? On dirait que tu as vu un fantôme !

– C'est un peu ça, oui ! confirmé-je.

Je décide soudain de vider mon sac, j'en ai besoin.

– Je suppose que Maxence t'a parlé de Léo ? soupiré-je.

– Bien sûr ! Il m'a confié que vous deux, c'était compliqué à l'époque.

C'est rien de le dire !

Ce petit con me pourrissait la vie !

– Je le déteste ! bougonné-je. Il m'a dit qu'il avait à faire ici, tu sais combien de temps il a prévu de rester et s'il retourne au Japon ensuite ?

J'aurais d'ailleurs dû poser la question à ma mère, sans doute dans la confidence. Je pense réussir à le supporter quelques jours, mais plusieurs semaines, certainement pas ! Plus vite il repartira, mieux je me porterai.

– Je ne sais pas trop, répond Julie. Maxence et lui vont mettre au point un dessert pour le réveillon de Noël ainsi qu'une nouvelle carte. Sans doute qu'après, il repartira.

– En tout cas, j'espère qu'il ne s'éternisera pas !

Ou je ne réponds plus de rien !

Je la regarde poser son assiette sur la table basse, se redresser et placer les mains dans son dos. Sa robe en laine dessine son ventre déjà bien arrondi. Blonde, les yeux bleus, le visage fin, Julie irradie ; la grossesse lui va bien. Julie est davantage que ma belle-sœur, elle est mon amie et nous avons l'habitude de nous confier nos petits secrets, mais je ne lui ai jamais parlé de Léo. Certainement parce que jusqu'à aujourd'hui, il était sorti de ma tête. Je n'en reviens toujours pas qu'il soit ici ! J'ai tellement de mal à remettre de l'ordre dans mon cerveau – ce qui ne me ressemble absolument pas – que je ferais mieux de lâcher l'affaire et ne pas m'étendre sur le sujet. Je me recentre sur l'essentiel, et l'essentiel, c'est ma famille. Et Julie ! Qui ne semble pas au mieux de sa forme.

– Tu as mal ? demandé-je, compatissante.

– Ça va… Je crois que le malaise de ton père m'a plus remuée que je ne l'aurais pensé. Je suis désolée, Camille. Pour ton père et pour ce que nous te demandons.

Elle est au bord des larmes.

Ce qui lui arrive souvent, m'a-t-elle confié il y a peu. Elle me fait de la peine. Je me décale, la serre contre moi.

– Ce n'est rien, voyons ! On va se débrouiller, ne t'inquiète pas. Toi, tu te reposes et tu t'occupes de ton bébé. Je veux que mon neveu naisse en pleine forme, OK ?

Elle pose la tête sur mon épaule, soupire :

– OK ! Tu restes pour nous donner un coup de main, alors ?

Je frotte son bras pour la réconforter.

– Oui, Julie, je reste. Vous avez besoin de moi, c'est la moindre des choses.

– Ça va aller ? Avec ton travail ? Tu vas t'en sortir ?

Il le faudra bien…

– Ne t'inquiète pas, ça va le faire, et j'essaierai de trouver quelqu'un après les fêtes pour me seconder. Le médecin t'a arrêtée combien de temps ?

– Jusqu'à l'accouchement, et après, j'avais décidé de prendre quelques mois pour m'occuper du bébé. Je pensais avoir le temps de trouver pour me remplacer… Je m'en veux de ne pas avoir davantage anticipé.

Elle semble encore au bord des larmes.

Je la serre de nouveau contre moi.

– Ne t'inquiète pas, réitéré-je. On va s'organiser…

Elle acquiesce et se positionne en tailleur pour me faire face.

– Pour en revenir à Léo, il m'a fait une très bonne impression.

J'en étais sûre !

Elle est tombée sous son charme ! Avec son sourire de sale gosse, son attitude de bad boy, son corps de rêve et ses yeux noirs, il a toujours fait craquer les filles.

Ça me rendait dingue !

Au lycée, son nom était sur toutes les lèvres et hélas, il n'était pas avare de ses baisers. Un véritable bourreau des cœurs. Ce qui me consolait, c'est qu'il ne restait jamais avec aucune de ses conquêtes. Je pense même qu'elles ne l'intéressaient plus dès qu'il obtenait ce qu'il voulait. Ça non plus, ça ne m'aurait pas particulièrement posé de problème si mon frère et lui n'avaient pas ramené leurs copines sous mon toit.

– Il a peut-être changé, ajoute Julie.

Elle ne cesse de m'observer.

– Que t'a dit Maxence au juste ?

– Pas grand-chose. Juste que vous passiez votre temps à vous chamailler.

Je grimace.

– Ce n'est pas le mot que j'emploierais. Je dirais plutôt qu'il prenait un malin plaisir à me faire sortir de mes gonds et comme je ne me laissais pas faire, c'est vrai, oui, nous nous disputions beaucoup.

– Il est plutôt beau mec !

Je vois très bien où elle veut en venir et je ne vais pas démentir : il est sans conteste le plus beau mec qu'il m'ait été donné de côtoyer. Aucune de mes connaissances, aucun des mecs avec lesquels j'ai couché – et il y en a eu pas mal ! – ne lui arrive à la cheville. Baptiste lui-même n'aura jamais cette sorte d'aura, de présence, de prestance.

Mais tout beau et séduisant qu'il soit, il restera à mes yeux un parfait connard !

Il a quand même failli m'écraser avec son gros 4x4 de malheur !

– Mouais, c'est sûr, avoué-je, pensive.

– Tu étais amoureuse de lui ?

– Quoi ?! Bien sûr que non ! Je le déteste, je te dis. Et lui aussi me déteste !

– Tu es sûre de ça ?

– Ah oui, certaine ! Tu peux me faire confiance, j'en connais un rayon sur le sujet ! On n'arrêtait pas de se prendre le chou pour un oui, pour un non. Nous n'étions jamais d'accord sur rien ! Et il avait un peu trop tendance à me prendre pour une débile. C'était dingue, il n'arrêtait jamais, tous les prétextes étaient bons pour me faire chier. En plus, il se rangeait systématiquement du côté de Max contre moi. Ça me rendait folle.

Ce qui me rendait encore plus folle, encore plus enragée, et encore plus malheureuse : malgré son comportement, j'étais raide dingue de lui. Ce que je n'avouerai jamais. Même à Julie.

J'entends encore son « Respire ! » de tout à l'heure murmuré au creux de mon oreille, je ressens son regard sur moi lorsqu'il est entré au salon, je revois en pensée son sourire ironique.

Il est revenu dans ma vie depuis moins d'une heure et déjà, il a foutu le bordel dans ma tête !

– Quoi qu'il en soit, je suis bien décidée à passer le moins de temps possible en sa compagnie et à l'éviter au maximum, renchéris-je, presque pour moi-même.

Julie fait la moue, l'air de dire « C'est pas gagné ! », et hélas, elle a raison.

Je ne sais pas comment je vais réussir à l'éviter s'il travaille au domaine et si Maxence et lui sont toujours fourrés ensemble comme par le passé.

J'espère que mon frère ne prendra pas toujours son parti contre moi ou Léo le sien, mais après tout, qu'importe, je suis adulte aujourd'hui, je suis avocate, et surtout, je n'ai plus rien à prouver à personne !

Et surtout pas à Léo Duquesne !

3

Camille

Julie et moi abandonnons le sujet *Léo*, à mon grand soulagement, et discutons de sa grossesse et du bébé jusqu'à ce que la porte de l'appartement s'ouvre sur Maxence, accompagné de Timothée, qui a terminé son service au restaurant.

Mon pire ennemi ne les accompagnant pas, je respire soudain un peu mieux.

S'il disparaissait complètement du paysage, ce serait encore mieux, mais bon… pour le moment, j'ai bien peur de devoir faire avec ! Et je ne sais toujours pas combien de temps il compte rester, bon sang ! Je me promets de questionner Max à ce sujet dès que j'en aurai l'occasion.

Ils déposent les plateaux de nourriture ainsi que la bouteille entamée sur la table basse, et je me lève pour embrasser Tim, qui s'installe ensuite en face de moi dans un fauteuil à côté de Max, qui, lui, s'enquiert de l'état de fatigue de sa femme.

J'écoute d'une oreille distraite tout en observant mes frères.

Ils n'ont décidément rien en commun. Ils sont même complètement différents, autant physiquement que de caractère : Maxence est brun, comme moi, alors que Timothée est châtain clair, et aussi enflammé et caractériel que notre cadet est calme et posé. Mais ils s'entendent bien et réussissent à travailler ensemble.

Pourtant, dès leur arrivée, j'ai comme le sentiment d'un malaise entre eux.

Aurais-je loupé un truc ?

Parce que… je ne sais pas… mon intuition me dit qu'il y a quelque chose de pas net, mais peut-être est-ce dû à l'accident cardiaque de notre père. Nous sommes tous bouleversés. En tout cas, Tim n'a pas l'air dans son assiette. Les avant-bras sur les accoudoirs de son fauteuil, il semble complètement ailleurs.

Ou alors, il s'est disputé avec Maxence, comment savoir ? Il ne dit jamais rien ! Tim est le garçon le plus secret que je connaisse. Il est vrai qu'avec un frère aîné comme Max – qui prend beaucoup de place, et a toujours pris beaucoup de place –, ce n'est pas simple. Il a vécu dans son ombre et il est aujourd'hui sous ses ordres, en ressent-il les méfaits ? Je suppose que s'il ne s'épanouissait pas au domaine, il partirait.

Tim est un sommelier de talent.

Et je ne dis pas ça parce qu'il est mon frère ! Non, il est vraiment très doué dans ce qu'il fait, c'est un passionné. De nombreux restaurants voulaient l'embaucher après ses études, mais il a préféré travailler pour les parents.

Il relève la tête et je capte son regard.

– Ça va, Tim ? dit soudain Julie.

Ah... je ne suis pas la seule à penser que quelque chose cloche. Ce qui me laisse penser également que la situation est nouvelle et certainement davantage privée que professionnelle. Ce qui, quelque part, me rassure.

– Oui, pourquoi ça n'irait pas ?

– Tu te fais du souci pour ton père ?

– Ouais... c'est ça !

Je l'observe attentivement.

Je n'en crois pas un mot, il y a une autre raison à son visage fatigué, comme... comme une souffrance intérieure.

Je vais devoir éclaircir ça aussi, et découvrir ce qui ne tourne pas rond chez lui.

Soudain, je m'en veux.

J'ai pris trop de distance et, accaparée par ma carrière, je ne me soucie plus de ma famille. Il a fallu le malaise de mon père pour que je me rende compte combien ils comptent pour moi, et combien j'ai envie et besoin d'être plus présente pour eux. Je me promets de rattraper le temps perdu durant le mois que je passerai avec eux, et de ne plus jamais rester tant de temps sans venir leur rendre visite. Nous conversons par téléphone régulièrement, mais ce n'est pas pareil.

Tim affichant un visage fermé nous faisant comprendre qu'il ne souhaite pas s'étendre sur le sujet, nous n'insistons pas et après quelques minutes durant lesquelles nous parlons de mon père, Julie nous quitte pour aller se coucher. Maxence l'accompagne, puis nous rejoint avec des verres ainsi qu'une autre bouteille, que nous partageons en picorant dans les plats.

Max me décrit ce dont je devrai m'occuper : la comptabilité, les relations avec le personnel (tout va bien de ce côté-là, le système est bien rodé et il y a peu de turn-over ; les employés sont heureux chez nous, valorisés et bien payés) et les plannings (là aussi, à l'aide d'un logiciel). La boutique est gérée en interne par deux jeunes femmes qui se relayent, le maître d'hôtel s'occupe des réservations du restaurant, et les caves sont accessibles gratuitement, sans prises de rendez-vous.

Je le questionne sur la présence de mon pire ennemi parmi nous, et apprends ainsi qu'il a décidé de modifier la carte des desserts (avec l'aide de Léo), d'en créer un d'exception pour le réveillon de Noël, et qu'il a dans l'idée de mettre au point (toujours avec Léo !) un livre associant desserts et grands crus, pour encore plus de plaisir ; livre qu'il vendra dans notre boutique et pourquoi pas ailleurs par la suite s'il fonctionne bien.

Je trouve l'idée excellente.

Si de surcroît les illustrations sont belles et donnent envie, ça ne peut être qu'un plus pour le domaine. Il faut juste que nous veillions à ne pas perdre notre authenticité à vouloir faire du profit à tout prix et par n'importe quel moyen ; beaucoup de restaurateurs, même de grands chefs, se sont perdus à ce petit jeu et ont fini par disparaître. Ce ne sera jamais le cas de Maxence ; il ne vendra pas son âme. Il ne souhaite qu'attiser l'intérêt des touristes pour nos vins, notre cuisine et notre magnifique région. Ce qui sera bénéfique à long terme. Pour nous, ainsi que pour les autres domaines alentour. Tout le monde y trouvera son compte et j'ose espérer que la corporation des viticulteurs de Meursault, dont ils font partie, mon père et lui, est au courant et a validé l'idée.

Je me promets de vérifier ce point pour éviter les mauvaises surprises.

Car… comme partout ailleurs, *je suppose*, les animosités, les querelles entre familles (entre clans, même, devrais-je dire) ainsi que les rancœurs ont la vie dure, et notre essor récent a provoqué des jalousies.

Je rassure Max, je peux parfaitement remplacer notre mère et Julie ! C'est dans mes cordes ! Comme il sera en déplacement chez un fournisseur lundi matin, je découvrirai seule les outils à ma disposition, mais là encore, je devrais pouvoir m'en sortir si ma mère me transmet les consignes. Et en ce qui concerne mon travail personnel, eh bien… je trouverai le temps : à la pause déjeuner, le soir, et durant la journée si nécessaire, au cas par cas. Je demanderai de l'aide à mes collaborateurs. Je suis persuadée qu'ils seront partants ; certains ont les dents longues et verront là l'opportunité de se mettre en avant et de prendre de l'importance au sein du cabinet. C'est ce que j'ai fait ! Je me suis arrangée pour me rendre indispensable à Éric, et ça a payé !

C'est donc sur ces bonnes résolutions que je regagne l'appartement de mes parents, devenu mon *chez-moi* pour au moins un mois.

Non, pas « au moins » !

Pour un mois et pas un jour de plus !

J'ai également été très claire sur ce point avec Maxence !

Je conçois qu'il n'ait trouvé personne pour les fêtes, mais dès début janvier, je m'occuperai du recrutement, parce que je compte bien rentrer chez moi ! Julie doit accoucher dans sept semaines, il est hors de question que je reste jusqu'à la naissance du bébé et encore moins pour son congé maternité, puisqu'elle m'a fait comprendre qu'elle voulait prendre du temps. Un temps auquel elle a droit, ce que je comprends également, et respecte, tout en me faisant la réflexion que ce ne sera pas mon cas ! Si j'ai un bébé un jour, jamais je ne mettrai mon travail de côté, il est trop important pour moi.

Je ressasse la situation tout en empruntant l'escalier menant à ma chambre de jeune fille, et m'apprête à entrer dans la pièce, lorsque du bruit provenant de la salle de bains met tous mes sens en alerte. Je suis censée être seule dans cette partie de la maison : Max et Julie sont au-dessus, Tim est rentré chez lui, ma mère en bas dans sa chambre…

Je n'en mène pas large !

Si un étranger avait réussi à s'introduire dans la maison ?

Impossible !

Il faut en connaître le code d'accès et posséder la clé de l'appartement de mes parents.

Merde…

Je n'ai pas fermé en le quittant ! Puisque j'allais seulement piquer une tête. Je n'avais pas prévu de discuter avec mon frère, ni de voir Léo, ni d'avoir ressenti le besoin de me confier à Julie… En même temps, lorsque nous sommes à la maison, l'appartement de mes parents reste ouvert et accessible à tous ; il est le point de rencontre pour un petit café, les repas pris ensemble, ou juste pour discuter et se voir, selon les emplois du temps de chacun. Et le soir, nous nous retrouvons à « la salle de jeux pour grands », pour partager une bonne bouteille, faire une partie de billard, un tarot, pour profiter de la piscine intérieure, ou lire, tout simplement. Et pour le plaisir d'être ensemble. Ou peut-être ma mère a-t-elle ouvert à cet étranger, un stagiaire, certainement…

J'avance avec précaution et constate que la porte de la chambre de Maxence est ouverte alors que tout à l'heure, elle était fermée.

C'est sûr, il y a quelqu'un !

Je flippe.

J'avance pas à pas en direction de la salle de bains d'où proviennent les bruits.

Je n'ai pas rêvé, il y a bien quelqu'un là-dedans !

Les jets de la douche s'interrompent.

Je souffle un bon coup pour me motiver ; tout doucement afin de me faire la plus discrète possible, je pose la main sur la poignée, et… pousse un cri de surprise en la sentant m'échapper.

Le cœur battant à tout rompre, je bondis en arrière et me colle contre le mur lorsque la porte s'ouvre.

– Léo ? couiné-je, quand la personne qui m'a fichu une trouille d'enfer apparaît devant mes yeux. Bordel, mais qu'est-ce que tu fous là ?!

– J'habite ici ! me répond ce petit con en fronçant les sourcils.

Comment ça, il habite ici ?

Il se fout de ma gueule !

Je m'oblige à le fixer pour ne pas me laisser distraire par la peau brillante de son torse où s'égarent des gouttes d'eau, par la petite serviette blanche ceignant ses hanches, par ses pectoraux, ses biceps, ses… pourquoi faut-il qu'il soit si bien foutu, bon sang ?!

– Moi, j'habite ici, pas toi ! Putain, mais t'as pas des parents ? Une maison ? T'es obligé d'être toujours fourré ici ?

Un éclair traverse son regard déjà noir.

Mon souffle se bloque lorsqu'il pose les mains contre le mur de part et d'autre de mon visage. L'odeur de sa peau parfumée au gel douche – *mon* gel douche ! – me fait frissonner.

Je gronde intérieurement : je déteste que l'on touche à mes affaires !

– Tu as peut-être changé physiquement, mais tu es restée cette gamine qui s'énerve toujours d'un rien.

Quoi ?

Je soutiens son regard, fulmine :

– La faute à qui ? Tu passes ton temps à me faire chier !

– Pour une avocate, je trouve que ton langage laisse à désirer !

Putain… ta gueule !

Un sourire, ce fameux sourire de sale gosse que je déteste par-dessus tout, se dessine sur ses lèvres. Je me retiens de ne pas le frapper, soudain submergée par l'envie irrésistible de poser les mains sur son torse pour l'empêcher d'avancer, son regard me troublant plus que de raison, et pour toucher sa peau que j'ai rêvé des nuits entières de sentir sous mes doigts.

J'avale ma salive avec quelques difficultés, la bouche et la gorge sèches.

J'ai le sentiment, une fraction de seconde, qu'il va se jeter sur mes lèvres et mon cœur s'envole. Et je dois reconnaître à ma grande honte que tout connard qu'il soit, je le désire.

Je crois même n'avoir jamais rien désiré d'aussi fort.

Mais ce traître n'en fait rien !

Non… il se contente de me dévisager et je ne sais de nouveau qu'en penser.

– Si ça te pose un problème que je loge ici, reprend-il de sa belle voix grave, ses prunelles plongées dans les miennes, tu peux toujours faire une réclamation à ton frère, mais je ne suis pas sûr qu'il abonde dans ton sens.

Il se penche davantage.

Son souffle chaud balaie ma peau et c'est tellement bon, tellement inattendu que mon corps s'embrase et je me retiens de fermer les yeux pour en savourer toute l'intensité.

– Bonne nuit, maître, faites de beaux rêves, murmure-t-il tout proche de mon oreille, avant de s'écarter.

Bouleversée par ce que ses yeux, son regard, son sourire, son corps tout entier déclenchent dans le mien, je n'ai pas la présence d'esprit de réagir, je ne peux que contempler sa haute silhouette prendre de la distance.

Il entre dans la chambre que Max occupait lorsqu'il vivait chez les parents, juste à côté de la mienne. Et que, manifestement, il s'est octroyée. Avec l'assentiment de mon frère, bien entendu ! Un frère qui n'a pas daigné me mettre au courant, *comme de bien entendu* ! De toute façon, lorsqu'il s'agit de Léo, Max n'a aucune limite, il le considère comme un frère, comme s'il faisait partie de la famille !

Grrrr, je vais les tuer ! Tous les deux ! J'en ai marre qu'ils me mettent devant le fait accompli !

Quant à Léo, je lui ai encore laissé avoir le dernier mot, et ça me fout en rogne !

Je me promets intérieurement que c'est la dernière fois.

Je gagne ma chambre et claque la porte pour bien faire comprendre à mon connard de voisin de chambrée qu'il n'est pas le bienvenu dans *ma* maison et que sa présence m'insupporte ! Tout autant que par le passé, sinon plus. Je devrais rester indifférente, mais comment garder mon calme alors que ce type est capable de me faire péter les plombs d'un regard ?

C'est fou ce pouvoir qu'il a sur moi…

Est-ce parce que j'ai passé toute mon adolescence (dès que j'ai été en âge de m'intéresser aux garçons) à être fascinée par lui ? À avoir une envie folle qu'il me remarque ? Qu'il remarque que j'existe ?

Je l'ignore.

Je ne comprends pas ce qui se passe dans mon corps lorsque je suis proche de lui.

J'ai pourtant eu des tas d'hommes dans ma vie, je dirais même que je consomme sans modération dès que l'occasion se présente, j'aime le sexe et le plaisir qui va avec, mais aucun ne m'a fait cet effet-là, même ceux avec lesquels j'ai eu des relations sexuelles et qui pourtant m'attiraient suffisamment pour me donner envie d'eux.

Non, là, c'est de bien autre chose qu'il s'agit !

Là, je me consume dès qu'il me regarde ou m'approche.

Je le désire autant que j'ai envie de le frapper, j'ai envie de me mettre en colère presque autant que de l'embrasser. Mon cœur s'emballe, mes mains deviennent moites, ma peau se couvre de frissons et j'ai la rage parce qu'il a raison, je suis toujours cette gamine non pas qui s'énerve d'un rien mais qui est toujours complètement sous son charme et subjuguée par lui.

Malgré les années, rien n'a changé et ça aussi ça me tue.

Je m'empare de mon portable et appuie sur le contact de Maxence.

– Je veux qu'il s'en aille ! aboyé-je au son de sa voix.

– Il n'a nulle part où aller, Cam, soupire-t-il.

– Comment ça ?

– Ses parents ont vendu la maison…

Mince, je ne savais pas…

Je me pince l'arête du nez.

Bon OK, après tout, notre demeure est grande !

– Et… il compte repartir, ou il reste définitivement ?

Parce que quand même, à la fin, j'aimerais bien le savoir !

– Il repart ! Mais pas avant que nous ayons terminé ce que nous avons prévu de faire ! réplique-t-il, visiblement excédé. Tu ne crois pas que tu pourrais faire des efforts avec lui ?

– Moi ? Des efforts ? m'écrié-je, excédée moi aussi. C'est lui qui passe son temps à me faire chier !

– Tu n'abuses pas un peu ?

J'entends du rire dans sa voix.

Il ne peut pas comprendre.

Il ne sait pas ce que j'ai subi toutes ces années, je n'en ai jamais parlé à personne.

– Je ne crois pas, non ! Pas plus tard que tout à l'heure il a failli m'écraser avec son tank ! Il me déteste, je te dis ! Il m'a toujours détestée…

Même si j'ignore pourquoi…

– N'importe quoi ! Léo ne t'a jamais détestée, bien au contraire, tu étais comme une petite sœur pour lui.

Je grimace.

Je ne voulais pas qu'il me considère comme sa petite sœur, bon sang !

Il a joué avec mes sentiments, voilà la vérité !

– Tu n'as plus 15 ans, Cam, me sermonne-t-il. Grandis un peu !

Je me trouve soudain à court d'arguments. Il a raison, de l'eau a coulé sous les ponts, je suis adulte aujourd'hui, je vais arrêter de me prendre la tête, ignorer Léo, et gérer la situation dans l'intérêt du domaine.

Un mois, ce n'est pas la mer à boire !

Dans un tout petit mois, je retournerai à ma vie et cette cohabitation forcée avec mon pire ennemi ne sera plus qu'un mauvais souvenir dont j'aurai tôt fait de me débarrasser dans l'effervescence quotidienne. Je n'ai qu'à jouer les indifférentes et montrer à ce trou du cul que je n'en ai plus rien à faire de lui !

Je coupe la communication avec Maxence après lui avoir promis de faire des efforts, qui pour moi se résumeront à faire comme si Léo n'existait pas. J'ai quand même dû me mordre la langue pour ne pas le supplier de le prendre chez lui ! Ou qu'il demande à Timothée de l'héberger ! Après tout, Léo pourrait très bien partager l'appartement de mon petit frère plutôt que de s'installer dans l'ancienne chambre de Max, juste à côté de la mienne !

Passablement excédée par la situation, je me déshabille, enfile un vieux tee-shirt et me glisse sous la couette. Mais rien que de penser qu'*il* est dans la chambre d'à côté, à seulement quelques mètres… Je fais de nouveau un bond en arrière, lorsque je l'imaginais couché là, dans la chambre de mon frère.

Je les entendais rire, faire les cons, discuter…

J'aurais voulu être une petite souris pour savoir de quoi ils parlaient et ce qui les faisait autant rire. J'aurais tant voulu qu'ils m'intègrent à leur duo, mais ils n'avaient que faire d'une fille plus jeune qu'eux, d'une *petite sœur* qui plus est. Je passais des heures entières à fantasmer sur Léo, à le désirer, à le détester aussi quand je le voyais embrasser d'autres filles. Je me sentais nulle, je me demandais ce qu'elles avaient de plus que moi, puis j'en ai pris mon parti, trouvant un exutoire dans les livres et les études.

Je finis par m'endormir, après une bonne douche froide, après avoir placé mes écouteurs dans mes oreilles, mis de la musique et lorsqu'enfin, je cesse de penser à lui.

4

Camille

Lundi matin.

Direction le bureau de ma mère, qu'elle partage avec Julie. J'ouvre la porte vitrée donnant sur la cour (marquée « privé »), entre restaurant et boutique, et y pénètre. J'ai rarement eu l'occasion de venir dans cette pièce. Quand nous abordons la comptabilité, ma mère et moi, lors du bilan annuel (supervisé par le comptable, et que je vérifie et valide), nous correspondons par téléphone ou par mail.

C'est donc avec un regard neuf que j'inspecte les lieux, après avoir déposé ma pochette de cuir contenant mon ordinateur portable sur son bureau : parquet, meubles en bois clair, moulures, cheminée d'apparat, cadres photo aux murs. Sur ma gauche, une fenêtre à double battant et petits carreaux, identique à celles de la façade, donne accès à la terrasse. Les salons de jardin ont été remisés, mais au printemps, ma mère et Julie déjeunent ensemble dehors, sous une tonnelle, avec vue sur les vignes. Sympa ! Là aussi, le panorama est sympa. Très sympa, même !

Je me poste devant l'ouverture.

Des bancs de brume s'accrochent aux rameaux vierges de toute grappe, baignés par la douce lumière du pâle soleil d'hiver. Cette année, et alors qu'une récolte en août devenait la norme, la vendange a débuté à la mi-septembre, avec cinquante pour cent de perte en raison d'un important épisode de gel, en avril, qui a failli foutre en l'air notre récolte. Heureusement, la floraison s'est ensuite déroulée en des temps record et comme il a fait très chaud en juin, août et début septembre, le raisin est d'une belle maturité.

J'avoue qu'admirer cette vue, tous les matins, pourrait me plaire… et c'est d'un calme ! Je n'irais pas jusqu'à dire que les klaxons me manquent, mais presque ! Je pense avoir besoin d'un temps d'adaptation. Comme pour le reste.

Je pose ma veste sur le dossier du fauteuil, m'assois et allume l'ordinateur.

Ma mère ainsi que Julie m'ont transmis toutes les consignes…

Je tape le mot de passe : *MACATI* (les deux lettres de nos trois prénoms : Maxence, Camille, Timothée), et l'écran d'accueil apparaît, avec les différentes applications. Dans des paniers en fer sur le plateau du bureau m'attendent les diverses paperasses que ma mère n'a pas eu le temps de traiter et dont je m'occuperai en priorité. Je récupérerai ensuite les mails, puis le courrier apporté par le facteur, en fin de matinée, qui me transmettra sans doute encore d'autres factures.

J'ouvre le logiciel de comptabilité et me mets au travail. Je saisis les factures, paie les traites, jette un coup d'œil au rapprochement comptable…

En quatre heures, c'est plié !

Si ma charge de travail pour le domaine n'est pas plus importante, encore une fois, je devrais m'en sortir.

Je regarde l'heure sur mon portable : ça va !

Il me reste encore du temps avant d'aller trouver l'employée de la boutique, à l'ouverture. En fin de journée, j'irai me présenter au maître de chai et aux cavistes, ainsi qu'à Quentin, l'œnologue en charge des dégustations, et demain aux cuisines.

J'endosse donc ma tenue d'avocate.

J'ai convenu avec Éric, lorsque je l'ai appelé samedi matin afin de le mettre au courant de la situation et lui annoncer que je ne rentrerais pas avant un mois, d'un débrief par semaine, ou plus si besoin, en *conf call*. Sachant qu'il restera joignable à tout moment, tout comme Faustine, ma secrétaire, qui continuera de s'occuper de l'administratif.

J'allume mon propre ordinateur, checke mes mails, prends connaissance du dossier que j'avais prévu de traiter aujourd'hui, et transmets à Faustine les tâches pour mes collaborateurs. Je me penche sur ce nouveau cas, la plainte d'un collectif de femmes contre leur employeur, une entreprise de travaux publics, pour discrimination : sous-payées par rapport aux hommes, ou même déchargées de certaines attributions sous prétexte qu'elles manquent de force alors que l'entreprise possède et utilise des appareils de levage dont les hommes se servent également… où est le problème ? D'autant qu'elles ont toutes choisi ce travail, en acceptent la pénibilité et s'en sentent capables ?

Je recherche dans la matière juridique des cas similaires.

Les heures défilent, comme habituellement lorsque je me

plonge tête baissée dans le travail. Je zappe la pause déjeuner, comme bien souvent également, mais j'ai besoin d'un dérivatif et de m'occuper l'esprit autrement…

Je laisse mon ordinateur ouvert, vais me servir un thé, et me repositionne face à celui de ma mère.

Voyons voir ce que l'on pense de nous sur le Net…

J'ouvre une page Google, tape « domaine Les Perrières », et là, c'est la douche froide ! Non seulement nous sommes inexistants sur les réseaux sociaux, mais en plus, le site est vieillot et n'a pas été mis à jour depuis des lustres.

Ça ne va pas du tout !

Il va falloir dépoussiérer tout ça, pour reprendre le terme si cher à Maxence !

Je suis d'ailleurs étonnée qu'il ne donne pas plus d'importance aux outils de communication, aujourd'hui incontournables, alors qu'il entreprend l'élaboration d'un livre alliant desserts et vins. Après ma visite à la boutique, je prendrai des photos du restaurant et des cuisines, et je m'attellerai à rendre notre site Web attrayant.

Je m'empare de ma veste de tailleur, enfin… de la veste de tailleur de ma mère (je lui ai piqué des fringues, c'était ça ou je remettais la robe dans laquelle j'ai traîné tout le week-end !), l'enfile, sors du bureau. Je referme la porte à clé, entre dans la boutique attenante et me dirige vers l'employée, qui lève les yeux de son écran.

Je me présente :

– Bonjour, madame. Camille Dumas. Je remplace ma maman, Laure Dumas, qui a dû s'absenter.

Je ne veux pas entrer dans les détails, mais je suppose qu'elle est au courant du malaise de mon père…

Elle s'empare de ma main, la secoue avec vigueur.

– Enchantée, madame Dumas.

– De même…

Je regarde son badge.

– … Mélanie.

– J'ai appris pour M. Dumas. Vous lui transmettrez tous mes vœux de bon rétablissement.

– Je n'y manquerai pas, Mélanie, merci. Vous permettez que je jette un coup d'œil ?

– Bien sûr, je vous en prie, vous êtes ici chez vous.

Je lui souris et me déplace dans la boutique d'une propreté irréprochable et parfaitement organisée. Des bouteilles sont mises en valeur dans de belles boîtes, sur de rutilants tonneaux placés au centre de la pièce ; d'autres sont rangées dans des casiers ; d'autres encore dans des vitrines fermées à clé. Nos meilleurs crus. J'aperçois également de la vaisselle à l'effigie du restaurant, des verres, des boîtes cadeaux, des tire-bouchons estampillés « Les Perrières », et partout, partout, dans chaque recoin, sous chaque présentoir, des piles de cartons de six bouteilles de nos différents vins, proposés à la vente.

Je retourne vers Mélanie, restée silencieuse durant mon *inspection*.

– Depuis combien de temps êtes-vous employée au domaine ?

– Cinq ans, madame.

– Appelez-moi Camille, je vous en prie…

– Très bien, Camille…

– Avez-vous des réclamations, des suggestions, des problèmes particuliers que vous n'auriez pas abordés avec mes parents ou avec mon frère ?

– Non, madame, tout va bien.

– Vous vous occupez de la mise en place ?

– Oui, je passe commande aux cavistes, et ils m'apportent ce dont j'ai besoin.

Nous avons effectivement des employés, trois, si ma mémoire est bonne, préposés aux mises en carton, aux expéditions et à l'approvisionnement des boutiques – la nôtre, mais aussi celles du centre-ville de Meursault, et de Beaune, distant de quelques kilomètres, où sont également vendus nos vins ainsi que ceux d'autres domaines voisins.

– Ce n'est pas trop lourd ?

– Ça peut aller… Jérôme, l'un des cavistes, me dépose les cartons où cela est nécessaire, et il m'aide à ranger quand il en a le temps. Nous nous entraidons beaucoup, mada… Camille. C'est vraiment un plaisir de travailler pour votre famille, je ne changerais de domaine pour rien au monde.

– Je suis heureuse d'entendre ce genre de propos, Mélanie, et heureuse que vous vous sentiez si bien parmi nous. Et en ce qui concerne la publicité sur les réseaux ? Comment faites-vous pour faire connaître la boutique ? Mettez-vous en avant certains produits ? Faites-vous des offres promotionnelles ? Vous occupez-vous des commandes pour les vins servis au restaurant ?

– Non, c'est votre frère Timothée qui s'en charge… enfin… je crois. En ce qui concerne la boutique, nous offrons toute l'année une bouteille pour trois cartons de six achetés.

– La fréquentation ?

– Beaucoup de touristes, du monde entier, ainsi qu'une clientèle locale.

Le restaurant également puisqu'il affiche complet, mais je reste sur ma première idée : il faut moderniser notre site et booster la communication sur le domaine dans son ensemble.

– Merci pour ces informations. Si vous avez le moindre souci, n'hésitez pas. Je suppose que vous savez où se trouve mon bureau ?

– Tout à fait, Camille, et bienvenue chez nous ! Euh… chez vous !

C'est définitif, cette fille me plaît !

– Merci, Mélanie, réitéré-je, tout sourire, avant de prendre congé.

Je repasse par le bureau, récupère mon téléphone portable et cette fois-ci, j'emprunte la porte intérieure donnant sur le couloir menant au hall de notre restaurant, La Vendange, pour le moment désert ; il n'ouvrira que demain soir, à dix-neuf heures trente. En basse saison, de janvier à avril, il ne fonctionne que les vendredis soir et samedis soir, ce qui permet de lisser les heures des employés sur l'année. La boutique et les caves, quant à elles, sont accessibles tous les après-midi, de quatorze heures à dix-neuf heures.

Je traverse le hall, l'arche de séparation, puis le restaurant.

Les moulures côtoient les dorures, les tables rondes ou rectangulaires, plus ou moins grandes et juponnées de blanc et d'écru, les luminaires en forme de bougeoirs et les miroirs qui donnent de la profondeur à la pièce. C'est vraiment un joli espace, très raffiné, et je suis admirative du travail des décorateurs qui ont su donner au lieu une majesté digne des plus beaux châteaux cisterciens.

Je prends quelques clichés.

Je ferai de même pour la façade lorsque la luminosité sera plus intéressante, et pourquoi pas de petits montages vidéo afin de présenter la salle de réception, les cuisines, les produits proposés, les menus… en plus des tarifs, des sélections du jour, des mises en avant, et le tour sera joué.

Je mettrai Max devant le fait accompli, ce sera ma petite revanche !

Il sera furax, mais après tout, il l'a bien cherché !

Je pousse la porte battante menant aux cuisines et, surprise, je fais un pas en arrière.

C'est pas vrai !

Qu'est-ce qu'il fait là ?!

Je rebrousse chemin discrètement avant que Léo ne me remarque, mais moi, j'ai eu le temps d'apercevoir sa tenue noire, sa veste à col Mao qui lui fait une silhouette irréprochable, ses biceps…

Putain, mais qu'est-ce que j'ai avec ses biceps ?

Faut vraiment que je me fasse soigner !

Je regagne le bureau sur la pointe des pieds, referme la porte à clé derrière moi.

Je l'ai échappé belle !

Mon cœur bat toujours la chamade lorsque je me laisse tomber sur ma chaise de bureau. Je ne pensais vraiment pas l'apercevoir, d'autant que le restaurant est fermé ! Je crois même que, comme il est parti très tôt samedi matin rendre visite à ses parents pour le week-end (dixit mon frère qui m'a livré l'info sans même que j'aie eu besoin de le demander, sans doute pour me tranquilliser, maintenant qu'il sait que je ne suis pas enchantée par cette cohabitation forcée !), j'avais réussi à oublier son existence. Enfin… dès que j'ai pu faire abstraction de son odeur, présente partout !

Absolument partout !

À croire qu'il s'était amusé à asperger son parfum dans chaque recoin de la maison pour marquer son territoire, comme un putain de teckel !

Exprès pour me faire chier !

Ce traître a même appelé mon père pour lui souhaiter un prompt rétablissement, et ce dernier n'a pas tari d'éloges à son propos lorsque je les ai accompagnés, ma mère et lui, au centre de rééducation, dimanche en matinée (eh oui, ils font des entrées un dimanche matin ! J'ai moi-même été étonnée). Il n'arrêtait pas de parler de lui, tout comme ma mère, qui est manifestement retombée sous son charme ! Ils ne cessaient de répéter à quel point il était devenu « très bel homme », craquant, irrésistible, charmant, compétent… c'était une aubaine qu'un si grand pâtissier daigne s'abaisser à donner un coup de main à Maxence pour sa nouvelle carte des desserts…

J'ai cru devenir folle ! Ils n'avaient plus que son prénom à la bouche ! À croire que son retour est l'événement de cette fin d'année ! J'enrage de me mettre dans un tel état d'énervement pour un mec ! Ce n'est pas moi, ça ne me ressemble absolument pas, je reste toujours parfaitement maîtresse de mes émotions.

Je pousse un soupir excédé et vire Léo de ma tête, où il a un peu trop tendance à prendre ses aises. Je transfère les photos sur l'ordinateur de ma mère, retourne sur le site du domaine, mais pour effectuer des modifications, il me faut les identifiants de connexion.

J'envoie un texto à ma mère, qui me répond dans la foulée. Les codes sont sur un dossier « mots de passe et identifiants », dans Word. J'en profite pour prendre de ses nouvelles, ainsi que de mon père. Ils vont bien ! Elle a loué un appartement proche du centre de rééducation et rendra visite à mon père les après-midi ; le matin, les visites sont interdites. Elle me demande comment je m'en sors, nous parlons boulot quelques minutes, mais je renonce à évoquer mes inquiétudes au sujet de Timothée ; je ne voudrais pas qu'elle se fasse du souci inutilement, surtout s'il n'y a pas lieu. Je l'ai contacté samedi, et encore dimanche, mais ou bien il n'avait pas le temps de parler, ou bien il était avec des amis… et n'avait pas le temps de parler !

Je me demande ce qu'il nous cache…

Je raccroche avec ma mère, me connecte au site et entreprends les modifications. Je travaille sans m'arrêter jusqu'à ce que mon estomac se rappelle à mon bon souvenir. Ne voulant en aucun cas me retrouver seule à l'appartement de mes parents avec Léo, je décide de rendre visite à Tim et de me faire payer un café.

Et… accessoirement… lui tirer les vers du nez !

Je vais pour taper le code de déverrouillage de la porte d'accès à la maison lorsqu'elle s'ouvre.

Je sursaute, manque me manger le mur.

Décidément, j'ai toujours les nerfs à fleur de peau, il faut que je fasse quelque chose ! J'ignore quoi, mais ça urge !

Je regarde avec effarement un type que je ne connais pas me passer devant le nez, avec un « Pardon, madame, je ne fais que passer ! »

OK, ben... très bien...

– Mais vous êtes qui, au juste ?

Ma question se perd dans le vent.

Il grimpe dans une Golf noire, prend la poudre d'escampette.

OK...

Qui est ce type ? Que faisait-il chez moi, et pourquoi s'enfuit-il comme un voleur ? Est-ce un ami de Léo ? Si c'est le cas, il ne manque pas d'air d'inviter des amis chez MOI ! Sans même me demander la permission ! Oui, bon, je sais, je peux paraître chiante, et un peu pointilleuse et... oui, bon, c'est vrai, je suis chiante ! Parfois ! Surtout lorsqu'il s'agit de Léo ! Ou peut-être est-il venu rendre visite à Tim ? C'est son jour de congé, et sa voiture stationnée devant la maison prouve qu'il est là.

Je retiens la porte avant qu'elle claque, grimpe l'escalier quatre à quatre, et sonne à celle de son appartement.

– T'as encore oublié tes clés, Dimi ? entends-je.

Tiens, tiens...

Tim ouvre la porte et... ses yeux s'écarquillent.

– Surpriiiise ! m'écrié-je. Comme tu le vois, ce n'est pas *Dimi* ! D'ailleurs, c'est qui, *Dimi* ?

Il me tourne le dos.

D'accord...

Je le suis à l'intérieur, fais claquer la porte dans mon dos, insiste :

– Tim ? C'est qui Dimi ?

– Personne !

Sympa pour lui... pauvre garçon... il m'a pourtant paru sympathique...

– Super ! Si c'est comme ça que tu traites tes amis !

Il pénètre dans la cuisine.

Je lui emboîte le pas, décidée à avoir le fin mot de l'histoire, bien que, à son comportement et à l'expression de son visage, je pense comprendre pourquoi il semble si gêné.

Enfin, j'ose lui poser la question qui me brûle les lèvres depuis longtemps :

– C'est ton petit ami ?

Il se retourne, surpris, et m'observe avec attention.

– Tu savais ?

– On va dire que j'avais de gros doutes !

Je m'approche, le prends dans mes bras.

Il pose sa tête dans le creux de mon cou.

Quatre ans nous séparent, mais malgré l'écart d'âge, nous avons toujours été très liés. Je suis également proche de Max, mais différemment. Max joue au grand frère protecteur un peu autoritaire, alors qu'avec Tim, tout a toujours été beaucoup plus simple.

Max avait Léo ; moi, j'avais Tim !

Je le serre contre moi, murmure :

– Tu seras toujours mon petit frère. Je t'aime et je t'aimerai toujours, quelle que soit la personne avec laquelle tu partages ta vie.

Il se redresse, les yeux brillants.

Je scrute son visage.

– Les parents sont au courant ?

– Non !

– Et Max ?

– Non plus ! Et je n'ai vraiment pas envie qu'il le soit. Ni papa, du reste ! Tu me jures de garder le secret ?

– Bien sûr ! Mais seulement si tu m'offres un café et si tu me racontes tout ! Et pour commencer, parle-moi de ce charmant jeune homme que je viens de croiser !

Il me désigne la table.

– Vendu ! Installe-toi !

J'obtempère.

Il sort un paquet de gâteaux d'un placard, le fait glisser jusqu'à moi.

Je me jette dessus.

– Tu n'as pas mangé ?

– Pas eu le temps ! réponds-je, entre deux bouchées. Alors, ce type ?

Il dépose nos cafés sur la table, s'installe en face de moi.

– Eh bien… il s'appelle Dimitri et il bosse dans l'immobilier.

– Oh, cool ! Et ça fait longtemps que vous êtes ensemble ?

– Trois semaines ! C'est tout récent, mais je… je me sens bien avec lui.

À l'émotion qui traverse son regard, je comprends qu'il tient à ce garçon. Ça me fait bizarre de parler « mec » avec mon petit frère ; j'ai peur qu'il souffre du jugement des autres, les discriminations existent encore, malheureusement. J'en sais quelque chose, je défends des victimes de ce genre de comportement tous les jours, mais il est adulte, il n'a pas besoin que je le protège.

– Tu comptes le dire au reste de la famille ?

– Oui, certainement ! Mais j'ignore quand.

– Ils vont comprendre, j'en suis sûre. Ils t'aiment, Tim, il faut leur faire confiance.

– Je sais, mais… c'est pas simple.

– Je sais, murmuré-je à mon tour. Mais je crois que maman s'en doute. Un jour, elle m'a demandé si je t'avais déjà vu avec une fille.

Comme elle savait que Max et Léo étaient toujours accompagnés de plusieurs copines, elle s'étonnait que Timothée n'en fasse pas autant et ne ramène pas des filles à la maison.

– Ah oui, et qu'est-ce que tu as répondu ?

– La vérité ! Que tu avais des copines. Je ne suis pas entrée dans les détails.

Je saisis ses doigts entre les miens, réponds, confiante, à son regard torturé :

– Tout va très bien se passer, Tim, j'en suis sûre. Je te soutiendrai…

J'ignore s'il fera son *coming out* durant mon séjour, mais je veux qu'il sache que je suis de son côté et de tout cœur avec lui.

– Merci…

Je me redresse, ajoute :

– Je change de sujet, tu as visité le site Web du domaine dernièrement ?

– Pas dernièrement, non, pourquoi ?

– Personne ne s'en occupe ?

– Si, Max, mais il doit avoir d'autres préoccupations en ce moment.

– C'est sûr, mais nous devrions continuer de travailler notre image avant de nous lancer sur de nouvelles voies !

– Tu penses au livre qu'il prévoit avec Léo en disant ça ?

– Oui ! S'il ne met pas en place des stratégies de communication, j'ai bien peur que ça ne fonctionne pas. En attendant, tu pourrais jeter un coup d'œil au site et me dire ce que tu en penses ? Et si tu as des idées, je suis preneuse.

– Pas de problème, je le ferai ! Mais je doute que Max apprécie que tu changes des choses.

– Il veut dépoussiérer, il m'a dit, alors c'est ce que je vais faire, dé-pous-sié-rer !

Et si Léo pouvait dégager le plancher avec les vieux chenis, ce serait encore mieux, mais bon, là encore, je rêve !

Tim rit à ma remarque.

– Oui, il veut dépoussiérer, mais à sa convenance ! Il est comme papa, il n'aime pas les changements ! Ni se retrouver devant le fait accompli.

Et moi donc…

– Je sais ! acquiescé-je. Mais lorsqu'il verra les résultats, il ne pourra qu'être content. Je vais contacter les radios locales, ou… une télé nationale, tiens, pourquoi pas, et leur proposer un reportage. C'est bon, ça…

Je me perds dans mes pensées.

Je m'y vois déjà ! La vigne, le panorama, le restaurant, les caves, la boutique…

Je doute réussir à tout mettre en place avant de repartir, mais je reviendrai pour l'occasion.

– Ouh là, on ne t'arrête plus ! Quand comptes-tu en parler à Max ?

– Euh… le jour même, c'est assez tôt, non ?

Un autre rire lui échappe.

– Toi, tu n'as pas apprécié qu'il fasse appel à Léo !

– Alors là, absolument pas !

Cette fois-ci, c'est une grimace qui étire ses lèvres.

– Tu ne peux pas me mentir, Cam, je te connais ! Tu lui en veux ?

Je réfléchis à la question.

– Non… je ne lui en veux pas, je comprends… Léo est revenu pour vider la maison de ses parents qui va être mise en vente, il en profite pour passer du temps avec lui, et ce projet commun est très chouette, seulement…

Comment lui exprimer ce que je ressens, tout est tellement confus dans ma tête : j'en veux à Léo de m'avoir torturée pendant des années, je le déteste, c'est un gros connard, et pourtant, je continue d'être attirée par lui ! Et je m'en veux, à moi ! Max n'y est pour rien.

– … je… je ne m'attendais pas à sa présence chez nous, voilà tout !

– Ouais, je me souviens que c'était plutôt tendu entre vous !

– Tendu, ouais, c'est le mot ! Il passait son temps à me faire chier !

– « Qui aime bien, châtie bien », ça te dit quelque chose ?

J'ouvre de grands yeux.

– Tu peux répéter ?

– Je te dis : « Qui aime bien, châtie bien », tu sais quand même ce que cela veut dire ! Il y avait peut-être une autre raison à ce qu'il t'embête sans cesse…

Je me perds dans l'expectative :

Se pourrait-il que pendant toutes ces années, Léo n'ait cherché qu'à attirer mon attention ? Non ! Je ne peux pas le croire, ce sont des conneries ! Si je lui plaisais réellement, je m'en serais rendu compte, je l'aurais senti, et le connaissant, il n'y serait pas allé par quatre chemins pour m'avouer son intérêt… or, il n'avait que des railleries à la bouche !

La réflexion de Tim ne cesse pourtant de tourner en boucle dans mon esprit alors qu'après m'être présentée au personnel des chais, je me dirige vers les caves rencontrer Quentin, l'œnologue nouvellement embauché. Je retrouve mon calme instantanément lorsque je pénètre dans l'endroit. Ça sent si bon ! L'odeur agit sur moi comme un baume apaisant et tout en traversant les salles où sont entreposées des milliers de bouteilles, et en saluant les groupes de touristes, je repense à mon enfance et à tout ce que mon père m'a appris.

C'était il y a longtemps, mais l'émotion est intacte.

J'aimais qu'il me raconte la vigne, la famille, les secrets de la vinification, et plus tard, il me faisait goûter nos vins et m'apprenait à les reconnaître. J'ai été hyper fière lorsqu'il m'a avoué que j'avais meilleur palais que mes frères, et je sais que je lui ai fait de la peine lorsque j'ai finalement choisi une autre voie que celle de la vigne. Et souvent, assez périodiquement, il me propose une embauche pour que je quitte Paris où il pense que je m'use la santé en bossant comme une tarée sans prendre soin de moi.

Ce qui n'est pas tout à fait faux.

Bref… j'arrive dans la salle de dégustation déserte, pose la pochette de mon ordinateur portable sur le bar, me présente et tends la main à Quentin Morel, que j'ai la surprise de découvrir plutôt canon dans son costume noir de bonne coupe et sa chemise blanche largement ouverte au col. Son sourire, lorsqu'il serre ma main avec insistance, se veut charmeur… et charmant.

J'échappe à sa paume dont le contact est pourtant des plus agréables et accepte avec plaisir sa proposition de m'installer sur l'un des tabourets pour partager un verre, espérant réussir à me détendre. J'espère surtout chasser de mon esprit que dans quelques heures, je risque de tomber sur Léo qui aura très certainement pris ses aises chez moi !

Bon sang, je ne vais quand même pas m'enfermer dans ma chambre tout mon temps libre pour ne pas le croiser ?

– Quelque chose ne va pas ? demande le charmant œnologue en posant devant moi un verre ballon rempli d'un liquide à la robe dorée, ainsi qu'une petite assiette de gougères, une autre de mes faiblesses.

Je chasse de mes pensées Léo, qui a tendance à s'immiscer à tout bout de champ dans mon cerveau.

– Non, non, tout va très bien !

Je m'empare de mon verre, le lève dans sa direction.

– Santé ! Et merci pour la proposition.

– Je vous en prie, tout le plaisir est pour moi…

Phrase bateau, mais son regard appuyé sur ma personne n'est pas désagréable, je l'avoue.

Je pourrais peut-être dévider mon trop-plein de nervosité en m'envoyant en l'air avec ce charmant garçon… il est même carrément pas mal ! De belles dents, de belles mains, grand, élancé, et s'il accueille notre clientèle féminine avec un tel sourire, elle ne va pas cesser d'augmenter, c'est sûr !

Un bon point pour celui qui l'a embauché ; casting sans fautes !

Seul hic, il est blond et je préfère les bruns !

Et accessoirement, il est l'un de nos employés, ce serait malvenu !

Je refrène mes ardeurs en buvant une autre gorgée de ce très bon blanc.

– Et vous, Quentin, êtes-vous heureux de travailler aux Perrières ? Ça se passe bien ? La clientèle n'est pas trop exigeante ?

– C'est un honneur et un plaisir de travailler pour votre famille, madame Dumas…

Faut qu'il arrête de prononcer ce mot ou ça ne va pas le faire…

– Bonsoir !

Je me retourne d'un bloc.

Bon sang, lui aussi, faut qu'il arrête !

D'être si sexy… et de débarquer à l'improviste !

Il a troqué sa tenue de pâtissier contre un jean brut et un tee-shirt noir, et ses cheveux sont en vrac comme s'il sortait de son lit… et ses pectoraux… je vous ai dit que ses pectoraux me faisaient fantasmer ? Oui, j'en ai bien peur ! Désolée si je me répète, mais je n'arrive pas à regarder ailleurs quand je l'ai en face de moi… Où que je pose les yeux, il est à tomber, ce con.

– Léo ?!

Sous-entendu : « Que fais-tu là ? »

– Je voulais te parler. Timothée m'a dit où te trouver, tu rentres bientôt ?

Je lève un sourcil, surprise tant par le ton, plutôt amical et sans aucune raillerie, que par la lueur dans son regard. Une lueur qui me happe aussitôt et fait battre mon cœur un peu plus vite.

– Euh… oui, pourquoi ? bégayé-je à moitié.

– Je te l'ai dit, j'ai besoin de te parler.

Cette fois-ci, c'est clairement de l'ironie que je perçois dans ses prunelles, et le ton de sa voix est légèrement condescendant.

C'est ça, prends-moi pour une débile !

Néanmoins, mon cœur décide de jouer des castagnettes.

– Ah… Euh… Mais, je… bégayé-je.

C'est pas vrai ! On repassera pour la confiance en soi !

– J'ai une proposition à te faire, mais rassure-toi, elle n'est pas indécente ! rétorque-t-il, un sourire étirant ses lèvres.

Voilà ! Il recommence à se foutre de ma gueule ! Comme par le passé ! Rien n'a changé.

Je lui rends son sourire pour le prendre à son propre jeu, rétorque à mon tour :

– Qu'est-ce qui te fait croire qu'elle m'intéresserait si c'était le cas ?

Il fixe mes lèvres.

– Rien, c'est vrai ! C'était pour te rassurer… Donc… tu rentres bientôt à la maison ?

À la maison ?

Mon cœur, ce traître, bondit dans ma poitrine. Nous nous observons. Intensément. Ardemment. Quelque chose, dans son regard, me rend… instantanément fébrile. Captive de ses iris incandescents, je réponds, presque malgré moi :

– Oui, je… je dois repasser au bureau mais je… j'arrive.

– Très bien, je t'attends.

– OK…

Je n'ai pas la présence d'esprit ni le temps de lui demander ce qu'il me veut exactement qu'il a tourné les talons. Tandis que mon appendice cardiaque continue de jouer la sérénade. Je suis perdue ! Perdue, mais curieuse. De quoi veut-il m'entretenir ?

Le passé ressurgit, parce que, avant de me fixer comme s'il allait se jeter sur moi, il n'a pas pu s'empêcher de se foutre de ma gueule.

Il en a toujours été ainsi.

Il lui arrivait d'avoir un comportement normal, nous discutions trois secondes de façon détendue et soudain, paf! il me balançait une vanne. J'ignore s'il avait compris qu'il me faisait craquer, j'ai toujours gardé mes sentiments pour moi, mais il a certainement capté mes regards, mon embarras, ma respiration haletante lorsqu'il se retrouvait près de moi. Comment ne pas s'en rendre compte? Il aurait fallu qu'il soit aveugle et sourd! Les battements de mon cœur devaient s'entendre dans toute la pièce, mes joues devenaient cramoisies… Mille fois j'ai rêvé que je lui avouais mes sentiments, mais je ne l'ai jamais fait. Je ne voulais pas me ridiculiser, ni qu'il se moque davantage de moi, je ne l'aurais pas supporté, il me faisait bien assez de mal avec ses sempiternels sarcasmes. Bien sûr, j'aurais dû m'en moquer, mais j'en étais incapable, j'étais trop amoureuse et obsédée par lui pour m'en détacher. Et je l'avais constamment sous les yeux, ou peu s'en fallait! Peut-être ne s'est-il effectivement rendu compte de rien tout simplement parce qu'il s'en moquait. Je ne l'intéressais pas! Pas comme je l'aurais souhaité, en tout cas.

Bah, j'en sais rien, et après tout, je m'en moque, il y a prescription!

Je vais rentrer, avoir cette discussion qu'il réclame, et ensuite, j'agirai comme je l'ai décidé: je vais l'ignorer et rester loin de lui!

Je reporte mon attention sur Quentin, resté discrètement en retrait durant ma discussion avec Léo puis mon introspection.

– Désolée…

– Je vous en prie…

Je prends le temps de finir mon verre, le questionne sur son travail, sur ce qu'il aimerait voir changer ou pas… et m'éclipse.

Après un bref passage au bureau pour éteindre l'ordinateur de ma mère et récupérer le mien, je rentre à la maison, excitée malgré moi par la perspective de cette discussion avec Léo, mais toujours aussi méfiante à son égard. Je ne sais pas si j'arriverai à lui faire confiance un jour, en tout cas, pas tant que je n'aurai pas de preuves de sa bonne foi.

Le « salon pour grands » est dans le noir le plus total, et Léo n'est ni au bar, ni au rez-de-chaussée de l'appartement de mes parents. Je ne vais quand même pas frapper à la porte de sa chambre ! Nous arriverons bien à nous croiser à un moment ou à un autre.

J'emprunte l'escalier menant à l'étage, m'attendant à tout moment à tomber sur lui ou à le voir sortir de la salle de bains, à moitié nu, comme vendredi ! Mon cœur accélère. Encore ! Ce con fait bouillir mes hormones.

C'est comme ça, je n'y peux rien !

Plutôt que de le laisser envahir une nouvelle fois mon esprit, et après avoir pénétré dans ma chambre, je m'empare de mon téléphone portable et checke mes mails. Je vire ceux qui ne sont pas importants, laisse de côté celui de Faustine, de Mme Delatour, et prends connaissance de celui de Baptiste. Il parle boulot ! Je suis soulagée. Peut-être a-t-il enfin compris que je n'ai aucune envie d'être sa petite amie. Je n'ai envie d'être la petite amie de personne, pour ça non plus je n'ai pas le temps ! Et je n'ai pas non plus envie de changer quoi que ce soit à mon rythme de vie, je ne suis pas prête à faire des concessions ni à m'imposer des obligations. Je ne suis pas faite pour ça, ça ne m'a jamais attirée ni intéressée ! Je veux faire ce dont j'ai envie, je veux tirer un coup quand j'en ai envie et pas parce que j'ai un homme dans mon lit.

J'aime le changement, l'imprévu, j'aime que l'on me fasse rêver… baiser avec le même homme toute ma vie, partager son quotidien, l'entendre pisser ou le surprendre en train de se gratter les couilles, très peu pour moi !

Bref… je ne suis pas prête pour ce genre d'expérience et l'homme qui m'attachera n'est pas encore né !

Je réponds à son mail, lui promets de me pencher sur ses problématiques dès ce soir, mais avant de me mettre au travail, je vais nager. J'ai pratiqué tous les jours depuis mon arrivée et j'avoue que les bienfaits de l'eau chaude ainsi que du sauna se font déjà sentir sur mes muscles et sur mon humeur.

Un peu !

J'enfile mon maillot, mes vieux vêtements de glande, observe ma pochette en cuir.

Je devrais peut-être m'installer un poste de travail dans ma chambre pour avoir la paix et ne pas risquer de croiser Léo, mais je me sermonne : je ne vais quand même pas vivre en recluse ! Après tout, il est ici chez moi ! Ce n'est pas à moi de fuir sa présence, mais à lui de se tenir à distance ! Ce que je me promets de lui faire comprendre après notre discussion.

Si discussion il y a !

Je dépose ma pochette sur la table de la salle à manger, gagne la piscine. Et évidemment, tout en nageant, alors que je m'y refusais, je ne cesse de penser à lui, et j'attends sa venue. J'effectue plusieurs longueurs, sors, et, comme j'en ai maintenant l'habitude, je m'empare de l'une des grandes serviettes mises à disposition dans des casiers en bois.

Toujours pas de Léo !

Il a dû oublier…

J'entre dans le sauna, place ma serviette sur le banc supérieur et m'allonge. Je ferme les yeux, respire profondément. La chaleur m'enveloppe, ma peau se couvre de sueur, mon corps se détend, les tensions me quittent.

Je sursaute et redresse la tête en entendant la porte s'ouvrir.

– Salut…

– Salut… réponds-je, reprenant ma position initiale, ne pouvant empêcher mon cœur d'accélérer légèrement.

Je sens son regard sur moi et je donnerais cher pour savoir ce qu'il pense, là, tout de suite.

Je l'entends s'installer, soupirer d'aise.

Un soupir qui court sur ma peau, la fait frémir.

Je ne peux m'empêcher de l'observer. Assis, une jambe pliée, son avant-bras sur le genou, la tête appuyée contre le bois, il a les yeux fermés.

Putain, ce qu'il est beau…

Se sentant certainement épié, il ouvre les yeux et me surprend en pleine séquence de matage.

Eh merde…

Nos regards se happent, se verrouillent, l'espace d'un instant.

Il me sourit, demande :

– Ça va, ton père ?

Hein ?

Il veut vraiment discuter ? Ici et maintenant ?

Après tout, pourquoi pas, ça m'évitera de fantasmer sur lui comme une malade ! Et peut-être pourrons-nous avoir une discussion d'adulte pour une fois, sans se bouffer le nez.

Je me racle la gorge, réponds :

– Ça va ! Il est en centre de rééducation.

– Et ta mère ?

– Très bien également, merci !

– Vous avez dû avoir peur ? Je suis heureux qu'il s'en soit tiré…

Et moi donc…

– Merci, réitéré-je. Et tes parents ? demandé-je à mon tour.

Leurs relations étaient tendues, à l'époque. Je n'ai jamais su pourquoi. Il était si mystérieux sur sa vie. Cela ajoutait à son charme, je dois dire.

– Ça va ! répond-il après quelques secondes de silence.

Comme il n'en dit pas davantage, je questionne :

– Max m'a dit qu'ils ont vendu la maison ?

– Oui, ils sont à Chalon maintenant.

OK…

J'attends qu'il ajoute quelque chose, mais comme rien ne vient, je perds patience et me redresse.

– J'ai trop chaud ! Ça t'ennuie si nous reprenons cette discussion plus tard ? Parce que… j'ai du boulot…

– Si le devoir t'appelle, je ne peux pas lutter.

De nouveau ce ton mi-caustique, mi-peiné.

Qu'est-ce qu'il me fait ?

C'est lui qui reste muet comme une carpe, alors qu'il voulait discuter. Ce n'est pas à moi de faire le premier pas, bon sang ! De toute façon, je ne le ferai pas ! Pas question !

Je me lève, m'enroule dans la serviette, ignorant son regard de plus en plus insistant. Je passe devant lui, lui jette un coup d'œil, attirée malgré moi par sa peau luisante.

Sa main, soudain, s'enroule autour de mon poignet.

Il lève la tête, plonge ses iris dans les miens.

– On se voit plus tard ?

Je perçois comme une supplique dans sa voix.

– Si tu veux…

– Oui, Camille, je le veux…

Euh… s'il continue de me regarder avec ce regard si profond que j'aimerais m'y noyer, et de me toucher, je suis foutue !

Il me relâche.

Ses doigts sont comme une caresse sur ma peau à vif mise à mal par sa seule présence.

Tiens-toi à distance, Cam, ou tu vas au-devant de gros ennuis ! N'oublie pas qui il est et ce qu'il te faisait…

C'est justement ça le problème !

Ce qu'il me faisait !

Il a peut-être changé…

– À plus tard, alors, réitère-t-il.

Sa voix rauque fait se hérisser ma peau.

– C'est ça, à plus tard ! réponds-je, laconique, avant de m'enfuir, il n'y a pas d'autre mot.

Oui, je fuis avant de craquer et de me jeter sur ses lèvres.

Qu'est-ce qui déconne chez moi ?

Il joue avec mes nerfs et moi… *moi*… je me pâme comme une midinette. Je me mettrais des baffes d'être si débile !

Après une bonne douche, froide, pour faire descendre ma tension interne, je retourne au rez-de-chaussée et m'installe à la grande table. Un pied sur le rebord de la chaise, dans cette position absolument pas confortable mais que j'affectionne tout particulièrement lorsque je bosse chez moi, je réponds au mail de Mme Delatour qui finalement a préféré m'écrire que m'appeler et dans lequel elle me remercie longuement – grâce à mon soutien, elle a pu aborder son divorce avec plus de sérénité et de confiance ; ce genre de propos fait toujours plaisir, je ne vais pas le nier, et me conforte dans mes choix de carrière –, aux questions de Baptiste sur un dossier qui lui pose problème, puis je me plonge dans celui du collectif de femmes victimes de discrimination, tout en prenant connaissance des recherches de mes collaborateurs qui ont planché sur le sujet une bonne partie de la journée. Je ne quitte pas mon écran des yeux lorsque Léo passe devant moi, ni quand il redescend quelques minutes plus tard, douché et… effroyablement sexy avec ses cheveux humides en bataille.

S'il veut toujours me parler, qu'il vienne !

Mais quelle que soit l'énergie que je déploie à l'ignorer, mon corps n'est pas d'accord et me le fait cruellement sentir : mes oreilles bourdonnent, ma concentration s'est enfuie et les mots se mélangent devant mes yeux.

Je m'adosse et soupire.

Fait chier !

Je suis pourtant bien obligée de le regarder lorsqu'il dépose une assiette à côté de mon ordinateur.

– Bon appétit…

Sa voix est chaleureuse, tout comme l'expression de son visage.

Le diable revêt de multiples apparences, Cam…

Pour autant, l'intention est charmante. Je reste sur la défensive, mais ne peux m'empêcher, *encore*, de lorgner ses avant-bras noueux où serpentent des veines, sur ce jean qui moule ses cuisses, cette chemise noire sur son torse, sur ce léger sourire, ces iris envoûtants.

– Merci ! Tu n'étais pas obligé.

Il dépose des couverts à côté de l'assiette.

– Je sais, mais ça me faisait plaisir ! Bon appétit, maître, réitère-t-il, avant de s'éloigner.

Il s'empare d'une autre assiette qu'il avait déposée sur le bar et remonte l'escalier, me laissant seule avec mille questions en tête.

Et notre discussion, alors ? Il l'a oubliée ? Alors que moi, non, je n'oublie jamais rien, je suis comme ça ! Ce qui explique certainement que je sois rancunière.

Et pourquoi est-il si gentil, d'abord, et si serviable ?

Veut-il m'attirer dans un piège ? Ou juste me sauter ? Mais son comportement ne laisse absolument pas penser qu'il me désire.

Encore une fois, je suis perdue…

Je le suis du regard.

– Tu n'avais pas quelque chose à me dire ? lancé-je, avant qu'il atteigne la dernière marche.

– Si, mais ça peut attendre demain. Travaille bien…

– Euh… merci…

Ça y est, je recommence à bégayer ! Il me fait vraiment perdre mes moyens, ça ne va pas du tout !

– Bonne nuit, ajouté-je.

– Toi aussi, Camille…

Bon Dieu, mon prénom, dans sa bouche, me fait un effet de folie !

Ses iris se font plus… enveloppants, puis il continue son ascension. Encore une fois, je suis dans l'incapacité de comprendre ce que voulait dire ce regard.

C'est chiant !

J'en ai marre de ne pas savoir ce qu'il attend de moi exactement. Ce que je sais en revanche, c'est qu'il malmène toujours autant mon corps et mon esprit.

5

Camille

J'ai passé une très mauvaise nuit !

Je n'ai pas cessé de tourner et je n'ai réussi à trouver le sommeil qu'au petit matin. Inutile de préciser que je suis complètement cramée lorsque mon portable me signale qu'il est grand temps de me lever. La douche bien fraîche est la bienvenue, et heureusement que la salle de bains n'était pas occupée par mon indésirable et non moins attirant coloc, ou j'aurais été capable de défoncer la porte. Son odeur est encore et toujours partout, mâle, virile… ce qui n'arrange pas mon humeur, digne de celle d'un dogue lorsque je gagne le rez-de-chaussée.

J'ai besoin d'un bon café !

Bien fort !

Mais… ô surprise, la cuisine est déjà occupée par Léo !

Je marque un temps d'arrêt pour l'observer.

Sa présence me bouscule, je ne vais pas le nier.

Je contemple son profil, son nez droit, sa bouche charnue, ses cheveux, courts sur les côtés et plus longs sur le dessus, dans lesquels il a dû passer les doigts. Il porte comme à son habitude un tee-shirt noir qui met en valeur ses pectoraux et je fantasme aussitôt sur leur fermeté que j'aimerais ressentir sous mes propres doigts. Je ne sais pas à quoi il est occupé derrière le plan de travail, mais, une spatule en aluminium dans la main droite, il semble totalement concentré sur sa tâche.

Il relève soudain la tête et soude ses prunelles aux miennes.

Une véritable onde de choc me traverse au moment où je perçois sur ma personne son regard enveloppant. Un sourire étire ses lèvres. Je rêve ou il se paie ma tête ? Putain, dès le matin, ça calme ! Ou plutôt ça a le don de m'énerver. Bon, OK, j'ai encore été obligée d'emprunter des fringues à ma mère, celles que j'ai commandées hier soir n'arriveront que demain par transporteur. Je me suis fait plaisir ! J'en avais besoin ! J'ai compensé ma frustration et ma fébrilité en faisant fumer ma carte bancaire. Quant à Léo, s'il n'aime pas ce qu'il voit, il n'a qu'à regarder ailleurs !

Je me constitue un visage impassible, le salue du bout des lèvres et prends la direction de la sortie.

– Camille ?

Je marque un temps d'arrêt, me retourne.

– Je peux te proposer un café ?

– Je…

Il hausse un sourcil.

– Tu as bien le temps pour un petit café ! Et j'aimerais te montrer quelque chose.

Je soupire.

Après tout, qu'est-ce que je risque…

– OK pour un petit café, mais rapide, je n'ai pas beaucoup de temps.

Il lève les yeux au ciel, genre : « Tu prendras bien le temps de mourir ! »

Je pose la pochette contenant mon ordinateur portable sur l'un des tabourets, et après avoir retiré mon manteau, m'installe sur un autre en face de lui, toujours sur la réserve.

Son sourire avant qu'il ne se retourne vers la machine Nespresso me prend au dépourvu. Si celui de sale gosse me mettait hors de moi, ce qui est encore le cas, celui-ci me fait littéralement fondre.

Il me laisse admirer ses fesses.

Ce mec est un appel au vice, une tentation absolue, un putain de canon et dire que j'ai « ça » (excusez le terme, ça fait légèrement morceau de viande, mais les hommes ne se comportent pas différemment avec nous, j'en ai souvent fait les frais !) sous mon toit, sans même pouvoir y toucher !

Il se retourne et me surprend une fois de plus en pleine séance de matage.

Son sourire s'accentue.

– Bien dormi ?

Sa voix diablement rauque me fait vibrer de la tête aux pieds, j'en ai des frissons sur tout le corps. C'est fou d'être aussi réceptive à une voix et d'avoir envie de l'entendre, encore et encore…

Je me racle la gorge, réponds :

– Parfaitement, et toi ?

C'est entièrement faux !

Et c'est également entièrement sa faute si je passe des nuits de merde !

Je vis un enfer depuis qu'il m'impose sa présence, entre frustration intense et hormones en ébullition.

– Parfaitement bien aussi !

J'ai le sentiment qu'il ment…

Nous nous dévisageons.

La tension monte.

Le café cesse de couler.

Après m'avoir dévisagée longuement, au point de faire accélérer mon rythme cardiaque, il s'empare de la tasse et la pose devant moi.

Je suis obligée d'avaler ma salive avant de pouvoir sortir un fichu remerciement.

C'est moi, ou ma voix n'a rien de naturel…

– Avec plaisir, répond-il avant de me tourner de nouveau le dos pour faire couler son propre café.

Nos regards se croisent encore lorsqu'il se retourne, sa tasse en main.

Bon… je perds patience !

Je m'étais promis de ne pas faire le premier pas, mais j'en ai marre d'attendre et de me comporter comme une midinette qui manque de confiance en elle, tout ça parce qu'il continue de me faire craquer !

– De quoi voulais-tu me parler hier ?

Il finit sa tasse, la pose dans l'évier, prend un air mystérieux et s'empare de quelque chose caché à ma vue sur le plan de travail, qu'il dépose devant moi.

J'ouvre grands les yeux en découvrant, sur une petite assiette, un gâteau rond genre succès, avec un nappage de chocolat noir, des volutes en décoration aussi fines qu'une dentelle, elles-mêmes ornées de petites particules de feuilles d'or. En un clin d'œil, je suis conquise.

Ce dessert est élégant, aérien.

Superbe.

– C'était de cela que je voulais te parler. Je viens de le finir. J'aimerais que tu me dises ce que tu en penses.

J'oublie instantanément ce qui nous sépare et me laisse prendre au jeu ; je suis incapable de résister à du chocolat, sous toutes ses formes. Et à la lueur de ses iris, je sais qu'il s'en souvient parfaitement.

– En tout cas, c'est déjà un régal pour les yeux.

Il me tend une cuillère à dessert.

Je m'en empare, la plonge dans le gâteau.

Le chocolat se craquelle avec un petit bruit sec alléchant, dévoile un biscuit, des baies de cassis ainsi qu'une mousse à base du même fruit si j'en crois la couleur.

– Tu l'as fait ce matin ? demandé-je, légèrement perturbée par son regard intense sur moi ainsi que par la magie de l'instant.

– Oui, je me suis levé tôt.

– Donc, tu veux que je sois ta testeuse ?

Tout en le contemplant, je porte ma cuillère en bouche, et là, c'est une explosion de saveurs.

Le cassis, allié au chocolat et au croquant du biscuit, c'est juste… orgasmique.

Je retiens un gémissement de plaisir alors que son regard se fait encore plus dévorant, encore plus noir, plus pesant, et encore une fois, je ne sais qu'en penser. J'ai peur de me fourvoyer sur ses intentions, mais peut-être pourrions-nous finir par avoir des relations normales si nous enterrons la hache de guerre. Peut-être pourrais-je déjà lui laisser le bénéfice du doute…

– Tout à fait ! Alors ? s'enquiert-il, visiblement impatient d'avoir mon verdict.

– Pas mal !

– Juste… pas mal ?

Ses iris ténébreux font instantanément réagir mon corps. Je jugule mon hyperventilation naissante.

– Bon, OK, j'avoue qu'il est plutôt bon, mais je ne sais pas, il manque un truc, je pense que tu peux faire mieux.

Il goûte à son tour, lèche la cuillère et prend le temps de déguster, l'air concentré. J'ai le sentiment qu'il a oublié jusqu'à ma présence. Il semble complètement dans son monde. Dans un autre monde quoi qu'il en soit, me laissant l'admirer tout à loisir. Je fonds… encore et toujours. Je sais que je ne devrais pas, mais c'est plus fort que moi. C'est à la fois addictif, dangereux, mais terriblement délicieux. J'observe sa langue sur la cuillère puis sur ses lèvres pleines, ses paupières fermées à demi… je retiens mon souffle tandis que sa beauté, à cet instant, me bouleverse au plus haut point et fait frémir mon corps.

– Tu as raison, finit-il par laisser tomber, me faisant brutalement sortir de la transe où je m'étais abîmée. Il manque un peu de croquant, peut-être, et pourquoi pas une petite pointe de groseille pour l'acidité…

Je me racle la gorge, encore perturbée par les sensations indécentes qu'il suscite, demande :

– C'est pour le réveillon de Noël ?

– Oui, j'en créerai un autre pour la Saint-Sylvestre.

– Vous avez prévu quoi d'autre, justement ?

Les réveillons au restaurant sont toujours une fête d'une grande recherche, et allient produits de qualité et traditions… La région regorge de tant de trésors que nous avons l'embarras du choix.

– Le menu n'est pas encore finalisé, mais je crois que Damien a prévu des escargots, des écrevisses, un chariot de fromages. Il n'a pas encore arrêté son choix sur la viande.

– Damien ?

– Le chef cuisinier.

– OK ! C'est pas mal !

– Encore « pas mal » ! Vous êtes bien exigeante, maître ? réplique-t-il, du sourire dans le regard.

Je n'apprécie pas particulièrement qu'il me voie comme une capricieuse élevée dans le luxe, car rien n'est moins faux. Je sais ce que c'est que d'en chier pour obtenir ce que je veux ; rien ne m'est tombé tout cuit dans le bec. J'ignore pourtant le sarcasme. Pourquoi changer les bonnes vieilles habitudes, n'est-ce pas ? D'autant plus que le contraire m'aurait étonnée.

– Comment vas-tu l'appeler ?

– Je ne sais pas encore. On termine ?

Son sourire, plus… tendre, fait de nouveau bondir mon cœur.

J'acquiesce et nous mangeons en silence en nous observant de temps à autre et, comme d'habitude, je donnerais beaucoup pour savoir ce qu'il pense, là, tout de suite. S'il est aussi sensible que moi à l'atmosphère de l'instant vibrant de tension. Je profite de la quiétude de ce moment partagé qui me fait un bien fou, et ce dessert est véritablement parfait. Une merveille ! Je lui ai dit qu'il manquait quelque chose pour ne pas être en reste et le faire chier à mon tour, mais ainsi, il est déjà succulent.

– Tu aimes toujours autant le chocolat, remarque-t-il après quelques minutes de silence pendant lesquelles nous étions plongés dans nos pensées respectives.

– Dans mes souvenirs, toi aussi. Nous nous battions toujours pour la dernière part de gâteau.

Ma mère avait pour habitude de nous concocter de très bons desserts au chocolat, mon péché mignon, effectivement.

En vérité, nous nous bagarrions pour tout.

– Je me souviens…

Son sourire fait naître de nouveau des pensées indécentes. Que j'ignore aussitôt.

De quoi se souvient-il au juste ?

D'avoir passé son temps à m'envoyer des vannes ?

J'ignore également l'émotion qui m'étreint, réponds :

– Moi, je me souviens qu'en tant qu'invité, tu étais privilégié systématiquement par ma mère et c'était toujours toi qui avais la dernière part et les meilleurs morceaux. Je trouvais ça très injuste et ça me mettait en colère.

Il se perd dans un sourire un peu rêveur.

– C'est vrai ! Tes parents étaient extraordinaires avec moi.

Nous nous observons avidement.

Plus avidement que jamais.

Le sérieux de son regard me bouleverse, tout comme les émotions qui semblent soudain l'habiter. J'ignore ce qu'il vivait chez lui, ce qu'il subissait, s'il était malheureux chez ses parents, Maxence ne m'en a jamais ouvertement parlé. Cela expliquerait en partie son comportement de l'époque et pourquoi il était si chiant avec moi… En tout cas, il n'a plus rien du connard arrogant sûr de lui qui passait son temps à se moquer de moi et à me titiller, bien que je retrouve parfois cette lueur d'ironie dans ses iris. Mais il est vrai aussi que tout pénible qu'il était, il ne m'a jamais véritablement manqué de respect, il ne m'a jamais humiliée, c'était même assez subtil… des regards moqueurs, des sourires sarcastiques, des propos railleurs… mais rien de véritablement méchant.

– Beaucoup de choses te mettaient en colère ! Surtout l'injustice, ajoute-t-il, un sourire se dessinant une nouvelle fois sur ses lèvres.

L'injustice, et surtout qu'il ne fasse pas attention à moi comme je l'aurais voulu.

Ce serait peut-être le bon moment de lui avouer que c'était entièrement sa faute si j'étais en permanence en colère lorsqu'il séjournait à la maison, mais là, tout de suite, je n'en ai pas envie. Je ne veux pas gâcher ce semblant d'harmonie naissante entre nous. En tout cas, ce moment doux où le goût des bonnes choses, avec en arrière-plan l'amour de notre région et de cette terre en particulier, nous rapproche et nous lie.

– C'était vrai à l'époque, et ça l'est toujours !

– D'où ta carrière d'avocate. D'ailleurs, bravo pour cette réussite.

Je cherche le piège sur son visage mais n'en vois aucun. Il semble au contraire sincère, bienveillant.

Je lui désigne le morceau de gâteau restant.

– Merci… On partage ?

– Vas-y, je te le laisse !

Encore ce sourire qui me donne envie de sauter sur ses lèvres pour les dévorer. Mais je vais me contenter de dévorer ce succulent dessert qu'il a concocté, c'est plus sage. Il faut que j'arrête de fantasmer sur lui, ce n'est pas judicieux ni raisonnable, et je suis quelqu'un de raisonnable, enfin… la plupart du temps ! Je coupe le dernier morceau et en prends une bouchée, ignorant son regard pénétrant braqué sur moi dont je ne sais toujours que penser.

– Tu repars quand, exactement ?

– Tout dépend…

– De ?

Il me regarde avec de plus en plus d'insistance et de sérieux, reprend :

– De l'avancement de mes projets. Je ne suis pas pressé, mon associé gère parfaitement notre business en mon absence.

Je suis perdue : de quels projets parle-t-il exactement ? De la vente de la maison familiale ? De ses projets avec mon frère ? De projets plus… personnels ? J'ai le sentiment qu'il ne dit pas tout, mais je n'insiste pas. Ça ne me regarde pas.

– Tu as une affaire là-bas ? demandé-je, pragmatique, ignorant les autres questions qui se bousculent dans ma tête. Tu n'as pas peur qu'il te spolie pendant ton absence justement ?

– Absolument pas ! J'ai une confiance aveugle en cet homme. Les Japonais sont réglos. Exigeants, pointilleux, mais réglos.

– Tu possèdes un restaurant ?

Comme il a fait des études de cuisine avant de se spécialiser en pâtisserie, c'est ce qui me semble le plus logique.

– Toute une chaîne.

– Toute une chaîne ? répété-je bêtement. Bravo !

– Des pâtisseries, également…

Oh…

– Je savais que tu étais capable de grandes choses…

– Merci, maître, votre confiance en mes capacités m'honore.

Euh… de quelles capacités veut-il parler ?

Il faut que j'arrête de chercher un autre sens à ses propos et de croire qu'il me drague, parce que je n'en ai aucune certitude ! Quand bien même, je dois continuer à me montrer prudente, je me le suis promis.

– Tu fais de la cuisine japonaise ?

– Non, française ! Les Japonais en raffolent. Ils raffolent surtout de mes desserts.

– Je les comprends. Et ça marche bien ?

– Très !

Dois-je comprendre qu'il est devenu un homme riche ? Combien de restaurants possède-t-il au juste ? Et de pâtisseries ? J'ai envie d'en apprendre davantage sur sa vie mais je m'abstiens, et demande simplement :

– Tu vis où ?

– À Tokyo.

OK...

– Et... du coup... après les fêtes, tu repars là-bas ? insisté-je.

Il sourit, rétorque :

– Oui, Camille, je repars ! Tu seras bientôt débarrassée de moi !

– Ce n'est pas ce que j'ai dit !

– Non, mais tu le penses ! Mais ne t'inquiète pas, d'ici là, je saurai me tenir !

– Comment ça ?

– Je ne t'approcherai pas plus que nécessaire !

Il se penche, plante ses iris dans les miens.

Des iris aussi noirs que la nuit.

– À moins que tu ne le désires...

Quoi ?

J'en reste sans voix.

Quel mufle !

J'aimerais trouver quelque chose d'intelligent à dire, mais l'intensité de son regard me cloue sur place. Il se penche davantage, souffle :

– Bonne journée, maître…

Je le regarde s'éloigner, complètement larguée.

Cette cohabitation forcée mettait déjà mes nerfs à fleur de peau mais là, il vient de m'assener le coup de grâce : est-ce qu'il sous-entend qu'il me suffirait de lui en faire la demande pour qu'il se passe quelque chose entre nous ? Certainement pas ! Il rêve, lui ! Tant que je n'aurai pas entière confiance en lui, je l'éviterai et lui parlerai le moins possible, point !

6

Camille

Une quinzaine de minutes plus tard, après m'être (re)lavé les dents et avoir repris contenance, j'entre dans les cuisines par la porte de derrière, afin de me présenter au personnel. C'est déjà l'effervescence, mais rien en comparaison du « coup de feu » de ce soir ; et certainement rien non plus en comparaison du tout début de matinée, lorsque les produits arrivent par caissettes entières des quatre coins de la Bourgogne. Les boulangers sont déjà à pied d'œuvre, si j'en crois la bonne odeur. Quant aux cuisiniers et pâtissiers, il leur faut la journée pour se préparer, avec une coupure dans l'après-midi.

J'inspecte l'espace des yeux, toujours dans mon objectif de publicité et d'évolution.

Aujourd'hui, je me présente à l'équipe, je dîne au restaurant pour me rendre compte de l'atmosphère ainsi que de l'implication de chacun, je prendrai quelques clichés et demain, je ferai de même ici. Autant rester diplomate ! D'autant que je dois demeurer discrète si je ne veux pas me faire griller par Max.

J'avance lentement, tout en regardant tout autour de moi.

Nos cuisines sont comme toutes celles des grands restaurants, immenses, immaculées, d'une propreté irréprochable, et nos plats confectionnés « à la minute » ; pas de surgelés ni de micro-ondes. Il en va de notre réputation.

Je souris à la ronde, ignore le regard de Léo tout en me dirigeant vers le chef, reconnaissable à sa toque différente des autres.

Enfin… j'espère ne pas me tromper, car à la vérité, je n'y connais pas grand-chose !

– Bonjour, je me présente, Camille Dumas. Vous êtes bien le chef cuisinier ?

– Parfaitement, madame. Damien Bouchard, enchanté !

Je réponds à son sourire.

– Moi de même, chef. Vous auriez quelques minutes à m'accorder pour me présenter la brigade ?

– Bien sûr, pas de problème !

Il me nomme à chacun, m'explique les différents postes. Ainsi, j'apprends que l'équipe compte trois pâtissiers et douze cuisiniers (rien que ça !), pour cinquante couverts, avec des tâches différentes. Certains sont préposés aux entrées, d'autres aux plats principaux, aux cuissons, alors que d'autres encore s'occupent exclusivement des sauces. Chaque plat est un tableau, une œuvre d'art, m'explique le chef, et quand je vois le soin qu'ils déploient pour la préparation, je ne peux que le croire. Je serre des mains, leur souhaite bonne continuation et les assure de ma disponibilité.

Plus nous avançons, plus mon cœur cogne contre mes côtes.

Car plus nous avançons, plus nous nous rapprochons de l'espace desserts, où officie Léo. Léo, qui n'a pas cessé d'épier chacun de mes gestes, chacune de mes paroles… Léo, dont j'ai perçu le regard insistant sur mes jambes, mes fesses, mon visage, et qui, là, maintenant, comme un fait exprès, nous tourne le dos.

– Madame Dumas, laissez-moi vous présenter Léo Duquesne, qui nous vient tout droit du Japon.

Il se retourne et je lui tends la main.

Il veut jouer ? Alors, jouons !

– Monsieur Duquesne, je suis ravie. Vous vous plaisez chez nous ?

Il hausse un sourcil, regarde ma main comme si elle allait lui sauter dessus, s'en empare. Sa peau, instantanément, brûle la mienne, nos iris se happent. Juste une fraction de seconde, mais suffisamment pour que mon cœur défaille. Et défaille encore davantage lorsqu'il me sourit, de façon assez ambiguë je dois dire, tout en conservant ma main dans la sienne. Du moins suffisamment pour que mon être en entier réagisse. Puis il relâche ma main. Lentement.

– Infiniment, madame Dumas. Tout ici est tellement… intéressant.

C'est ça, ouais… intéressant !

Le bout de nos doigts s'effleure. Je muselle les élancements de mon cœur, lui souris, plante mes iris dans les siens que j'ai la satisfaction de voir se troubler. Je prends ma plus belle voix :

– Si vous avez besoin de quoi que ce soit, venez me trouver dans mon bureau, monsieur Duquesne, je répondrai à tous vos… problèmes éventuels. C'est le deuxième, marqué privé, dans le couloir menant aux toilettes du hall. J'ai également un accès depuis la cour.

Son regard se voile de nouveau d'une lueur fugace d'étonnement, mêlée d'intérêt. Visiblement, ce petit jeu lui plaît. Et il me plaît bien, à moi aussi. Je crois même que je pourrais y prendre goût.

– Je n'y manquerai pas, madame, rétorque-t-il à son tour d'une voix charmeuse.

Je lui tourne le dos, l'ignore et reporte mon attention sur le chef.

– Je vous remercie infiniment, monsieur Bouchard. Cette visite était très instructive.

Le chef s'incline devant moi.

– Je vous en prie. Revenez quand vous voulez…

– Justement ! Demain, pour quelques photos, ce serait possible ? C'est pour notre site Web.

– Bien sûr ! Tout ce que vous voudrez, je suis à votre entière disposition.

Euh… je n'en demande pas tant, mais j'avoue que son regard incendiaire sert grandement mes desseins de provoquer Léo, que je sens très distinctement se raidir à mes côtés. Je remercie le chef, lui donne rendez-vous pour le lendemain, et me dirige vers les portes battantes ouvrant sur la salle de restaurant.

Je me retourne avant de les franchir, croise le regard de Léo qui, visiblement, continuait de m'observer. Je lui souris, et jubile quand ses sourcils se froncent.

À ton tour de te poser des questions, p'tit con ! Mais un p'tit con qui me fait toujours autant craquer, et avec lequel je vais adorer jouer.

Je traverse la salle de restaurant, me présente à Ludovic, notre maître d'hôtel, lui réserve une table pour le soir même.

Puis j'ouvre les accès à mon bureau avant d'aller toquer à celui de Maxence que je suis surprise de ne pas avoir encore croisé. Surprise, et légèrement inquiète. J'espère que Julie va bien.

N'obtenant aucune réponse et découvrant la porte fermée, je retourne dans mon bureau, démarre les ordinateurs, me saisis de mon téléphone portable.

[T'es où ? Tout va bien ?]

J'obtiens aussitôt une réponse :

[J'arrive !]

Effectivement, quelques minutes plus tard, après un coup bref contre le vantail de la porte intérieure, Maxence pénètre dans la pièce.

Je me lève, l'enlace, l'observe.

C'est bien ce qu'il m'avait semblé quand il est entré, il n'a pas l'air dans son assiette.

– Quelque chose ne va pas ?

Il passe une main sur son visage, va s'avachir sur le fauteuil de l'autre côté du bureau.

– C'est Julie ! Elle veut retourner chez ses parents. Papa, maman et maintenant ma femme… J'ai l'impression que tout fout le camp, Camille.

Je m'accroupis à côté du fauteuil, pose la main sur son genou. Je déteste le voir souffrir. Ça me fait mal.

– Pourtant, tout semblait aller bien entre vous ce week-end ? Que s'est-il passé ?

Leur entente n'a pas toujours été au beau fixe ! Si Julie s'avère d'un caractère docile, Max, lui, se montre souvent exigeant et s'énerve d'un rien. Surtout si les nerfs prennent le dessus, comme actuellement.

– Ce n'est pas ça, m'assure-t-il, tout va bien entre nous. Elle a besoin de repos et visiblement, le bruit la dérange.

– Et toi, qu'est-ce que tu en penses ?

Il soupire :

– Il est certain qu'il y a du va-et-vient avec les livraisons et les touristes, mais je…

– Tu te sens abandonné ? terminé-je à sa place.

– On le serait à moins, non ?

Je reconnais bien là son caractère d'enfant gâté.

– Ne le prends pas mal, Max, elle est inquiète pour le bébé et elle a certainement besoin d'être réconfortée et chouchoutée par sa mère, c'est normal. Je la comprends, rester seule toute la journée à attendre ton retour, ce n'est pas drôle.

Il plonge ses yeux dans les miens, acquiesce, visiblement soulagé :

– Tu as sans doute raison, mais c'est dur de la voir partir.

Il se redresse, ajoute :

– Je l'accompagne chez ses parents et j'ai encore à faire à l'extérieur, je te laisse la boutique ?

– Bien sûr ! Tu seras là ce soir ?

– Je reviendrai en fin de journée en coup de vent avant d'aller retrouver ma femme.

– D'accord…

Il se remet debout à son tour, prend un peu de distance. Je l'observe. Il semble aller mieux… et moi je suis soulagée qu'il ne tienne pas rigueur à Julie de s'éloigner. Comme je l'ai dit, je comprends sa motivation et son besoin d'aller se faire cocooner par sa mère. Abandonnant mon idée de le tenir à l'écart, j'ai soudain envie de lui parler du site et du manque cruel de communication, mais je me retiens, ce n'est pas le moment, il a d'autres préoccupations. Je lui en parlerai lorsque j'aurai mis la touche finale et j'espère qu'il sera satisfait. Après tout, c'est dans l'intérêt du domaine, il ne peut pas s'en offusquer.

Je le prends dans mes bras.

– Tout va très bien se passer, tu verras.

Il me rend mon étreinte, brièvement, et s'écarte. S'il a parfois des gestes tendres à mon égard, surtout depuis qu'il fréquente Julie – ça l'a déridé et rendu plus chaleureux –, nous ne nous sommes jamais laissés aller de la sorte.

– J'espère…

Je le regarde s'éloigner.

Il se retourne avant de sortir de la pièce, murmure :

– Merci…

– Pas de quoi ! Allez, file ! Et embrasse Julie pour moi.

– Je n'y manquerai pas. À plus tard…

– Ciao !

Il referme la porte.

Je vais m'emparer de mon portable, et, tout en me dirigeant vers la porte vitrée donnant sur l'extérieur, j'envoie un message à ma belle-sœur :

[Coucou, repose-toi bien !
Je suis là si tu as besoin
de quoi que ce soit.]

Elle me répond aussitôt :

[Tu ne m'en veux pas
d'abandonner le navire ?]

Plutôt que de lui écrire, je l'appelle, ce sera plus simple.

– T'es folle, pourquoi je t'en voudrais ? Tu dois penser à toi et au bébé…

– Je sais, mais je culpabilise. Tu as vu Max, il t'en a parlé ?

Je perçois l'angoisse dans sa voix. Je peux me tromper mais je ne crois pas qu'elle craigne de déplaire à Max, elle est douce et gentille, mais ne se laisse pas pour autant marcher sur les pieds. Non, ce qui la chagrine réellement, c'est de s'éloigner du domaine et de nous laisser nous dépatouiller sans elle.

– Oui, je l'ai vu, Julie, et non, il ne t'en veut pas. Tu peux partir tranquille.

– OK, ça me rassure, et sinon, toi, tu t'en sors ?

– Ça va ! Ce n'est pas forcément facile de jongler entre le cabinet et le domaine, mais j'ai demandé de l'aide à mes collaborateurs. Je devrais m'en sortir.

– C'est parfait, alors ! Ah, voilà Max ! Je te laisse, ma belle. Toi non plus, n'hésite pas à m'appeler si tu as besoin…

– Pas de problème ! Bisous !

– Bisous !

Elle a retrouvé son entrain.

Je raccroche et contemple l'extérieur. Hier, les jardiniers et les équipes de décoration ont donné au domaine son air de fête et j'avoue que c'est très réussi. J'aimerais tellement qu'il neige ! Noël sans neige, ce n'est pas véritablement Noël, et dans dix jours, très exactement, c'est le réveillon. Comme je le faisais lorsque j'étais petite, je regarde le ciel et fais un vœu pour que la neige s'invite au rendez-vous. Parfois c'était le cas, parfois non. Oh, bien sûr, notre manteau neigeux n'a rien en commun avec celui des Alpes, mais il est suffisant pour donner une autre ambiance. Parfois aussi, le soleil pointait le bout de son nez, et là… c'était magique ! Une vraie carte postale.

Je retourne m'asseoir et me mets au travail. Je jongle entre mes deux activités toute la journée, avec une pause pour déjeuner brièvement d'un thé et d'un biscuit que j'avais dans mon sac, et à dix-neuf heures trente passées de quelques minutes, je ferme le bureau et me rends au restaurant, me réjouissant d'avance de me comporter en critique gastronomique. Comme convenu, après m'être imprégnée de l'ambiance du lieu, je confectionnerai une petite vidéo qui rejoindra ensuite les clichés sur le site remis au goût du jour.

J'entre dans la salle, m'arrête devant le pupitre de Ludovic, notre maître d'hôtel, donc, chargé de vérifier les réservations et d'accompagner les convives à leur table.

– Bonsoir, Ludovic.

– Bonsoir, madame Dumas. Si vous voulez bien me suivre…

En habituée des bonnes adresses parisiennes, que je fréquente de temps à autre avec mes collègues, j'apprécie son sourire accueillant et sa tenue irréprochable. Tout en traversant la salle à sa suite, j'inspecte les lieux et les convives déjà installés tandis que d'autres attendent derrière moi son retour. Le lustre monumental aux ampoules en forme de bougie ainsi que les appliques diffusent leur lumière dorée, réfléchie à l'infini par les miroirs ovales cerclés de dorures ornant les murs ; le parquet rutile ; à l'extérieur, les lampadaires et les multiples guirlandes de décoration brillent de mille feux. C'est vraiment très beau ! Et très select. Je suis sous le charme. Bien que chaque année je rende visite à mes parents durant la période des fêtes, je ne viens jamais au restaurant.

– Vous attendez beaucoup de monde, ce soir, Ludovic ? m'enquiers-je.

– Nous sommes complets, madame !

Parfait !

Mon regard croise celui d'une jeune femme installée un peu plus loin sur la gauche, en retrait de l'allée. Je lis dans le sien qu'elle m'a reconnue. Elle me sourit, se lève quand je passe non loin d'elle.

– Camille ?!

Je lui souris en retour, cherche son prénom.

– Émilie ! m'exclamé-je. Émilie Dupuis !

– C'est ça !

Elle me tend la joue et nous nous embrassons.

– Comment vas-tu ? Ça fait un bail !

– Depuis le lycée ! confirmé-je. Bien et toi ? Qu'est-ce que tu deviens ?

Nous fréquentions le même lycée, à Beaune. Nos parents se voyaient de temps à autre.

– Je suis partie, puis revenue ! Et toi ?

– Je vis toujours à Paris !

– J'attends un ami, mais tu peux te joindre à nous si tu veux.

Pourquoi pas. Je n'aime pas particulièrement manger seule dans des lieux publics.

– Avec plaisir ! Pourriez-vous me rajouter une chaise et des couverts, Ludovic, s'il vous plaît ? Et nous faire apporter un ratafia ? Ça te va ? demandé-je à mon ancienne copine de lycée.

Son sourire s'élargit.

– Bien sûr !

– Tout de suite, madame Dumas, répond avec déférence le maître d'hôtel resté en retrait.

Je le remercie, prends place, et Émilie fait de même. Je l'observe. Elle a peu changé. Je me souviens que je lui enviais ses yeux verts, ses longs cheveux blonds, ses formes. Son décolleté attire indéniablement toujours le regard. Son sourire aussi.

Le serveur envoyé par Ludovic me dresse un couvert puis nous apporte nos apéritifs, ainsi qu'une assiette d'amuse-bouches – gougères et verrines. Nous trinquons à nos retrouvailles. Je repose mon verre après avoir bu une gorgée. J'engloutis une gougère. Délicieux l'un et l'autre. Je le note dans un petit coin de ma tête, je ferai une liste des points positifs et négatifs plus tard.

– Ça me fait vraiment plaisir de te voir, Émilie !

– Et moi donc ! C'est dommage que nous nous soyons perdues de vue après le lycée alors que nous nous étions promis de garder contact.

Elle m'a appelée à plusieurs reprises mais je n'ai pas donné suite. Non pour la snober, je pensais que nous aurions l'occasion de nous croiser au village. Comme je rentrais peu, et toujours en coup de vent, cela ne s'est jamais produit.

– Excuse-moi de ne pas t'avoir rappelée, mais je n'ai plus eu une minute à moi dès que les cours ont commencé.

J'ai passé des années à bosser comme une tarée, ne m'autorisant qu'une seule sortie par trimestre. Et encore…

Vu le sourire dont elle me gratifie, elle ne semble pas m'en vouloir. Nous étions amies, mais pas meilleures amies. D'ailleurs, à part Julie, je n'en ai pas. Des filles ont traversé ma vie, de simples copines, mais là encore, n'ayant pas le temps de cultiver une profonde amitié, elles en sont sorties rapidement.

– Tu as dû bien t'amuser à Lyon ?

Je prends le temps de boire une autre gorgée de ratafia confectionné avec du marc ou de la fine de Bourgogne (de l'eau-de-vie) et du moult.

– J'avais tellement de travail que je ne suis pas beaucoup sortie. Et toi ? Tu étais à Dijon, non ?

– Oui ! Et comme toi, je ne sortais pas beaucoup. Les études de pharmacie, c'est l'enfer !

– Oh… tu es pharmacienne ?

– Oui, à Beaune ! J'ai passé ma thèse l'année dernière et je viens de racheter une pharmacie avec un copain de promo. Nous ne sommes pas ensemble ! ajoute-t-elle subitement. Ça évite les embrouilles, j'ai assez donné !

– Tu as eu des ennuis ? demandé-je, mon instinct de défenseuse de la cause féminine reprenant le dessus.

– Oui, avec mon ex !

– Vous aviez une pharmacie ?

– Seulement un appartement ! Heureusement que mes parents m'ont soutenue et aidée financièrement.

– Je suis avocate ! Si tu as besoin de mes services, c'est avec plaisir.

– Je sais, ton père l'a dit au mien, mais nous avons préféré démarcher quelqu'un de plus proche. La procédure est en cours, mais je trouve que ça traîne en longueur.

C'est le problème avec certains avocats…

– En tout cas, n'hésite pas à faire appel à moi si tu as besoin de conseils.

– Tu es en vacances pour quelques jours ?

– Un mois ! Je remplace ma mère.

– Ah oui, j'ai appris pour ton papa, comment va-t-il ?

Nous discutons de l'état de santé de mon père, puis des anciens du lycée avec lesquels elle a gardé contact, jusqu'à ce que son regard soit attiré vers l'entrée du restaurant, qu'elle ne cessait d'épier depuis quelques minutes.

– Le voilà !

Elle sourit au nouveau venu, me le désigne.

– Je pense que vous vous connaissez déjà…

– Effectivement ! Quentin… Bonsoir !

Si j'en crois la lueur qui traverse ses iris, il est ravi de me découvrir aux côtés d'Émilie.

– Bonsoir, madame Dumas !

– Camille… s'il vous plaît… et je vous autorise à me tutoyer en dehors du travail, je réponds avec un sourire engageant.

– OK !

Il embrasse Émilie sur les joues, s'installe et pose sa serviette sur ses genoux.

– Donc… vous vous connaissez ? Le monde est petit ! remarque-t-il.

C'est le moins que l'on puisse dire…

– Nous étions ensemble à l'école, lui répond Émilie. De l'école maternelle au lycée. J'ai rencontré Quentin à Dijon, ajoute-t-elle à mon intention. C'est un ami de Sylvain, mon ex…

Nous discutons de choses et d'autres. Trop éreinté pour boire de l'alcool, Quentin refuse un apéritif. Nous commandons nos plats et Timothée, après s'être présenté, nous conseille sur le vin qui se mariera avec nos choix.

Il me fait un clin d'œil avant de s'éloigner.

Il est tout mimi lui aussi dans sa tenue de travail... je comprends qu'il fasse craquer les mecs, il est lui-même un très beau !

J'avoue à Émilie, non sans fierté, que Tim est mon petit frère, puis nos entrées sont servies : escargots pour moi, jambon persillé pour Émilie, et terrine campagnarde truffée pour Quentin. La conversation continue sur nos jobs respectifs, nos souvenirs d'école, nos premières expériences professionnelles... sans aucun temps mort. Je les questionne sur leurs choix de plats, leur parle de mes objectifs de communication pour le domaine, et j'accepte la proposition de goûter l'entrée de Quentin. C'est au moment où je pique un morceau de terrine que Léo entre dans la salle, une assiette dans chaque main. Il m'aperçoit. Je peux lire la surprise dans son regard, très rapidement teintée du déplaisir manifeste de me découvrir assise face à l'œnologue du domaine. D'autant plus que nous semblons proches, puisque je suis occupée à piquer un truc dans son assiette. Je toise Léo, me redresse et porte la fourchette à ma bouche. Il se détourne, mais j'ai eu très clairement le temps de remarquer qu'il fixait mes lèvres.

– C'est Léo ? s'exclame Émilie.

Je reporte mon attention sur elle. Les joues toutes rouges, elle ne le quitte pas des yeux tandis qu'il discute avec les clientes, leur présentant ses desserts. C'est vrai qu'il y a de quoi se pâmer, et les deux dames, d'un âge certain, tout sourires, boivent ses paroles. Ce type a le don de se faire aimer de toutes les femmes qui passent à sa portée ; jeunes ou vieilles, il les séduit toutes. Et Émilie semble également sous le charme.

– Oui, Émilie, c'est Léo ! ironisé-je.

– Il est rentré du Japon ?

Manifestement, je ne suis pas la seule à m'être intéressée à lui.

– Pour quelques jours seulement ! Ensuite, il repart…

J'ignore pourquoi je lui fais cette réflexion… Non, en fait, si, je sais parfaitement pourquoi, je refuse qu'elle s'intéresse à lui, mais si ça devait se produire, qui suis-je pour les empêcher de se voir durant son séjour en France ?

Soudain, je n'ai plus faim !

Je fais pourtant bonne figure et ignore Léo lorsqu'il repart d'où il vient, après m'avoir jeté un coup d'œil que j'ignore également.

– Il est toujours aussi beau ! s'extasie ma voisine. Tu sais que je suis sortie avec lui ?

Pardon ?

Là, c'est sûr, j'ai définitivement perdu l'appétit.

Je m'oblige à l'indifférence, demande :

– Ah bon, quand ça ?

– Quand nous étions en seconde ! Ça n'a duré que deux jours, s'amuse-t-elle. J'étais raide dingue de lui, mais lui…

Elle s'interrompt.

Quentin nous observe, tout en terminant sa terrine, visiblement amusé par la tournure des événements.

Elle se penche vers moi, comme pour une confidence.

– Il s'en foutait ! Il était amoureux d'une autre !

– D'une autre ? répété-je.

– Oui, Camille ! réitère-t-elle en me regardant avec insistance.

Je comprends où elle veut en venir.

Tim, maintenant elle… qu'est-ce qu'ils ont tous à penser ce genre de conneries ?

– Quoi ? De moi ?

– Ben oui, de toi !

– N'importe quoi ! m'insurgé-je. On se déteste !

– Toi, tu le détestes peut-être, mais lui, je n'en suis pas si sûre. Il n'arrêtait pas de te mater ! C'était très finement joué de ta part de simuler le désintérêt. Les mecs aiment qu'on leur résiste !

– Je n'ai pas eu à simuler quoi que ce soit, puisqu'il ne s'est jamais intéressé à moi, je t'assure.

– Si tu le dis !

Ben oui, je le dis !

Émilie n'insiste pas davantage et nous reprenons notre discussion tout en dégustant les plats suivants, poisson du jour pour moi – dos de turbot et ses petits légumes poêlés – et pièce de bœuf rôtie pour mon ancienne amie de lycée et Quentin. Je ris, je parle, je goûte leurs assiettes en prenant des notes mentalement, j'écoute notre œnologue qui s'avère caustique et drôle, je tente de me concentrer sur mes voisins de table, mais mon cerveau demeure sans cesse accaparé par la présence de Léo et ses allées et venues entre les cuisines et la salle. J'aimerais ne pas le suivre des yeux, mais c'est impossible. Il me fascine ! Je ne vois que lui. Il est si beau dans son costume noir à la veste à col Mao, vraiment à tomber. Toutes les femmes le suivent des yeux dès qu'il a le dos tourné. Je crois même que certaines lui font véritablement du rentre-dedans. Ce qui m'énerve, je dois le reconnaître. Il demeure courtois, souriant, et chacun de ses sourires fait tressaillir mon cœur car il ne m'est pas destiné. Pourtant, très souvent, nos regards se croisent, et là encore mon cœur fait un petit bond, puis Léo cesse de me dévisager pour observer Quentin, une brève lueur indéfinissable plantée au fond de ses prunelles.

C'est le cas, là, dans l'instant.

Il dévisage Quentin, penché dans ma direction pour étayer ses propos. Les clients s'adressent à lui mais j'ai le sentiment qu'il reste distant. Il énonce quelques mots puis s'éloigne. Je perçois son regard sur moi lorsque, jouant le rôle que je me suis fixé – l'énerver autant qu'il m'énerve, le tenter, le rendre dingue –, je ris à une anecdote de Quentin sur l'un de ses professeurs de lycée. Du coin de l'œil, je le vois regagner les cuisines.

Nos assiettes sont desservies et nous commandons nos desserts : écrin de Bourgogne cassis et chocolat Manjari pour moi ; douceur framboise, abricot et chocolat Dulcey pour les deux autres. Et quand je vois Léo sortir des cuisines avec nos assiettes, mon rythme cardiaque accélère. En même temps, j'aurais dû m'en douter puisqu'il a servi lui-même les autres convives.

Je sens très nettement ma voisine de table se redresser lorsqu'il atteint notre table.

– Mesdames, monsieur… pour vous, madame, une douceur de framboise…

Je me perds dans le mouvement de ses lèvres tandis qu'il décrit à Émilie son dessert, sans écouter un traître mot. Je retiens seulement que le chocolat Dulcey est un chocolat blanc caramélisé et le dessert a l'air succulent. Émilie, les joues rouges, lui sourit. S'il l'a reconnue, il n'en montre rien. Très professionnel, il dépose ensuite l'assiette qui m'est destinée devant moi, porte toute son attention sur ma petite personne et là, malgré ma volonté pour paraître indifférente, je ne maîtrise plus rien, mon souffle accélère, mon cœur tambourine contre mes côtes, mes lèvres s'entrouvrent. Je manque d'air. Surtout lorsqu'il me souhaite une bonne dégustation, avec dans le regard cette lumière caressante, enveloppante, envoûtante, dont il fait montre à mon égard depuis son retour et qui me déstabilise totalement en plus d'affoler mes sens.

– D'où as-tu dit qu'il venait, ce chocolat ? demandé-je, pour faire durer l'instant.

– De Madagascar. Tu verras, c'est un régal !

Ce dessert ressemble à celui qu'il m'a fait goûter, en moins beau. Il fait très certainement des essais pour la touche finale.

– Tu me diras ce que tu en penses…

– Bien sûr !

Il sert Quentin, lui décrit à lui aussi son dessert, et s'incline.

– Mesdames, encore bonne dégustation.

– Merci, Léo, répond Émilie.

Si elle souhaite engager la conversation sur un passé commun, elle en est pour ses frais, car elle n'obtient qu'une légère inclinaison de tête.

Elle se renfrogne tandis qu'il s'adresse à Quentin :

– Monsieur, voulez-vous me suivre en cuisine, s'il vous plaît ?

Sa requête m'étonne.

Que lui veut-il ?

Quentin pose sa serviette sur la table et s'exécute.

Je saisis le poignet de Léo avant qu'il se détourne.

– Un problème ?

– Aucun ! réplique-t-il, son sourire à enflammer les petites culottes au coin des lèvres.

– Si c'est le cas, tu dois m'en parler, Léo…

– Je vous en parlerai, maître…

– Je ne plaisante pas !

– Moi non plus, madame Dumas !

Il se penche vers mon oreille, susurre :

– Je ne plaisante jamais avec les sentiments…

Je frémis au contact de son souffle chaud contre ma peau, me décale, le dévisage. Comme d'habitude, avant que j'aie le temps de formuler la question qui me brûle les lèvres, il s'est éloigné, Quentin sur les talons.

Qu'est-ce que ça signifie encore, ce truc ?

– Tu vois ce que je voulais dire, tout à l'heure ? me souffle Émilie après s'être penchée vers moi. Rien n'a changé, Camille, il est amoureux de toi. Quant à moi, il ne m'a même pas calculée !

Je cligne plusieurs fois des paupières.

– Tu te trompes, il n'a jamais été amoureux de moi. Il aime faire tourner les filles en bourrique et en avoir plusieurs à ses pieds.

– C'était vrai à l'époque, ce n'est peut-être plus le cas.

Je vais pour lui répliquer que j'en doute puisqu'il continue manifestement de s'amuser avec mes nerfs, lorsque j'en suis empêchée par le retour de Quentin.

– Qu'est-ce qu'il te voulait ? demandé-je aussitôt.

Il me sourit, mais je ne sais pas… son sourire sonne faux.

– Rien, rien, ça concerne le travail.

– Justement ! S'il y a un souci, j'aimerais être au courant.

– Je t'en parlerai le moment venu, répond-il, énigmatique.

OK… je n'en tirerai rien de plus et j'avoue que là, tout de suite, je n'ai pas envie de parler boulot. Je laisse tomber l'affaire, mais je réglerai mes comptes avec mon colocataire.

Il faut qu'il cesse ce petit jeu !

Le plus vite possible !

Le restaurant se vide petit à petit et il est près de vingt-trois heures lorsque Émilie et Quentin se décident à partir. Nous nous embrassons, nous souhaitons bonne nuit, je les remercie pour le bon moment que nous avons partagé et leur signale que le repas est pour moi ; ils sont mes invités. Ils se confondent en remerciements et Émilie me fait promettre de la contacter si je m'ennuie et si j'ai envie de sortir. J'accepte – ignorant si je le ferai –, et ils prennent congé.

J'ai vraiment passé un très bon moment. Le sourire aux lèvres, je me dirige vers la dernière table encore occupée. Je me présente aux quatre convives, deux couples, leur demande leur ressenti sur notre prestation, qui s'avère être positif, même élogieux. Ils ne connaissaient pas le restaurant et sont sous le charme. Tout leur a plu : la qualité des mets, l'accueil de l'entrée, la disponibilité des serveurs, la présentation personnalisée des desserts. Les femmes, surtout, semblent conquises. Je sais… il me fait cet effet-là à moi aussi. Un effet qui me plaît autant qu'il me désespère.

Je crois que je suis redevenue accro, même si je m'en défends.

Mais comment ne pas l'être ?

Il est… il est… il est tout ce que j'aime…

Mais ce n'est ni le lieu ni le moment de me laisser aller à ce genre de pensées.

Je les remercie chaleureusement et leur demande l'autorisation de filmer, qu'ils me donnent volontiers. Je prends donc quelques photos, puis une petite vidéo que je posterai sur le site ainsi que sur les réseaux, avec une jolie musique pour plus d'effet. Je sais que les Reels sur Insta fonctionnent bien, tout comme les vidéos, et recueillent pas mal de vues. Je les mettrai demain matin en ligne et rapidement, je me rendrai compte du résultat. J'espère que ça fonctionnera… mais il n'y a pas de raison, j'ai confiance. Et dès demain, si nous trouvons un moment pour discuter, j'en parlerai à Max.

Je souhaite une bonne fin de soirée aux derniers convives, puis me rends aux cuisines pour prendre quelques photos, comme ça, ce sera fait ! Je pousse la porte battante, m'apprêtant à recevoir un nouveau petit coup au cœur lorsque mon regard croisera celui de Léo.

Ça sent la fin du service !

Les cuisiniers nettoient leurs plans de travail, les plongeurs sont à pied d'œuvre, le chef, vers lequel je me dirige afin de lui réitérer mes intentions de prendre des photos, assis à son bureau, concentré sur des papiers. Je cherche des yeux un uniforme noir, mais nulle trace de Léo ; il a dû rentrer… mon cœur défaille à la pensée que dans quelques minutes, je serai de nouveau seule avec lui dans l'appartement de mes parents.

Je me dépêche de venir à bout de la tâche que je me suis fixée pour ensuite rentrer à mon tour. Dépitée, je constate que Léo n'est pas au rez-de-chaussée. Je pourrais aller le trouver dans sa chambre pour lui demander des explications sur son comportement, mais je n'en ai pas le courage. Je veux être en pleine possession de mes moyens pour l'affronter !

Là, je suis cramée, et je crois que j'ai un peu abusé de ce bon vin blanc que nous a conseillé et servi Timothée.

Je le féliciterai sur son choix, il était parfait !

Je gagne la salle de bains, ne pouvant m'empêcher d'espérer croiser Léo, mais mes espoirs s'avèrent vains. Je ne peux pas m'empêcher de ralentir le pas et de tendre l'oreille quand, après ma douche, enroulée dans une serviette, je passe devant sa chambre.

Rien… aucun bruit… il doit dormir…

Je m'enfouis sous la couette, ferme les yeux.

Et derrière mes paupières closes, j'imagine que Léo, pour une fois, est sincère avec moi, et qu'il n'a pas juste mis au point un plan machiavélique pour me faire chier.

7

Camille

Vendredi. Trois jours ont passé. Trois journées éreintantes, sans une seule minute à moi. C'est dur, mais je m'accroche. Trois jours, également, que je n'ai pas revu Léo. Il se lève à l'aube, rentre tard, et pour ma part, trop occupée, je n'ai pas remis les pieds en cuisine, mais à vrai dire, je n'ai rien à y faire. Sitôt rentrée, je dîne d'un yaourt, m'affale sur le canapé pour larver devant la télé une petite heure et ensuite gagner mon lit où je m'endors en une fraction de seconde. Seule satisfaction et seul moment de détente dans ce rythme de fou, j'ai posté les photos et la vidéo sur le site – que je n'ai pas encore terminé de remettre au goût du jour –, ainsi que sur les réseaux, j'ai ouvert une page Facebook dédiée au restaurant, *je ne comprends pas que Max n'en ait pas eu l'idée*, et le jour même, les résultats se faisaient sentir : Ludovic a refusé une bonne trentaine de demandes de réservation. Un truc de fou ! Comme quoi, rien ne vaut la publicité sur les réseaux pour se faire connaître.

Quant à mes frères, je ne les ai aperçus qu'en coup de vent ; Tim n'a pas une minute à lui non plus avec le boulot et sa toute nouvelle relation avec Dimitri, que je n'ai pas revu, et Max profite de ma présence pour, sur mon conseil, lever le pied et passer plus de temps avec Julie. Ils ont besoin de se retrouver. Ce qui fait que la plupart du temps, je suis seule à la maison, mais la solitude ne me pèse pas. Elle n'a jamais été un problème pour moi, je me suffis parfaitement à moi-même.

Quand je relève la tête de mes écrans, dix-huit heures ont sonné. Le dossier du collectif de femmes est loin d'être finalisé, mais j'en ai assez ! C'est vendredi et… j'en ai marre d'être enfermée. Tout en rangeant mes affaires, je ressens l'envie d'aller partager un verre avec Quentin, s'il n'est pas déjà parti. Ça me fera le plus grand bien ! Je ne l'ai pas revu depuis mardi soir, et j'avoue que je le regrette ; j'ai vraiment apprécié sa présence. Il a beaucoup d'humour, et franchement, il n'est pas désagréable à regarder…

Quelques minutes plus tard, je franchis le seuil de la pièce de dégustation joliment décorée de rouge, de vert et d'or, et j'ai un instant d'hésitation en découvrant Léo assis au bar.

Apparemment, nous avons eu la même idée.

J'ignore quoi faire, et comment me comporter.

Je veux éclaircir la situation entre nous, mais en même temps, je me dégonfle. Je me suis toujours dégonflée avec lui, certainement parce qu'il me faisait trop d'effet. Et parce que je refusais de me ridiculiser. Plutôt mourir que de lui livrer mes sentiments ! Je savais pertinemment qu'il finirait à un moment ou à un autre par se moquer de moi.

Pour autant, j'en ai marre de me torturer pour trouver un sens à son récent comportement.

Je pourrais faire un pas vers lui et enterrer la hache de guerre, d'autant que je semble être la seule à avoir des problèmes avec le passé, parce que lui a manifestement tout oublié. Je me rends compte que, perdue dans mes pensées et le regard fixé sur Léo depuis de longues secondes, je n'ai pas avancé d'un pas. Ce qui finit par interpeller notre œnologue.

– Bonsoir, Camille, je te sers un verre ?

– Volontiers, Quentin ! Salut…

Léo lève la tête vers moi, plonge ses yeux dans les miens. Son regard est si velouté, si profond, si intense, que je m'y noie instantanément.

– Madame Dumas…

Et cette voix… elle me fait toujours autant frémir.

Je me penche pour l'embrasser, le sens tressaillir. Il se passe encore quelque chose, indéniablement, mais je crains tellement que ce ne soit qu'une vue de mon esprit que je ne m'appesantis pas sur mes sensations.

Il m'observe prendre place à ses côtés, demande :

– Toi aussi, tu as besoin d'un verre ?

– Oh que oui ! La semaine a été intense. La même chose que Léo, Quentin, s'il te plaît. Et toi, tout va bien ? Le Japon ne te manque pas trop ?

Sous-entendu : il n'y a pas une femme là-bas, qui t'attend ?

L'idée me révulse, mais le contraire serait étonnant. Il est tellement beau et tellement attirant que je l'imagine mal célibataire.

Quentin pose un verre de vin blanc devant moi. Je le remercie. Il me sourit, mais demeure distant et évite mon regard. Après quelques secondes, il s'éloigne pour ranger des bouteilles, à quelques mètres, semblant ne plus faire attention à nous. Certes, nous ne sommes pas seuls, mais son attitude, très différente de mardi soir, me surprend. Il s'était montré enjoué, chaleureux, jovial et… séducteur, oui, je l'admets ; il ne cessait de me lancer des œillades enflammées qui, plutôt que me mettre mal à l'aise, m'amusaient. Alors que Léo, à mes côtés, semble parfaitement détendu. Et son sourire en coin m'interpelle. Je ne peux m'empêcher de me demander ce qu'il cache. Je me fais certainement des films, mais avec lui, comment savoir ? Il aime lâcher des bombes ! Comme mardi matin avant de partir travailler, ou encore au restaurant lorsqu'il m'a dit, la voix diaboliquement veloutée, qu'il ne jouait jamais avec les sentiments.

Qu'est-ce que ça veut dire, bon sang ?

– Pas du tout ! Je suis bien occupé, finit-il par me répondre après avoir bu une gorgée de vin blanc.

Il inspecte son verre.

– Ce vin est excellent. Dans le passé, je ne savais pas l'apprécier à sa juste valeur.

Il me dévisage et je me perds un instant dans la lumière de son regard.

– Le palais se modifie, les goûts changent, hasardé-je.

– Tu as raison, c'est certainement ça…

Il me fixe attentivement. J'ai encore le sentiment qu'il veut me faire passer un message, mais je refuse de me perdre dans l'expectative. J'ai besoin de preuves ! Une petite partie de moi, toujours irrésistiblement séduite et attirée, veut connaître plus intimement l'homme qu'il est devenu loin de nous et apprendre à lui faire confiance, tandis que l'autre doute constamment et reste sur la défensive.

En cet instant, je laisse parler la première.

Après tout, qu'est-ce que je risque ?

Même s'il m'a fait beaucoup de mal par le passé, aujourd'hui, je suis tout à fait capable de me défendre et de lui rendre la monnaie de sa pièce. Peut-être même d'obtenir une petite vengeance. Légitime, vous en conviendrez ! Qui n'en rêverait pas, à ma place ? Je ne crois pas être mesquine, loin de là, mais qu'est-ce que ce serait bon…

Je lui sors mon sourire de séductrice.

Une petite lueur de surprise s'allume dans son regard.

À ton tour d'être paumé, mon p'tit bonhomme !

– Je n'ai pas encore eu l'occasion de te remercier, alors merci, Léo. Merci pour ce que tu fais pour Max et pour le domaine. Pour nous…

Ses iris fouillent les miens.

Ardemment.

– C'est le moins que je puisse faire, Camille. Vous m'avez tellement donné. Avec vous, j'avais…

Je le vois hésiter.

– J'avais trouvé…

Il hésite de nouveau. Une onde de tristesse assombrit son regard. Fugace, mais perceptible. Malgré moi, mon cœur se serre.

– Une famille ? terminé-je, face à sa soudaine retenue.

– C'est ça, une famille, murmure-t-il, la voix rauque.

Nous nous observons. Son émoi m'émeut et encore une fois, je me demande quelles enfance et adolescence il a vécu, quels sont ses secrets, ses fêlures, ses faiblesses… parce que nous en avons tous. Moi, c'était *lui* ma fêlure, ma faiblesse… ma souffrance. Lui que mon cœur désirait, lui que mon corps réclamait avec cette force et cette intensité propres aux premières amours, d'autant plus douloureuses que celui-ci, d'amour, n'était pas réciproque.

Je chasse mes pensées trop intimes.

– Qu'est-ce que tu veux en retour ?

– Je ne veux rien, Camille…

L'expression de son visage me happe. Mon souffle accélère légèrement, mon cœur vibre dans ma poitrine. J'aimerais fuir l'intensité de ses iris, mais j'en suis incapable. Il s'approche lentement. Son odeur m'environne. Ma peau se couvre de frissons.

– Ou plutôt si, je veux quelque chose, reprend-il, son souffle balayant mon cou. Tu ne t'es jamais demandé ce que ça donnerait, nous deux dans un lit ?

Quoi ???

Je me recule sous la surprise, l'observe.

– Pardon ? réussis-je à articuler enfin, toute salive ayant déserté ma bouche.

Il hausse un sourcil, un sourire séducteur sur les lèvres.

– Toi et moi, Camille…

Je panique.

– Je ne comprends pas, qu'entends-tu par là ?

– Tu le sais parfaitement, ajoute-t-il, la voix écorchée. Et je suis sûr que ce ne serait pas pour te déplaire ! Réfléchis à la question et si ça t'intéresse, tu sais où me trouver, susurre-t-il, avant de se laisser glisser de son tabouret et de s'éloigner, sans un regard en arrière.

Je cligne plusieurs fois des paupières, abasourdie.

Il pense à nous ?

À lui et moi ?

Ensemble ?

Nom de Dieu !

Il se fout de ma gueule !

– Un autre ? demande Quentin, revenu près de moi.

Je termine mon verre, accepte. J'en ai besoin. Depuis que Léo a insinué qu'il pourrait se passer quelque chose entre nous et qu'il ne tient qu'à moi que mon rêve de toujours se réalise, mon esprit déraille, mon corps défaille. J'ai attendu toute mon adolescence de susciter son intérêt et il vient de me le jeter au visage !

Quelle claque !

– Vous vous connaissez depuis longtemps avec Léo ? demande Quentin, interrompant le fil de mes pensées.

– Depuis toujours, réponds-je, les doigts serrés autour du pied du verre comme une naufragée.

Car c'est ainsi que je me sens : perdue ! larguée ! complètement déboussolée. Mais tandis que les émotions tournent à toute vitesse dans ma tête, la colère prend le dessus.

Il ne manque pas d'air ! Il n'a aucun droit de me balancer ça comme ça, sans ménagement ! En se foutant de ma gueule ! « Tu le sais parfaitement… ce ne serait pas pour te déplaire… »

Quel enfoiré !

Je bois mon verre cul sec.

Cette fois-ci, il va m'entendre, je compte bien lui dire ma façon de penser et vider mon sac par la même occasion !

Mes nerfs sont tellement à vif que la fraîcheur du vin me monte à la tête, frappe contre mes tempes.

J'ai bu trop vite et c'est mal !

Si mon père ou mes frères m'avaient vue engloutir ce vin comme un sirop, je me serais fait enguirlander.

Ce n'est pas de cette façon que l'on savoure un meursault !

Un meursault, ça se déguste et s'apprécie. Mais là, j'en ai rien à foutre ! Je veux juste que le petit vélo nommé Léo arrête de tourner et de m'étourdir. Ce petit con, en une phrase, a encore foutu le bordel dans ma tête ! Je ne peux pas croire qu'il pense sérieusement à ce qu'il se passe quelque chose entre nous ! Alors qu'il n'a jamais rien tenté par le passé ! Il ne peut pas s'intéresser à moi de cette manière. Pas lui… pas Léo Duquesne ! Pas ce connard de première ! Pas mon pire ennemi… pas le type que je déteste le plus au monde… il se fout encore de ma gueule, j'en suis persuadée.

Et j'en ai ras le bol !

Je descends du tabouret, m'éloigne à grands pas.

– Ta sacoche !

Je reviens vers le bar et m'empare de mon sac dans un mouvement d'humeur. Quentin va vraiment me prendre pour une demeurée mais ce n'est pas ma faute, c'est Léo, mon tourmenteur, qui met mon esprit en vrac.

– À plus tard, Quentin, bonne soirée, dis-je, m'obligeant à plus de tempérance.

Il me sourit, répond tout en essuyant un verre :

– Bonne soirée à toi aussi. Et bon week-end si on ne se revoit pas !

– Merci, toi aussi !

Je m'échappe. Discuter avec Quentin a refréné mes impulsions colériques, mais c'est tout de même les nerfs à fleur de peau que j'entre dans l'appartement de mes parents avec la ferme intention de débusquer Léo et de lui déballer tout ce que j'ai sur le cœur depuis des années ; pourtant, en le découvrant derrière le bar, j'ai soudain du mal à respirer.

C'est pas vrai !

Qu'est-ce qui déconne chez moi ?

Je peux porter une plaidoirie à bout de bras sans aucun problème devant une salle de tribunal pleine à craquer, mes études m'ont appris à aller droit au but sans états d'âme, à être concise et à me maîtriser, mais là, face au regard intense de Léo, je redeviens en une fraction de seconde cette adolescente raide dingue de lui. Tellement raide dingue que j'alternais entre mutisme et crises de colère à son égard, à tel point que j'avais envie de le virer de chez moi à coups de pied. Je sais que mon comportement étonnait mon entourage mais je n'y pouvais rien, c'était plus fort que moi.

Il m'observe tellement intensément que je perds mes moyens.

Les mots se bousculent sur ma langue, ma bouche s'assèche. Mes yeux s'écarquillent de surprise en le voyant se diriger vers le frigidaire, en sortir une assiette et la poser sur le plateau du bar. Tout en continuant de me dévisager, il me tend une cuillère à dessert.

Il est fou !

Fou, mais il me connaît bien ! Il sait comment m'amadouer et faire retomber mon humeur. J'ai souvent eu le sentiment, par le passé, qu'il savait lire en moi et me comprenait mieux que quiconque et mieux que je ne me comprenais moi-même. En tout cas, il savait où appuyer pour me faire réagir – et réagir de la façon qu'il voulait.

– Tu crois vraiment que j'ai envie de goûter ton dessert après les conneries que tu oses me sortir ?

– Nous en reparlerons, Camille, mais après !

– Non, maintenant !

– S'il te plaît…

Eh merde…

Je lutte contre moi-même, mais malgré moi, sa voix chaleureuse me charme. J'ai envie d'oublier cette tension entre nous et de me laisser prendre au jeu. Je suis faible !

OK… je lui accorde deux minutes et ensuite, je lui balance tout !

– S'il te plaît, réitère-t-il.

Je pousse un soupir excédé contre moi-même, avance et pose ma sacoche sur l'un des tabourets devant le bar, m'installe sur un autre. Je tends la main, m'empare de la cuillère et la plonge dans le gâteau pendant qu'il remplit des verres de vin, rouge cette fois.

Je suis surprise, je pensais qu'il ferait le choix d'un blanc.

Il me montre l'étiquette : clos-des-genevrières, premier cru…

L'un de nos meilleurs vins rouges !

Comme il s'agit d'une petite production, le prix est relativement élevé mais il vaut le coup, franchement. Je sens que je vais apprécier ma dégustation…

– C'est ce que vous allez proposer avec le dessert ?

– Tout à fait !

Semblant suspendu à chacun de mes gestes, il me regarde intensément et avec une certaine avidité prendre une bouchée du dessert. Je mastique longuement pour que celui-ci me révèle toutes ses saveurs puis je bois une gorgée de cette autre merveille qu'est notre clos-des-genevrières, du nom du petit village de la Haute-Marne d'où était originaire l'une de mes ancêtres. Le vin, avec ses arômes de fruits rouges, de violette, d'épices et de sous-bois, met en exergue la touche subtile du cassis et d'autre chose… il a rajouté des groseilles, comme il l'avait prévu, mais il y a une autre saveur… Me prenant au jeu, je claque de la langue tout en cherchant cette dernière qui fait toute la différence.

– Anis ?

Son visage s'éclaire, mon cœur manque plusieurs battements, comme si j'avais décroché un premier prix de loterie, et malgré moi, j'en éprouve un tel contentement que je ne peux m'empêcher de lui sourire en retour.

– Vous avez toujours aussi fin palais, maître !

– Je suis allée à bonne école, répliqué-je humblement.

– C'est vrai, ton père est fabuleux dans ce domaine. C'est lui qui m'a tout appris en ce qui concerne le vin.

– Pour autant, ce n'est pas la vigne que tu as choisie ?

– Non, c'est vrai, j'ai préféré la cuisine, puis la pâtisserie.

Il a eu raison. Quand on ne possède pas ses propres vignobles, le travail de la vigne est ardu, ingrat et paie mal.

– Tu as bien fait ! Tu es un véritable virtuose. Je ne pensais pas que tu pourrais faire encore mieux, mais c'est le cas.

Je finis mon verre, le lui tends pour qu'il le remplisse.

Il s'exécute avec un sourire, après m'avoir remerciée pour le compliment qui, je le vois, l'a touché.

Je bois une gorgée.

Ce vin aussi est une tuerie ! Associé au dessert de Léo, il prend encore de l'ampleur. Le choix du vin et du dessert ne peut que fonctionner, les convives du réveillon vont apprécier, j'en suis persuadée. Ils en parleront sur les réseaux, et ça ne fera qu'augmenter notre réputation.

Mes neurones commencent à ne plus trop savoir où ils en sont, mais je m'en moque, c'est trop bon ! J'avais besoin de me détendre, d'oublier que Léo me torture sans relâche et peut-être, aussi, de me donner du courage maintenant que la colère m'a quittée, me laissant vaguement démunie, je dois le reconnaître.

Je me rends compte, après quelques secondes, que Léo fixe mes lèvres.

Je verrouille mes iris aux siens, reprends une bouchée du dessert, récupère un éclat de chocolat sur ma lèvre inférieure, et, mon regard toujours plongé dans le sien, je glisse mon doigt dans ma bouche, le suce. Je l'allume, l'assume et j'adore ça... Surtout lorsque je le vois se tendre, sans cesser de me dévisager, tandis qu'il paraît totalement fasciné par ma bouche. Ses prunelles flambent, deviennent iridescentes. Je retire mon doigt avec un petit bruit de succion, lui souris, enjôleuse, ravie de mon petit effet. Et ravie de le voir troublé, car il est troublé, je le perçois dans son regard, dans son attitude, sa respiration, ses iris noirs. Noirs de quelque chose qui me semble être du désir. Je devrais lui balancer mes ressentiments, le questionner sur ses intentions qu'il m'a lui-même balancées à la tête, mais encore une fois, j'en suis incapable ; ce moment est trop doux et trop harmonieux pour que je le bousille.

Demain, peut-être...

Je me rends compte à quel point c'est difficile de se dévoiler quand les sentiments s'en mêlent. Surtout des sentiments forts, refoulés, et aussi secrets que les miens.

Je me dégonfle.

Je m'en veux, je me déteste, mais je ne peux pas...

Je fuis son regard, glisse du tabouret en marmonnant :

– Si tu veux bien m'excuser, j'ai du travail…

Mais au moment où mes pieds touchent le sol, un léger vertige me saisit, m'obligeant à me retenir au bar.

– Ça va ? s'inquiète aussitôt Léo.

– Oui, oui… je… Ça va aller… mais je ferais mieux d'aller m'allonger.

Je fais un pas, mais tout se met à tourner autour de moi.

Qu'est-ce qui m'arrive ?

Prise de vertige, je porte la main à mon front. Et soudain, Léo est contre moi, sa main sur mon bras, le sien passé autour de mes épaules. Sa chaleur m'enveloppe. Il est bouillant, sa présence réconfortante, ses pectoraux contre mon épaule durs comme de l'acier.

Sa voix me parvient tout contre mon oreille, qu'il effleure de ses lèvres :

– Repose-toi sur moi, je vais t'aider.

Mon bas-ventre réagit à la tessiture de sa voix. Et pour ça aussi, je m'en veux. Je me bafferais d'être si réceptive à sa présence.

– Non, ça… ça va aller, ce n'est pas la peine… bafouillé-je, cherchant à éviter son contact.

– Ne sois pas idiote ! Tu risques de t'étaler dans l'escalier et si tu te casses quelque chose, je vais culpabiliser.

– Comme si c'était ton genre !

Il soupire :

– Allez, viens ! Au lit, maître !

Il m'énerve à m'appeler « maître » à tout bout de champ et à se foutre de ma gueule ! Bien que… j'avoue que le dominer ne me déplairait pas, bien au contraire ! Je rêve de le soumettre, de le rendre fou de désir et de l'envoyer se faire voir. Pour autant, il a raison et je reconnais, à ma grande honte, que j'ai de plus en plus de mal à tenir sur mes pieds. Sa présence, je suppose, et tous ces sentiments contradictoires qui malmènent mon cerveau…

Je ne résiste pas lorsqu'il m'entraîne vers l'escalier, que nous montons marche par marche. Au fil des secondes, mon dos se couvre de frissons, mes yeux se voilent… le sol se met à tanguer.

Putain… la honte !

Je m'astreins à respirer lentement et profondément, mais rien n'y fait, je me sens de plus en plus mal.

– Tiens-toi à moi…

Quoi ?

Je pousse un petit cri lorsque d'un bras sous mes genoux, il me fait tomber dans ses bras à lui, me forçant à m'accrocher à son cou. Je le dévisage si intensément qu'il finit par baisser les yeux vers moi. Son sourire me prend par surprise, un sourire en coin qui le rend encore plus irrésistible, fait accélérer mon cœur et me donne incroyablement chaud. Ce dont je n'ai absolument pas besoin, j'ai bien assez chaud comme ça depuis que je suis contre lui. Mon cœur ne cesse de battre comme un dingue tandis que je me gave de son odeur, de sa chaleur, de son corps contre le mien, de ses bras autour de moi. Des bras que je découvre réconfortants, et… j'aimerais que ce moment dure pour l'éternité.

Il ouvre la porte de ma chambre, traverse la pièce, m'assoit sur le lit et allume le chevet.

Je saisis son poignet avant qu'il m'échappe. J'aimerais lui demander pourquoi il a tant joué avec mes nerfs par le passé, pourquoi il s'amusait constamment à me faire chier, à tel point que j'ai toujours pensé qu'il me détestait. Les mots se bousculent, ma respiration accélère davantage.

Je dois lui parler, il le faut…

J'ouvre la bouche, mais au moment où je prends une grande inspiration pour me donner du courage, prise de nausée, je me rue hors de la pièce jusqu'aux toilettes devant lesquelles je me laisse tomber et plonge la tête. Tout devient confus. J'ai chaud, je transpire… j'ai dû prendre un coup de froid, ou alors c'est la fatigue… ou le chocolat… ou la présence de Léo, ce qu'il déclenche en moi, ces yeux de braise, son corps si tentant contre le mien…

– Laisse-moi, geins-je lorsqu'il se penche sur moi pour détourner mes cheveux de mon visage.

– Certainement pas, tu es malade.

– Ça va aller…

Je me penche un peu plus et vomis.

– Effectivement, ça va vachement mieux !

– Ta gueule, ne puis-je m'empêcher de grogner, mortifiée qu'il me voie dans cet état.

S'il se fout encore de ma gueule, je le frappe ! Je jure que je trouverai l'énergie, je ne sais pas comment, mais je trouverai !

Le souffle court, je finis par m'asseoir sur les talons, la tête sur mon bras replié sur la cuvette.

– Il faut que je travaille…

– Il faut surtout que tu te reposes ! Tu n'as pas arrêté une seule seconde depuis ton arrivée. Demain, c'est le week-end, tu pourrais en profiter pour te détendre et rester à la maison, non ?

Je ronchonne avant de vomir encore une fois.

Les efforts sont atroces, mes yeux se brouillent de larmes. J'ai honte et je me sens tellement pathétique que j'ai envie de pleurer. Je ne vais plus jamais pouvoir le regarder en face.

– Tu trembles…

La douceur de sa voix, sa main dans mon dos qu'il frictionne, sa compassion me bouleversent, mes barrières de protection érigées depuis des années s'effritent légèrement. Il en faudrait peu pour que ma vigilance à son égard se relâche, mais une partie de moi lutte encore. Celle qui doute et n'a aucune confiance en lui.

Au bout de longues secondes, la douleur dans mon ventre s'estompe, les nausées s'apaisent, ainsi que l'oppression dans ma cage thoracique.

Je lève les yeux vers lui lorsqu'il me tend un verre d'eau. Je le remercie, m'en empare. L'eau fraîche est un délice et achève de m'éclaircir les idées, mais mes yeux sont si lourds qu'ils se ferment tout seuls.

Il me tend la main.

– Viens…

Nos iris se happent, comme ils en ont l'habitude ces temps derniers, et la chaleur habituelle s'épanouit dans mes veines. Je glisse mes doigts dans les siens. Ma peau frémit à son contact. Ses prunelles se font caressantes. Il m'aide à me remettre debout et, me voyant vaciller de nouveau, il me reprend dans ses bras.

– Maintenant, au lit !

– Non, je… je vais me débrouiller, ça va aller, tenté-je une nouvelle fois de résister.

Il se penche, me souffle à l'oreille :

– Aie confiance… tu n'as rien à craindre de moi, Camille.

Qu'entend-il par là ?

Je renonce à poser des questions, je n'en ai plus la force, les nausées ont eu raison de moi. Je lui parlerai demain.

Il m'aide ensuite à retirer mes vêtements et à enfiler par-dessus mon soutien-gorge mon tee-shirt de nuit, un truc immonde avec un Snoopy.

– Intéressant…

Je suis trop fatiguée pour réagir, et puis ce n'était pas méchant, juste une raillerie de plus…

Je m'allonge, et il rabat la couette sur moi.

– Je vais rester près de toi.

– Tu n'es pas obligé, Léo…

– Ça ne me dérange pas. Je serai là si tu as besoin de moi.

– Merci…

Je ne peux en dire davantage. Pas plus que je n'ai de réactions lorsqu'il se couche à côté de moi, par-dessus la couette. Je sens son regard sur moi. J'aimerais lui parler, lui dire… J'ai tellement de choses à lui dire… Mais elles devront attendre que j'aille mieux…

8

Léo

Je regarde Camille dormir, le cœur étreint d'une intense émotion.

Je savais que la revoir me bouleverserait, je n'imaginais pas à quel point !

Je repousse une mèche de cheveux, me retiens d'effleurer son visage.

Pourquoi elle n'est jamais totalement sortie de ma tête, putain ?

Toutes ces années n'ont absolument rien changé, elle me fait toujours autant d'effet, sinon plus ! Est-ce parce que je la connais depuis toujours ? Parce que nous avons grandi ensemble ? Parce que j'ai rêvé des nuits entières de goûter à ses lèvres et à ses baisers sans jamais me l'autoriser ? Parce qu'elle devenait au fil des années une délicieuse tentation à laquelle je n'avais aucune envie d'échapper, jusqu'à ce que je n'en puisse plus ? Parce que je n'ai jamais ressenti ça auprès d'une autre femme ?

Je l'ignore.

J'ai noyé mes souffrances dans d'autres bras, tout en me serinant que je n'étais pas un mec pour elle, qu'elle méritait mille fois mieux que moi, qu'elle méritait un mec qui lui apporte tout le luxe auquel elle était habituée ; un mec bien, un mec intelligent, un mec digne d'elle. Tout ce que je n'étais pas. J'ai fui, *je l'ai fuie*, je suis parti à l'autre bout du monde, mais ce n'était pas encore assez loin, elle continuait d'envahir chacune de mes pensées. Pour me torturer et réussir à me détacher de son souvenir, je l'imaginais avec d'autres hommes, heureuse, mais plutôt que me servir, l'idée me rendait fou.

J'ai toujours détesté la voir entourée de mecs !

Dès que je savais qu'un type s'intéressait à elle, je m'arrangeais pour qu'il renonce à l'approcher. Je la voulais toute à moi. Je voulais ses grands yeux bleus sur moi et moi seul, je voulais qu'elle s'intéresse à moi, je voulais faire partie de sa vie… et comme j'étais incapable de me tenir éloigné d'elle, je la faisais chier pour qu'elle me déteste et reste à distance de moi !

Je ne sais pas au juste quand ça a commencé… je crois que ça m'est tombé dessus sans prévenir. Il y a eu plein de petits moments, plein de toutes petites choses qui ont fait qu'elle m'est devenue précieuse au fil des ans : ses sourires, ses éclats de rire, cette façon qu'elle a d'incliner la tête lorsqu'elle se concentre, son regard parfois rêveur, sa franchise, son côté rentre-dedans. La faire sortir de ses gonds était mon passe-temps favori, puis elle est devenue une putain de bombe, sa présence m'était de plus en plus indispensable et j'ai compris que j'étais dans la merde. Alors, je suis parti. J'en ai bavé, j'ai souffert de l'éloignement, mais je ne l'ai jamais regretté, c'est le meilleur choix que j'ai fait de toute ma vie ! Un choix qui m'a permis de devenir la personne que je voulais.

Et maintenant, je suis là…

Pour elle… et pour conquérir son cœur…

Je me repais de son magnifique visage, de sa peau diaphane, de l'ombre de ses cils sur ses joues, de son expression… elle paraît si jeune, ainsi abandonnée dans le sommeil. Si vulnérable. Avant de succomber à ses lèvres et de l'embrasser sans qu'elle donne son accord, je me retourne sur le dos, m'empare de mon portable dans la poche avant de mon jean. Comme souvent depuis que je suis rentré en France, je fais défiler les images que Maxence m'envoyait de leurs moments passés en famille. Il pensait me faire plaisir mais c'était tout l'inverse. J'étais loin et j'aurais tout donné pour être près d'eux. Près *d'elle*. Je me suis toujours senti mieux chez les Dumas que dans ma propre maison. La chaleur, *leur chaleur*, me manquait atrocement.

Je pense à mes parents.

Ils ne se sont jamais véritablement intéressés à moi. Je ne leur jette pas la pierre, la vie était dure, mon père travaillait énormément, ma mère faisait des ménages. J'étais seul en rentrant de l'école, livré à moi-même, alors j'ai accepté la proposition de Max de prendre mon goûter chez lui, puis assez rapidement, j'ai passé tout mon temps libre avec lui. Nous sommes devenus inséparables et après le bac, nous avons fait le choix d'intégrer la même école à Dijon : lui en hôtellerie, moi en cuisine. J'ai fini par me spécialiser en pâtisserie, j'ai eu cette opportunité de partir au Japon et j'en ai profité. J'ai beaucoup appris, j'ai fait mes armes, puis une rencontre qui a changé ma vie… mais malgré tout, Camille continuait de me manquer terriblement. Jusqu'à ce que l'envie de la revoir soit plus forte que tout le reste.

Cam, t'es ma came !

J'aurais pu faire de la phrase qu'a sorti un jour ce connard de Fred en plein réfectoire mon propre leitmotiv, parce que c'est le cas : dès que j'ai posé les yeux sur elle, Camille est devenue une véritable obsession. Elle était dans ma tête. Tout le temps. Chaque seconde de mon existence. Elle n'en est jamais totalement sortie. Et aujourd'hui elle est là, dans ce lit, à mes côtés. Elle n'est pas encore à moi, mais ce n'est qu'une question de temps. Elle me pardonnera de m'être comporté comme un connard avec elle quand elle comprendra que j'avais de bonnes raisons pour ça…

Bon Dieu comme je la désire…

Je la désire encore comme un fou, et les années et l'éloignement n'ont rien changé. Bien au contraire, ils n'ont fait qu'attiser mon désir de la posséder et de me perdre en elle.

Je me repositionne sur le côté pour la contempler.

Ses sourcils sont froncés.

Rêve-t-elle de moi ? Me maudit-elle toujours autant ?

Je sais qu'elle me déteste, seulement à l'époque je n'avais pas le choix, il fallait que je la maintienne à distance. Mais aujourd'hui, j'ai la ferme intention de me faire pardonner et de tout faire pour qu'elle soit enfin à moi. Cependant je dois être patient, ne pas la brusquer, je dois la laisser venir à moi et décider de la nature de notre relation. Si je l'oblige à quoi que ce soit, je la perdrai. Je sais comment elle fonctionne : Camille n'est pas le genre de femme que l'on enferme dans une situation, même amoureuse, si elle ne le veut pas. Je sais, à ses réactions, que la partie sera serrée, mais comme je l'ai dit, je suis prêt à tout pour arriver à mes fins.

Après tout, c'est bientôt Noël, non ?

Et à Noël, tout est possible, même les miracles.

Surtout les miracles !

Ceux de l'amour…

Et nous avons tous droit au bonheur.

En tout cas, je suis également décidé à obtenir une part du mien.

Avec *elle*.

Parce que c'est avec elle que je veux vivre.

9

Camille

Du bruit provenant du rez-de-chaussée me réveille. Mais le temps que j'émerge, que je prenne une bonne douche fraîche, m'habille et descende, Léo est déjà parti.

Dommage…

J'aurais voulu le remercier.

Il a vraiment été un amour, hier soir, il a été prévenant, attentionné, et il a veillé sur moi pendant la nuit. Aucun homme n'a jamais eu ce genre d'attentions pour moi et ça m'a touchée. Bien trop pour ma tranquillité d'esprit. Je voulais le sortir de ma tête, c'est loupé ! Je pense à lui sans interruption. Je pourrais me rendre aux cuisines pour le remercier de vive voix et provoquer cette discussion dont j'ai vraiment besoin, mais pour le moment, j'ai du mal à mettre un pied devant l'autre. La douche m'a épuisée. Et j'ai affreusement froid. Un froid mordant qui me glace jusqu'à l'os.

Qu'est-ce qu'on est mal quand on n'est pas bien !

J'ai dû prendre la crève ! Ou bien… je tire sur la corde depuis tellement longtemps que mon corps me le fait cruellement sentir. Je sais ce qu'il me faut : un canapé, une télé, un bon plaid bien chaud et un thé ! J'ai envie de me coller devant un écran et de regarder des films de Noël.

J'adore ça !

Je me traîne jusqu'à la cuisine, mets la bouilloire en route et pendant que l'eau chauffe, je récupère mon téléphone portable dans ma sacoche de travail. Nous sommes samedi, je n'ai pas besoin de me rendre au bureau, mais dans mon job d'avocate, les week-ends n'existent pas ! En général, je les passe devant mon ordinateur.

Ma tête tourne légèrement en constatant le nombre de mails de mes assistants.

Je dois vraiment leur foutre la trouille pour qu'ils ne prennent aucune initiative. Mais là, c'est trop, je ne peux pas gérer.

Je les transfère à Baptiste avec un petit mot :

Je suis *malade*, tu peux gérer, STP ?

Je suis plus que malade, je ne vaux plus rien, le moindre effort me demande une énergie folle. Que je ne possède pas. Mon cerveau fonctionne au ralenti et je n'ai qu'une envie : larver devant la télé et dormir, dormir et encore dormir… Je crois que je pourrais dormir pendant des jours entiers. Si possible dans les bras de Léo ! Peut-être que je rêvais, certainement même, mais pendant la nuit, il m'a semblé les sentir autour de moi. Mais je ne peux exclure que j'ai effectivement rêvé, ou déliré, ou imaginé quelque chose qui n'arrivera jamais.

J'aurais vraiment dû lui avouer ce que je ressens pour lui depuis toujours, nous aurions pu nous expliquer sur nos comportements une bonne fois pour toutes, mais je me suis dégonflée.

J'étais trop mal !

Je n'ai finalement pas le courage d'attendre que l'eau soit chaude et je décide de me passer de thé. Rien ne presse ! Je vais comater toute la matinée ! J'aurai bien le temps de me faire une boisson chaude plus tard, parce que là, tout de suite, si je ne m'assois pas, je vais tomber.

Mon portable vibre dans ma main au moment même où je pose mes fesses sur le canapé.

Baptiste !

– Salut…

– Effectivement, ça n'a pas l'air d'aller !

Je lève les yeux au ciel, ce qui accentue instantanément mon mal de tête.

– Je suis malade, Baptiste, tu pensais que je te mentais ?

– Non, non, pas du tout, c'est juste que j'ai moi aussi beaucoup de boulot !

Sous-entendu : je ne dois attendre aucune aide de sa part.

Je m'énerve intérieurement.

OK, je n'ai pas toujours été sympa avec lui mais c'était pour une bonne raison et dans son intérêt : pour ne pas qu'il s'attache à moi et espère une relation sérieuse. Je pense avoir été honnête et claire avec lui depuis le début. Je n'ai rien à me reprocher, et s'il ne veut pas le comprendre, c'est sa faute et non la mienne !

Néanmoins, je m'attendais à un autre comportement de sa part et je suis déçue.

– J'ai besoin de toi, Baptiste…

En percevant du bruit derrière moi, une présence, je tourne la tête et mon regard croise celui de Léo, un plateau dans les mains, les sourcils froncés.

Eh merde…

À l'expression de son visage, je comprends qu'il a entendu mes dernières paroles et qu'elles lui déplaisent fortement. Il pose le plateau, d'où s'échappent des effluves alléchants, sur la table basse devant moi. Il est à tomber avec ses cheveux en bataille et sa tenue de travail.

– Merci, murmuré-je du bout des lèvres en écoutant d'une oreille distraite Baptiste se lamenter sur ses conditions de travail. Ce n'est pas grave, je vais me débrouiller ! Salut !

Je coupe la communication, soupire de dépit face à la réaction de mon collègue.

– Je suis désolé de t'avoir dérangée ! Bon appétit.

Quoi ?

Je le regarde s'éloigner.

Mais… noooon !

– Léo !

Il se retourne.

– Tu ne veux pas rester un moment…

– Je ne peux pas. J'ai du boulot.

D'accord…

Douche froide !

– OK… ben… à plus, alors !

– C'est ça, à plus !

Il fait claquer la porte derrière lui.

Eh merde encore une fois…

Il faut vraiment que nous parlions, de ce qui vient de se passer, d'hier, de son comportement tendancieux, et que nous éclaircissions la situation, c'est plus qu'urgent ! Mais pour ça, je vais devoir reprendre des forces. Il est hors de question que je l'affronte le ventre vide. J'ai une faim de loup.

Et un plateau de petit déjeuner qui n'attend que moi : un thé, une coupe de fruits frais, une autre de fromage blanc.

Je soulève la cloche : œufs brouillés et bacon grillé, le tout de producteurs locaux, très certainement.

Je salive.

Je saisis l'assiette et les couverts et je vais pour m'installer plus confortablement au fond de la banquette pour déguster mon plat lorsqu'un morceau de papier plié en quatre sur le plateau, caché par l'assiette, attire mon regard. Je la pose sur la table, m'en empare.

J'espère que tu vas mieux.
Bon appétit !
Appelle-moi !

Et il y a son numéro !

Mais ça, c'était avant qu'il parte en faisant la gueule ! Je ne sais pas si maintenant il apprécierait mon appel, que je décide de remettre à plus tard.

Je démarre Netflix et jette mon dévolu sur *Un Noël à croquer*.

Je lis le pitch : l'histoire se passe dans un restaurant. Génial ! Une rencontre va changer la vie de nos héros, tous deux au passé difficile et aux blessures secrètes. Je pense aussitôt à Léo et moi. Nous avons un passé difficile, un passé commun ; et moi j'ai des tonnes de blessures secrètes ! Des blessures *qu'il* m'a infligées !

J'avais extrêmement faim, mais après quelques bouchées, mon estomac se rebelle et j'arrête de manger.

C'est plus raisonnable si je veux réussir à tout garder…

Je saisis mon portable, entre le numéro de Léo dans mes contacts et, cédant à une subite impulsion, je tape son nom dans la barre de recherche Google et fais défiler les titres, dont l'un d'eux m'interpelle aussitôt.

J'hallucine !

« Tokyo, la réussite du chef pâtissier Léo Duquesne… »

Je clique sur le lien et découvre ainsi que l'un de ses restaurants est situé sur l'avenue Omotesando, « les Champs-Élysées de Tokyo », qu'il en possède d'autres dans d'autres quartiers, ainsi que dans d'autres villes : Osaka, Nagoya, Kyoto, Chiba… Une dizaine en tout. Plus… comme il me l'a confié, une chaîne de pâtisseries à la renommée grandissante.

Je suis bluffée.

D'autant que les commentaires sont dithyrambiques : ses établissements ne désemplissent pas et son succès est dû à un dessert, « le cerisier » (*sakura* en japonais). Dessert qui l'a fait connaître et a assis sa réputation : une dacquoise aux amandes (un biscuit aussi léger qu'un biscuit à la cuillère), avec une mousse cerise, des cerises flambées et une ganache au chocolat.

Il y a même une photo…

Waouh !

Sa réussite est impressionnante… et sur les clichés, il est évidemment à tomber dans cette petite blouse noire bordée de rouge qui semble être sa signature. Sur certains, un homme d'âge mûr l'accompagne, certainement son associé, sur d'autres, des jeunes femmes. De jolies jeunes femmes. Très jolies, même. En uniforme rouge, la peau très blanche, les cheveux noir de jais comme seules les Japonaises en possèdent.

Je me demande une fois de plus s'il y a une femme dans sa vie. Si c'était le cas, il ne se comporterait pas de cette façon avec moi, si ? Comme s'il voulait me dévorer toute crue. Il n'aurait pas parlé de « nous » !

Punaise, j'en sais rien, et ça me rend dingue.

Il me rend dingue !

Je fais courir mes doigts sur les lettres :

[Reviens STP]

J'attends de longues minutes, mais n'obtiens aucune réponse.

Bon sang, ce qu'il peut m'énerver !

Ça me rappelle la fois où il s'est pointé avec mon frère à l'un de mes anniversaires, que j'avais organisé dans l'une des granges du domaine, avec la permission de mes parents, bien sûr. Ma mère m'avait même aidée à la décorer. Il a dansé avec toutes mes copines, sauf avec moi ! Et il n'a pas cessé de me mater, pour me faire chier ! J'étais d'autant plus vexée qu'aucun mec ne m'invitait à danser et tout le monde avait l'air de s'amuser, sauf moi !

J'ai cru devenir folle !

Il m'a toujours rendue folle, folle de lui, mais aussi folle tout court !

Bon… j'en ai marre, il ne me laisse pas le choix !

Je coupe la télévision, me lève avec précaution, mais me sustenter m'a fait du bien, j'arrive à peu près à tenir sur mes jambes.

Dix minutes plus tard, j'entre dans les cuisines du restaurant par la porte de derrière, le plateau de mon petit déjeuner entre les mains, et je repère Léo à quelques mètres. Ses iris mordorés me détaillent alors que je pose mon plateau sur le plan de travail contre lequel je m'appuie pour lui faire face.

Il m'observe longuement avant de retourner à la décoration de sa préparation, certainement l'un des desserts proposés au restaurant ou l'un de ceux qu'ils mettront, Maxence et lui, dans leur livre.

– Merci pour tout à l'heure. Et merci pour cette nuit, finis-je par articuler après m'être perdue quelques instants dans la contemplation de l'expression affairée de son visage. Tu fais quelque chose après ? Après avoir fini ce que tu es en train de faire ? demandé-je, alors qu'il ne m'a toujours pas adressé la parole.

Il daigne enfin lever les yeux sur moi.

– Non, rien, pourquoi ?

– J'aimerais te faire à manger pour te remercier d'avoir veillé sur moi. Durant ta pause. Si ça ne te fait pas trop tard…

– Tu cuisines, toi ? raille-t-il.

OK, c'est bon…

Je pensais qu'il arrêterait de se foutre de ma gueule après ce que nous avons partagé hier soir et cette nuit, mais manifestement, rien n'a changé ni évolué, alors plutôt que de me ridiculiser, je vais lui foutre la paix. Je voulais enterrer la hache de guerre, mais c'est peine perdue ! Je ne sais pas pourquoi je m'acharne à désirer une discussion à cœur ouvert que nous n'aurons certainement jamais.

– Laisse tomber, oublie ! assené-je froidement, avant de prendre de la distance.

Je perds mon temps avec lui…

Il me rattrape avant que je franchisse la porte, m'attire à l'écart.

Ses doigts autour de mon poignet déclenchent la réaction habituelle. Une réaction épidermique intense. Je rencontre son regard, retiens mon souffle. Mon cœur accélère.

– C'était qui, ce type tout à l'heure au téléphone ?

Quoi ?

Je pourrais l'envoyer se faire voir, lui dire que ça ne le regarde absolument pas ou encore lui mentir en lui faisant croire que Baptiste compte pour moi, mais je ne veux pas. Je ne veux plus dissimuler. J'en ai marre. Si je me complais dans cet état d'esprit et ne fais pas le premier pas, ni lui non plus, nous n'arriverons jamais à communiquer comme deux adultes raisonnables.

– Personne d'important.

– C'est ton mec ?

Je me force à garder mon calme, réponds :

– Puisque je viens de te dire que ce n'est personne d'important, Léo…

Il fronce les sourcils, m'observe.

– Tu as quelqu'un ?

– Je ne crois pas que ça te regarde ! ne puis-je m'empêcher de rétorquer.

– Tu as raison. Bonne journée !

Et il me tourne le dos.

Nom de Dieu…

Je me désole ! Nous avons un sérieux problème de communication ! Peut-être parce que nous fonctionnons de la même façon, ou parce que notre passé commun est compliqué, je l'ignore, mais je ne suis pas prête à me dévoiler ; quoi que j'en dise, j'ai trop peur de m'en prendre plein la tronche. Je le regarde s'éloigner, ne pouvant pourtant empêcher mon cœur de s'étreindre douloureusement.

Je prends mon portable dans la poche arrière de mon jean, tape :

[Je suis désolée]

Il reprend sa place, sort lui aussi son portable de sa poche.

Je vois ses doigts s'activer sur les touches.

Des doigts qui, il y a quelques secondes à peine, étaient contre ma peau.

J'en ai encore des bouffées de chaleur.

Une petite vibration m'indique qu'il m'a répondu.

[Moi aussi !]

J'appuie sur son contact.

Il décroche.

Mes yeux plongés au fond des siens à plusieurs mètres de distance, je pose l'une des nombreuses questions qui me brûlent les lèvres depuis qu'il est réapparu dans ma vie :

– Pourquoi on n'arrive pas à se parler sans s'énerver ?

– À toi de me le dire !

Sa voix rauque et grave dans le creux de mon oreille me fait frissonner.

– Parce que c'est ma faute ?

– Je n'ai pas dit ça !

– Tu ne dis pas grand-chose !

– Faux ! Je t'ai dit quelque chose, hier, quelque chose auquel tu n'as pas répondu.

– Tu veux parler de nous, ensemble ?

– Oui, Camille, souffle-t-il. Je parle de nous.

– Parce que… tu as pensé qu'il pouvait y avoir un « nous » ?

La voix me manque.

Mon cœur est oppressé.

J'ai peur, mais en même temps je ne peux m'empêcher d'espérer. Et je ne sais pas si c'est une bonne chose…

– On en reparle tout à l'heure, d'accord ?

C'est tout ?

Il me laisse comme ça ?

Je retiens le grondement de frustration qui bute sur mes lèvres.

– Quand ?

– Plus tard ! Là, j'ai du travail !

OK…

Je coupe la communication et lui tourne le dos. Je voulais une explication sereine ; vu mon état de nerfs et sa façon de me traiter, notre discussion risque de se transformer en bataille acharnée ! Une de plus. Et j'ai soudain envie d'en découdre ! C'est la dernière fois que je le laisse avoir le dernier mot ! OK, je me suis déjà fait cette réflexion il y a peu, mais là, c'est vraiment la dernière fois, bordel !

10

Léo

Je suis quelqu'un de réfléchi, sauf en ce qui concerne Camille ! Elle a le don de déclencher en moi de bas instincts dont je ne soupçonnais pas l'existence avant de les ressentir.

J'enrage !

J'enrage de ne pas savoir avec qui elle parlait au téléphone. J'enrage d'ignorer si elle a un mec dans sa vie, si elle tient à lui, et si c'est le cas, ne ferais-je pas mieux de laisser tomber ?

Non !

Pas avant d'en avoir le cœur net, et pas avant d'avoir tenté ma chance…

Je me concentre sur ma tâche, place la touche finale au dessert qui figurera au menu de ce soir, et remise l'assiette au réfrigérateur.

Tout en continuant mes préparations, je repense à Camille, jamais très loin de mon esprit. J'étais à deux doigts de lui ouvrir mon cœur hier soir, puis tout à l'heure lorsque je lui ai apporté son plateau du petit déjeuner, avant de l'entendre parler à ce type.

Elle a besoin de lui !

Elle le lui a dit, et j'ai entendu !

Ça m'a tellement fait rager que j'ai dû m'éloigner, et quand elle s'est retrouvée devant moi, ici même, j'ai encore été à deux doigts de tout lui déballer. Mais je m'en suis abstenu. Je lui dirai, mais pas ici, pas entre deux portes... pas alors que je travaille. J'ai besoin d'être convaincant.

Mais plus les minutes défilent, plus je trépigne d'impatience.

Au bout d'une heure, n'étant pas employé au restaurant et Max me laissant libre de disposer de mon temps comme je l'entends, et n'en pouvant plus, je file au vestiaire, troque ma tenue de travail contre un jean et un tee-shirt noir et quelques minutes plus tard, je pousse la porte de la maison des Dumas, pour quasiment entrer en collision avec un mec. Je fais aussitôt le rapprochement avec Camille et son interlocuteur de tout à l'heure et me retiens pour ne pas l'emplafonner.

– Vous êtes ? demandé-je sèchement.

Je sais, je ne suis pas chez moi, mais c'est tout comme ! Dans mon cœur, cette maison est mienne, et Camille... Camille, aussi ! Ça fait légèrement Néandertal ce genre de pensées, mais je m'en bats les couilles !

Le type paraît soudain très embêté, il regarde par-dessus son épaule, répond :

– Un ami de la famille.

– Un ami de Camille ou de Timothée ?

– De... de Camille ! rétorque-t-il un peu abruptement.

Je serre les poings, jugule mon envie de lui tirer une droite, mon instinct de possession prenant le pas sur tout le reste.

Camille est à moi !

– Je dois y aller, excusez-moi…

OK… sage décision !

Je m'écarte pour le laisser passer et sans plus attendre, je pénètre dans l'appartement des parents de Camille, pour la découvrir devant la télévision, un mouchoir sous le nez. J'ignore si elle pleure à cause du gars que je viens de croiser, et si c'est le cas, autant que je le sache.

Je contourne le canapé, contemple son visage alors qu'elle s'obstine à regarder droit devant elle.

Sa vulnérabilité m'émeut et soudain, je m'en veux. La colère me quitte. Son père a failli y rester, elle doit seconder Max en plus de son boulot, elle a peut-être le cœur brisé à cause de ce gars, elle a été malade, et moi j'ajoute à ses tourments en me comportant comme un égoïste et un putain d'adolescent possessif.

Je décide d'ignorer ce type que je viens de croiser et qui finalement n'a aucune importance à mes yeux, de jouer cartes sur table et le tout pour le tout :

– Excuse-moi pour tout à l'heure, je n'aurais pas dû te parler comme je l'ai fait et t'envoyer bouler. Je te demande pardon.

Le regard qu'elle porte sur moi est empli de surprise.

– Tu peux répéter ?

– Pardon… pour tout…

Je ne reconnais pas ma voix, tant elle semble éraillée à mes propres oreilles.

– Comment ça, pour tout ?

– Pour tout ce que je t'ai fait endurer.

Un faible sourire étire ses lèvres. Qui me donne aussitôt l'envie de fondre sur sa bouche.

– C'est vrai ! Tu passais ton temps à me faire chier ! C'était ton passe-temps favori. Et je crois malheureusement que l'exercice te plaît encore infiniment.

Oh, oui, il me plaît, mais pas comme elle l'imagine. Et à la souffrance que je lis dans ses magnifiques prunelles brillantes levées vers moi, je crois qu'il est temps qu'elle sache la vérité.

– Je ne dirais pas ça… amorcé-je.

Son regard devient interrogatif.

– Qu'est-ce que tu veux dire, alors ? Tu ne vas tout de même pas me faire croire que tu espères qu'il se passe quelque chose entre nous ?

Elle semble outrée que je puisse ne serait-ce qu'entrevoir l'idée qu'elle soit un jour avec un type comme moi. Ce qui me replonge instantanément des années en arrière, lorsque je me sentais indigne d'elle.

– Et pourquoi pas ? rétorqué-je sèchement.

Elle se plante sur ses pieds, place ses mains sur ses hanches.

– Alors vas-y, je t'écoute, explique-moi comment tu comptes t'y prendre pour que je m'intéresse à toi et te tombe dans les bras alors que tu as toujours tout fait pour que je te déteste !

Je l'observe intensément et m'apprête à lui dévoiler mes sentiments, lorsque les mots me manquent.

11

Camille

Léo reste planté là, la bouche ouverte, à me dévisager comme s'il me découvrait, et je n'ai aucune envie de lui venir en aide. Pour la première fois depuis que je le connais, j'ai l'impression qu'il cherche ses mots.

J'ai les nerfs à fleur de peau et il en faudrait peu pour que je me remette à pleurer à chaudes larmes comme tout à l'heure devant la romance de Noël (c'était si beau lorsqu'ils se sont dit qu'ils s'aimaient…), mais il est hors de question que je craque devant lui.

– Je n'ai jamais voulu te faire de mal, réitère-t-il. Tu t'es trompée sur mes intentions.

Il se passe la main dans les cheveux.

– Mais encore ?

J'ai du mal à garder mon calme face à l'intensité de ses prunelles.

– Je passais mon temps à te faire chier, comme tu dis, parce que c'était le seul moyen de te garder à distance.

Je cligne des paupières.

– Qu'est-ce que ça veut dire ?

S'il me rétorque que pour une avocate je n'ai aucune intuition, je lui en colle une !

Je ne veux toujours pas lui faciliter la tâche et risquer de me planter sur ses intentions, j'attends qu'il se livre. Mais j'avoue que cette attente me rend fébrile.

Son regard se modifie.

Son souffle, comme le mien, s'envole.

C'est à la fois sidérant, complètement flippant, et incroyablement intense. Plus intense que tout ce que j'ai vécu au cours de ma vie. Je n'arrive plus à échapper à ses iris dévorants qui m'attirent comme des aimants. De ténébreux, ils deviennent d'une douceur enveloppante ; d'implacables, ils passent à gorgés de désir et d'attente.

– Ça veut dire que je tiens à toi.

Il plaisante ?

Je n'en crois pas un mot !

– Tu te fous encore de ma gueule !

– Non, Camille, je suis sérieux.

– Je ne te crois pas !

– C'est pourtant la vérité, s'énerve-t-il. Je tiens à toi, bordel !

Soudain, je manque d'air et, incapable de gérer un stress supplémentaire, je tourne les talons, grimpe l'escalier quatre à quatre et vais me retrancher dans ma chambre dont je ferme la porte à clé. Je me laisse glisser contre le vantail. J'ai le sentiment d'étouffer. Et l'impression que mon cœur va jaillir de ma poitrine. Je ne peux m'empêcher de penser qu'il a trouvé le moyen ultime pour me faire chier : en se servant des sentiments !

Je me redresse en entendant frapper.

– Ouvre-moi, Camille. Ne fais pas l'enfant.

Moi, faire l'enfant !

Il se fout de moi !

Je ne fais pas l'enfant, non !

C'est juste que mon cerveau n'arrive pas à assimiler ce qu'il vient encore de me jeter à la figure.

Je n'y crois pas, point !

– Laisse-moi t'expliquer.

Sa voix calme et le ton lénifiant qu'il emploie pourraient fonctionner si je n'étais pas tant désorientée. Apeurée, aussi.

– Il n'y a rien à expliquer. Va-t'en !

– OK ! Je suis dans la cuisine si tu me cherches, je nous prépare un truc à manger.

Voilà, je savais qu'il ne tiendrait pas longtemps.

Je suis déçue.

Je m'attendais à plus de persévérance, ce qui prouve bien que c'était une connerie de plus et un piège comme lui seul en a le secret.

12

Léo

J'ouvre le frigidaire. Rien ! Ou pas grand-chose. Et dans les placards, c'est pareil. Je n'ai pas d'autre choix que de retourner en cuisine chercher quelque chose à manger, et jette mon dévolu sur des joues de bœuf au jus de truffe et leur assortiment de petits légumes poêlés. Sur le chemin du retour, je repense à la réaction de Camille lorsque je lui ai avoué que je tenais à elle. Je savais que j'aurais quelques difficultés à la convaincre, mais je ne pensais pas qu'elle serait à ce point en colère. Ni aussi suspicieuse ! Ni si intransigeante.

Mais je n'ai pas dit mon dernier mot !

Quand je pousse la porte de l'appartement, elle est de nouveau devant la télé. Elle se retourne, me lance un regard froid et reprend sa position initiale. Un sourire m'échappe : la bataille sera rude, mais ça me plaît. J'aime me bagarrer avec elle, j'ai toujours aimé ça, c'est ma came !

Je passe les assiettes au four micro-ondes et, me retournant pour les déposer sur le bar, je surprends Camille de l'autre côté, perchée sur un tabouret.

Si elle est venue à moi, c'est bon signe, non ?

Mais à son air renfrogné, rien n'est moins sûr !

Je pousse les couverts vers elle.

Elle les regarde, *me* regarde, visiblement perdue. Ma nervosité monte d'un cran. Nous mangeons en silence, moi debout dans le coin cuisine, elle assise au bar. Ce n'est pas son genre de rester silencieuse, c'est plutôt un moulin à paroles, habituellement, j'attends donc qu'elle engage la conversation et qu'elle veuille bien parler de « nous ». Enfin, de l'aveu que je lui ai fait.

Qu'attend-elle pour aborder le sujet ?

Soudain, je n'en peux plus, j'en ai marre de tout ce cirque, je ne voulais pas la brusquer mais à un moment, ça va quoi, ma patience a des limites !

Je contourne le bar, m'approche lentement, dévoilant clairement mes intentions.

Avant que je l'atteigne, elle tend la main.

– Attends ! J'ai besoin d'éclaircir un truc !

– Tout ce que vous voudrez, maître.

Elle grimace.

Elle déteste ce surnom, mais moi, ça m'excite ! Ça m'excite qu'elle ait ce pouvoir sur moi, ce à quoi je n'autoriserais aucune autre nana.

– Tu nous as vraiment imaginés ensemble ?

Ses grands yeux bleus levés vers moi me bouleversent.

– Oui, Camille.

– Pourtant, tu me détestes !

Je résiste à l'envie de toucher sa joue, de glisser mes doigts sur sa peau.

Son regard de biche aux abois m'incite à ne pas la brusquer.

– Non, je ne te déteste pas…

– Moi, je te déteste !

Je hausse un sourcil.

Je sais que c'est faux !

Tout en elle crie qu'elle a autant envie de moi que j'ai envie d'elle. Je le vois à l'intensité de son regard, à ses pupilles dilatées, à sa poitrine qui monte et descend au rythme de sa respiration, à la rougeur de ses joues. Quoi qu'elle en dise, je lui fais de l'effet.

J'approche d'un pas, mon regard toujours plongé dans le sien.

– Si vous le dites, maître…

– Je te le dis et je peux le redire autant de fois qu'il le faut. Je te déteste !

Sa voix est comme un murmure.

Elle aurait tout aussi bien pu dire « Je t'aime ».

J'approche davantage, glisse la main le long de sa nuque. J'ose, le corps tendu à l'extrême. Le sien m'appelant au-delà du raisonnable. J'ai besoin de goûter à ses lèvres. Maintenant ! C'est presque une question de survie. Si je ne l'embrasse pas, je meurs. Mon cerveau ne pense qu'à ça, ne voit que ça : ses lèvres tendues vers moi. Humides, pulpeuses, attirantes, son souffle haché…

Comme elle ne cherche pas à éviter mon contact, je m'approche davantage.

– J'ai pensé à toi chaque seconde de mon existence depuis que je te connais, soufflé-je, mes yeux plongés dans les siens, la voix rendue rauque par l'émotion.

J'incline la tête.

L'envie de l'embrasser me dévore l'âme.

Elle se raidit, pose ses mains sur mon torse, tout contre mon cœur qui bat comme un dingue, pour certainement m'empêcher de me ruer sur ses lèvres comme j'en ai l'intention.

La tension entre nous est à son paroxysme.

Nos respirations accélèrent.

J'attends ce moment depuis si longtemps que je peux attendre quelques secondes de plus. Le temps n'a pas d'importance. Je l'attends depuis toujours. Je l'ai fantasmée toute ma vie. Tellement fantasmée… et maintenant, elle est là, à portée de main, de doigts, de lèvres…

– Mais… pourquoi ?

– Parce que c'est ce que je ressens.

– Non, je veux dire… pourquoi tu n'as jamais rien dit ? Pourquoi tu n'as jamais rien tenté ? Pourquoi tu étais si horripilant et désagréable avec moi ? Pourquoi tu as tout fait pour que je te déteste ?

– Il le fallait…

– Pourquoi ? réitère-t-elle, visiblement perdue.

Je décide de ne lui livrer qu'une partie de la vérité.

Elle saura le reste bien assez tôt…

– Ton frère m'aurait tué s'il avait compris que je m'intéressais à toi. La sœur d'un pote, ça se respecte.

D'autant que j'avais une sale réputation avec les filles ! Ce qu'elle-même n'ignorait pas. Tout le monde le savait…

Ses yeux se font dévorants.

J'ai le sentiment qu'elle va me demander de l'embrasser et je suis prêt à lui donner ce qu'elle désire. Tout ce qu'elle désire. Tout ce que son corps frémissant me réclame. Je meurs d'envie de la caresser, d'embrasser chaque infime parcelle de sa peau, de la faire hurler de plaisir. Mais je muselle mon impatience, je veux qu'elle fasse le premier pas. Je veux qu'elle ait envie de moi à en crever, comme j'ai envie d'elle à en crever. Je veux savourer cette attente et me torturer. Ça n'en sera que meilleur, j'en suis persuadé.

Sa respiration accélère.

Ses iris deviennent incandescents.

Je peux lire le désir, l'appréhension également, au fond de ses prunelles. Des prunelles qui m'envoûtent et me possèdent totalement. Elle semble lutter contre elle-même, elle a envie de se laisser aller, mais en même temps, elle crève de trouille que je me moque d'elle, ce que je peux comprendre. J'ai creusé ma propre tombe avec elle. Je voulais tellement qu'elle me déteste et s'éloigne de moi que j'ai réussi.

C'est à cet instant, très exactement, celui où, dévoré d'impatience et n'en pouvant plus de cette attente, je vais me jeter sur ses lèvres, que son portable, sur le bar, se met à vibrer. Elle sursaute et s'en empare, non sans me lancer un regard contrit et alors je sais, je sais que c'est ce type, encore, qui l'appelle. Et à la légère rougeur subite de ses joues, je sais également, sans aucun doute possible, qu'elle me cache quelque chose à propos de ce gars et qu'il est plus important qu'elle veut bien le dire.

Elle enveloppe son téléphone avec sa main, se laisse glisser du tabouret.

– Excuse-moi, je… c'est le boulot, et c'est très important, je dois vraiment prendre cet appel.

Je me décale et ai un geste du bras, beau joueur.

– Si c'est le boulot, alors…

Elle passe devant moi, souffle, ses iris plantés dans les miens, ayant visiblement retrouvé une maîtrise parfaite d'elle-même :

– Attends-moi, je n'en ai pas pour longtemps…

Je la regarde prendre de la distance. Et j'hésite. Si elle a retrouvé une totale maîtrise de ses sens, ce n'est pas mon cas. À la vérité, je fulmine. Je lui en veux de préférer ce type à moi et de préférer lui répondre que continuer notre conversation. Je viens de lui livrer mon cœur, bordel de merde ! Et manifestement, elle n'en a rien à foutre ! La jalousie envahit mon esprit. Je l'imagine amoureuse de ce type et je n'arrive pas à le supporter.

Je prends la direction de la sortie.

Hors de question que j'attende qu'elle ait fini sa conversation ! Je ne suis pas ce genre de mec ! Habituellement, *je* décide ! Je décide où et quand ! Je n'ai jamais laissé une nana décider de quoi que ce soit et ce n'est pas aujourd'hui que je vais commencer, même si m'éloigner d'elle alors que je pensais enfin arriver à mes fins me rend malade.

Je sors de l'appartement et fais claquer la porte derrière moi.

Ras le bol de ces conneries !

13

Camille

Je me retourne en entendant la porte de l'appartement claquer.

Punaise, mais où il va ?!

Tout en répondant aux questions de Baptiste sur le dossier du collectif, je me rue à l'extérieur et me retrouve pieds nus dans les graviers. Je jure tout ce que je peux en sautillant sur place. Ridicule ! D'autant que quelques personnes se dirigeant vers les caves m'observent, le sourire aux lèvres. Ils doivent me prendre pour une tarée !

J'appelle Léo, je crie son nom, mais il ne daigne pas se retourner alors que je suis persuadée qu'il m'a entendue. Il ne peut pas se barrer et me laisser en plan ! Pas après ce qu'il vient de se passer ! Pas après m'avoir fait tout ce cirque ! Pas après m'avoir dit toutes ces choses.

Je pensais qu'il allait m'embrasser, il me regardait si intensément… et moi, j'attendais qu'il le fasse. J'en avais envie, je brûlais de l'intérieur, j'avais le sentiment de ne plus rien maîtriser, et je crois… non… je suis sûre… que dès qu'il aurait posé ses lèvres sur les miennes, je l'aurais supplié de me faire l'amour. Je l'aurais supplié de me posséder enfin, comme j'en ai rêvé pendant des années. Pendant des années, j'ai rêvé qu'il me faisait découvrir l'amour, je voulais que ce soit lui mon premier… et je suis sûre que si ça avait été le cas, j'aurais eu du plaisir, parce que le mec sur lequel j'avais jeté mon dévolu pour faire le grand saut et qui me plaisait quand même un minimum (c'est mieux !) n'a pas été à la hauteur ! Un vrai nul ! En trois secondes, c'était plié ! Je n'ai même pas joui !

Et le pire, c'est que pendant que ce type allait et venait dans mon corps, je pensais à Léo, me demandant comment ce serait avec lui… Je suis vraiment trop conne de m'attacher à des chimères, et c'est certainement mieux qu'il ne se soit rien passé ! Si ça se trouve, il me fait tout ce cinoche uniquement pour me faire succomber et pour mieux me lourder ensuite. Car dans le passé, c'est ce qu'il faisait ! Dès qu'il arrivait à ses fins avec une fille, il la laissait tomber. Un vrai don Juan ! Un baiseur ! Un baiseur de première qui consommait les filles sans modération et sans le moindre scrupule. Il est hors de question que je fasse partie du tableau de chasse.

Je vais l'ignorer, c'est mieux !

Comme s'il ne s'était rien passé !

Comme si nous n'avions pas été prêts à nous sauter dessus !

Si, si, je le peux, je vous assure !

J'en suis capable !

Même si je ne suis qu'une boule de désir prête à exploser à son contact, même s'il fout le feu à mon corps comme aucun autre homme avant lui, même si j'ai envie de lui à en mourir, je vais réussir à refréner ma libido et à la maintenir en laisse.

Il le faut ! Il le faudra bien de toute façon, car je n'ai toujours aucune confiance en lui…

Je rebrousse chemin, rentre me mettre au chaud et me laisse tomber sur le canapé.

Je me recouvre du plaid en réfléchissant à Léo et à ce que je vais faire de lui, tout en répondant du bout des lèvres à Baptiste qui me parle toujours boulot. Je ne sais même pas à quel dossier il fait référence, maintenant. Paris et le boulot me semblent tellement loin…

– Tu m'écoutes ?

– Non, Baptiste, tu disais ?

– Qu'est-ce qui t'arrive, à la fin ? soupire-t-il. Je ne te reconnais plus !

– Peut-être parce que tu ne me connais pas aussi bien que tu le crois.

– J'aimerais que tu rentres, élude-t-il. Un mois sans toi, c'est trop long, tu me manques.

– Je ne peux pas rentrer maintenant, Baptiste, ma famille a besoin de moi.

D'ailleurs, Éric l'a très bien compris.

Mais j'ai beau expliquer la situation à Baptiste, il ne m'écoute pas, enfin… il n'entend pas mes arguments et sa réaction me surprend. Je pensais qu'il était mon ami. Un ami avec lequel je baise, certes, mais un ami quand même. Sauf que là… je vois bien que ça le fait chier de m'aider. Si les rôles étaient inversés, j'aurais tout fait pour le seconder, mais Baptiste est un putain d'égoïste qui ne pense qu'à sa gueule ! Et à son bon plaisir !

Je pense encore à Léo, il prend soin de moi, me nourrit, me propose de me reposer et de prendre du bon temps malgré les circonstances, il a trouvé les mots et a su me réconforter après l'infarctus de mon père, et il me permet de penser à autre chose en me faisant participer à l'élaboration de ses desserts, alors que, soyons honnêtes, il n'est pas obligé. Alors certes, il me fait sortir de mes gonds, mais sa présence m'apaise. Quand je n'ai pas envie de le tuer, comme maintenant ! Si seulement il n'était ce qu'il est ! Si seulement je pouvais avoir confiance en lui !

– Je ne vais pas pouvoir continuer de faire ton boulot en plus du mien, Camille ! entends-je.

Encore ce ton condescendant, moralisateur et légèrement accusateur.

Il me fatigue !

– OK, pas de problème ! Laisse tomber, je vais gérer ! Merci quand même, à charge de revanche !

Va te faire foutre, crevard, j'espère qu'il ne t'arrivera rien de fâcheux dans ta vie de petit bourge bien rangée…

– Ne le prends pas comme ça…

Je me pince l'arête du nez.

– Et comment je dois le prendre, selon toi ? Tu as vraiment la mémoire courte ! Je t'ai aidé sur le dossier Rougemont, souviens-toi ! Et je t'assiste à chaque fois qu'une *deadline* te fait paniquer.

Ma voix monte légèrement dans les aigus.

– Pour une fois que je te demande un service, il n'y a plus personne ! Tu n'es qu'un putain d'égoïste et tu me déçois !

– Tu me manques, c'est tout. J'ai peur de ne jamais te revoir, j'ai peur que tu restes dans ton bled que pourtant tu dis détester !

Son ton malheureux me calme.

Un peu…

– Je ne déteste pas mon village, je trouve qu'il manque de vie, d'animation, de culturel…

En tout cas, c'était ce que je ressentais à l'époque de ma jeunesse.

Parce que depuis que mes parents ont donné un nouvel essor au domaine, depuis que les touristes se précipitent pour dîner dans notre restaurant et visiter nos caves, je vois les choses différemment, et aujourd'hui, je prends conscience que je suis attachée à ce lieu, à mes racines, et que la vigne et tout ce qui s'y rapporte coulent dans mes veines. On peut s'éloigner autant qu'on le souhaite, notre passé, bon ou mauvais, nous rattrapera toujours. L'endroit où l'on naît, *la famille* dans laquelle on naît, dans laquelle on vit, les événements que nous traversons marquent nos cellules et conditionnent notre existence ; font de nous ce que nous sommes. C'est ainsi, quelle que soit l'énergie que l'on déploie pour y échapper.

Je ne pensais pas dire ça un jour, mais c'est un fait : je me sens bien ici, entourée des gens que j'aime et même si mes parents sont absents… et il y a Léo ! Léo, que je ne pensais jamais revoir et qui aujourd'hui a repris une place importante dans ma vie. Je me sens bien, mais pour autant, je ne suis pas destinée à rester, ma vie est à Paris.

– J'ai vraiment besoin de te voir, enchaîne Baptiste. Nos moments à deux, au bureau, me manquent. Je n'arrête pas d'y penser !

– Tu ne devrais pas ! J'ai été claire, Baptiste, on baise, c'est tout, il n'y aura jamais rien de plus entre nous !

– Justement, ça me manque aussi !

Alors là, j'hallucine !

– Ne me dis pas que tes relations sexuelles se résument à ce que nous faisons au boulot !

– Ben… si… Il n'y a que toi, Camille…

Bon, ben… il ne me laisse pas le choix :

– Il n'y aura pas de prochaine fois, Baptiste. C'est terminé !

– Tu ne penses pas ce que tu dis ?

– Si, je le pense. Trouve-toi une copine et oublie-moi. C'est mieux !

Je coupe la communication avant qu'il tente de me faire changer d'avis parce que je ne reviendrai pas sur ma décision. De toute manière, baiser au boulot n'était pas acceptable ! J'ai trop tardé à y mettre un terme. Baptiste est un type intelligent, il se rendra compte que cette rupture est préférable pour tout le monde ! C'était excitant, je ne vais pas le nier, mais il était grand temps que ça s'arrête.

Je soupire en sentant mon téléphone vibrer dans ma main, car je suis persuadée que c'est Baptiste qui ne lâche pas le morceau, et effectivement, c'est lui.

Je ne regarde pas ce qu'il écrit et pose mon téléphone sur la table basse du salon. Je lui répondrai plus tard, si j'ai le courage de reprendre notre discussion. Pour le moment, j'ai autre chose en tête ! Un autre homme, pour être plus précise… Bien que ma tête soit encore en vrac, et cela n'a plus rien à voir avec mon mal-être d'hier soir. Non, là, c'est mon pire ennemi d'antan, le *don Juan* de service, j'ai nommé *Léo*, que j'ai bien failli embrasser et qui s'est cassé.

Bon, OK, j'ai répondu à l'appel de Baptiste alors que nous allions succomber à notre attirance l'un pour l'autre, et je comprends qu'il m'en veuille, j'aurais pu faire autrement, je l'avoue, mais… les vibrations de mon portable m'ont fait redescendre sur terre, et je crois que j'ai pris peur. De plus, je lui avais expressément demandé de m'attendre.

Je m'empare de mon portable.

[Je suis vraiment désolée
pour tout à l'heure.
Reviens, stp…]

Je comprends qu'il soit fâché, mais je ne suis pas mécontente que notre moment d'intimité ait tourné court. C'était trop ! Trop inattendu, trop fort, trop violent même, je dirais, en émotions et sensations. J'avais le sentiment qu'une tornade faisait rage dans ma tête et dans mon corps et avec un autre homme que Léo, je me serais laissé aller sans aucun problème, nous aurions même baisé puisque c'était ce dont mon corps avait désespérément besoin (ça fait des jours que je n'ai pas fait l'amour ni ne me suis donné du plaisir, d'ailleurs, ce qui ne m'est, je crois, jamais arrivé depuis que je suis en âge de pratiquer le sexe !), bref, cet autre homme, je l'aurais supplié de me faire l'amour, mais là, c'est de Léo qu'il est question ! De mon fantasme de jeunesse, du mec qui m'a fait tourner en bourrique et m'a fait fantasmer toute ma vie et qui continue. Comme il continue à me rendre dingue.

Putain, oui, il continue… d'autant qu'il ne daigne pas répondre à mon message !

Comme de bien entendu !

Je le déteste, je le déteste, je le déteste…

Mais en même temps, j'ai envie de lui !

Je renonce à travailler sur le dossier du collectif de femmes et passe le reste de l'après-midi avachie dans le canapé, à regarder des romances de Noël. Ce que je ne fais jamais ! Je n'arrête jamais, je ne sais pas ce que c'est de me poser cinq minutes, et quand c'est le cas, j'angoisse.

Léo ne répond toujours pas, tant pis pour lui !

Je vais sortir voir du monde…

Je me rue à l'étage, puis dans ma chambre.

Une demi-heure plus tard, douchée, maquillée, habillée en guerrière, j'entends par là : robe noire relativement ajustée, sous-vêtements en dentelle noire, bas, manteau, noir également, bottes camel à hauts talons, gants, écharpes, bonnet du même ton… le tout provenant de mon petit magasin haut de gamme parisien où j'ai passé commande en début de semaine, je suis prête à repartir à l'assaut du monde et à conquérir n'importe quel homme se trouvant sur mon chemin.

Le sourire un peu crispé de Quentin, que je suis pour ma part ravie de trouver encore à son poste à cette heure tardive, et également ravie de l'y trouver seul sans que le vil tentateur, le meilleur ami de mon frère, erre dans les parages, m'accueille lorsque je pénètre dans l'espace dégustation.

Si je lui proposais de sortir avec moi, accepterait-il ? Et si je lui proposais davantage ?

Juste une fois ! Une seule et unique fois pour assouvir mes pulsions, calmer ma libido et oublier Léo ! Juste pour le sexe et sans arrière-pensée. Juste pour quelques minutes de plaisir. Je lui ferais signer un consentement pour qu'il ne me cherche pas des noises ensuite, mais je ne crois pas qu'il soit le genre de gars à faire des histoires, et il aime travailler pour nous.

Mais avant cela, je vais tenter de me détendre et tenter d'oublier Léo, un peu trop présent dans mon esprit à mon goût. Ses grands yeux noirs à la caresse voluptueuse avant qu'ils se chargent de fureur lorsque j'ai répondu à la sonnerie de mon portable ; le désir qui y régnait et qui m'a bouleversée au-delà des mots ; son corps contre le mien ; ses mains, son souffle, son sourire… ce sourire de sale gosse que je déteste autant qu'il me fait vibrer. Que je déteste justement parce qu'il me fait vibrer. Ce sourire de sale gosse qui ne cesse de revenir me narguer.

Je le déteste !

– Un grand verre de blanc, s'il te plaît ! quémandé-je à Quentin d'une voix plaintive, en me perchant sur l'un des tabourets.

Il rit.

– Tout de suite, madame ! Des problèmes au boulot ?

– On peut dire ça, oui… tu fais quelque chose ce soir ?

– Non, pourquoi ?

– J'ai envie de sortir !

Je bois mon verre cul sec (ça va devenir une habitude) et glisse de mon tabouret.

– On y va ?

Et si Léo pouvait passer par là et nous voir, ça m'arrangerait !

Il acquiesce, contourne le bar et me tend le bras, son attitude étant plus celle d'un ami qui s'amuse de la situation (un peu trop à mon goût, d'ailleurs !) que d'un coup d'un soir potentiel.

– Où est-ce qu'on va ? m'enquiers-je, alors que nous nous éloignons.

Tout en marchant aux côtés de Quentin, je ne peux m'empêcher d'espérer croiser Léo. Pour qu'il me voie avec un autre homme, pour le rendre un peu jaloux, j'avoue, et le pousser dans ses retranchements. Ce serait de bonne guerre, non ? Après tout ce qu'il m'a fait et me fait encore ! Il m'a ouvert son cœur, certes, mais je n'arrive pas à le croire sincère. Toujours pas ! J'ai besoin de plus de temps, et de preuves !

– Tu connais le Pick ? demande Quentin, que mon mutisme surprend certainement.

– Bien sûr ! Qui ne connaît pas le Pickwick's Pub ! Je passais tous mes samedis soir là-bas, quand j'étais jeune, avant d'aller en boîte !

Le terme le fait marrer.

– Parce que maintenant tu es vieille ?

– Ben… je n'ai plus 18 ans !

– Tu n'en as que dix de plus !

– C'est vrai !

– Ça te va ? demande-t-il encore en déverrouillant sa voiture garée juste devant les caves.

– Bien sûr !

C'est même une très bonne idée, j'ai envie d'une bière bien fraîche, et j'ai même envie d'en boire des seaux jusqu'à ce que mon esprit se libère de la présence de Léo.

Je prends place à ses côtés.

Il enclenche la marche arrière, puis s'engage dans l'allée de gravillons recouverte d'une petite pellicule de neige elle-même recouverte de givre qui se met à briller davantage dans la lumière des phares.

Mon cœur bondit quand un gros véhicule noir s'engage au bout de l'allée et se dirige droit sur nous.

Léo…

Mon vœu va être exaucé !

Ma satisfaction retombe comme un vieux soufflé moisi lorsque je croise son regard caustique. Comme lors de mon arrivée, il porte les doigts à son front et me salue, comme s'il n'en avait rien à foutre de me voir avec un autre mec ! Alors… alors que j'espérais très exactement qu'il me voie avec un autre mec, justement, et qu'il enrage ! Mais c'est tout l'inverse qui se produit, il s'en fout ! Et c'est moi qui enrage, parce que je n'avais pas prévu ça ! Pas du tout ! Mais visiblement, comme je le craignais, il avait l'intention de me rouler dans la farine et de me baiser !

De me baiser et… me baiser !

Heureusement que je ne me suis pas fait avoir, finalement, ou je m'en mordrais les doigts en ce moment même en pleurant toutes les larmes de mon corps parce que j'aurais succombé à ce serial baiseur pour ensuite me faire lourder comme une malpropre.

Mon cerveau s'enflamme et j'échafaude des plans où il n'est bientôt plus question que de revanche, de vengeance, et du moyen de faire payer Léo pour ce qu'il m'impose.

Comment, je ne sais pas encore, mais il va en baver, c'est moi qui vous le dis !

14

Camille

Ou comment se retrouver un samedi soir, à une semaine de Noël, à moitié pétée, pour ne pas dire complètement, à danser des slows avec un type en en désirant un autre ! Mon cerveau embrumé par l'alcool s'évade.

Je rêve de Léo.

Je fantasme sur lui. Ce qui est complètement débile car si ça se trouve, il est minable au lit ! Et peut-être que je fantasme sur lui comme une débile depuis des lustres pour rien ! Nan, c'est faux ! Il se dégage de lui une telle animalité, une telle dangerosité qui parlent à ma nature féminine, que je ne peux pas ressentir ce que je ressens, je ne peux pas éprouver de telles sensations dès que je le vois, ou dès qu'il me touche à peine, même du bout des doigts, s'il est nul au pieu !

Mon corps, *nos corps* ne sauraient mentir.

Ils s'emboîteraient à la perfection, je le sais, j'en suis persuadée, je le ressens. Mon cerveau s'embrouille : ça n'arrivera jamais ! Il s'est encore foutu de ma gueule sur toute la ligne ! Je l'ai compris à son sourire de sale gosse lorsque nous nous sommes croisés tout à l'heure.

Je le déteste !

Ma vengeance sera terrible !

Je vais le séduire, le faire succomber, et le lourder avant qu'il ne le fasse lui-même !

Mais bon, j'ai beau ressasser tout ça en long, en large et en travers, ce n'est pas lui qui est dans mes bras, mais Quentin ! Que je trouve quand même mou du genou ! L'excitation qui m'avait poussée vers lui en début de soirée s'est rapidement évanouie. Certes, nous avons plaisanté, ri, bu, beaucoup, de la très bonne bière de Noël, nous nous sommes encore raconté nos vies, mais il a passé beaucoup de temps à tapoter sur son téléphone !

Je redresse la tête, plonge dans ses yeux :

– Tu m'as bien dit que tu habitais Beaune ?

– Oui…

– Chez tes parents ?

– Non, Camille. Je vis seul. J'ai 30 ans !

Comme Léo !

Putain… cerveau de merde !

– Alors…

Je lui adresse une petite moue, me mords la lèvre inférieure.

– … si on allait finir la soirée chez toi ? Tu pourrais me faire déguster ces si bonnes bouteilles que tu m'as dit posséder…

Et me posséder ensuite par la même occasion… fiévreusement… passionnément… te comporter en vrai mec, quoi !

S'il continue comme ça, je vais devoir mettre ma libido en berne et m'asseoir sur mes désirs de luxure et ça m'énerve ! C'était le seul moyen pour oublier dans d'autres bras ceux d'un certain brun sexy ; les bras de mon « tourmenteur » brun sexy pour être plus précise… aux yeux magnifiquement noirs, au corps de rêve, aux pectoraux si… si fermes…

Putain, ces pectoraux !

Dans ses bras, pas comme maintenant, je me sentais à ma place et protégée. Pour la première fois de ma vie d'adulte, et alors que j'aime absolument tout maîtriser et dominer, il faut bien l'avouer, j'avais envie d'être une petite chose fragile. Juste pour qu'il me câline et prenne soin de moi. Pour la première fois de ma vie, je voulais qu'un homme me domine, me prenne en charge et décide pour moi.

Et bizarrement, ça me manque, là, maintenant, c'est ce dont j'ai besoin.

J'ai besoin de Lééééoooo…

– Je ne crois pas que ce soit une bonne idée, Camille.

Pardon ?!

Je lui fais du rentre-dedans, je l'allume comme une folle de sexe en manque de sexe, justement, et M. Achète-toi des couilles me repousse.

Je rêve !

J'ai dû me planter de vie, ce n'est pas ma vie, ça, achevez-moi ! D'habitude, je n'ai qu'à claquer des doigts pour avoir le mec que je désire, alors qu'est-ce qui se passe, bordel ?

– Rassure-moi, tu n'es pas en train de refuser de coucher avec moi ?

– J'en ai bien peur !

– Mais pourquoi ?

– Tu sais pourquoi !

J'écarquille les yeux.

– Léo ?

– Bien sûr, Léo !

– Putain, mais qu'est-ce qu'il t'a dit pour que tu lui obéisses comme un petit chien ?

– Rien ! Ou très peu… mais je sais reconnaître un homme amoureux quand j'en vois un et je sais ce qu'on ressent lorsqu'on nous pique la femme que l'on aime. Je ne souhaite ça à personne, pas même à mon pire ennemi.

Putain…

– Ce qui est tout à ton honneur, j'en conviens, répliqué-je radoucie, sauf que Léo n'est pas amoureux de moi ! Il fait juste semblant. Ça fait partie d'un plan machiavélique pour me faire chier.

Son sourire entendu me prend un peu au dépourvu et me fout en rogne.

– Ça te fait rire ?

– Oui !

– Et je peux savoir pourquoi ?

– Parce que s'il n'était pas amoureux de toi, il ne m'aurait pas interdit de te toucher, il ne m'aurait pas demandé de te surveiller et il ne viendrait pas justement d'entrer dans ce pub.

Nom de Dieu de…

Je vais le tuer !

Je tourne la tête dans tous les sens pour tenter de l'apercevoir et mon cœur s'effondre comme un pauvre débile tout palpitant en le voyant embrasser une nana, puis une autre, et encore une autre… *D'où il les connaît, d'abord ? Il est parti depuis quasiment dix ans !*

Il m'ignore, mais je suis persuadée qu'il m'a vue et qu'il a conscience de mon regard sur lui. S'il pouvait s'étouffer avec la bière que l'une des pouffes lui tend avec des yeux de poule décérébrée (déjà que les poules ne sont pas connues pour avoir beaucoup de cervelle !), je remercierais le ciel ! Cela voudrait dire qu'il y a une justice en ce bas monde. Et elle, faut qu'elle arrête de l'observer comme s'il lui appartenait. Mais à la façon dont il glisse sa main sur sa hanche et se rapproche d'elle pour lui parler à l'oreille, je me fais la réflexion que ce n'est pas la première fois qu'ils se voient. Et qu'elle a déjà tout de la meuf conquise et conquérante : nichons en avant, main dans les cheveux… et vas-y que je te souris de toutes mes dents, vas-y que je papillonne des cils… vas-y que je te fais une ronde nuptiale et aguicheuse.

Elle est jolie, en plus, cette conne !

Et visiblement prête à écarter les cuisses. Ils donnent l'impression qu'ils vont baiser, là, tout de suite, même s'il y a des gens autour d'eux ; que ce n'est qu'une question de seconde.

Il me dégoûte !

Je le déteste !

J'ai mal…

Je tourne le dos au couple absolument parfaitement assorti et absolument trop parfait, si parfait qu'il me fout la gerbe, et me pends au cou de Quentin.

– Embrasse-moi !

– Certainement pas, je tiens à mes dents !

– S'il te plaît… Il ne te fera rien, il n'en a rien à foutre de moi !

– Je ne crois pas, non ! Il m'a demandé de veiller sur toi et de m'assurer qu'aucun mec ne t'approche, alors je pense au contraire qu'il tient beaucoup à toi.

Quoi ?!

– C'est avec lui que tu discutais toute la soirée ?

– Oui !

– Qu'est-ce qu'il t'a dit d'autre ?

– Qu'il me ferait virer si je te touchais…

Je me pince l'arête du nez.

Ils pensent vraiment pouvoir se liguer contre moi, sérieux ?!

– Alors moi, je te vire si tu ne me ramènes pas chez toi ! Tout de suite !

Oui, bon, je sais, c'est un peu dégueu comme procédé, mais là, je suis à bout de patience !

– On s'en va ! Maintenant ! ordonné-je à Quentin en voyant Léo se diriger vers nous.

Il devient blême lorsqu'il remarque lui aussi Léo qui arrive vers nous, le visage fermé, les yeux noirs comme une nuit sans lune. Il devait certainement nous trouver trop près l'un de l'autre à son goût. Si j'avais su, j'aurais poussé le bouchon plus loin en embrassant Quentin de force.

Histoire de bien l'énerver !

Il est si beau, putain… (Léo, hein, pas Quentin !) C'est un p'tit con qui joue avec mes nerfs, mais qu'est-ce qu'il est beau, surtout avec cet air renfrogné qui lui fait davantage la mâchoire carrée et assombrit son regard déjà hautement ténébreux et chargé d'électricité.

Je saisis le bras de Quentin pour l'entraîner vers notre table, mais ce traître ne bouge pas d'un pouce et me gratifie d'un sourire ennuyé.

– Désolé, Camille, solidarité masculine…

Et il me retient lorsque je cherche à lui échapper.

De mieux en mieux!

J'hésite entre lui balancer une claque, taper des pieds ou lui dire le fond de ma pensée en lui hurlant dessus, mais mes paroles rageuses se bloquent dans ma trachée car Léo est juste là, devant moi, avec son sourire ravageur de sale gosse auquel je suis incapable de résister. Si totalement et indubitablement incapable de résister à ce que je lis dans ses yeux que je suis également incapable de bouger.

Je suis comme… paralysée, et là, c'est moi la poule décérébrée.

– Merci, Quentin…

Cette voix… si rauque, si virile… j'en ai des frissons partout, et surtout là… là où j'ai très envie qu'il me touche.

Je ne lui oppose aucune résistance lorsqu'il prend mes doigts entre les siens et me fait tourner au rythme du slow: «Let Me Down Slowly» d'Alec Benjamin, une chanson que j'adore et qui prend tout son sens dans ses bras.

Karma de merde…

Les mots de colère meurent sur mes lèvres tandis que je me noie dans ses yeux, les frissons me submergent, et sans raison aucune, je me retrouve au bord des larmes (vous pouvez l'écouter, vous verrez qu'elle est poignante d'émotion), car cette chanson, c'est moi, lui… nous.

«Don't cut me down, throw me out,
leave me here to waste
[…]
Now I'm slipping through the cracks
of your cold embrace
So please, please

Could you find a way to let me down slowly
A little sympathy, I hope you can show me
If you wanna go then I'll be so lonely
If you're leaving, baby, let me down slowly
Let me down, down, let me down…»
(«Ne me détruis pas, ne me jette pas,
laisse-moi me perdre ici
[…]
Maintenant, je glisse à travers les fissures
de ta froide étreinte
Alors s'il te plaît, s'il te plaît
Peux-tu trouver un moyen de me laisser tomber
en douceur
Un peu de compassion, j'espère que tu pourras
m'en montrer
Si tu veux partir, alors je serai si seul
Si tu pars, laisse-moi tomber en douceur
Laisse-moi tomber, tomber, laisse-moi tomber…»)

Les paroles entrent en moi, me torturent, me donnent affreusement envie de lui. De lui appartenir, encore et encore. Et je n'ai aucune envie, justement, de le laisser tomber ou qu'il me laisse tomber. Je suis bien dans ses bras, je veux qu'il me retienne, me soutienne et me fasse sienne.

«And I can't stop myself from falling down»
(«Et je ne peux m'empêcher de tomber»)

Et je tombe, je tombe, je tombe raide dingue de lui, malgré son petit jeu malsain qui me dépasse. Malgré mes peurs et mes souffrances passées. J'ai envie de lui malgré tout, et après tout, je n'ai qu'à me montrer plus forte que lui, ça, je suis sûre que je peux le faire…

J'enroule mes bras autour de son cou.

– Salut, toi, minaudé-je, tu sais que tu viens de me casser mon coup !

– C'était voulu…

Encore ce sourire en coin qui me fait fondre.

– Pourquoi ? Il est très bien ce garçon, et il me plaît…

– Ce n'est pas ce type dont tu as envie, Cam…

– Ah oui ? Tu es dans ma tête, peut-être ?

– Je sais lire le désir dans les yeux d'une femme !

– Et c'est pour ça que tu t'es barré cet après-midi et que tu ne réponds pas à mes messages, parce que tu es persuadé que je te désire ? Tu veux justement te faire désirer ?

– Tu sais très bien pourquoi je suis parti ! Tu ne pensais tout de même pas que j'allais laisser tomber après t'avoir avoué que je tiens à toi. Allez, viens, je te ramène, tu tiens à peine debout…

Quoi ? J'ai à peine trébuché ! Et c'est sa faute, d'abord, je n'étais pas prête à ce nouvel aveu… il tient à moi… il me veut… toujours… Et moi, est-ce que je le veux ? Punaise, j'en sais rien, j'ai peur, de plus en plus peur de ne pas pouvoir lui résister.

– Tu ne devrais pas boire autant, tu ne tiens pas l'alcool et tu te mets en danger.

– Qu'est-ce que t'en sais ? Tu ne me connais que depuis cinq minutes, et j'étais avec Quentin, il ne pouvait rien m'arriver.

– Je te connais mieux que tu ne le crois.

– Qu'est-ce que ça veut dire ?

– Rien ! Viens !

Je le retiens.

– Alors, embrasse-moi !

Il tire sur mon bras et j'échoue contre son thorax.

Mon cœur se met à battre comme un fou, l'envie de lui me terrasse.

Je suis folle, attachez-moi !

– Viens ! réitère-t-il en m'entraînant derrière lui.

– On va baiser ?

Il se retourne et éclate de rire.

– Quoi ? Qu'est-ce que j'ai dit de si drôle ?

Je me pends à son cou.

– J'ai envie de faire l'amour, beau gosse, et j'ai envie de toi…

Il pose ses mains sur mes hanches, m'attire à lui.

– Quand je te ferai l'amour, Camille, tu seras en pleine possession de tes moyens, et tu t'en souviendras pendant des jours…

Je bloque sur ses lèvres, sur son sourire.

– Mais je m'en souviendrai, je te le promets, sauf si évidemment t'es un mauvais coup, alors là, je ne te promets rien…

J'éclate de rire à mon tour, me foutant ouvertement de sa tronche.

– C'est ça, marmonne-t-il. Allez, viens…

Je résiste :

– Je ne veux pas rentrer, j'ai encore envie de m'amuser. Tu n'auras qu'à veiller sur moi !

– Et te voir draguer d'autres mecs ? Certainement pas ! Maintenant, viens !

Quoi ?!

Il tire sur mon bras et quelques minutes plus tard, je me retrouve, je ne sais trop comment, dans son gros 4x4 aux sièges en cuir, à me gaver de son profil marmoréen. Il garde les yeux fixés sur la route alors que j'aimerais qu'il me regarde, moi… j'aimerais encore me perdre dans ses iris fauves, mais il faut que je réfléchisse.

Sauf que…

J'en suis incapable, j'ai encore le cerveau en vrac. Il a raison, je ne devrais pas boire, je suis ivre en moins de deux, ça craint ! Mais ce que je sais, c'est que j'ai envie de lui, terriblement envie, mais je ne suis pas encore assez ivre pour ne plus avoir peur. J'aurais dû boire plus, tiens… si c'est pour qu'il prenne soin de moi et pour l'avoir tout à moi, sauf que je me disais juste à l'instant que justement, ça craint de boire… Punaise, je sais plus… je sais plus rien.

Mes paupières se ferment toutes seules.

J'ai trop sommeil pour penser…

Je me sens sombrer, mais pour autant, je perçois parfaitement ses bras autour de moi lorsqu'il me soulève, son juron lorsque je lui mords le cou. J'ai envie de le dévorer tout cru tellement j'aime son odeur.

– J'aime ton odeur… tu sens le sushi… J'aime les sushis…

Nan… me dites pas que j'ai sorti une énormité pareille, quel type aimerait être comparé à un sushi ou avoir l'odeur d'un sushi ?

Je ne sais pas ce qui me passe par la tête des fois, je me collerais des baffes.

Je rigole comme une débile alors qu'il jure une nouvelle fois en sentant ma langue sur la peau de son cou, juste sous l'oreille. Je pourrais l'embrasser pendant des heures juste à cet endroit ; cet endroit que je découvre et qui devient subitement mon meilleur endroit sur terre. Un endroit que je voudrais respirer le restant de ma vie et qui me donne envie de me nicher tout contre.

Je soupire lorsqu'il me dépose sur mon lit, je crois, parce que toute à mes délires de peau à l'odeur aphrodisiaque, je ne me suis pas rendu compte que nous avons monté les marches menant à l'étage de nos chambres, ou peut-être sommes-nous ailleurs dans la maison ; ça m'est égal !

Je le laisse pourtant, telle une poupée privée de la moindre once de volonté, me déshabiller.

J'entends son souffle se modifier, puis j'entrevois son sourire, encore, quand je lui dis de nouveau que j'ai envie de lui.

Il repousse la couette, m'aide à me coucher.

Ça va devenir une sale habitude mais j'adore tellement ça que, comme je m'en faisais la remarque précédemment, je vais boire tous les soirs à partir d'aujourd'hui ! Juste pour qu'il me mette au lit, en espérant qu'un jour, il m'y rejoindra enfin.

Je retiens sa main.

– Pourquoi as-tu demandé à Quentin de ne pas me toucher ?

– Tu sais très bien pourquoi, Camille.

Le souffle me manque, ma gorge se serre.

– Tu faisais déjà la même chose, au lycée ? Tu empêchais les garçons de m'approcher ?

Il vrille ses prunelles aux miennes.

– Oui ! Je ne le supportais pas.

– Mais pourquoi ?

– C'était comme ça, je ne pouvais pas m'en empêcher, soupire-t-il.

– Et tu ne peux toujours pas le supporter ?

– C'est ça !

– Pourquoi ?

– Tu n'es pas en état de discuter, Camille, nous verrons ça demain…

– Pfff, t'es pas drôle.

– Je sais !

– Alors, dors avec moi ! On fera que dormir…

Nos yeux se cherchent, se verrouillent, se happent, se désirent, je succombe.

Il se penche, me fait un baiser sur la joue ; un baiser aussi léger qu'une plume, mais qui me bouleverse totalement parce qu'il renferme toute la douceur du monde.

– Je suis à côté si tu as besoin, je laisse les portes ouvertes.

Noooon… je ne veux pas de portes ouvertes entre nous, je te veux toi, dans ce lit, et je veux continuer de parler, je crie dans ma tête, parce qu'avec mon cerveau ralenti et mes yeux qui se ferment tout seuls, je n'ai pas le temps de le lui dire de vive voix qu'il a déjà franchi le seuil de ma chambre.

15

Léo

– Salut, maman !

– Bonjour, mon fils…

Je pose mes sacs de courses sur la table de la cuisine devant ma mère et me penche pour l'embrasser, après avoir salué mon père installé dans l'un des fauteuils du salon, occupé à regarder je ne sais quelle émission débile à la télé.

– J'ai fait le riz !

– Parfait !

Ce matin, j'ai eu envie de faire des sushis. Puisqu'il paraît que la femme qui hante toutes mes pensées depuis que je suis en âge de baiser en raffole. Elle en raffole tellement qu'elle m'a pris pour l'un d'eux hier soir. Elle était marrante ! Pétée, mais marrante. Je me suis beaucoup amusé ! À partir du moment où elle s'est retrouvée dans mes bras, parce que, auparavant, je n'étais pas très sûr que Quentin ne finisse pas par succomber à ses beaux yeux, et j'ai rongé mon frein pendant tout le service en l'assommant de messages. Rongé mon frein et enragé ! En tout cas jusqu'à ce qu'elle me propose de coucher avec elle. Là, j'ai arrêté de rire. J'en avais envie, bordel, affreusement envie, mais pas de cette manière, pas comme ça, pas alors qu'elle était bourrée comme une cantine !

Le problème, c'est qu'une fois sobre, j'ai peur qu'elle ne veuille plus de moi.

J'ai donc décidé de passer à la vitesse supérieure, et j'ai demandé à ma mère de m'aider, car seul, je n'y arriverai pas, je me suis loupé ! Je n'ai pas entendu le réveil ! Ce qui ne m'est, je crois, jamais arrivé. Et je suis en retard sur mon planning. À ma décharge, je n'ai réussi à trouver le sommeil qu'à l'aube après m'être retourné cinquante millions de fois dans mon lit, dévoré par l'envie d'aller retrouver Camille dans le sien, mais je ne suis pas ce genre de gars, je ne baise pas une femme à moitié soûle, voire complètement soûle ! Je le lui ai dit et je tiendrai promesse : quand je lui ferai l'amour, je veux qu'elle en crève d'envie, qu'elle me supplie de la prendre, qu'elle soit en pleine possession de ses moyens et qu'elle se souvienne de tout !

J'aurais pu me taper cette meuf, au Pick, qui me faisait encore du rentre-dedans, comme vendredi passé lorsque je me suis arrêté prendre une bière avant de me rendre chez mes parents pour y passer le week-end, mais je n'en avais pas envie. Je n'avais pas envie d'elle. Elle avait beau se frotter contre ma queue, ce n'est pas elle que je désirais mais Camille, qui, elle, se frottait contre Quentin. J'ai cru devenir fou ! Je n'avais plus qu'un désir, plus qu'une envie, aller dégommer ce connard pour oser poser les mains sur la femme que je convoite depuis toujours. Heureusement que c'est un bon gars et qu'il mérite mon respect. En même temps, je ne lui ai pas trop laissé le choix…

Je me marre.

Je crois que je lui ai foutu la trouille avec mon regard de tueur.

– Comment va Camille ?

Je la revois en pensée plongée dans un profond sommeil, la tête dans l'oreiller, la bouche ouverte ; j'ai pris une photo pour la faire chier !

– Quand j'ai quitté la maison, elle ronflait…

Et je suis sûr qu'elle va détester que je l'aie surprise dans une telle posture. Certes… il y a plus sexy comme attitude, mais… comment dire, ça la rend plus humaine, plus attachante aussi. Parce que quand même, la plupart du temps, elle donne l'impression d'avoir un balai planté dans le cul avec ses grands airs de duchesse. Qui me donne *la plupart du temps* envie de la secouer. Et de la baiser !

Tout en fantasmant sur la façon dont j'ai véritablement envie de la secouer, ce qui n'est pas franchement le moment, vous en conviendrez, puisque ma mère est en face de moi, je sors les denrées des sacs : feuilles de nori vertes, tranches de poissons crus, vinaigre de riz, qui vont me servir pour confectionner les makis et sushis que j'ai prévus pour le déjeuner que nous prendrons après mes tâches du jour, dont je devrais avoir vite fait de me débarrasser ; je me suis avancé pour avoir plus de temps à consacrer à Camille aujourd'hui.

Je regarde ma montre.

J'ai une heure, pas une minute de plus.

Et j'espère bien être rentré avant que la marmotte alcoolisée sorte des bras de Morphée.

Je compte bien la surprendre aussi, l'exciter et l'emmener dans mon pieu ; j'en ai marre de dormir seul alors qu'elle est dans la chambre d'à côté.

– Et toi, ça va?

Je ne quitte pas des yeux ma feuille d'algue sur laquelle je dépose un lit de riz gluant dans lequel j'ai laissé couler au préalable quelques filets de vinaigre de riz pour obtenir ce goût très caractéristique du riz jap. Ça fait des années que je n'en ai pas confectionné, mais les gestes me reviennent avec aisance. Comme j'aime particulièrement les spécialités japonaises et surtout les makis, j'ai voulu apprendre et dès mon arrivée au Japon, j'ai pris des cours du soir. Et j'ai bien fait! C'est dans l'un d'eux que j'ai rencontré Kenzo Ito, un *itamae*, un maître sushi. Qui, séduit par mon habileté et mon désir de bien faire, m'a mis en relation avec l'un de ses amis, Yori Takahashi, aujourd'hui mon associé.

Est-ce que ça va?

Bonne question! Ça irait mieux si je n'avais pas l'impression que mon corps allait exploser de frustration!

– Oui…

– Tu parais soucieux.

– Ça va, maman, je t'assure.

– Tu es heureux chez les Dumas?

– Oui, ça se passe bien.

Camille a beau emplir toute ma tête, je n'ai pas envie de parler d'eux. Pas maintenant.

– Tu vas rester, alors?

Nous avons déjà évoqué le sujet le week-end dernier, ma mère souhaiterait que je reste en France et honnêtement, j'en ai envie. Mais seulement si j'arrive à mes fins avec Camille. Je ne suis pas rentré pour elle, j'avais à faire avec la vente de notre ancienne maison, mais je ne peux nier que j'avais une idée bien précise derrière la tête la concernant. Quant à ma mère, elle se réveille un peu tard ! J'ai l'impression que mes parents ne s'intéressent à moi que depuis que je vis loin d'eux. À moins que le fait que je leur ai acheté cet appartement en plein cœur de Chalon-sur-Saône n'ait pesé dans la balance. Aujourd'hui, ils sont fiers de dire que leur fils a fait fortune au Japon. Alors que, lorsque j'étais jeune, ils n'avaient aucune confiance en moi et pensaient que je ne ferais rien de ma vie parce que je ne branlais rien à l'école. J'étais juste pragmatique ! Je ne bossais que les matières que j'aimais ! Bon… OK, il y en avait peu, mais j'ai quand même eu mon bac et quand je suis entré à l'école de cuisine, je suis devenu l'un des meilleurs. Il fallait juste que je trouve ma voie et je l'ai trouvée.

– C'est Camille ?

– Quoi, Camille ?

– Tu es toujours amoureux d'elle ?

Ma mère a découvert les sentiments que je nourrissais envers la sœur de mon meilleur ami assez rapidement ; il paraît qu'à une Saint-Vincent organisée à Meursault, une fête autour du vin, je n'avais d'yeux que pour elle. Elle m'avait mis en garde : je n'étais pas assez bien pour elle, Camille ne pourrait jamais tomber amoureuse de moi, elle venait d'une famille riche, mon père travaillait pour le sien, je n'étais rien comparé aux Dumas, même si j'étais le meilleur ami de Maxence ; il fallait que je l'oublie, c'était mieux. Sur le moment, ça m'a mis en colère. Mais au fond, elle avait raison : je n'étais pas digne de Camille. C'est pourquoi je suis parti. Mais je crois, surtout, que c'est ce qui m'a donné la niaque ! La niaque de réussir ma vie professionnelle et de revenir en France plein aux as pour montrer à mes parents et au monde entier que je pouvais devenir quelqu'un !

Elle pose sa main sur la mienne, la serre.

– Je ne voudrais pas que tu souffres, Léo. Les Dumas ne sont pas de notre monde…

Pourquoi elle recommence avec ça ?

Ils ne sont peut-être pas de notre monde, mais ils m'ont beaucoup appris et beaucoup apporté. Ils m'ont toujours accepté tel que j'étais et ne m'ont jamais rejeté parce que j'étais pauvre. Je crois que c'est elle qui avait un complexe d'infériorité.

– Tu sais, reprend-elle, la voix grave alors que je garde le silence. J'ai toujours été envieuse du temps que tu passais chez eux. J'avais le sentiment que tu nous reniais, que nous n'étions pas assez bien pour toi, que tu avais honte de nous…

Pardon ?

– Mais tu n'y es pas du tout ! C'est quoi ces conneries, maman ! J'aimais juste passer du temps avec Maxence, c'est tout, et vous n'étiez jamais à la maison !

Elle m'observe intensément, les larmes aux yeux.

– Je suis désolée, Léo. On aurait tellement voulu te donner plus.

Alors là, non ! Je ne peux pas la laisser dire ça, quand on veut, on peut !

– Je ne voulais que du temps, maman. Du temps, tu entends ! Du temps, ce n'est pas grand-chose ! Et ça ne coûte rien ! Tout comme l'amour, la confiance, la compréhension, la tolérance, ce que tout parent devrait donner à son enfant. C'est la moindre des choses, non ? J'avais plutôt l'impression d'être un fardeau.

– Je suis désolée, réitère-t-elle. Tellement désolée…

Je pose ma main sur la sienne. Ça ne sert à rien de ressasser le passé, il est ce qu'il est et je n'ai pas envie de me brouiller avec eux. Car malgré tout, ils sont mes parents, je les aime. Et je… je sais que je n'étais pas un gamin facile. J'étais plutôt… entier et caractériel ! J'ai mis de l'eau dans mon vin depuis, en prenant exemple sur mon associé que rien ne perturbe. Il possède ce que j'appelle la « maîtrise jap » ! C'est fou, je n'ai jamais vu un type si zen. Peut-être, certainement même, parce qu'il pratique du taï-chi-chuan chaque matin. Ce que je fais également, mais je suis loin d'égaler sa maîtrise.

– Ce n'est rien, maman, vous avez fait ce que vous pouviez, je le sais, je ne vous en veux pas.

– Tu es un bon garçon, et je suis fière de toi.

Mes yeux se voilent d'émotion. Émotion qui se reflète dans les yeux de ma mère et pour la première fois depuis… toujours, je perçois effectivement de la fierté dans son regard.

Je me racle la gorge et ignore mon trouble pour demander des nouvelles de la santé de mon père, pas très florissante. Il a un peu trop tendance à se venger sur la bouteille lorsque ça ne va pas ou qu'il est fatigué, mais je crois qu'il s'est calmé. C'est du moins ce que me confie ma mère. Il va mieux depuis qu'il travaille dans la grande distribution et depuis qu'il ne boit plus, ils ont retrouvé un semblant de vie de couple. Et j'en suis heureux pour eux ; là encore, mieux vaut tard que jamais. J'aime l'idée que ce soit en partie grâce à moi, parce que je les ai aidés dès que je l'ai pu à sortir de leur misère.

Et comme la maison qu'ils possédaient à Meursault s'est enfin vendue (j'ai trié mes affaires et supervisé le déménagement le week-end passé, mais en vérité, je n'ai rien gardé, j'ai tout fait jeter, je voulais tirer un trait sur le passé), ils seront dorénavant à l'abri du besoin.

Nous continuons la confection des makis et sushis, que ma mère range ensuite dans des boîtes avant que je prenne congé, lui promettant de revenir dès que possible. Dès que j'en aurai le temps en tout cas, mais pas avant un moment, j'en ai peur. La semaine prochaine s'annonce terrible ! J'ai encore tant à faire. Mes desserts pour les réveillons sont au point, mais pas ceux du recueil. Il m'en manque encore au moins cinq ! Ensuite… eh bien… je verrai. Tout dépend si j'arrive à conquérir le corps d'une certaine beauté brune. Et pas uniquement son corps ! Mais si j'en crois Maxence qui me lâchait de temps à autre des bribes de la vie sexuelle de sa coureuse de sœur, Camille est adepte des coups d'un soir et jusque-là, il ne lui connaît aucune relation durable. Qu'en est-il de ce type qu'elle avait au téléphone et que j'ai croisé dans le couloir, alors ? S'il est une menace, autant que je sois au jus. Pourtant, quand elle me regarde, je vois le désir briller dans ses iris. Si elle a un mec dans sa vie, je le plains. Et si c'est le cas, je me fais fort de le virer ! Après moi, après que je me serai logé entre ses cuisses, ce type sera vite relégué aux oubliettes.

Un sourire m'échappe quand, au moment de rentrer chez les Dumas, je sens mon portable vibrer dans la poche de mon jean.

Je lui manque…

Gagné !

[T'es où beau gosse ?]

Je pourrais la faire languir mais je n'ai plus envie de jouer.

Je réponds que j'étais chez mes parents et que j'arrive ; qu'elle m'attende bien sagement.

Mon sourire s'élargit lorsque la sonnerie se fait entendre. J'appuie sur la commande du volant.

– Je te manque à ce point ?

– Non, mais j'avais envie d'entendre ta voix. On t'a déjà dit que tu avais une belle voix ?

Oh… Mlle Dumas serait-elle en mode chasseresse ? Si tu me chasses, tu vas me trouver, ma belle. Et plus tôt que tu ne le penses.

Je ne vais certainement pas la laisser m'allumer sans rien obtenir en retour et la chasseresse cessera de l'être quand elle deviendra ma proie.

J'active mon mode prédateur :

– Attendez de l'avoir au creux de votre oreille quand vous m'aurez tout au creux de vous, maître. Là, vous pourrez crier qu'elle est belle et qu'elle vous plaît, mais ce ne sera pas ma voix, je peux vous l'assurer…

Un silence me répond.

Euh… j'y suis peut-être allé un peu fort, non ?

– Camille ? T'es là ?

Et en plus, je viens de perdre toute crédibilité.

– Ça va pas de dire des choses pareilles ! Je viens d'avoir un mini-orgasme.

Je ris.

Je pensais l'avoir perdue. Je constate avec satisfaction qu'il n'en est rien, et ça me plaît. Plus je la côtoie et plus elle me plaît. Infiniment. Encore plus que par le passé. J'étais déjà fou d'elle, je le suis davantage. Je fantasme aussitôt sur la façon dont je vais lui faire l'amour.

– Mini ? Je te promets que lorsque tu m'auras entre les cuisses, ton orgasme sera tout sauf mini.

– OK ! Je te prends au mot, Don Juan. T'as intérêt à être à la hauteur ! Déjà que je t'en veux.

Depuis quand j'ai ce genre de discussion avec une femme ?

On dirait que rien ne la dérange et qu'elle est parfaitement à l'aise avec le sexe et j'aime ça, je sens qu'on ne va pas s'ennuyer.

– Tu m'en veux pour hier ? Quentin n'est pas un homme pour toi, je te le répète !

– T'en sais rien ! Tu ignores quel genre de type me fait craquer.

– Si, je le sais !

– Des types comme toi ? Imbus d'eux-mêmes et connards sur les bords ?

– Pas des types comme moi, Camille. Moi ! Juste moi. Je suis unique en mon genre.

Un frisson me parcourt l'échine à la pensée que je suis en train de me dévoiler une fois de plus.

– C'est ça, ouais… ben… je te dirai lorsque je t'aurai testé ! Sinon, tu entends quoi par « bien sagement » ?

– Les cuisses écartées, ce serait déjà pas mal…

Je l'imagine m'attendant, entièrement nue, allongée sur le canapé du salon, sa peau de brune légèrement hâlée révélée par la blancheur des coussins, les cuisses écartées, justement, son sexe parfaitement épilé luisant de désir…

– Dans tes rêves !

Je ris.

J'adore cette fille…

– Dans mes rêves, je te possède jusqu'à te faire perdre la voix, Camille, tu veux vraiment t'aventurer sur ce terrain ?

– Tu verras… Tu seras là dans combien de temps ?

– J'arrive ! Je me gare…

– Déjà ?

– Oui…

Je me marre intérieurement en entendant sa voix légèrement éraillée.

– Tu as roulé vite, non ?

– Pas plus que d'habitude…

– OK, je… je vais prendre une douche, je te retrouve dans la cuisine.

Elle coupe la communication alors que je fais de même avec le moteur de mon 4x4. Je ris sous cape à l'idée qu'elle s'est caressée en pensant à moi, au son de ma voix. Ma voix qu'elle trouve belle !

Les choses sérieuses vont enfin pouvoir commencer…

16

Camille

Je sursaute en découvrant Léo appuyé contre le chambranle de la porte de la salle de bains au moment où j'ouvre celle de la douche.

Il m'a fait peur, cette andouille !

Mon cœur bat comme un dingue, mon sexe frémit. Je me force à l'ignorer comme s'il était un coloc comme les autres avec qui je partage mon quotidien et qu'il m'avait déjà vue nue. Je sors de la douche en prenant le temps de m'enrouler dans la serviette, le laissant m'admirer. Je ne sais pas encore ce que je vais faire de lui, mais je veux qu'il bave de désir, ce sera déjà un bon début.

Je me place devant le vaste miroir, le regarde.

– On ne s'était pas donné rendez-vous dans la cuisine ?

Il se détache de la porte, approche sans un mot, d'une démarche de prédateur. Un prédateur qui a choisi sa proie et ne la lâchera plus. À chacun de ses pas, mon appendice cardiaque s'envole et cherche à s'échapper de ma cage thoracique. Je m'accroche à la serviette nouée entre mes seins, le souffle soudain court, en le suivant des yeux dans le miroir, puis de plus en plus désespérément lorsqu'il vient se positionner derrière moi.

Mon rythme cardiaque accélère davantage.

Je ne peux détacher mon regard de son visage, de ses yeux noirs où règne un sérieux qui m'intimide, m'effraie, me bouleverse et me captive, de ses lèvres belles et sensuelles, de sa langue qu'il promène soudain paresseusement sur l'inférieure, pour ensuite la mordiller en contemplant ma nuque.

Il lève la main.

Je frémis de tout mon être quand ses doigts effleurent ma peau pour repousser mes cheveux, tandis qu'il ne cesse d'observer ma nuque intensément, et ne suis déjà plus capable de penser à autre chose qu'à ses mains sur moi.

Il se rapproche sans me toucher, et là, je suis obligée de m'accrocher à la vasque pour ne pas défaillir. Je meurs. Mon clitoris se gorge d'attente quand je rencontre son regard dans le miroir, troublé, troublant ; mon sexe devient pesant de désir. Je veux ses doigts sur moi, en moi, je les veux tellement, je les désire tellement, que je vais mourir s'il ne me caresse pas tout de suite…

Je ferme les yeux lorsque, après s'être penché avec une lenteur désespérante, il pose ses lèvres sur ma nuque, juste sous l'oreille, et m'embrasse, longuement, avec une sorte de… dévotion. C'est tendre, mais en même temps incroyablement intense et incroyablement bon. Je ne veux pas qu'il arrête. Jamais. Je voudrais qu'il m'embrasse de cette manière pour l'éternité. Ses lèvres se promènent sur ma peau, doucement, lentement, et à chaque baiser je frissonne, je brûle de partout, je me consume, je ne suis plus qu'une boule de désir prête à exploser.

Je gémis doucement lorsque ses lèvres suçotent mon épiderme puis l'embrassent encore, et encore, et encore. Jusqu'à me faire perdre la tête.

– Léo…

Sa voix me parvient après un long moment pendant lequel je ne perçois que le bruit de ses baisers.

– Je suis là…

– Touche-moi…

– Tout ce que vous voudrez, maître…

Sa voix, encore plus rauque que d'habitude, me transporte.

Mon corps agonise lorsqu'il fait glisser sa main le long de mon ventre, sur la serviette, sans cesser de m'embrasser : le cou, l'épaule, qu'ensuite il mordille. Mon souffle se meurt. Je lâche la serviette, me cambre, recherchant le contact de son bassin contre mes fesses.

Il continue ses baisers, effleure du bout des doigts mon épaule, mon buste, juste à la limite du tissu tandis que sa main continue de progresser vers mon entrejambe, vers cet endroit qui hurle désespérément qu'il le veut, qu'il veut ses doigts tout d'abord, ses caresses, puis lui, lui tout entier… La serviette tombe à mes pieds… Ma respiration devient plus ardue, mon souffle brûlant, haletant, lorsque son pouce et son index emprisonnent mon téton et le torturent, et lorsque la pulpe de ses doigts, entre mes cuisses, rencontre mon clitoris gonflé comme un fruit mûr… qu'ils torturent de la même manière… Tout mon corps prend feu, je me mords la lèvre pour ne pas crier… je m'éparpille déjà… J'en veux plus, encore… Je gémis… me cambre davantage pour qu'il comprenne ce que j'attends de lui, pour qu'il me cède…

Il plaque sa queue dressée sur mes fesses à l'instant même où il fait entrer deux doigts dans mon sexe… tout en faisant rouler la pointe de mon sein entre ses doigts… Je me sens prise de partout, possédée… Mes cris s'élèvent dans le silence de la pièce… Je halète… j'en veux encore… plus… mille fois plus… Je le veux, lui… J'agrippe son jean, sa hanche, pour l'obliger à venir me rejoindre… j'ai besoin de le sentir en moi… J'en meurs d'envie… j'en ai tellement envie que mon ventre devient douloureux… Ses doigts vont et viennent en moi, de plus en plus vite… je m'accroche à son jean, gémis de plus en plus, le souffle coupé… C'est fort, très fort… Sa main qui pressait mon sein vient se loger sur mon ventre pour me plaquer davantage contre son bassin, contre son sexe tendu que je sens vivre entre nous… Son souffle se fait court lui aussi comme s'il s'imaginait en moi… ses lèvres continuent de lutiner mon cou… son souffle chaud de balayer ma peau… Mon cœur, mon corps explosent… je halète de plus en plus… lutte, résiste, me replie sur ses doigts qui me donnent tant… et soudain… je jouis, le plaisir me terrassant par surprise…

Nom de Dieu de bordel de…

Je n'ai pas de mots, c'était… *waouh…*

Me tenant pressée contre lui, ses bras encore autour de moi, ses lèvres dans mon cou, il retire doucement les doigts de mon sexe et me laisse redescendre de mon petit nuage lentement en prenant tout mon temps. Lorsque je redresse la tête et ouvre les yeux, je capture dans le miroir la sienne encore penchée sur moi, ses paupières closes. Quelque chose vibre dans mon cœur, quelque chose que je ne devrais pas ressentir ; surtout pour ce serial baiseur !

Je chasse ces pensées qui n'ont rien à faire là, d'autant plus qu'il m'observe désormais, un sourire de satisfaction errant sur ses lèvres qui m'ont donné tant de plaisir.

Il porte les doigts à sa bouche, les suce avec, il me semble, une certaine délectation, le regard ténébreux et embrumé. C'est totalement cliché, mais aussi totalement… HOT. Et totalement lui. Son sourire de sale gosse s'élargit.

S'il me sort une vanne, je le tue ! Pas maintenant, bon sang ! Pas après m'avoir fait jouir aussi intensément.

Il verrouille ses iris aux miens, lèche ses doigts. Je fronce les sourcils. Il les retire d'entre ses lèvres avec un bruit de succion, claque la langue comme s'il s'agissait d'un premier cru et me fait un baiser dans le cou, avant de murmurer à mon oreille de sa belle voix grave : « Je t'ai fait des sushis… » et de s'écarter.

Je suis dans le miroir sa haute silhouette qui s'éloigne.

– Léo ?

Il se retourne.

J'avance vers lui d'une démarche chaloupée, me pends à son cou. Un sourire de satisfaction m'échappe à mon tour lorsque ses mains rencontrent mes hanches.

– Merci pour ce bon moment…

Il me presse davantage contre lui. Ses magnifiques prunelles mordorées brillent d'une lueur sauvage. Je crois qu'il suffirait d'un rien pour qu'il me prenne sous les fesses et m'emporte sur son lit pour me faire l'amour passionnément ; et honnêtement, je ne sais pas ce qui le retient, d'autant plus que je serais consentante, mais je ne m'abaisserai pas à l'en prier. Du moins, pas dans l'immédiat. Mon plan est de le capturer dans mes filets, de le rendre dingue, et de ne surtout pas m'attacher.

– Je t'en prie, c'était avec plaisir.

– Pour moi aussi, c'était un plaisir. Tu recommences quand tu veux.

Il rit.

– J'imagine…

Il se penche, souffle :

– Mais la prochaine fois que tu jouiras, ce sera avec ma queue…

Je mords ma lèvre, provocante.

– Oh… parce qu'il y aura une prochaine fois ?

– Tu en doutais ? C'est quand tu veux, je viens de te le dire.

– Donc, si je te proposais d'être mon sex friend, tu accepterais ?

Il fronce les sourcils, les yeux soudain plus noirs et plus ombrageux.

– Pourquoi vouloir nous ranger dans des petites cases, laisse-t-il finalement tomber. Baiser reste baiser, mais soit, tant que dans sex friends il y a sexe, ça me va !

Il me repousse, doucement mais fermement, en continuant de sourire, mais ça sonne légèrement faux et ses iris ont retrouvé leur lueur impitoyable.

– Si tu as envie de baiser, tu m'appelles, et si je peux, je viens. Pareil pour moi, c'est bien ce que tu proposes ?

Il m'observe attentivement, insiste presque avec rudesse :

– C'est ce que tu veux, Camille ?

Je ne sais plus ce que je veux, je suis perdue.

– Oui, c'est ce que je veux !

C'est en tout cas le meilleur moyen et le seul pour ne pas m'attacher à lui : du sexe pour du sexe ! Après tout, c'est ainsi que je fonctionne et que j'ai toujours fonctionné.

Ses iris fouillent les miens, avant qu'il lâche :

– Parfait, alors !

Je le regarde sortir de la pièce sans se retourner.

Putain… qu'est-ce qui m'a pris ?

Je croyais quoi, qu'il allait me faire la déclaration du siècle ? Qu'il se battrait davantage pour obtenir de moi la perspective d'une relation durable ? Mais punaise, j'en sais rien ! Je ne sais pas ce que je veux ! Je ne suis pas habituée à composer avec quelqu'un d'autre, et encore moins à me projeter avec un homme, même si cet homme s'appelle Léo et qu'il est mon fantasme d'adolescente. C'était génial, il m'a fait jouir intensément, mais… je continue à me méfier de lui.

Je secoue la tête pour reprendre possession de mon cerveau, m'enroule dans la serviette qui traînait au sol et regagne ma chambre pour enfiler mes vieilles fringues de glande avant de rejoindre Léo dans la cuisine, où m'attendent des sushis qu'il a confectionnés pour moi.

Son sourire de sale gosse me cueille dès la dernière marche tandis que ses yeux charbonneux parcourent ma silhouette.

Oui, bon, je sais, pour le glam on repassera, mais je n'ai pas franchement prévu de sortir, comme je n'ai pas franchement prévu de lui plaire, donc ma tenue est parfaite ! Si ça ne lui convient pas, il n'a qu'à regarder ailleurs !

– Quoi ? ronchonné-je.

– Rien !

– Je préfère ça ! Bon, ils sont où ces sushis, je meurs de faim, moi !

Je me comporte comme si nous étions de vieux potes, ce qui est un peu le cas, non ? Et comme c'est moi qui ai voulu cette situation, je ne vais pas m'en plaindre.

J'enclenche donc le mode *friends*.

– Le plaisir, ça creuse, se moque-t-il.

Et le mode *friends*, effectivement, sous-entend que nous parlions de sexe et de nos expériences en la matière sans tabous.

– Je ne vais pas dire le contraire…

Je m'installe devant le bar, face à lui.

Il pose un verre devant moi, le remplit de vin blanc, s'en sert un également et sort deux ardoises du réfrigérateur, sur lesquelles sont joliment disposés des makis et des sushis, quelques morceaux de gingembre frais et quelques touches de wasabi, qu'il dépose ensuite sur le plateau du bar.

Il vient prendre place à mes côtés, saisit son verre, l'élève devant moi pour manifestement porter un toast :

– À ta santé, copine !

Je m'empare à mon tour de mon verre, l'approche du sien sans un mot. Son détachement me fait tiquer, mais c'est ce que je voulais, non ? Du détachement. Du sexe sans arrière-pensée et sans toute cette guimauve sentimentale autour.

– Et à tes futurs orgasmes, ajoute-t-il en me fixant, une lueur ironique au fond de ses iris.

Je manque m'étouffer avec ma gorgée de vin, me reprends.

– Ça me va ! Qu'ils soient nombreux, alors, et… inoubliables…

Nous continuons de nous fixer.

J'ai envie de sauter sur ses lèvres. Une envie diabolique, irrépressible, que je retiens pour me détourner et m'extasier sur ses sushis.

C'est plus sage.

J'en prends un, le porte à ma bouche, me lèche les doigts.

– Alors ?

– Sensationnel ! Tu es vraiment bon… pour plein de choses, je crois que je vais te garder, finalement…

– Vous m'en voyez ravi, maître, mon seul vœu sur terre est de vous agréer.

Tu parles… mon cul, oui… je n'y crois pas deux minutes, comme tout ce qui sort de sa bouche. D'autant qu'il a encore cette petite lueur d'ironie au fond des iris qui ne me trompe pas.

– C'est bon, n'en fais pas trop non plus ! J'ai parlé de relations sex friends, pas de SM, je n'ai pas besoin d'un soumis.

J'en ai déjà un, Baptiste, et honnêtement, ce n'est pas mon truc. J'aime les hommes plus virils, plus mâles, plus dominants, justement.

Je n'ai nul besoin d'un caniche !

– Qui te parle de soumis ? Je veux juste te faire plaisir, rien de plus. Ça te dérange ?

– Non, je ne crois pas… mais…

Autant jouer franc-jeu :

– J'ai beaucoup de mal à te croire, désolée.

Son regard me sonde.

– Même après…

Il me désigne l'étage du menton.

Je crois que malgré moi, je rougis.

C'était bon, très, très bon, trop bon…

– Je ne t'ai pas donné assez de preuves ? Tu ne me fais toujours pas confiance ?

– Non, Léo, toujours pas…

– D'où cette proposition à la con ! Parce que tu es incapable d'assumer ce que tu ressens pour moi ! Que faut-il que je fasse pour que tu me croies, Camille ? s'énerve-t-il.

– Tu es un grand garçon, je pense que tu trouveras.

J'ouvre de grands yeux en le voyant se lever, s'approcher dangereusement.

Il pose la main sur ma hanche, s'approche encore.

Je suis comme statufiée et n'ai aucune réaction lorsque son souffle rejoint mon oreille, ni lorsqu'il murmure :

– OK pour le deal ! Bon appétit, maître…

Il s'en va, me laissant face à moi-même et face à la merde que j'ai dans la tête.

Et dans la merde, je le suis jusqu'au cou…

17

Léo

À quoi elle joue, bordel de merde ?!

Sex friends !

Elle veut qu'on soit des putains de sex friends !

Je ne décolère pas, d'autant plus que j'ai accepté.

Après toutes ces attentions, après avoir pris soin d'elle, après lui avoir donné du plaisir, elle ose encore me dire qu'elle n'a pas confiance en moi ?! Elle se fout de moi ! Que lui faut-il de plus ?

Pourtant, j'ai envie de jouer ce rôle qu'elle attend de moi si c'est le seul moyen de la posséder enfin. En vérité, ça m'excite.

Elle m'excite !

Je ne pensais pas qu'elle m'exciterait autant, mais c'est un fait. Elle m'excite comme jamais aucune autre femme ne m'a excité. Elle me rend dingue et je suis accro, alors même que je n'ai pas encore véritablement joui de son corps. Pas comme je le voudrais et l'espérais, tout du moins.

J'ai encore failli déraper, j'étais à deux doigts, sans mauvais jeu de mots, de la charger sur mon épaule pour l'emmener sur mon lit et lui faire l'amour. Je n'en pouvais plus. Dès que j'ai enfoui les doigts dans sa chatte, j'étais perdu, mais c'est trop tôt ! Je ne dois pas précipiter les choses, je me le suis juré, ou je la perdrai avant de l'avoir totalement possédée.

Ça doit venir d'elle, et uniquement d'elle !

Je vais la rendre dingue, aussi dingue qu'elle me rend dingue, mais si j'ai bien compris sa requête, elle veut uniquement baiser avec moi le temps de son séjour ici, et ça m'emmerde ! Elle veut profiter de ma queue, et ça aussi ça m'emmerde ! Ce ne serait pas un problème si je n'avais aucun sentiment pour elle et si elle était une nana comme les autres, mais ce n'est pas le cas ! J'ai passé ma vie à être obsédé par cette fille ! Et elle, elle veut juste baiser ! Rien de plus ! Alors soit, baisons, puisque c'est ce qu'elle désire, je sais faire, pas de problème, et plutôt bien si j'en crois mes nombreuses conquêtes, ceci dit sans vantardise aucune ! Soyons ces fameux sex friends qu'elle réclame, même si je déteste le terme, et elle en aura pour son argent !

Façon de parler…

Je vais pour entrer dans les cuisines du restaurant lorsque des vibrations me signalent un appel.

Camille…

Je balaie l'écran pour le refuser.

Elle patientera !

Ça lui fera les pieds et la rendra dégoulinante de désir, chaude comme la braise. Si chaude qu'elle me suppliera bientôt d'éteindre ce feu qui la consume. Ce n'est qu'une question d'heures pour qu'elle soit à moi, définitivement à moi, même si elle continue de se leurrer en se croyant insensible à ma présence et insensible à ce que je lui procure.

Comme je le lui ai dit, je sais voir le désir dans les yeux d'une femme et Camille me désire. Plus que tout et au-delà de tout. À moi d'en profiter et de tirer sur les bonnes ficelles.

Je la chaufferai plus tard, pour le moment, j'ai du travail.

Mais, tout en rejoignant le vestiaire, je ne peux m'empêcher d'écouter son message. Parce qu'elle m'a laissé un message…

Sa voix suave, frémissante, emplit ma tête, me fait frissonner :

– Tu ne devrais pas me laisser seule, quand je suis seule, je fais des bêtises, tu ne veux pas revenir…

Non, je ne vais pas revenir tout de suite ! Je te laisse mariner dans ton jus ; sous-entendu : te suffire à toi-même !

Sa voix est rauque, presque gémissante.

Mon membre se tend à l'idée qu'elle est sans doute en train de se caresser en pensant à moi et en m'imaginant en elle.

J'hésite entre lui répondre qu'elle se débrouille seule parce que j'ai du boulot, ou ne rien dire du tout et la laisser se morfondre jusqu'à ce soir. Jusqu'à ce que je rentre après le service. En espérant qu'elle soit bien énervée, et bien excitée !

J'opte pour la deuxième solution, me préparant mentalement et physiquement à ce qu'elle vienne me chercher jusqu'ici pour me dire sa façon de penser.

Si elle rapplique, je la baise dans les vestiaires !

Elle veut m'attirer dans son piège, mais c'est dans le mien qu'elle tombera.

18

Camille

Rrrrr, il m'énerve !

Il m'énerve tellement que j'ai presque envie d'aller le retrouver en cuisine pour lui gueuler dessus et lui ôter l'envie d'ignorer mes messages, mais je n'en fais rien, ça lui ferait bien trop plaisir. Je vais faire comme si tout allait bien, comme si je n'étais pas dévorée de désir pour lui et dévorée par l'envie de baiser avec lui.

Il a mis le feu à mon corps, puis il s'est tiré…

Tout lui !

Bon, OK, vous allez encore dire que j'abuse et que j'ai mérité ce qui m'arrive et la façon dont il me traite, mais mettez-vous à ma place deux petites secondes : j'ai peur de baisser ma garde ! J'ai peur de le laisser me posséder alors que oui, j'en meurs d'envie ; j'ai peur de le laisser me prendre tout ce que j'ai, mon cerveau, mon corps, jusqu'à mon âme puisqu'il fut un temps où il avait la totalité de mon être entre ses mains sans même le savoir. Ou s'il le savait, il n'en avait rien à faire ! Alors, il a beau me dire qu'il pense à moi depuis toujours et qu'il n'a rien tenté parce que j'étais la petite sœur de son meilleur ami et qu'à ce titre j'étais intouchable, il a beau m'avoir ouvert son cœur, je suis en droit de demander des preuves, non ? Et de me protéger. Tant que je ne serai pas sûre de lui et rassurée sur ses intentions, je resterai vigilante. Je n'ai pas le choix ! C'est ça ou j'y laisserai des plumes et je ne veux pas. Je n'ai pas besoin de ça dans ma vie, déjà que je ne voulais pas de mec ! Attitré, j'entends !

Mais Léo ne sera pas mon mec attitré, juste un mec avec lequel je baise, juste pour de bons moments, des moments « orgasmiquement » intenses (ouais, je sais, parfois j'invente des mots, j'aime bien !), des moments de baise torride, quoi ! Parce que je suis sûre qu'ils le seront. J'en ai eu un avant-goût. C'était tellement bon que je n'arrive pas à m'ôter les images de l'esprit. Ce qu'il m'a fait, ce que j'ai ressenti. C'était incroyable ! Il s'y est pris comme un dieu et m'a fait décoller en moins de deux.

Qu'est-ce que ce sera s'il me donne davantage ?

S'il me possède totalement et me laisse le posséder en retour ?

Qu'allons-nous devenir ?

Ce n'est pas raisonnable, pas raisonnable du tout…

Et le pire, c'est que je ne peux en parler à personne !

Si je me confie à Julie, et même si je lui demande de ne rien révéler de mes confidences, elle est capable de lâcher un truc, je la connais. Sans le faire exprès, évidemment ! En plus, elle sera hyper heureuse pour moi qu'un type, enfin, attire mon attention. Un type comme Léo, qu'elle trouve mignon, charismatique, talentueux ; un type qui sait jouer du corps des femmes en appuyant sur plusieurs cordes sensibles à la fois, en utilisant à bon escient plusieurs de nos sens : visuel, gustatif, olfactif… comment ne pas craquer face à un tel homme.

J'ai bien vu les regards de toutes ces femmes hier soir au Pick ! Il fascine, attire l'œil, et pas que l'œil… Il fait partie de ces hommes que toute femme rêve d'attacher et de rendre amoureux.

Sa voix résonne dans ma tête : « Les cuisses écartées, ce serait déjà pas mal ! »

Quel mufle !

Et moi, j'ai succombé !

Il m'a prise par surprise et je n'ai pas été capable de résister. Mais je ne vais pas cracher dans la soupe ! Comme disait mon grand-père Dumas : « Ce n'est pas quand on a chié dans son froc qu'il faut serrer des fesses ! » C'est puissant, hein ? Mais l'image est claire. Comme mon orgasme l'a été : puissant ! Dévastateur, même. Et ça aussi, ça me fait chier, parce que je n'en ai pas eu assez. J'en veux encore. Des orgasmes comme celui-ci, j'en veux plusieurs fois par jour et tous les jours.

Bref… je ne sais pas comment je vais me dépatouiller de tout ça et je suis dans de sales draps, mais ça, je le savais déjà !

Les heures défilent. Ennuyeuses. Lentes à pleurer, même avec les séries Netflix en toile de fond pour meubler le silence. Seul point positif, j'ai fini par me mettre au boulot et rattrapé mon retard sur les objectifs que je m'étais fixés sur le dossier du collectif, j'ai correspondu avec mes assistants restés disponibles, même si nous sommes en week-end. Ils sont bien, ces petits, je me promets de leur obtenir une petite prime, ils le méritent ; je verrai ça dès mon retour.

J'ai même réussi à échanger avec Baptiste sans m'énerver.

Certainement parce que, une fois n'est pas coutume, il n'a pas parlé de notre relation. Je l'ai même trouvé passablement détaché. Nous avons fini par discuter de tout et de rien comme de bons amis et j'ai eu à plusieurs reprises des sensations étranges. J'avais le sentiment qu'il me préparait un coup. Sous des dehors de petit chien à sa mémère, il sait se montrer pugnace et j'ai peur qu'il vienne jusqu'ici pour me dire de vive voix qu'il n'est pas prêt à renoncer à moi.

S'il tombait sur Léo…

Bah… je lui dirai la vérité, que Baptiste est juste un collègue de travail avec lequel je baise. À moins que pour le faire chier je ne lui dise qu'il est véritablement mon mec, que nous nous étions brouillés et que c'est pour cette raison que je lui ai dit qu'il n'était rien pour moi, personne d'important en tout cas, parce que j'étais en colère contre lui. Mais que j'ai fait une erreur et que je vais me remettre avec lui.

C'est moisi comme plan, mais ça peut toujours servir.

C'est un bon prétexte, quoi qu'il en soit, pour tenir Léo à distance en lui faisant croire que j'ai déjà quelqu'un, mais que ça ne nous empêche pas de prendre du bon temps ; il ne sera pas contre, j'en suis persuadée, puisqu'il a accepté notre deal.

Dit comme ça, c'est vrai, je l'admets, c'est tout pourri !

Mais ça reste une échappatoire ! Une parmi d'autres…

De toute façon, rien n'est sûr en ce qui concerne Baptiste, ni Léo, d'ailleurs…

Ce n'est que vers dix-neuf heures que je peux enfin lever le nez de mon ordinateur, que j'éteins dans la foulée pour ne plus être tentée de bosser, j'en ai assez fait, et j'ai plutôt été productive malgré les circonstances. Je veux dire que j'ai réussi à maintenir Léo à distance. Je suis assez fière de moi, du reste !

Maintenant, place à la détente.

J'hésite entre nager, faire un sauna, ou rejoindre Quentin pour sortir avec lui. En tout bien tout honneur, cette fois ! J'ai compris la leçon et je ne veux pas attirer d'ennuis à ce pauvre garçon. D'ailleurs, je vais m'excuser parce que je me suis mal conduite avec lui. Je l'ai quand même menacé de renvoi s'il n'obéissait pas à mes ordres. J'espère qu'il ne m'en veut pas trop.

Ma décision prise, je fais un saut par la salle de bains pour une douche rapide, me fais un *brush* vite fait, enfile une autre tenue de guerrière, une robe encore plus courte que celle d'hier, mes bas, mes bottes camel à hauts talons, mon manteau et tout l'attirail contre le froid, et je quitte la maison pour me rendre aux caves où j'espère le trouver à son poste.

Il grimace en me voyant apparaître.

Charmant…

Je me perche sur l'un des tabourets.

– Je suis désolée pour hier, je suis venue m'excuser. Est-ce que tu veux bien me pardonner ?

Je lui fais les yeux doux, et il finit par capituler :

– Avec de tels yeux, comment résister ? raille-t-il. Je suis sûr que jamais aucun homme n'a réussi.

Perdu : Léo !

– Tu dois toujours obtenir ce que tu veux.

C'est à mon tour de grimacer.

– Non, pas toujours. Tu as bien résisté, toi !

– C'était pour une bonne cause !

– La mienne ou celle de Léo ?

– J'avoue que j'apprécie ce type…

– Dis plutôt que tu as eu peur d'avaler tes dents !

– C'est vrai, ça a certainement pesé dans la balance. Faut que je pense à changer de mutuelle.

Il rit et je mêle mes rires aux siens en imaginant la scène, qui n'a rien de drôle, soyons honnêtes. C'est même con, mais mon cœur ne cesse de faire de petits bonds de peur de voir surgir Léo.

Faut vraiment que je me soigne !

Ce type aura ma peau.

– Pas la peine puisque j'ai renoncé à coucher avec toi.

– Pour coucher avec lui…

– C'est compliqué !

– Je remarque que tu n'as pas dit non !

– Effectivement, je n'ai pas dit non.

– C'est donc que tu l'envisages…

– Peut-être…

Son rire s'égrène de nouveau :

– Si tu as envie de te confier, je suis là, n'hésite pas. Je peux au moins servir à ça, à défaut d'autre chose.

– Tu ne m'en veux pas, alors ?

– Non, Camille, je ne t'en veux pas, même si j'avais espéré qu'entre nous…

Il s'interrompt, laissant sa phrase en suspens.

– Je sais, soupiré-je. Je suis désolée, Quentin. Je me suis servie de toi et c'est mal !

Il rit.

– Je survivrai, t'inquiète, j'en ai vu d'autres…

– Tu as déjà été amoureux ?

– Oui, et ça s'est mal terminé. Elle m'a quitté pour mon meilleur ami.

– C'est moche !

– Ouais, c'est pour ça que Léo a beau ne pas être mon ami, voilà, quoi. Je sais ce que c'est.

– Je ne suis pas avec lui !

– Pas encore…

– Qu'entends-tu par là ?

– Que ce n'est qu'une question de jours. Il a l'air déterminé, le garçon.

C'est rien de le dire… déterminé, sexy, transpirant le sexe…

– Tu vas craquer, c'est sûr !

J'ai un léger sourire et certainement les yeux dans le vague puisqu'il frappe le bar du plat de la main et s'écrie :

– C'est pas vrai ! T'as craqué ! Je le savais !

Ce type est quand même incroyable, d'une gentillesse et d'une compréhension extrêmes. Je me suis moquée de lui, je voulais me servir de lui et griller mon excès d'hormones en baisant avec lui, je l'ai menacé, Léo également, et il est capable de se réjouir pour nous.

Il y a vraiment encore des gens bien…

Bon, je vais me dispenser de lui révéler que je me suis juste fait doigter dans ma salle de bains et que j'espère beaucoup, beaucoup plus, et très rapidement si possible, ou il va comprendre que je suis déjà folle de Léo, que j'en redemande et n'attends plus qu'une chose : qu'il me prenne ! et qu'il me fasse encore jouir.

– Bref, je suis un mec, alors si tu as des questions, des soucis ou besoin de débriefer, je suis ton homme.

– Merci, c'est vraiment gentil de ta part. Justement, je lui ai proposé d'être des sex friends et je crois que ça ne lui a pas plu.

– Tu m'étonnes !

– Pourquoi ? C'est un échange de bons procédés, non, et ça évite les emmerdes !

– Il est amoureux de toi, Camille !

Il m'a déjà sorti cette connerie la dernière fois et Léo m'a dit lui aussi qu'il tenait à moi, mais je n'arrive toujours pas à le croire, pas après tout ce qu'il m'a fait.

Ce qui ne nous empêchera pas de baiser, on est bien d'accord…

Mais je veux rester maîtresse de la situation, donc sex friends, c'est le plan parfait ! Je n'ai pas envie de me prendre la tête. Ma vie est bien assez compliquée comme ça ! Je n'ai pas de place pour un petit ami. Je ne veux que du bon temps, du sexe sans les contraintes et les emmerdes. Du sexe sans sentiments. Du sexe pour du sexe ! Et de toute façon, il n'aura peut-être pas envie que ça dure, lui non plus. Quand il sera lassé de moi, il me jettera comme une vieille chaussette, comme il l'a toujours fait avec toutes les nanas avec lesquelles il a baisé. Oui, à bien y réfléchir, sex friends, c'est ce qu'il y a de mieux !

– Et toi aussi, tu es amoureuse de lui, ça se voit.

– Pardon ?

– Ça se voit comme le nez au milieu de la figure, je te dis. Tu es amoureuse de lui, Camille, et je pense que tu devrais le lui dire.

– Pour qu'il me jette ? Jamais de la vie ! Non, sex friends, c'est l'idéal, je t'assure.

– Oui, s'il n'y a pas de sentiments, mais vous êtes déjà attachés l'un à l'autre alors à quoi ça sert de vous mentir ? Dis-lui que tu l'aimes et faites des bébés !

Je ris un peu jaune en élevant les mains.

– On va déjà faire connaissance, tu veux bien, avant de penser à fonder une famille. La vérité c'est que… qu'il s'est dévoilé. C'est vrai. Il m'a avoué ses sentiments, il m'a avoué qu'il tenait à moi, qu'il pensait à moi par le passé, mais qu'il n'a jamais rien tenté parce que j'étais la petite sœur de son meilleur pote, ce que je suis toujours, d'ailleurs, mais je n'arrive pas à le croire. J'aimerais… j'aimerais lui faire confiance, mais je n'y arrive pas. Il collectionnait les filles et il m'en a trop fait voir, j'ai peur de souffrir.

– Comme tout le monde, Camille. Et il a changé, non ? Toi aussi, tu as changé, je présume, il serait peut-être temps pour toi de tourner la page.

– C'est ce que m'a dit Maxence. Je vais y réfléchir.

– C'est tout réfléchi ! Tu rentres, tu te fais belle, et dès qu'il franchit la porte, tu lui sautes dessus. Allez, ouste ! Va te préparer.

– Tu crois ?

– J'en suis sûr ! Si j'étais à sa place, j'adorerais.

– Je ne sais pas, Quentin…

– Mais si, tu sais ! Va ! En plus, il faut que je range.

– Je te dérange, c'est ça ?

Punaise, il va me foutre dehors si ça continue.

– Non, mais… j'ai prévu de sortir avec des amis.

– D'accord, j'y vais, alors. Merci pour tes bons conseils.

Que je ne suis pas sûre de suivre. Tout dépend de l'humeur de mon beau brun.

Je descends de mon tabouret, souhaite une bonne soirée à Quentin et, tout en marchant, je tape un message à l'attention de Léo :

[Tu rentres quand ?]

N'obtenant aucune réponse (pour changer!), une fois à l'extérieur, je me dirige vers les cuisines dans l'espoir de l'y surprendre. J'entre par l'issue de derrière, salue le personnel, le cherche des yeux pour finir par faire un signe de la main à Timothée, qui vient dans ma direction et m'embrasse.

– Si tu cherches Léo ou Maxence, ils sont déjà partis, m'annonce-t-il. Max est passé en coup de vent et est rentré rejoindre Julie, et Léo a pris sa soirée! Alors c'est moi qui gère!

– Oh, je suis contente pour toi! Tu as pris du galon!

Il rit, rougit légèrement.

– C'est vrai, Max me fait confiance et ça me touche.

– C'est normal! Tu es excellent dans ce que tu fais et il serait temps qu'il apprenne à déléguer. Tu veux que je reste pour t'aider?

Il a un petit sourire en coin.

– Non, non, va retrouver Léo, il va s'ennuyer, le pauvre, seul à la maison…

– S'il est à la maison… il est peut-être sorti…

Il se penche, me souffle discrètement.

– Je ne pense pas. À mon avis, il t'attend!

– Peut-être…

– J'en suis sûr, Camille! Vous serez seuls, profitez-en! Je peux te préparer un plateau pour le dîner, si tu veux.

Mon cœur accélère à l'idée qu'effectivement, nous serons seuls.

– Oui, pourquoi pas, merci!

– Pas de problème, je t'apporte ça…

Je laisse passer des serveurs, le suis vers un plan de travail, demande:

– Tu sors après le service ?
– Oui, je vais retrouver des potes.
– Et avec Dimitri, ça va ?
– Ça va super bien ! Tiens !

Je m'empare du plateau qu'il a confectionné pour moi, lui colle une bise sur la joue en lui souhaitant bon courage pour le boulot et de bien s'amuser ensuite, et m'échappe des cuisines.

Toute à ma soirée, et même si je ne sais pas encore ce qu'elle me réserve et comment je vais gérer le truc, je ne lui ai même pas demandé ce que le restaurant proposait en plat du jour, mais qu'importe, je ne compte pas déguster grand-chose ! En tout cas, si c'est possible, pas uniquement des nourritures terrestres. Léo et moi, ce soir et une partie de la nuit, du moins jusqu'à ce que Tim rentre, accompagné de Dimitri ou non, nous avons la maison pour nous seuls.

Je pose mon plateau sur le bar, surprise de ne pas trouver Léo en cuisine. Pourtant, son 4x4 est devant la maison, ce qui me rassure : il n'est pas parti faire la fête à l'extérieur ! Si cela avait été le cas, je ne sais pas comment je l'aurais pris ! Mal, je suppose. Heureusement, il n'en est rien… il est ici, quelque part…

À la pensée de le surprendre sous la douche, mon cœur accélère.

Je quitte mon manteau, mes bottes et grimpe à l'étage, le cœur battant à tout rompre d'excitation au fil des minutes. Même si j'en ai parfois chié pour obtenir ce que je désirais dans ma vie professionnelle, avec les hommes, je suis habituée à tout avoir rapidement, mais je dois reconnaître que l'attente, le fantasme, l'exacerbation du désir, l'idée que l'on se fait de l'acte, la difficulté aussi sans doute, le doute justement, l'interdit, l'incertitude donnent une dimension intéressante que je découvre. Et à ma grande surprise, que j'apprécie : je n'ai jamais été autant excitée.

Mon excitation redescend en découvrant la salle de bains vide, sans trace du passage de Léo, alors qu'il se douche toujours en rentrant du travail.

Je pousse la porte de sa chambre. Vide, elle aussi ! Mais, percevant son parfum dans l'air, j'entre. Je me souviens d'un jour où je suis entrée dans la chambre alors qu'il venait de la quitter après sa douche, justement, pour aller rejoindre mon frère je ne sais où. Il avait posé son tee-shirt sur le dossier du fauteuil du bureau. Je m'en étais emparé, l'avais porté à mon visage pour mettre mon nez dedans. Il sentait lui, et ça m'avait remuée. J'avais l'impression de le tenir tout contre moi, de pouvoir enfin goûter à l'odeur de sa peau, de pouvoir le respirer jusqu'à m'en faire péter les neurones et j'ai dû me faire violence pour ne pas l'emporter avec moi quand j'ai quitté la pièce.

Quelle midinette je faisais, à l'époque.

Ce qui ne m'empêche pas de contempler la pièce autour de moi, tout en me gavant de son odeur. Tout est méticuleusement bien rangé, rien ne traîne. Un ordinateur portable trône sur le bureau. Je me demande quand il trouve le temps de gérer son business. À moins que son associé ne le gère pour lui ; il m'a dit qu'il lui faisait entièrement confiance.

J'ouvre le placard mural. Tout est ici aussi parfaitement agencé. Beaucoup de noir… il a gardé ça de son passé de bad boy, de l'époque où il traînait en blouson de cuir élimé et vieille moto qu'il s'était payée en bossant pour mon père.

Mon cœur s'affolait toujours quand je l'entendais approcher. J'en ressens encore les picotements, jusqu'au bout de mes doigts. Comme maintenant. Qu'est-ce que j'ai pu fantasmer sur lui, bordel, sur son sourire en coin, ses yeux noirs, sa dégaine à l'époque un peu dégingandée, ses jeans troués et ses cheveux souvent trop longs dans lesquels j'aurais voulu fourrager à pleines mains. Je me suis tellement caressée en pensant lui… il a initié mon corps au plaisir, sans même en avoir conscience, sans même le savoir.

J'effleure ses tee-shirts du bout des doigts, ses tenues de travail impeccablement repassées. J'écoute les bruits de la maison (je ne voudrais pas qu'il me découvre à baver devant sa garde-robe telle une groupie !) avant de prendre l'un de ses tee-shirts et de le respirer. Je fais un bond de plusieurs années en arrière et la même émotion m'étreint, lorsque je rêvais qu'il était enfin à moi. Tout à moi.

Je soupire, repose doucement le vêtement et referme la porte du placard en y laissant quelques secondes encore la main, comme pour chasser ces souvenirs du passé ou les retenir, en vérité, je ne sais pas. J'ai du mal à m'expliquer ce que je ressens. Ce que je sais, c'est que je le déteste toujours autant et qu'il m'attire toujours autant… que j'ai toujours autant envie de lui et envie de lui appartenir. Plus encore depuis que je l'ai laissé me donner du plaisir. Il me suffit de penser à lui pour sentir mon corps s'éveiller, ma respiration et mon cœur accélérer, mon esprit extrapoler et faire des plans sur la comète.

Ouais, je sais, je suis dans le caca et je vais me griller les ailes et le cerveau à ce rythme-là, j'en ai peur, mais qu'importe ! C'est trop tentant. J'ai envie de lui et il a envie de moi ! Alors je vais mettre en veilleuse mon cerveau et profiter de l'instant présent. Et l'instant présent c'est lui, moi, seuls dans cette maison… mais bon, il faut déjà que je réussisse à mettre la main sur lui.

Je pouffe toute seule en me faisant la réflexion que c'est tout à fait le genre de remarques qui lui conviendrait : que je remette la main sur lui, avant de le prendre en main… ce que je me promets de faire au plus vite. Je n'en peux plus d'attendre. N'allez pas me prendre pour une nympho, je ne le suis pas ! Je peux très bien me passer de sexe, là n'est pas le problème, c'est juste que j'aime faire l'amour, c'est tout ! Mais qui n'aime pas, sérieux ?! C'est quand même vachement bon, et ça rend la vie un peu plus supportable, non ? Un peu plus excitante et un peu moins chiante ! Quand on prend du plaisir, lorsqu'on en donne, tout cela dans le respect de l'autre, évidemment, entre adultes consentants. J'aime draguer, séduire et arriver à mes fins… ça me procure énormément de plaisir et de satisfaction, ça fait du bien à mon ego. Bref, Léo, je l'ai attendu pendant des années alors maintenant qu'il est à portée de main, justement, je vais profiter de sa présence et de ce qu'il veut bien m'offrir. Son corps ! Pour commencer. Pour le moment, je ne veux rien d'autre…

J'entre dans ma chambre, m'assois au bord de mon lit. J'hésite ! Me mettre nue, me cacher sous ses draps pour qu'il me trouve en allant se coucher (genre : surpriiiise !), ou me mettre nue pour aller nager puis faire un sauna avec l'espoir qu'il me trouve. En espérant que Tim ne rapplique pas avec des potes ! La peur de me faire surprendre m'effraie autant qu'elle m'excite.

J'allais retirer mon tanga lorsque mon téléphone vibre sur le lit où je l'avais posé.

Ma peau se couvre de très légers et très agréables picotements lorsque je découvre le message de Léo :

[Je suis dans le sauna.
Viens me rejoindre !]

Nous avons eu la même idée !

Mon excitation monte encore d'un cran.

Ou comment mettre le feu à mon corps en huit petits mots…

Je fais glisser ma culotte sur mes cuisses et vais à la salle de bains prendre une serviette dans laquelle m'enrouler. Serviette que je laisserai tomber à mes pieds en entrant dans le sauna pour me livrer à lui, nue et consentante. Je n'ai jamais fait l'amour dans un sauna, ce sera une première. Mon excitation atteint son paroxysme, mon ventre se tord d'impatience, mon clitoris et mon sexe se gorgent d'attente. J'aimerais déjà l'avoir en moi, j'espère juste qu'il n'est pas en train de se foutre de ma gueule et qu'il me donnera ce que je désire maintenant plus que tout au monde.

Je me force à ne pas courir dans l'escalier.

J'entre dans le salon, traverse le bar et pénètre dans la verrière où seul le bruit de la pompe de piscine se fait entendre. C'est beau, apaisé, calme. D'un calme rassurant. Absolument pas en adéquation avec le déferlement de sensations qui s'est déjà invité dans mon corps à la perspective de retrouver Léo et son corps athlétique que j'ai pu admirer quelques secondes lorsqu'il m'avait rejointe dans le sauna, justement, avant que j'en sorte moi-même. Avant, surtout, de succomber à son attrait et de lui sauter dessus. Faut dire qu'il a tout ce qu'il faut pour rendre folle une femme, mais ça, je crois vous l'avoir déjà dit !

J'ouvre la porte du sauna.

La chaleur me saute au visage, enveloppe mon corps qui n'avait pas besoin de ça pour être déjà en totale combustion.

J'entre.

Il est là…

Assis.

Intégralement nu, la main sur son membre dressé qu'il caresse.

– T'en as mis du temps…

C'est brut. Sans fioritures. Clair et net ! Il me livre sa nudité, son désir, sans la moindre ambiguïté, et ça me plaît ! Je ne réponds pas. Je n'ai pas envie de parler. Je veux juste ressentir, savourer, profiter, ne plus penser, me perdre… Le trouble m'envahit. Je le sens ramper sur ma peau, prendre possession de chacune de mes cellules, de chacun de mes nerfs, qu'il met à vif. Le souffle me manque. Il est là, enfin, et il est à moi. Tout à moi. Je n'arrive pas à réaliser qu'il est vraiment là, si incroyablement attirant avec sa peau luisante de sueur, son sexe dans sa main qu'il continue de caresser lascivement sans cesser de m'observer.

Je laisse tomber la serviette, lui livre moi aussi ma nudité dans une totale impudeur. Je ne sais pas s'il sait à quel point j'ai envie de lui, à quel point je le désire. Nous ne possédons pas, nous les femmes, de signes évidents de notre excitation, mais je le suis bel et bien. Je suis déjà trempée et prête pour lui, mon clitoris est tout gonflé et les pointes de mes seins s'érigent davantage lorsque je pose les yeux sur sa queue, entre ses doigts. Mon cœur accélère à un niveau encore jamais atteint, ma peau se couvre de frissons.

Je fais un pas, puis un autre.

Nos regards se soudent, se possèdent déjà, avant l'envie de nos corps. Qui, eux, s'aimantent, s'attirent. Il n'y a pas de mots pour décrire ce que je ressens en cet instant même, pas de mots assez forts lorsque je me noie dans l'encre noire de ses iris. Des iris qui me happent et auxquels je n'ai aucune envie d'échapper. J'approche de lui. Lentement. Jusqu'à toucher son genou avec ma jambe. J'attends. Je me livre. Il peut faire ce qu'il veut de moi. Pour la première fois de ma vie de femme, je laisse un homme disposer de mon corps, jouer avec mon corps, me dominer, me posséder. Je m'en remets totalement à lui…

Mon corps s'enflamme quand il glisse sa main le long de ma cuisse, presque tendrement, tout en continuant de se caresser. J'ai pu remarquer à quel point il sait rester maître de son corps, et à quel point cette maîtrise, alliée à une douceur et une sensibilité extrêmes quand il m'a embrassée dans le cou, pouvait m'enchanter, m'ensorceler, tout en me faisant bouillir de partout.

C'est le cas en cet instant.

Je me consume.

La fièvre du désir monte, ma tête tourne légèrement, ses iris se chargent d'une noirceur terriblement attirante et excitante. Une noirceur où j'ai envie de plonger pour le rejoindre. Je n'ai plus peur. Je le veux, quel qu'en soit le prix. Et même si je dois en souffrir par la suite, je suis prête et je ne regretterai rien, car derrière le désir incandescent de ses prunelles qu'il me livre, je crois déceler de la bienveillance, presque de la dévotion, et ça suffit pour apaiser mon cœur apeuré.

Il me tend la main, sur laquelle je pose mes doigts, les empêchant de trembler, le cœur soudain serré d'émotion. Il m'attire à lui. Je l'enjambe. La proximité de nos sexes me met en transe. J'attends. Nos iris se dévorent toujours. Encore. Ma peau, au contact de la sienne, brûle. Il glisse ses mains sur mes cuisses, jusqu'à ma taille, en une tendre caresse qui met encore plus le feu à mon entrejambe. Je pourrais hurler tellement je le veux. En moi, tout de suite. Il pourrait me soulever et m'empaler sur son sexe tendu juste en bandant ses bras mais au lieu de ça, ses mains continuent leur ascension dans mon dos, me rapprochent de lui.

Et doucement, tout doucement, avec une lenteur dévorante, il se redresse, approche ses lèvres des miennes, et m'embrasse. Doucement. Puis de plus en plus passionnément en me serrant de plus en plus fort contre lui. Nos cœurs, proches l'un de l'autre, cognent comme des fous dans nos cages thoraciques, nos peaux se soudent, nos lèvres se dévorent. Je réponds à ses baisers, me presse davantage contre lui. Nos sexes n'existent plus, ça va bien au-delà d'une simple entente charnelle et c'est merveilleux.

Un frisson d'extase me parcourt.

Il n'est pas en moi, mais il est partout à la fois, il me possède totalement. Il n'y a que nous, nous, nos corps qui se fondent l'un dans l'autre et nos âmes qui se retrouvent après une éternité d'errance. Et je tombe, tombe, tombe… c'est à la fois terrifiant et incroyable. Je tire sur ses mèches trop courtes, dévore ses lèvres, halète, ondule, le veux, l'espère, murmure son nom. Il empoigne mes cheveux, me décolle de lui, me livre sa passion brute, ses lèvres déjà gonflées de nos baisers passionnés, inspire comme s'il se noyait et reprend ma bouche encore plus violemment. Encore plus brutalement. En me serrant davantage encore contre son bassin. Je n'en peux plus, je suis au bord des larmes tellement j'ai envie de lui. C'est fort, intense. Ça n'a jamais été aussi fort ni aussi intense.

Je pousse un petit cri lorsqu'il se lève en m'emportant avec lui et se dirige vers la porte qu'il ouvre d'une main impatiente.

– Ne fais pas ça, Léo ! grondé-je en me débattant, car je sais parfaitement ce qu'il a en tête.

– Je vais me gêner, répond ce sale gosse en me serrant davantage pour m'empêcher de lui échapper. Accroche-toi !

Je me débats mollement parce que, au fond de moi, j'adore sa folie.

– Attention ! me prévient-il.

Tout mon corps se contracte.

Il me presse davantage contre lui, pose la main sur ma tête et saute dans l'eau. Au dernier moment, il se retourne et je me retrouve au-dessus de lui, agrippée à lui comme un petit singe. Et je crie à la mort quand mon corps entre dans l'eau, tellement saisie que j'ai l'impression que mon cœur ne va pas tenir. Comme Léo ne m'a pas lâchée, c'est sur lui que je vais déverser mon trop-plein. De quoi… je ne sais pas encore.

Je lui frappe l'épaule dès qu'il reprend pied.

– Ça va pas, non ! Tu veux ma mort ?

Mais je ne peux m'empêcher de sourire parce qu'il est trop chou avec ses cheveux en vrac qu'il ébroue avant de nous faire reculer jusqu'au mur, sur lequel il me plaque, ses iris redevenus incandescents. Fiévreux. Dévorants.

– Oui, Camille, je veux que tu meures de désir.

J'ai juste le temps de reprendre mon souffle avant qu'il pose de nouveau ses lèvres sur les miennes et se presse contre moi. Je noue mes bras autour de sa nuque, l'attire à moi tout en cherchant à apaiser la tension de mon entrejambe en serrant davantage mes cuisses autour de lui et en me frottant contre son sexe toujours aussi tendu et dur.

– Patience…

Quoi ?

Il veut vraiment me faire mourir…

– Je n'en ai pas fini avec toi…

Je lui retourne son sourire carnassier.

– Mais j'espère bien ! Tu m'as promis des tonnes d'orgasmes, je te rappelle !

– Des tonnes ? Voyez-vous ça ! Madame est gourmande…

– Gourmande et insatiable ! Qu'est-ce que tu attends, Don Juan ?

Il gronde. Me dévore la bouche et, d'un bras dans mon dos, remonte les marches et me dépose délicatement sur le sol. Il quitte mes lèvres et sans cesser de m'observer ardemment, il plante sa canine dans sa lèvre et se redresse. Son regard parcourt mon corps et me donne très, très chaud. Horriblement chaud. Et très envie de lui. Encore. Toujours. À mourir. Surtout quand il bloque sur mon entrejambe dévoilé. Mes cuisses se pressent l'une contre l'autre, mon besoin de jouir devient plus brutal et presque vital sous ses iris enflammés.

J'ai le sentiment de mourir réellement lorsque, une main sur le menton comme s'il réfléchissait, il approche son autre main de mon entrejambe et l'effleure. C'est comme une traînée de feu, alors qu'il m'a à peine touchée. J'ai un soubresaut involontaire et incontrôlable.

C'est sûr, il va me tuer !

Je me cambre davantage et murmure son nom quand, après avoir posé la pulpe de ses doigts sur mes lèvres intimes, il la frotte doucement, torturant au passage mon clitoris qui n'en peut plus, puis de plus en plus fort. C'est mortel ! Terrible ! Les terminaisons nerveuses de mon sexe prennent feu toutes en même temps. Je me tortille, halète, le supplie.

– Qu'est-ce que tu veux, Camille ? feule-t-il sans cesser de me caresser, de plus en plus vite, de plus en plus fort, me faisant haleter et me cambrer encore plus.

Je suis de nouveau au bord des larmes, au bout de moi-même…

– Toi ! Je te veux, toi…

– Pas encore, gronde-t-il.

– Quand alors ?

– Bientôt, mais avant, je veux te goûter…

Il se penche et lape mon sexe, tout du long.

Je pousse une longue plainte, enfouis mes phalanges dans ses cheveux et tire légèrement quand sa bouche se referme sur mon clitoris. Je me redresse, capture son regard pendant qu'il l'aspire, le torture, le dévore. Je gémis lorsqu'il fait entrer le bout de sa langue dans mon tunnel, le fait aller et venir, en prenant lui aussi un plaisir évident. Il est *sex*, hot, et il s'y prend tellement bien que je suis rapidement sur la crête de la vague du plaisir, proche de la jouissance. Et prête à tomber et me laisser engloutir lorsqu'il joint ses doigts à sa langue et fait rouler mon clitoris pour deux fois plus de sensations. J'ai du mal à reprendre mon souffle tellement c'est bon. Mon ventre se creuse, mes poumons défaillent. Mon vagin se contracte, annonçant la libération ultime. Me sentant certainement au bord de l'explosion, il se redresse, longe mon corps et reprend possession de mes lèvres. Son gland vient buter à l'orée de mon sexe, nous faisant gémir à l'unisson. J'appuie sur ses fesses pour l'inciter à me pénétrer.

– Pas encore…

– Je suis déjà morte de désir, Don Juan…

– Pas encore assez, crois-moi !

Putain… qu'est-ce que ça veut dire ?

Il se redresse et, appuyé sur son avant-bras, il empoigne sa verge et fait courir son gland entre mes lèvres intimes, jusqu'à mon clitoris, qu'il frappe. Une décharge me traverse de part en part. Il le fait ensuite entrer dans mon tunnel, juste un peu, un tout petit peu, juste assez pour nous torturer et nous donner envie, en laissant échapper un grondement fauve. Il souffre, se retient. Je vois qu'il lutte pour ne pas me pénétrer à fond. Je sens sa retenue. Qui m'enflamme davantage. J'aime qu'il se frustre. Qu'il nous frustre. Pour ensuite nous emporter haut, très haut, le plus haut possible.

Je vois maintenant ce que veut dire mourir de plaisir et d'attente…

Je me pends à son cou, dévore sa bouche, qu'il me cède tout en continuant de me tenter plus au sud.

– T'as des capotes ? murmuré-je tout contre ses lèvres.

Il se recule.

– Tu es vraiment sûre de toi ?

Je fouille ses iris.

Est-ce encore une façon bien à lui de me torturer ? S'il me dit que nous nous arrêtons là et qu'il ne se passera plus jamais rien entre nous, je m'arrangerai pour le faire souffrir jusqu'à la fin de ses jours.

– Comment peux-tu poser ce genre de questions ? Bien sûr que je suis sûre. Je te veux, Léo ! Alors ? T'en as ?

Son sourire est irrésistible.

Il passe son bras sous mon aisselle, m'incite à me lever en même temps que lui et m'entraîne vers l'un des bains de soleil recouvert d'un gros coussin moelleux qui accueillera parfaitement nos deux corps impatients.

Un sourire m'échappe lorsque je remarque des sachets au sol.

Une bonne dizaine, je dirais.

– Je vois que tu avais tout prévu, finalement !

– Tout à fait !

– Tu penses que nous en aurons assez ?

Il m'attire contre son torse, emboîte nos bassins.

– J'en ai plein d'autres dans ma chambre si ça peut te rassurer, gronde-t-il.

Puis il me bascule sur le coussin.

– Bouge pas, ordonne-t-il avant de s'écarter.

Je me redresse sur les coudes, le regarde se baisser, prendre un préservatif et l'ouvrir avec les dents. Là encore c'est brut de brut, presque animal, mais ça me va ! Surtout quand il me regarde de cette manière, comme s'il s'apprêtait à me dévorer, tout en déroulant la protection sur son érection.

Il rampe vers moi, vient se loger entre mes cuisses.

Mes mains vont à la rencontre de sa peau quand il reprend mes lèvres pour un baiser aussi savoureux que passionné. Et quand enfin il entre en moi d'un grand coup de reins, jusqu'à la garde, nous faisant crier de plaisir, c'est l'apothéose. Pesant sur moi de tout son poids, il se redresse sur les coudes, met ses mains autour de mon visage, plonge ses yeux dans les miens. Je griffe son dos tellement c'est incroyable de l'avoir en moi, tellement il me comble. Tellement c'est bon…

Et alors, il commence à bouger.

Lentement.

Il entre et sort de moi avec une maîtrise diabolique, glisse sans entrave dans mon fourreau trempé, m'arrache des gémissements. Il est puissant, il m'écartèle divinement, frotte où il faut, bute où il faut, avec la force qu'il faut. Il est fait pour moi. Véritablement fait pour moi. Et quand il accélère la cadence pour aller encore plus loin, encore plus fort, nous faisant râler de plaisir, je me consume.

– Putain, c'est bon, gronde-t-il.

Oui, c'est bon, ça n'a jamais été aussi bon…

– Moi aussi, c'est bon, Léo… continue… t'arrête pas…

Je croise les jambes dans son dos pour le laisser me posséder encore plus loin, encore plus fort. Encore plus brutalement. Avec rudesse, mais une rudesse étudiée. Une rudesse qui sonne juste et qui correspond à ma nature enflammée et me dompte. J'ai le sentiment qu'il sait d'instinct ce que j'aime, ce que j'attends, ce que j'espère, ce que j'ai attendu toute ma vie qu'un homme me donne.

Et c'est lui, putain, c'est lui !

Lui seul sait, comprend, lui seul est capable de faire vibrer mon corps de cette manière.

Mon cerveau prend feu, mon corps, mon âme, tout !

Tout en moi s'embrase à son contact.

Je n'oppose aucune résistance lorsqu'il sort de moi et me fait me mettre à quatre pattes. Ni ne me soustrais lorsqu'il saisit mes cheveux à pleines mains et entre en moi d'une poussée un peu brutale. Bien au contraire, j'en veux plus.

Beaucoup, beaucoup plus… je crie lorsqu'il intensifie ses coups de reins, me faisant me cambrer davantage, et quand sa main s'abat sur ma fesse, une fois, deux fois, quand il vient ensuite frapper durement ce point si sensible entre tous, en me soudant à lui d'une main sur mon ventre et en frottant mon clitoris, quand il me domine, me percute, me bouleverse et me possède, je me disloque. Mon corps n'est plus qu'une boule de plaisir entre ses mains, une boule qu'il modèle à sa guise, une boule qu'il enveloppe de ses ahanements et gémissements virils et je crois même de quelques mots crus. En quelques coups de reins supplémentaires, il m'emporte haut, si haut que je serais incapable de redescendre sans lui. *Oui, oui, oui…* je crie, fort, et jouis. Fort. Comme jamais je n'ai joui de toute ma vie. Mon cri se transforme en gémissement de satisfaction quand Léo se tend et jouit à son tour. Fort, si j'en crois son long râle.

Je m'effondre, l'entraînant avec moi.

J'ai envie de pleurer, de rire, de… j'en sais rien, je suis larguée et bouleversée au-delà des mots lorsque son sexe glisse lentement du mien et lorsqu'il se détache de moi pour se décaler sur le côté.

Je n'en reviens pas de ce que je l'ai laissé me faire. Me fesser ! Me prendre comme une bête ! Sans déconner… mais putain, quelle baise ! Je n'ai jamais été aussi bien baisée, ni aussi pleinement.

J'en veux encore…

Ça me percute comme un tsunami…

Je tourne la tête, lui souris en voyant qu'il m'observait. Je ne sais quoi dire alors je me tais. Nos iris continuent de se dévorer, de se posséder.

Je cligne des paupières lorsqu'il caresse ma joue.

– Alors ? Heureuse ?

Quel con !

Je fais la moue.

– Tu peux encore mieux faire ou pas ?

– À ton avis ?

– À mon avis, oui !

Tout mon corps frémit à la pensée qu'il a encore envie de moi. J'ai encore un peu peur qu'il se foute de ma gueule. Qu'il me possède pleinement, passionnément, en ne me laissant aucun répit pour mieux me jeter ensuite, mais la passion que je lis dans ses yeux me rassure.

Il glisse l'une de mes mèches derrière mon oreille, caresse encore ma joue, glisse son bras sous ma nuque, se positionne sur le dos et m'attire contre lui. Je le regarde faire lorsqu'il retire le préservatif et le laisse tomber au sol. Je soupire de bien-être, caresse son ventre tandis que ses doigts se promènent sur mon épaule.

Je suis bien.

Je n'ai jamais été aussi bien contre le corps d'un homme. J'aimerais rester ainsi pour l'éternité, dans ses bras, la tête au creux de son épaule, ma jambe en travers de la sienne, sur laquelle il pose son autre main. J'aimerais oublier un instant qui il est et comment il se conduit avec les filles. Je ne sais plus quoi faire ni comment me comporter, les doutes reviennent me torturer. Doutes que je fais taire en me redressant et en embrassant sa peau, juste au-dessus de son mamelon.

Nos iris se rejoignent.

– Rassurée ?

Hein ?

Je fais une nouvelle fois la moue.

– Ne le prends pas mal, mais je crois que j'ai besoin de temps. Et besoin de…

Je tourne autour de son mamelon, ravie de le sentir frissonner et de le voir sourire.

– … d'explorer chaque parcelle de ce magnifique corps…

Il rit.

– Prends tout le temps qu'il te faut. Utilise-moi autant que tu veux, je ne demande que ça.

Mon ventre se serre.

Il a l'air sincère, mais comment m'en persuader, comment en être sûre…

Je repousse loin, très loin mes doutes et mes peurs, me concentre sur lui, sur son visage aux traits si harmonieux, sur ses lèvres qui m'ont donné tant de plaisir et que j'ai envie de ressentir encore sur ma peau, sur son souffle qui balaie la mienne encore brûlante. Je me gave de sa présence, de son odeur, de sa chaleur. Je ne pensais pas vivre ça un jour, me retrouver dans ses bras de cette manière après l'avoir laissé m'aimer si intensément. Si intensément que mon entrejambe s'en souviendra pendant des heures.

– Tu as faim ?

Ma voix est rauque d'avoir crié.

Il glisse la main sur ma joue. J'ai le sentiment qu'il voudrait dire quelque chose, mais qu'il n'ose pas, et sa soudaine vulnérabilité ainsi que l'intense émotion qui traverse ses prunelles m'émeuvent.

– Très ! répond-il simplement.

– Ça tombe bien, j'ai rapporté un plateau du restaurant. Tu as faim comment ?

– Très, très faim !

Il bascule sur moi, glisse ses doigts sur mon sexe.

– Mais le repas attendra, c'est ça dont j'ai faim…

– Encore ? gémis-je, déjà perdue.

– Oui, Camille, encore, je n'en ai pas fini avec toi. Et toi, tu as encore envie de moi ?

Je m'agrippe à son bras, me tends.

Ai-je besoin de répondre ?

– Très ! Tu n'as pas prévu tant de préservatifs pour rien !

– Tout à fait d'accord !

Il prend l'une de mes aréoles entre ses lèvres, aspire, mordille, me caresse, faisant augmenter le désir dans nos deux corps, et au bout de longues minutes, il tend la main vers le sol, prêt de nouveau à me donner tout le plaisir du monde.

19

Camille

Je me réveille, alanguie, un corps chaud calé dans mon dos, des bras autour de moi.

Je souris.

Léo a possédé mon corps plein de fois. Une quantité incroyable de fois ! Je n'ai jamais autant ni aussi longtemps fait l'amour et c'était une vraie déferlante de sensations, un vrai cataclysme… faire l'amour avec lui était au-delà de tout ce que j'ai connu, au-delà de tout. Je n'ai jamais ressenti une telle alchimie, une telle connexion, une telle fièvre.

J'emprisonne son bras en travers de mon buste, me serre davantage contre lui et mon sourire s'élargit au moment où je sens ses lèvres douces et chaudes dans mon cou.

J'ai envie de lui. Encore. Je n'en ai pas assez, et si j'en crois ce que je sens tout contre mes fesses, lui non plus. Je soupire de volupté quand il déplace délicatement ses lèvres sur ma nuque et la mordille tout en emprisonnant l'un de mes seins. En une fraction de seconde, je m'enflamme.

Son souffle devient plus chaud, sa main s'aventure plus bas, me caresse.

Un gémissement m'échappe.

Les yeux clos, j'anticipe ce moment où il entrera en moi pour me posséder encore une fois. Je ne demande que ça… J'aventure ma main sur sa cuisse, puis sur sa fesse rebondie. J'adore sa peau. Douce et enivrante. Et j'adore son odeur. Mon souffle devient plus ardu lorsque ses caresses, sur mon intimité, se font plus précises et plus appuyées.

Je me cambre, presse davantage mes fesses contre son érection, gémis :

– Viens…

Il saisit mon menton entre ses doigts, tourne mon visage vers lui et m'embrasse fiévreusement. Puis de plus en plus passionnément et, son regard planté dans le mien, il se positionne au-dessus de moi et me pénètre. Doucement. Longuement. Avec une lenteur extrême qui nous met à la torture et nous fait haleter à l'unisson. Mais soudain, je me raidis lorsqu'une pensée me percute.

– Le préservatif !

Il m'adresse un regard empreint de sérieux, pose ses mains autour de mon visage, repousse mes cheveux et susurre :

– Si on s'en passait ? Je suis clean ! Je ne serais jamais entré en toi si je ne l'étais pas. J'ai envie de sentir ta peau autour de moi, Camille, de tout ressentir…

Je glisse mes doigts sur sa joue, caresse sa barbe, émue. Moi aussi, j'ai envie de le sentir, sans rien entre nous. Je l'ai attendu tellement longtemps que je n'ai aucun doute. Comprendre qu'il n'en ressent aucun lui non plus et que je compte pour lui peut-être autant qu'il compte pour moi fait accélérer mon cœur un peu plus vite.

– J'ai confiance en toi. Moi aussi, je suis clean, et je le veux. Je te veux…

– Tu as un contraceptif ? s'enquiert-il encore.

– Un stérilet…

– Ce sera une première pour moi, Camille, murmure-t-il, en commençant à bouger.

– Pour moi aussi, je gémis, me laissant emporter dans un tourbillon de sensations jusqu'à la libération ultime.

***

Longtemps après, blottie contre le corps si chaud et si tentant, si sexy aussi, il faut bien le dire, de Léo, je m'étire. Il m'attire à lui, pose ses lèvres sur mon front. Je ronronne. Discrètement. Je ne voudrais pas qu'il soit trop sûr de lui en ce qui me concerne, ni qu'il comprenne ce qu'il déclenche en moi, combien cette nuit a été fabuleuse, la plus fabuleuse nuit avec un homme de mon existence et pour une fois, je n'ai pas envie de me sauver sans dire bonjour – ce que je fais habituellement avec mes amants de passage, que je ne ramène jamais dans *mon* lit ni dans *mon* appartement, ceci dit. C'est évidemment plus facile et plus simple quand on joue les filles de l'air sitôt tiré un coup.

Il est si doux, si tendre, je ne pensais pas qu'il pouvait l'être à ce point, et j'adoooore !

Léo me comble, dans tous les sens du terme, et je me surprends à avoir envie que ça dure.

Je pensais qu'il allait me baiser puis se comporter comme si rien ne s'était passé entre nous. Je ne me faisais aucune illusion, je m'étais même préparée mentalement à avoir été prise pour une conne, et j'avoue que je suis agréablement surprise et passablement déjà accro, sans pour autant oublier d'être réaliste.

Il pose ses lèvres sur mon front, demande :

– Tu as quelque chose de prévu aujourd'hui ?

Nous sommes lundi, et le lundi, le restaurant est fermé. Alors... je peux peut-être prendre quelques heures de repos supplémentaires, Max ne m'en voudra pas. Je mettrai les bouchées doubles demain.

– Rien de spécial, et toi ?

– On pourrait aller se balader ? J'ai envie de rouler ! Tu aimes la moto ?

Je me redresse, l'observe, surprise.

– Parce que tu as une moto ?

– Ouaip ! Une Harley. Elle est dans le garage de mes parents. Tu t'habilleras chaudement.

– Et... (Je tourne autour de son téton avec la pulpe de mon index, j'adore le sentir frissonner sous mes doigts.) Où comptes-tu m'emmener ?

– J'en sais rien, à l'aventure...

– L'aventure, j'aime bien.

– Ça tombe bien, moi aussi...

Ses iris sont encore plus lumineux que d'habitude dans la lueur du matin pourtant blafarde. À croire que la lumière s'est concentrée en leur centre.

– Tu en as une à Tokyo ?

– Oui, une vieille Honda un peu rétro.

– Parle-moi de ta vie là-bas...

– Tu veux que je te fasse rêver ?

– Pourquoi pas ?

Je pose mon avant-bras replié sur son torse nu, mon menton dessus, prête à l'écouter se livrer.

– Le mieux serait que tu viennes te rendre compte par toi-même…

Je hausse un sourcil.

– C'est une invitation ?

– Bien sûr. Je ne dis ou ne fais jamais rien au hasard, Camille…

C'est bon à savoir…

Pourquoi j'ai des papillons dans le ventre tout à coup ?

20

Camille

Vous avez déjà vu des comédies romantiques où les héros se promènent au clair de lune main dans la main en s'embrassant à pleine bouche, font un tour de grande roue en s'embrassant à pleine bouche, se tartinent le visage ou le corps de toutes sortes d'aliments avant de s'embrasser à pleine bouche, ou encore rient à s'en décrocher la mâchoire, avant ou après s'être embrassés à pleine bouche ; se chamaillent sans discontinuer et baisent comme des fous… eh bien… c'est nous, la grande roue et les aliments sur le corps en moins !

Nous, à la place, nous décidons de faire une virée à moto !

Direction Chalon-sur-Saône. L'appartement des parents de Léo. Un très chouette appartement du centre-ville, très cossu, avec vue sur la Saône. Leur accueil est chaleureux, et je les découvre plus sympas que dans mon souvenir. Son père file devant la télé, il est de nature taciturne, et sa mère nous offre un café. Son comportement est étrange, elle me sourit comme si… comme si elle savait des choses sur moi que j'ignore moi-même, et surtout comme si elle savait parfaitement à quoi nous avons occupé notre nuit et une bonne partie de la matinée.

Nous parlons de mes parents, elle demande des nouvelles de mon père, qui va très bien, de ma vie parisienne et de mon job, mais après seulement un quart d'heure, nous décidons de ne pas nous attarder davantage et descendons récupérer la moto de Léo dans le garage : une magnifique Harley rutilante de chromes.

Nous sillonnons la ville.

Chalon et ses quais, ses maisons à colombages et ses rues piétonnes animées est vraiment un très bel endroit, que je redécouvre par ce biais. En vérité, j'aurais pu aller n'importe où, calée dans le dos de mon amant, dans ses fringues ; il m'a prêté un blouson, un casque, des gants, et un bandana doublé polaire pour protéger ma bouche. Je suis aux anges. Frigorifiée malgré le bandana, avec les lèvres en train de congeler, mais aux anges. Tout me semble magique et irréel. Je voudrais ne jamais descendre de cette moto, garder Léo pour moi seule et ne plus jamais avoir à le partager avec qui que ce soit.

Après une petite heure à nous balader dans la campagne chalonnaise, il prend la direction de Beaune, et du centre-ville. Là, son bras autour de mes épaules ou sa main dans la mienne, je ne me contente pas d'être aux anges, je plane avec eux. D'autant qu'il ne cesse de m'embrasser. Et de me titiller, non pour me faire chier, mais pour me faire rire ! Et j'adore ça ! J'adore qu'il s'intéresse à moi de cette façon, qu'il me fasse réagir, j'adore nos conversations, nos jeux de pouvoir, et j'adore le rallier à ma cause après une joute verbale enflammée alors que nous sommes en désaccord. Nous le sommes d'ailleurs sur pas mal de sujets, nous pourrions en parler pendant des heures pour tenter de convaincre l'autre, et c'est ça qui est bon ! Évidemment, à ce petit jeu, je suis plus forte que lui et j'en ressens une certaine fierté.

Nous roulons encore plusieurs heures avant de nous arrêter à la supérette de Meursault faire quelques courses pour le soir, puis gagner, transis mais ivres de grand air, la maison et l'appartement de mes parents, où nous attend une chaleur bienvenue.

Léo m'aide à retirer mon blouson, me fait un léger baiser sur les lèvres.

– Mets-toi à l'aise, je m'occupe du repas…

J'acquiesce, un sourire sur les lèvres, et le regarde qui s'éloigne vers le coin cuisine après avoir retiré son blouson et l'avoir lancé sur le dossier du canapé. C'est fou, je passerais mon temps à le regarder. Il me fascine littéralement ! Mais ça, je le savais déjà !

Je m'installe au bar et, les mains croisées sous le menton, je l'observe s'affairer. Ses gestes sont sûrs, précis. Nous avons opté pour un filet de poulet et quelques poivrons grillés. Bien loin de la haute gastronomie, vous en conviendrez, mais c'est sans importance. L'important, c'est d'être ensemble et de partager ce moment.

– Au fait, j'ai croisé un type dans le hall, la semaine dernière. C'était qui ? demande mon amant en posant mon assiette devant moi.

Je prends le temps de humer le plat avant de répondre :

– Je ne sais pas, décris-le-moi…

Il prend place en face de moi sur un tabouret.

– Tu dois pourtant savoir à qui je fais référence, puisqu'il m'a dit être ton petit ami.

Quoi ? Mais de qui parle-t-il ?

J'ai aussitôt peur qu'il s'agisse de Baptiste, mais il ne serait pas venu jusqu'ici sans me voir. Et qui lui aurait ouvert la porte ?

– C'est ce qu'il t'a dit ?

Il acquiesce.

Je réfléchis et ne vois qu'une personne possible :

– Brun, beau mec, les cheveux courts, bien sapé ?

– Si tu as une liaison avec ce mec, Camille, autant me le dire maintenant ! gronde-t-il, ses iris noirs plantés dans les miens. C'est le mec du téléphone ?

Sous-entendu, celui avec lequel j'ai préféré discuter au lieu de céder à ses baisers…

J'éclate de rire.

Ce n'est pas très charitable, mais je ne peux pas m'en empêcher.

Ses iris se voilent de contrariété.

– Tu crois vraiment que je pourrais avoir une relation avec un autre homme et…

Je pèse mes mots :

– … et faire l'amour avec toi ?

– Max m'a révélé que tu collectionnais les amants de passage.

– Je ne vois pas où est le problème !

– Il n'y en a aucun, si tu es maintenant sincère avec moi, Camille. Alors, c'est qui, ce mec ?

J'avoue que sa réponse me plaît, aussi je décide d'abréger ses souffrances :

– Dimitri ! Et c'est l'amant de Tim, pas le mien !

Je pouffe quand une expression de totale surprise envahit son visage.

– Eh oui… moi aussi ça m'a fait cet effet !

Tout en mangeant son très bon poulet parfaitement cuit, je lui raconte ma rencontre avec le petit ami en question, puis nous parlons de Tim, de sa relation avec ce garçon, nous mettant d'accord pour le soutenir lorsqu'il se décidera à faire son coming out au reste de la famille.

Puis Léo me propose un café, que j'accepte et que nous prenons devant la télé, blottis l'un contre l'autre. Souvent, nos regards se rencontrent et à chaque fois, il me dévore littéralement des yeux. Et soudain, ceux-ci deviennent fiévreux.

Il se lève, me tend la main dans une invitation muette.

Je glisse mes doigts dans les siens, consentante. Mille fois consentante. Il m'entraîne à l'étage, jusque dans sa chambre, puis jusqu'au pied de son lit, et là, les yeux soudés aux miens, il entreprend de me déshabiller. Lentement. En prenant tout son temps. Mon corps frémit sous la pulpe de ses doigts, ma peau s'enflamme. Je ferme les yeux quand, après m'avoir entièrement dénudée, il tombe à genoux et pose ses lèvres sur mon sexe. Je glisse mes doigts dans ses cheveux et le laisse m'arracher mon premier orgasme du reste de la nuit.

La journée se termine en apothéose et ces moments resteront à jamais dans ma mémoire comme les plus beaux et les plus émotionnellement intenses de toute ma vie.

21

Camille

Depuis cette première fois où nous avons fait l'amour, je partage le lit de Léo. Nous nous retrouvons chaque nuit, pour des moments toujours plus intenses et des câlins au petit matin avant d'aller travailler chacun de notre côté. Et durant la journée, je ne me prive pas de lui rendre une petite visite dans les cuisines lorsque j'en ai envie et fantasmer comme une débile sur ses biceps et ses pectoraux qui tendent sa petite blouse noire de parfait pâtissier mondialement connu.

Je suis heureuse… pleinement heureuse et comblée.

Je n'ai jamais été aussi heureuse et je voudrais arrêter la course du temps. Malheureusement, c'est impossible ! Alors je profite de chaque instant passé avec lui. Comme si c'étaient les derniers. Car malgré nos discussions, dans une sorte d'accord tacite, nous n'évoquons pas l'avenir. Peut-être parce que nous sommes conscients, l'un comme l'autre, que malgré cette passion intense entre nous, il n'est pas question d'amour (il ne m'a pas dit qu'il m'aimait, ne m'a rien promis, ni moi non plus !), et que nous n'en avons certainement aucun ensemble. Que tôt ou tard, nos réalités nous rattraperont et alors, nous serons obligés de nous séparer pour retourner à notre vie d'avant : moi à Paris et lui à Tokyo.

Notre idylle ne sera plus alors qu'un souvenir. Un merveilleux souvenir. Mais un souvenir quand même. Je m'y prépare. Je me prépare à l'idée d'être séparée de lui et de ne plus le voir, et je me protège en mettant de la distance.

Je sais que mon détachement et mon indifférence le blessent et qu'il ne comprend pas mon attitude, mais je n'ai pas le choix ! D'autant plus qu'il ne se livre pas non plus. Ce qui me laisse à penser que notre histoire n'a pas forcément d'importance pour lui. En attendant, nous prenons du bon temps, nous profitons l'un de l'autre, nous vivons des moments torrides, et je ne demande rien de plus.

Bref, durant toute la semaine précédant Noël, je continue de jongler entre mes deux activités, en organisant des *conf calls* quasi quotidiennes avec mon bureau de Paris. Le dossier du collectif est bouclé. Le procès aura lieu fin janvier, ce qui me permettra de le représenter, et ça, c'est une bonne nouvelle. Autre bonne nouvelle, Éric m'a incitée à prendre quelques jours de congé, de véritable congé, et j'ai accepté ! Donc… me voici officiellement en vacances jusqu'au 5 janvier, et je compte bien profiter de mon amant. Peut-être pourrions-nous partir quelques jours dès le lendemain de Noël et rejoindre mes parents dans leur appartement de Sainte-Maxime où ils sont partis se reposer et changer d'air ? J'adorerais… je note dans un petit coin de ma tête d'en parler à Léo. Je doute qu'il refuse, une trêve dans son emploi du temps surchargé serait la bienvenue, il est fatigué lui aussi, ses traits sont tirés. Il faut dire que nos nuits sont courtes et plutôt mouvementées. À ce rythme-là, nous risquons de finir sur les rotules, mais qu'est-ce que c'est bon ! Tout est bon et revêt une saveur particulière à ses côtés.

Quant à la tâche que je me suis fixée de moderniser les réseaux du domaine, c'est chose faite et je n'en suis pas peu fière ; mes Reels sur Insta fonctionnent du feu de Dieu, tout comme notre page, et les visites sur le site Internet ont explosé. Bon, OK, ce n'est pas encore l'apothéose, mais Paris ne s'est pas construit en un jour ! Il faut être patient ! Ils augmenteront en fréquentation, j'en suis persuadée, et je veillerai à ce qu'ils restent à jour… de loin, lorsque j'aurai quitté Meursault pour rentrer chez moi, à Paris. À cette pensée, mon cœur se serre et pour la première fois depuis des années, je n'ai aucune envie de quitter le domaine…

***

Vendredi matin. 24 décembre. Je vais pour justement jeter un œil aux statistiques de mes derniers posts, comme je le fais chaque matin, lorsque la porte intérieure du bureau s'ouvre après un coup contre le vantail, la façon de frapper de Max : brute et concise.

Il entre, m'embrasse sur la tempe, s'appuie d'une main sur ma chaise, de l'autre au bureau.

Je tourne la tête vers lui, remarque qu'il a les yeux fixés sur mon écran.

– Qu'est-ce que c'est ?

Toute fière de moi, je fais défiler notre page Facebook pour lui montrer mes différents posts.

– Ce sont les Perrières ! Dans toute leur splendeur ! J'ai décidé de dépoussiérer les réseaux. Regarde !

Je lui montre ensuite notre compte Instagram, et finis par le site Internet, à mon sens incroyable, beau, moderne, et je ne dis pas ça parce que j'en suis à l'origine, mais parce que c'est la vérité : les photos sont magnifiques. Elles sont l'œuvre de Tim ! Il trouvait que le site manquait de photos des alentours, des vignes mais pas seulement, il m'en a parlé, et j'ai immédiatement adhéré, bien sûr. Je l'ignorais, mais depuis qu'il fréquente Dimitri, grand amateur de photographie, il s'est également passionné pour cet art. Prises à divers moments de la journée, elles apportent une autre dimension au domaine, surtout en ce moment avec la neige recouvrant le sol et les pieds de vigne. Sous le soleil, avec les bancs de brume accrochés aux sarments, c'est féerique.

J'explique tout ça à Max en faisant défiler les photos et en cliquant sur les divers titres du site du restaurant, après lui avoir montré les caves, la boutique, les chais…

– Et vous avez fait ça dans mon dos, sans m'en parler ?

Son ton est froid, presque agressif.

Je fais pivoter mon fauteuil, lui fais face.

– J'ai voulu t'en parler, Max, mais tu n'es jamais là !

– C'est un reproche ? s'enflamme-t-il aussitôt.

– Non ! Bien sûr que non ! tempéré-je pour désamorcer la crise que je sens poindre. Tu as besoin de passer du temps avec Julie, vous allez avoir un bébé, c'est normal, et avec Tim et Léo, nous avons géré, pas de problème !

– Alors je suis le seul dindon de la farce ! Sympa ! Julie aussi est au courant ? Les parents ?

– Mais enfin… qu'est-ce qui te prend, on parle de réseaux, Max, pas d'investissements financiers ou de prises de décisions importantes ! Et non, Julie et les parents ne sont pas au courant. Je ne pensais pas que ça aurait une telle importance pour toi !

– Il y a autre chose que je devrais savoir ? élude-t-il.

Oui, plein ! Léo et moi… Tim…

Je décide de garder ces sujets sensibles sous silence pour le moment ou il va péter un câble ! Une seule révélation à la fois suffit amplement.

– Non, rien ! Reconnais que j'ai fait du bon travail ! C'est toi-même qui voulais dépoussiérer, je t'ai pris au mot !

Je plonge mes yeux dans les siens.

– Je ne prendrai jamais ta place, Max, si c'est ce qui t'inquiète. Ni Tim non plus !

– Je ne m'inquiète pas, mais je déteste les surprises alors à l'avenir, abstiens-toi de prendre des initiatives !

Je refrène mon élan de déconvenue. J'espérais lui faire plaisir, qu'il me félicite et soit content de moi, mais c'est l'inverse qui se produit. Bon, je le savais, je ne vais pas le nier, Maxence déteste lorsque les choses lui échappent, et, oui, je le reconnais, j'aurais dû le prévenir, j'en avais l'intention, mais il y a eu Léo et… j'ai oublié. Même si je ne comprends pas pourquoi il se sent autant en danger, je ne veux pas me disputer avec lui, je l'aime et je ne supporterais pas qu'il m'en veuille. Son attitude cache certainement une fragilité, des inquiétudes, des peurs… L'accident cardiaque de notre père l'a mis face à une réalité : dans peu de temps, il devra gérer le domaine seul.

Je choisis mes mots avec soin :

– Je l'ai fait dans l'intérêt du domaine, Max, pas pour te contrarier, et je voulais t'en faire la surprise. Je suis navrée que tu sois fâché, mais franchement, nous étions absents des réseaux et aujourd'hui, ils sont incontournables. Nous pourrons parler du livre à Léo et toi dès qu'il sera disponible, créer une boutique en ligne, m'enflammé-je. Nous nous devions de mettre une belle touche de modernité, de donner envie avec de belles photos, et Tim a fait un travail extraordinaire, c'est lui qui les a prises. Nous devions nous démarquer des autres domaines, Max ! Ils ont le même raisonnement que toi et boudent les réseaux…

Ce dernier argument fait mouche. Notre domaine est ultra-fréquenté, nous n'avons pas à nous plaindre, mais posséder une longueur d'avance en matière de communication sur les autres, eux aussi très peu présents sur la toile, fait toute la différence.

– Qu'est-ce que tu dirais de faire venir une équipe de télévision, ajouté-je avec un sourire narquois, je connais du monde et…

Il mord à l'hameçon, m'interrompt :

– Sérieux ?

– Ben oui, ce serait génial ! On pourrait contacter Julie Andrieu, ou… cette toute nouvelle émission culinaire dont j'ai entendu parler, *Cuisine ouverte*, avec Mory Sacko, qui a participé à *Top Chef*. Ils présenteront des cuisines régionales, si tu veux, je m'en occupe !

Il s'esclaffe :

– Toi et tes idées de grandeur !

– Quoi ? Il n'y a aucun mal à vouloir le meilleur ! Regarde où nous en sommes, et regarde le chemin parcouru ! Je suis sûre que maman serait d'accord, faut que je lui en touche deux mots. Si tu me donnes carte blanche, bien sûr… et papa aussi…

Je lui fais mes yeux de cocker, puis papillonne des cils.

– Dis oui… s'il te plaîîîîît… Faut sauter sur l'occasion, l'émission va débuter en février, il y a peut-être encore des places à prendre…

Il soupire, l'air de dire… « Les femmes ! »

– Je vais y réfléchir !

Je me lève, l'enlace. Il me serre contre lui.

– Merci, murmuré-je.

Je reprends de la distance, demande :

– Alors t'es d'accord ?

– Oui ! Vas-y ! Mais si tu n'y arrives pas, ce n'est pas grave, nous ferons sans. Nous continuerons à développer le site…

– Tu n'es plus en colère, alors ?

– Je n'étais pas colère, Cam, juste…

Son sourire contrit me réchauffe le cœur. Mon frère n'est pas mauvais bougre, seulement dominant, et il en est pleinement conscient. Il faudra qu'il apprenne à déléguer à l'avenir ou il ira au-devant de problèmes s'il persiste à tout vouloir gérer seul.

– Tu détestes lorsque les choses t'échappent !

Je suis pareille !

– C'est ça ! acquiesce-t-il.

– Tu as la sensation de ne plus rien maîtriser, d'être acculé, tu as du mal à respirer…

Ses yeux s'écarquillent.

– Je sais ce que c'est, Max, je suis comme toi, j'aime avoir toutes les cartes en main, sinon je panique et je… je fuis, ou je me mets en colère…

Je repense à Baptiste, qui voulait officialiser notre relation en me présentant sa famille, et à Léo lorsqu'il m'a avoué son intérêt. Ça m'a fichu la trouille… Débile ! Alors que j'ai rêvé de lui pendant des années.

– Tu crois qu'on devrait se faire soigner ?

– Je ne pense pas, m'esclaffé-je. Sauf si ça nous rend malheureux. Moi non, et toi ?

– Non plus !

– Alors on reste comme ça ! ironisé-je. Comment va Julie ? Les contractions ?

– Elles se sont arrêtées, le repos et le calme lui font du bien.

– Super, je suis rassurée. J'avais peur qu'elle ne puisse pas venir demain soir.

J'ai eu l'idée de réunir la famille pour fêter Noël le soir, puisque la soirée sera longue ; nous serons certainement tous cramés demain. Tim en profitera pour présenter son amoureux, et j'ai chargé ma mère de nous organiser un *Secret Santa* ; c'était compliqué de trouver un moment pour tous nous réunir et le mettre au point, d'autant que le reste de la famille ignore que Dimitri sera présent. Bref, elle a tiré au sort la personne à laquelle nous offrirons un cadeau, nous en a personnellement informés, et c'est Tim qui m'a été attribué. Dès que je l'ai su, j'ai commandé sur le Net un pêle-mêle de cadres photo à monter soi-même, et je suis impatiente de découvrir qui s'est occupé du mien ! Quant aux parents, nous allons leur offrir une box pour une destination insolite et c'est Julie qui s'en est chargée.

– Elle va bien, réitère-t-il. Elle se reposera la journée pour pouvoir veiller.

– Super ! Tu sais que Tim vient avec un ami ?

– Julie me l'a dit ! C'est qui, ce mec ? On le connaît ?

Je suppose que ma mère s'est posé la même question.

– C'est un copain, éludé-je. Sinon... tu as trouvé ton *Secret Santa* ?

– Oui, et toi ?

– Moi aussi !

– Tu as tiré qui ? s'enquiert-il.

Ses yeux pétillent.

Visiblement, ce jeu des cadeaux surprises l'enthousiasme autant que moi. S'il m'achète le mien, je crains le pire, il est capable de me prendre un truc débile qui me foutra la honte devant tout le monde ! On va bien rigoler, tiens !

– C'est un secret, Max, tu n'as pas à le savoir, sinon, ce n'est pas drôle.

– C'est toi qui n'es pas drôle ! À plus, alors !

Je ris.

– C'est ça, à plus !

Je le regarde s'éloigner.

Bon... finalement, je m'en sors bien et il a plutôt bien réagi.

Pour ce qui est de Tim, et de Léo et moi, par contre, je crains le pire... d'après ce que m'a révélé mon amant, Max l'aurait tué s'il avait su, par le passé, que Léo s'intéressait à moi : la petite sœur d'un pote, ça se respecte et c'est marqué défendu ! Conneries ! En plus je ne suis pas si petite que ça, j'ai seulement deux ans de moins qu'eux ! C'est rien ! Et maintenant, il y a prescription, nous sommes adultes et libres de nos choix donc si nous voulons coucher ensemble, je ne vois pas où est le problème, mais pour autant, nous mettrons les formes et lui révélerons en douceur notre relation.

Quant à Tim, sa vie privée ne regarde personne, ce que je rappellerai à Max ! Et à mon père si besoin !

J'ai quand même un peu peur que ça tourne au vinaigre, notre histoire…

22

Camille

Nous y sommes !

C'est le réveillon ! Le moment tant attendu. Le restaurant dans son ensemble est sur le pied de guerre. La salle est comble, brille de mille feux, les convives sont sur leur trente et un et dans un coin scintille un immense sapin. Postée derrière le bar où je joue le rôle de barmaid pour donner un coup de main, je tente de ne rien louper des apparitions de Léo.

À chacune d'elles, mon cœur bondit dans ma poitrine.

Avec sa chemise blanche, son nœud papillon et son costume noir au gilet ajusté, il est sublime. Comme le reste de la brigade et mes frères en particulier, mais encore plus beau, parce que précisément, il n'est pas mon frère et que je craque littéralement pour lui.

Mon cœur effectue un soubresaut, justement, lorsqu'il m'apparaît, plusieurs assiettes en équilibre sur son avant-bras, une dans chaque main.

Punaise, ce genre de job, très peu pour moi !

J'aurais bien été capable de renverser le contenu d'une assiette sur quelqu'un ou de la laisser tomber devant une salle comble… la honte! C'est pour cette raison que j'ai choisi le bar! Le barman compose les cocktails, j'en ignore tout, et je dispose, sur des plateaux à l'intention des serveurs venus passer commande, les boissons courantes. Tim, en tant que sommelier, conseille et s'occupe des vins remisés dans la cave à côté des cuisines.

Les heures défilent.

Il est près de minuit, la soirée tire à sa fin, à ma grande satisfaction, j'ai les pieds en compote.

J'observe Léo qui dépose devant chaque membre de la table son fameux dessert au cassis et chocolat dont il est à l'origine, leur souhaitant un joyeux Noël. Je me gave de son sourire, de sa présence, comme si c'était la dernière fois que je le voyais. Ce n'est pas le cas, nous avons encore du temps devant nous, et encore du temps à passer ensemble, mais j'en ai besoin. J'ai besoin d'emplir mon âme de lui, d'en nourrir mon corps, de le sentir dans chaque infime partie de mon cœur. Parce que notre histoire aura une fin, nous n'avons pas le choix. Mais je sais, à cette douleur dans ma poitrine, que m'éloigner de lui ne sera pas aisé.

Il le faudra bien pourtant.

– Hé… tout va bien? entends-je, provenant de l'autre côté du bar.

Je lui fais face, lui souris.

– Oui, bien et toi?

Il se penche, murmure:

– J'ai hâte que la soirée se termine, et hâte de t'arracher cette petite jupe qui met tes fesses…

– Chut ! l'interromps-je à voix basse. Max… je te sers un verre ?

Celui-ci inspecte la salle.

Je fais de même, réponds aux saluts des derniers convives, les suis des yeux alors qu'ils quittent la salle. Max reporte son attention sur moi, s'installe sur l'un des tabourets.

– C'est pas de refus ! Un whisky, s'il te plaît ! Vous pouvez rentrer, Axel, ajoute-t-il à l'intention de notre barman. Bonne fin de soirée…

Axel remercie Max, nous souhaite également une bonne fin de soirée, à Tim, venu nous rejoindre, Léo et moi. Pour ma part, elle sera courte, je suis sur les rotules, mais si j'en crois le regard fiévreux de mon amant sur ma personne, *courte* peut-être, mais intense de passion. Mon cœur s'emballe, l'envie de lui fait vibrer mon être. J'aimerais rentrer à la maison, là, tout de suite, et me lover dans ses bras.

Le dernier convive parti, les serveurs s'attellent à débarrasser. Privilège des propriétaires, nous laissons notre personnel terminer le travail. Les filles de salle recouvrent les tables de nouvelles nappes, et demain matin, une équipe de nettoyage viendra mettre la touche finale pour la reprise du service mardi soir.

Je cligne des paupières afin de chasser la fatigue de la soirée ainsi que les pensées *hotement* sexuelles qui envahissent mon cerveau, demande :

– Je vous sers quelque chose, les garçons ?

– Comme Max, répond Tim.

– Pareil ! dit Léo à son tour.

– OK ! conclus-je en m'emparant des verres et de la bouteille, un Macallan douze ans d'âge.

Pour moi, ce sera un Get 27.

Voire plusieurs !

Nous buvons effectivement plusieurs verres, en discutant de la soirée, nous interrompant de temps à autre pour répondre aux membres du personnel venus nous saluer avant de rentrer chez eux. La satisfaction de Max se lit sur son visage : le service a été parfait ! Aucune fausse note. Il nous avoue n'avoir eu que des éloges lorsqu'il s'est déplacé de table en table avec le chef, à qui il propose d'ailleurs de partager un verre avec nous, ce qu'il refuse.

– Je vous laisse, je vais retrouver des amis ! nous dit soudain Tim.

Le regard qu'il me lance me laisse entendre que ce ne sont pas des amis qu'il compte retrouver, mais Dimitri, son petit ami. Il faut que je lui avoue que Léo est au courant. Léo qui me fixe toujours ardemment, malgré la présence de mes frères. Son regard s'attarde sur ma poitrine, mes hanches, me donne effroyablement chaud. Je me concentre sur mon verre pour ne pas me laisser happer par les iris ténébreux de mon beau brun qui me promettent mille folies, réponds distraitement à Tim. Puis à Max, qui prend congé à son tour après que Léo lui a assuré que nous nous chargeons de tout ranger et de fermer la « boutique ».

– Enfin seuls…

Mes yeux s'écarquillent, mon souffle se bloque quand il contourne le bar et avance vers moi d'un pas de prédateur d'une lenteur étudiée, ses prunelles devenues incandescentes, avant d'accélérer comme un dingue lorsque je le reçois contre moi, déjà ivre de désir. Nos bouches se trouvent, nos langues s'enroulent fiévreusement l'une autour de l'autre, nos corps se soudent, se réclament, se veulent plus que tout. Ici. Maintenant. Je me cambre contre le plan de travail, me frotte contre son sexe tendu entre nous, des gémissements m'échappent. Ma position est inconfortable, mais je m'en moque, j'ai trop envie de lui. Il remonte ma jupe sur mes cuisses, et je me retiens de ne pas arracher ma petite culotte. Il me veut ! Et moi aussi, je le veux.

Sans cesser de m'embrasser passionnément, il part à l'assaut de mon sexe déjà trempé d'attente par-dessus ma lingerie, puis en dessous. Après quelques divines caresses qui achèvent de me donner une atroce envie de lui et de baiser, il cherche à tâtons sa ceinture, l'ouvre, descend son pantalon, son boxer, et quand enfin il quitte mes lèvres pour ensuite me saisir sous les cuisses, me soulever et m'empaler sur son membre gorgé à bloc, ses iris plongés dans les miens, j'exulte et lui donne tout.

Notre fièvre ne redescend qu'après de longues minutes d'un corps à corps acharné qui nous laisse repus et comblés.

23

Camille

Samedi soir. Comme convenu, la famille, à laquelle est venu s'ajouter Dimitri, se retrouve pour un repas de fête dans l'appartement des parents, que j'ai d'ailleurs joints dans l'après-midi pour leur souhaiter un joyeux Noël, leur promettant de les appeler en webcam en fin de soirée afin que tout le monde puisse leur faire un petit coucou.

J'observe Léo pendant qu'il discute avec Maxence assis en face de lui, me remémorant chaque minute de chaque journée nous menant à cet instant. Et de cette dernière journée en particulier. Nous avons larvé au lit, éreintés par notre soirée et notre corps à corps torride au bar, faire l'amour avec Léo est toujours un combat intense, nous nous sommes sustentés d'un en-cas léger, puis nous sommes sortis faire les courses. Pour la deuxième fois en quelques jours ! Ce que je ne fais jamais habituellement : c'est pour moi une perte de temps, et j'ai quelqu'un à Paris qui s'occupe de remplir mon frigidaire.

Encore une fois, j'ai adoré partager ce moment avec Léo.

J'ai surtout adoré que les femmes se retournent sur son passage, qu'elles m'envient d'être avec un tel homme, qu'elles le dévorent des yeux alors qu'il choisissait, en parfait connaisseur, chacun des produits qu'il allait cuisiner, puisqu'il a décidé de se charger du repas. Ses yeux pétillaient, son visage semblait illuminé de l'intérieur et j'étais séduite, conquise. Conquise et séduite par l'homme qu'il est devenu loin de moi, encore et toujours.

Je dois en convenir, il n'est plus un connard arrogant sûr de lui.

Enfin… si, par certains côtés il l'est encore, mais ça ajoute à son charme et me fait littéralement craquer. J'aime cette façon qu'il a de me regarder comme s'il allait me dévorer toute crue, j'aime son côté prédateur, j'aime cette dangerosité qui traverse son regard avant qu'il se jette sur mes lèvres. J'aime ce désir qui nous consume inlassablement et qui nous pousse à nous unir encore et encore. Nous sommes insatiables et avides l'un de l'autre, notre passion ne faiblit pas, certainement parce que nous savons qu'il y aura une fin.

Bref, il a opté pour un feuilleté d'escargots en entrée, suivi d'une mousseline de homard et sa sauce crustacés, d'un filet de poularde bressane et ses fagotins de haricots verts lardés, fromages et dessert, ce fameux dessert au cassis du menu du réveillon. À charge pour moi ensuite de m'occuper de la décoration de la table et du salon.

Sa présence à mes côtés me bouleverse.

Je me remémore les heures passées à fantasmer sur lui lorsque j'étais adolescente, à table, justement, à rêver qu'il m'appartenait enfin, à imaginer ses lèvres sur les miennes. Je passais mon temps à l'observer, je capturais chacun de ses regards, chacune de ses attitudes pour ensuite me les repasser en boucle, seule, allongée sur mon lit.

Je me demande encore comment j'ai fait pour ne rien remarquer ?

Il a vraiment bien caché son jeu pour que Maxence et ma famille ne remarquent rien, et je sais maintenant qu'il l'a fait pour moi.

Pour nous…

Il ne voulait pas trahir la confiance de mes parents en sautant sur la fille de la maison dès qu'ils avaient le dos tourné ! Et je crois que je ne l'en respecte que plus : il a fait passer son honneur avant ses désirs, ce qui est louable de sa part, même si j'en ai souffert. J'ai souffert de son indifférence et de ses railleries incessantes, mais c'était un mal pour un bien, finalement, et ça valait le coup d'attendre !

Parce qu'un fantasme devenu réalité, c'est toujours super bon !

Encore une fois, je me demande ce que pensera Max si jamais il découvre notre relation, mais honnêtement, je m'en moque, et comme elle est vouée à se terminer sous peu, je ne vois pas où est le problème ! Nous prenons du bon temps, voilà tout, sans penser au lendemain et c'est parfait ainsi.

Je lève les yeux sur Julie en sentant la pointe de son escarpin contre mon mollet.

Dans sa robe de cocktail noire à l'encolure ornée de strass, elle est souriante, mais je lui trouve les traits tirés et j'ai l'impression que son ventre a encore grossi. Elle m'a rassurée lorsque je lui ai avoué dès son arrivée qu'elle me semblait fatiguée malgré ces quelques jours de repos bien mérités, mais je ne peux m'empêcher d'être inquiète. Je n'y connais rien en grossesse, mais je connais Julie et j'ai le sentiment que quelque chose ne va pas. Mais bon… je me fais sans doute des films ; s'il y avait un problème avec le bébé, elle m'en aurait parlé.

Elle hausse un sourcil, me désigne discrètement Léo du menton, se demandant certainement ce qu'il se passe entre nous. Comme beaucoup de femmes, elle a un sixième sens pour ces choses et doit sentir qu'effectivement, il se passe un truc.

En voyant Léo quitter sa chaise pour débarrasser, je m'empresse de faire de même, heureuse d'échapper pour un temps au regard inquisiteur de ma belle-sœur, mais je sens le regard de cette dernière sur nous lorsque nous rejoignons le coin cuisine, derrière le bar.

Je m'approche de Léo pour l'aider à dresser les assiettes du plat de poisson qui fait suite à l'entrée, lui souffle discrètement :

– Je crois que Julie se doute de quelque chose.

– Je crois que ton frère aussi, laisse-t-il tomber du bout des lèvres avant de se détourner pour prendre la petite casserole de sauce qui tiédissait doucement sur la plaque à induction (il a tout concocté lui-même !) et en napper le homard à l'aide d'une cuillère.

J'adore le regarder travailler. Il est fascinant. La passion pour son art (eh oui, à mon sens la cuisine en est un, qui d'ailleurs me dépasse totalement) se ressent dans chacun de ses gestes.

– Comment tu le sais ? Nous avons veillé à rester discrets.

C'est d'ailleurs vachement excitant !

– On devrait le lui dire, souffle-t-il avant de s'éloigner.

Quoi ?

Mon cœur s'emballe.

Je ne sais pas si je suis prête…

Je ne sais pas si je veux bouleverser mon existence, si je veux et si je peux lui faire une place dans ma vie, j'aime mon indépendance, j'aime la vie que je mène à Paris…

Totalement perdue dans mes pensées intimes, je reprends place à ses côtés après avoir déposé l'assiette de Julie devant elle. Je participe aux conversations, je plaisante, je ris, mais les questions quant à mon avenir, *notre avenir commun*, ne cessent de se bousculer dans mon esprit.

L'appétit me quitte, mon cerveau bouillonne.

Je m'échine à faire semblant en grignotant du bout des dents quelques menus fragments de mousseline de homard, excellente, ceci dit en passant. Léo est vraiment un cuisinier hors pair, en plus d'être un pâtissier d'exception.

Il est doué, très, très doué…

Et pas que pour la cuisine…

Mes joues s'enflamment.

– Tu ne réponds pas ? entends-je.

– Euh… quoi ? Pardon ?

– Ton téléphone ! réitère Maxence, avant de se pencher sur sa femme pour lui embrasser la joue et lui parler à l'oreille.

Punaise, toute à mes pensées, je n'ai rien entendu !

Je retourne mon portable, que j'avais laissé face contre table, et regarde qui ose me déranger le jour de Noël.

Baptiste…

J'aurais dû m'en douter !

Je regarde l'écran de mon téléphone comme s'il allait me sauter au visage et je crois que malgré moi, mes joues rougissent davantage.

– Un de tes nombreux amants ? demande encore mon aîné.

Ou comment jeter de l'huile sur le feu !

J'ignore l'appel et grimace, faisant abstraction du regard de Léo sur moi. Un regard lourd et pesant, bourré d'interrogations. Un regard qui fait légèrement accélérer mon cœur. Pourtant, je n'ai rien à me reprocher, je ne suis pas avec Baptiste, je baise avec lui au bureau, c'est tout, mais qu'il ose m'appeler alors qu'il doit se douter que je suis en famille laisse à penser que j'ai une relation avec lui, et Léo va s'imaginer que je lui ai dissimulé cette relation… alors que non !

– Non ! assené-je, ayant repris contenance. C'est Baptiste, mon collègue de boulot !

– Il t'appelle le 25 au soir ?

– Ben, faut croire !

– À mon avis, il attend autre chose de toi que des conseils sur un dossier ! ironise-t-il.

Putain… ta gueule, Maxence !

Mon enfoiré de frère se met à ricaner après avoir déblatéré sur mes nooooombreux amants, ignorant qu'il est en train de foutre le bordel dans mon couple.

Julie lui met un coup de coude pour qu'il la ferme, auquel il répond un « Quoi ! On peut bien rigoler, non ? »

Mais le mal est fait !

Quand mon amant se lève pour desservir, je sais, à ses mâchoires crispées, à son regard ténébreux et ses sourcils froncés, que l'heure des explications viendra bien assez tôt. Et certainement plus tôt que je ne le souhaiterais.

Je retiens mon assiette, dont il allait s'emparer :

– Je vais t'aider…

– C'est bon, je m'en charge ! Rappelle ton collègue, c'est certainement urgent ! lâche Léo, caustique. Je vais me débrouiller, je n'ai pas besoin de toi !

Pardon ?

Je lui fais mon plus beau sourire, comme si je n'avais rien entendu. Comme si six petits mots ne venaient pas de foutre en l'air ma soirée.

Il n'a pas besoin de moi ?

Il se fout de ma gueule !

Il va voir s'il n'a pas besoin de moi !

– Ça ne me dérange pas, voyons, répliqué-je sur le même ton. J'ai dit que je t'aiderais, donc je t'aide !

Il me retourne un regard noir genre « Fais comme tu veux ! » et je le suis jusqu'au coin cuisine.

– Je peux savoir à quoi tu joues ? marmonné-je entre mes dents serrées après l'avoir rejoint devant le lave-vaisselle, dans lequel il place les assiettes.

– Je ne joue pas, Camille, je n'ai jamais joué ! Mais après tout, comme nous ne sommes que des sex friends, qu'importe !

Abasourdie, je lui tends mon assiette, dont il s'empare sans aucune douceur pour la ranger elle aussi dans la machine.

C'est étrange comme les choses peuvent déraper...

Mon cœur, malgré moi, se serre.

Oui, nous sommes des sex friends, j'ai voulu cette situation, moi et personne d'autre, alors pourquoi soudain j'ai si mal ?

– Il se passe quelque chose avec ce mec ? reprend-il, avant que je puisse sortir un fichu mot.

– Mais non, rien ! Il voulait certainement me souhaiter un joyeux Noël.

– Arrête de me prendre pour un con, Camille !

C'est bizarre de s'engueuler à voix basse !

D'autant qu'il n'y a pas lieu. J'enrage qu'il ne me fasse pas confiance. Très certainement parce que je lui ai fait cette proposition de sex friends. Je voulais… je voulais que les choses soient simples, justement, que nous nous contentions de prendre du bon temps sans prise de tête et de profiter l'un de l'autre pendant le temps qui nous était imparti.

Dis-lui, Cam ! s'acharne la petite voix dans mon esprit.

Je le suis en direction du plan de travail où nous attendent d'autres assiettes qu'il a placées sur un chauffe-plat.

– Nous en parlerons plus tard, OK, j'ai promis à mes parents de les appeler en webcam après le repas et nous devons ouvrir les cadeaux.

Il verrouille ses prunelles aux miennes.

– S'il te plaît, l'imploré-je doucement. Essayons de passer une bonne soirée, ensuite, je t'expliquerai tout, je te le promets, mais sache que je ne t'ai jamais menti. Il n'y a personne d'autre que toi.

– D'accord…

Enfin, le sourire tant attendu ourle ses lèvres et éclaire son regard.

Je me retiens de ne pas lui sauter dessus pour l'embrasser à pleine bouche. À son sourire devenu plus ardent, il comprend mon intention, s'en amuse. Il aime me tenter et me donner envie de lui.

Il me frôle, avant de retourner à table servir la suite. Un peu plus tard au cours du repas, il pose la main sur ma cuisse, la serre. Je frémis. M'embrase, ne pouvant m'empêcher d'être soulagée. Il a confiance en moi…

Le dessert terminé, un délice à nous en lécher les doigts – tout était d'ailleurs succulent du début à la fin –, nous débarrassons ; Maxence ouvre une bouteille de champagne, et nous nous installons au salon, près du sapin de Noël, afin d'ouvrir nos cadeaux. Pendant que Max remplit nos coupes, je fais la distribution, le nom du destinataire marqué sur les paquets :

– Julie, Max, Tim, Dimitri, Léo, et moi… alors je vous préviens, si c'est trop tendancieux ou moche, ou trop décalé, on a le droit de ne pas le montrer, OK ? Parce qu'avec vous, surtout Tim et Max, je me méfie !

– OK ! répondent en chœur les autres.

Je prends place à côté de Léo dans l'excitation générale, ma cuisse contre la sienne. Il me rend mon regard, s'y accroche quelques secondes avant de se tourner vers Julie qui a déchiré son paquet avec un :

– Priorité aux femmes enceintes !

– T'es pas dans le bus ! la titille Tim.

– M'en fous, je commence !

Le ton est donné, sous l'hilarité générale. Je participe à l'euphorie, le feu aux joues, pas uniquement parce que je suis excitée par les cadeaux, *j'adore les Secret Santa, on fait tout le temps ça au boulot*, mais bel et bien par la présence de mon amant à mes côtés, par sa chaleur que je perçois à travers son jean, par cette relation torride que nous entretenons en secret, enfin… pour le moment. Je ne peux nier que vivre une histoire cachée est jouissif. J'adore nos jeux de regards, ceux de nos corps qui se frôlent, s'attirent, j'adore cette comédie de l'indifférence, ces échanges subtils que nous seuls comprenons…

– Oh, noooon ! Qui m'a offert ça ? se lamente Julie en exhibant son cadeau : une tétine en forme de zizi, énorme.

Tim lève le bras :

– Moi !

– C'est pas malin !

– C'est pour que tu t'entraînes… et pour faire référence à ta grossesse !

– Merci, j'avais compris ! N'importe quoi ! Mon mari ne se plaint pas, hein, chéri ?

– Euh…

Alors que je pensais que Max allait se lever pour frapper Tim d'oser faire ce genre de cadeau à son épouse, il me surprend en embrassant Julie à pleine bouche, la renversant à moitié sur le canapé.

– … absolument pas, mon amour, t'es super douée dans ce domaine.

Hilarité générale.

– On veut pas savoir, s'écrie Léo en se bouchant les oreilles.

– Tim, à toi ! clame Julie. Qu'on se foute de ta gueule !

Euh… pour le cadeau décalé, on repassera…

Tim ne se le fait pas dire deux fois et ouvre son paquet :

– Oh… c'est trop beau…

Visiblement ravi, il déplie le papier de soie, nous montre les pêle-mêle muraux que j'ai choisis pour lui, en bois brut et ficelles avec des petits clips pour accrocher les photos.

– Alors, qui t'a offert ce joli objet, selon toi ? lui demande Dimitri.

– Ma sœur !

J'éclate de rire.

– Gagné ! Ça te plaît ?

– J'adore !

– Tant mieux, je suis contente !

– À toi, alors, Camille…

– Avec plaisir…

Je sautille sur place, déchire l'élégant papier argent révélant une petite boîte bleu indigo. Je l'ouvre, écarquille les yeux, la referme le feu aux joues. Une seule personne peut m'avoir acheté ce magnifique bracelet en argent avec un *infini* en strass et un cœur bleu : Léo ! Il est fou ! Ce bijou est magnifique et il signifie tellement pour moi ; je dessinais ce symbole de l'infini partout sur mes cahiers, infini comme mon amour pour lui à l'époque. Quelle éternelle romantique je faisais ! Je suis étonnée qu'il s'en soit souvenu.

Je lui saute au cou, refrène ma passion, l'embrasse comme je le ferais d'un ami alors que j'ai envie de coller mes lèvres sur les siennes.

– Merci ! Il est magnifique, ça me touche…

– Je t'en prie, avec plaisir…

Nos yeux se happent de nouveau, mes joues rosissent davantage ; ce bijou, c'est tout un symbole.

– Hé ! On peut voir ?! s'exclame Max.

Je referme la boîte, la place dans la pochette-cadeau. Je le mettrai, bien sûr, mais plus tard, lorsque notre relation ne sera plus un secret.

– Non ! C'est un truc entre Léo et moi, en souvenir du passé. Je vous le montrerai plus tard, promis.

– C'est tout à fait ton droit, Camille. À toi, Léo ! s'exclame Julie, que je remercie d'un sourire.

Le cœur battant toujours la chamade, je regarde Léo placer le paquet sur ses genoux, en sortir son cadeau. Il prend tout son temps, dénoue le fil coloré lentement, si lentement que je lui arrache des mains.

– Donne ! T'es trop lent !

– Mais non… se rebelle-t-il aussitôt en me reprenant son bien des mains, que je lui cède, bonne joueuse. C'est toi qui es trop impatiente ! Il faut savoir savourer les choses, Camille, les espérer, rêver…

C'est ça, ouais… parle à mon cul…

– Dépêche-toi, alors ! trépigné-je.

Il ouvre enfin son paquet pour nous montrer, fier de lui, un porte-clés rond super mimi, illustrant une jeune femme d'origine asiatique à la robe rouge surplombée d'une branche de cerisier de même couleur.

– Qui est-elle ?

– Sans doute une *oiran*, une courtisane de haut rang.

Oh…

– Elle est vraiment magnifique…

– Elle te ressemble ! raille-t-il.

– Tu ne m'as jamais connue avec des couettes !

– Non, mais j'aurais bien aimé !

Je lève les yeux au ciel.

N'importe quoi !

Mais dorénavant, je sais comment m'habiller pour lui plaire… J'imagine des jeux de rôles, moi déguisée en déesse du sexe japonaise, et lui en shogun. Tout un programme.

– Alors ? À ton avis, à qui dois-tu ce somptueux présent ? répliqué-je, ignorant les idées classées X s'invitant dans ma tête.

– Max !

Ce dernier frappe dans ses mains.

– Gagné !

En même temps, c'était facile !

Une petite pointe de jalousie vient traîtreusement titiller mon esprit à la pensée que Léo côtoie ce genre de femmes et qu'il se soit confié à mon frère.

– Max, à toi… s'écrie Julie, tandis que Léo me souffle à l'oreille « ma courtisane… »

Je lui fais les gros yeux et il se détourne, le sourire aux lèvres… J'ai hâte de me retrouver seule avec lui pour mettre en application mon nouveau fantasme de me transformer en courtisane de haut rang et lui faire oublier toutes les autres.

Max ouvre son cadeau, une petite flasque noire mate gravée d'une grappe de raisin dorée et son nom en dessous.

– Dimitri ?

– Yes ! Pour les petites soifs !

– Merci, c'est très joli !

– Je t'en prie…

– Bon, il n'y a plus de suspense ! enchaîné-je. Dimitri ?

– Alors… de la part de Julie, annonce-t-il.

J'espère que Tim l'a aidée, parce que pour ma part, ne le connaissant pas, j'aurais été bien en peine de trouver quoi lui offrir.

– Oh… une cravate ! s'extasie-t-il. Merci, Julie !

Je pense subitement à un célèbre livre SM, et… je secoue la tête… naaaan, on parle de mon petit frère, là !

Brrrr… n'importe quoi !

Je frissonne en percevant le regard voilé de désir de Dimitri à Tim, pensant que personne ne les regarde… mais moi, j'ai vu ! Mais cela ne me… regarde pas !

J'oublie Tim et son amant pour me saisir de ma coupe de

champagne et trinquer avec les autres, tandis que nous nous remercions collégialement pour ce bon moment. Je verrouille mes iris à ceux de Léo, avant d'entrechoquer mon verre avec le sien.

– Joyeux Noël, Léo, et merci encore pour ce somptueux cadeau.

– Joyeux Noël à toi aussi, je suis ravi qu'il te plaise.

– Je l'adore ! D'ailleurs…

Profitant de ce que personne ne fait attention à nous, je récupère mon bijou dans sa boîte, et discrètement, je tends mon bras à Léo.

– S'il te plaît…

Un sourire en coin me répond. Un sourire qui fait, comme d'habitude, accélérer mon cœur. Il s'empare du bracelet, me le place autour du poignet, ses doigts caressant ma peau au passage, puis se saisit de ma main qu'il porte à ses lèvres. Au vu et au su de tous, mais son geste passe inaperçu. Sauf pour moi, évidemment, que ses lèvres sur ma peau enflamment.

Échappant à ses bras qui me tentent plus que de raison et avant de faire une connerie, je bondis, m'exclame :

– Et maintenant, le coup de fil aux Dumas !

Nous nous déplaçons dans la salle à manger. J'installe mon ordinateur portable sur la table, lance Skype et me connecte au téléphone de ma mère. Son visage apparaît à l'écran, ainsi que celui de mon père qui, un bras passé autour de ses épaules, se rapproche. Leurs sourires font plaisir à voir, tout comme leurs mines réjouies et détendues, je crois même qu'ils ont pris quelques couleurs.

– Bonsoir, les enfants, joyeux Noël ! s'écrie-t-il, ma mère mêlant sa voix à la sienne.

– Joyeux Noël ! nous répondons en chœur.

– Vous allez bien ? demandé-je.

– Super ! répond mon père. Comme deux tourtereaux.

– Jean… le rabroue gentiment ma mère, aux anges.

J'en connais qui passent du bon temps.

Je jette un regard à Tim, qui acquiesce discrètement. Nous en avons parlé, il est prêt… Je suppose que l'absence physique des parents lui rend la tâche plus aisée.

Je prends une grande inspiration, mais malgré moi, mon rythme cardiaque accélère.

– Maman, papa, on voulait vous présenter Dimitri…

Je repousse l'écran de l'ordinateur pour relever la caméra, me décale, et celui-ci, derrière moi, leur fait un petit coucou de la main.

– C'est…

– C'est mon copain, m'interrompt Tim en se plaçant entre Dimitri et moi. Et je l'aime !

Bordel…

On repassera pour le « en douceur » ! Mais après tout, il a certainement raison, pourquoi tourner autour du pot si ses sentiments pour ce garçon sont véritables. Il est plus courageux que moi, en tout cas.

Je me retourne pour le voir, effarée, se redresser et embrasser Dimitri. Indifférents aux regards sur eux, ils se roulent le patin du siècle dans un silence de mort.

Tim se détache de son amoureux, s'exclame :

– Ben quoi ? Vous n'avez jamais vu deux mecs s'embrasser ?

Euh… on va y aller mollo, Tim…

Je me lève, enlace Dimitri.

– Bienvenue dans la famille Dumas, Dimitri ! On est un peu

barjots, mais pas méchants…

– Même super barjots, je suis ravi de faire partie de cette famille.

– Oh, c'est gentil, ça !

Je me retourne vers Max, muet comme une carpe.

– Max, papa, maman… vous avez quelque chose à dire à Tim et Dimitri ?

Max se contente de les fixer, abasourdi, quant à mon père, son visage est crispé. À la pensée que ma mère le retient pour l'empêcher de se barrer, je réprime un fou rire.

C'est nerveux !

Je cède la place à Tim et Dimitri devant l'écran, me recule. Max s'écarte légèrement, mais pour autant, il ne fuit pas, ce qui est plutôt bon signe. Julie, quant à elle, continue de regarder les garçons, le sourire aux lèvres.

Léo se colle à moi, ses doigts effleurent les miens.

Je lève la tête, me perds dans ses yeux dévorants.

– Tu as fait ce qu'il fallait, me souffle-t-il à l'oreille. Maintenant, c'est à eux de se débrouiller avec le reste de la famille.

Je n'arrive pas à quitter son visage des yeux. Nos iris se soudent, nos doigts se trouvent, sa paume contre la mienne me bouleverse au plus haut point. Encore une fois, je refrène l'élan qui me pousse vers lui ; c'est le moment de Tim et Dimitri, pas le nôtre…

Je vais pour le remercier d'être là, à mes côtés, lorsqu'un cri de Julie m'en empêche.

Je tourne la tête, pour la découvrir reculée sur sa chaise, à distance de la table, les jambes écartées. Elle regarde le sol, puis Max, s'écrie :

– Chéri, je crois que je viens de perdre les eaux !

C'est la panique !

Je me rue vers elle, rassure mes parents en leur promettant de les tenir au courant, coupe la connexion et l'aide à se lever, Maxence faisant de même de l'autre côté, alors que Tim et Dimitri s'écartent discrètement, visiblement dépassés par les événements.

Léo s'approche de Max.

– Va faire démarrer la voiture…

Mon aîné lui jette un regard perdu mais s'exécute, et Léo prend sa place. Nos regards se croisent. J'esquisse un sourire. Il me sourit en retour. J'aime ce que je lis dans ses yeux. J'aime cette chaude lueur dont il m'enveloppe, j'aime sa présence réconfortante et j'aime l'idée qu'il soit à mes côtés.

Je reporte mon attention sur ma belle-sœur, l'aide à enfiler son manteau.

Un rire nerveux m'échappe encore en entendant Maxence revenir vers nous et râler parce qu'il a neigé. Les routes vont être glissantes. Heureusement que la maternité n'est qu'à dix minutes à peine…

– Tout va bien se passer, Julie, j'en suis sûre, l'encouragé-je.

– J'ai peur, Camille, j'ai cinq semaines d'avance !

– Moi aussi j'avais cinq semaines d'avance, renchérit Léo, et regarde le beau bébé que je suis devenu !

– T'étais surtout pressé de faire chier le monde ?!

– Alors que toi, tu t'es tapie au fond de ta grotte quasiment une semaine de plus. Ne nie pas, c'est ta mère qui me l'a dit.

Quoi ?

Alors là, c'est un peu fort !

Je lève les yeux au ciel.

– Tu as parlé de ma naissance avec ma mère ? J'hallucine ! Mais jusqu'où ira le sans-gêne de ce mec ! assené-je, jouant la comédie des amis de longue date qui passent leur temps à se chamailler et pour détendre l'atmosphère trop tendue à mon goût. Je n'en reviens pas ! Qu'est-ce que tu sais d'autre sur moi ?

– Vous vous chamaillerez plus tard, les enfants ! nous interrompt Maxence avec un sourire crispé. Le temps presse !

24

Camille

Un quart d'heure plus tard, nous sommes assis, Léo et moi, dans la salle d'attente de la maternité de Beaune, à attendre l'arrivée de mon neveu. Je suis malade d'angoisse, et Léo…

Je tourne la tête, l'observe.

Les avant-bras sur les cuisses, la tête en avant, il semble perdu dans ses pensées.

Je glisse mon bras sous le sien, approche mon visage de son épaule, murmure :

– Merci d'être là.

Il baisse les yeux vers moi.

Des yeux où je me noie immédiatement.

– Tout va bien ? ne puis-je m'empêcher de demander face à l'anxiété de son regard.

– Ça va…

– Tu es sûr ?

Il soupire, et soudain, j'ai peur. J'ai peur qu'il pense à Baptiste, qu'il se pose des questions, et j'ai peur de l'image qu'il aura de moi lorsque je lui révélerai la vérité.

– Tu penses encore à l'appel de mon collègue ? tenté-je face à son mutisme. Tu veux qu'on en parle ?

Son regard se fait intense.

– Tu as ta vie, j'ai la mienne, ça ne me regarde pas…

Mon cœur se serre douloureusement.

– Est-ce que ça veut dire que tu…

Les mots ont soudain du mal à franchir mes lèvres.

J'avale ma salive difficilement, ajoute :

– … que ça ne t'intéresse plus ? Que *je* ne t'intéresse plus ? Tu ne veux plus de moi ?

Il pose délicatement sa main sur ma joue.

– Comment peux-tu dire une chose pareille, ou même *penser* une chose pareille ?! J'ai été obsédé par toi toute ma vie, Camille. Et maintenant que tu es à moi, que mon rêve est enfin devenu réalité, tu crois que je vais te laisser appartenir à un autre homme ? J'en ai rien à foutre de ce type ! Tu es à moi !

Quelque chose vibre dans mon cœur, quelque chose d'inattendu, même si son attitude autoritaire, possessive et dominante aurait de quoi me faire monter sur mes grands chevaux. Et c'est si soudain que des larmes me montent aux yeux.

Je me rends compte avec étonnement, et alors que ça a toujours été notre mode de fonctionnement, que je ne veux plus de bagarre.

Je veux de l'harmonie.

– C'est pour cette raison que tu m'as offert ce bijou ? demandé-je, la gorge nouée.

– Oui… parce que toi et moi, c'est infini, Camille…

Ne pouvant plus résister à ce que ces mots déclenchent dans mon cœur, dans mon être tout entier, je grimpe sur ses genoux et me serre contre lui. En sentant ses bras m'envelopper, une intense émotion m'étreint. Je me serre davantage contre lui lorsque sa main remonte le long de ma nuque. C'est doux, chaud, réconfortant… Quelque chose se passe encore. Quelque chose qui m'émeut encore plus. De l'émotion pure, une onde de chaleur qui enveloppe doucement mon cœur et s'y loge. Je n'ai jamais ressenti une telle chose. C'est presque meilleur que de faire l'amour, presque plus fort, plus intense.

D'un bras dans le dos, Léo me presse contre lui, niche son visage dans mon cou et inspire très fort, comme pour respirer mon odeur.

Je me redresse.

Nos regards se happent, se fouillent, se fondent l'un dans l'autre.

Là encore il se passe quelque chose…

Sa main sur ma nuque se fait plus câline. Son regard se modifie, se trouble d'une émotion aussi intense que la mienne. Et doucement, tout doucement, il approche ses lèvres des miennes et me fait le plus doux des baisers. Un baiser qui me transporte très, très loin.

Un baiser qui me fait vibrer tout entière.

Des frissons naissent le long de ma colonne vertébrale, un petit gémissement de volupté m'échappe lorsqu'il me serre davantage contre lui en intensifiant son baiser. Plus rien d'autre n'existe que *lui*, ses bras, ses lèvres, sa chaleur, son corps plaqué contre le mien, son désir répondant au mien. Un désir que nous devons ignorer parce que nous sommes dans un lieu public, même si la salle d'attente est quasi déserte !

Il gémit à son tour quand, après avoir glissé les doigts sous ma robe, il caresse ma peau nue au-dessus du bas. Sa langue s'enroule autour de la mienne avec encore plus de passion, son souffle devient ardu. Nos corps s'échauffent, prêts à basculer vers la tentation de se posséder. Il se détache de moi, empaume ma joue, me dévisage intensément.

– Je…

Une étrange émotion traverse ses prunelles d'un noir d'encre. Il ouvre la bouche, prend une grande goulée d'air, s'apprêtant visiblement à m'avouer quelque chose, lorsque son regard se déporte sur le côté. Il saute du siège, me remettant un peu brutalement sur mes pieds.

– Attends, je vais tout t'expliquer…

Je me retourne.

Eh merde…

Tout mon corps se raidit en découvrant Maxence à quelques mètres de nous, et à l'expression de son visage, je comprends que Léo avait raison : il est furieux ! Extrêmement furieux, même !

Je regarde mon amant du coin de l'œil, il paraît aussi sidéré que moi et mortifié de ne pas lui en avoir parlé avant de nous faire surprendre.

– Putain ! s'écrie Max, plus qu'à quelques centimètres. Vous vous foutez vraiment de ma gueule, tous ! Tim, qui n'est pas capable de me dire qu'il aime un mec, et maintenant vous deux ! Vous me prenez tous pour un connard à qui on ne peut rien dire ?! Vous avez si peu confiance en moi ? Vous pensez que je suis si vieux jeu que je ne suis pas capable de comprendre ? Ou que vous avez besoin de me protéger ?! Est-ce que j'ai besoin de protection ? ajoute-t-il en se frappant la poitrine.

Je ne l'ai jamais vu dans cet état !

– Je suis désolée, Max, bredouillé-je.

Léo m'interrompt :

– Ça n'a rien à voir avec ça, Max, et c'est entièrement ma faute ! Je voulais t'en parler, mais j'avais peur…

Max se calme instantanément, sidéré à son tour, tout comme moi, par les propos de mon amant.

– Comment ça ?

– On passait notre temps à parler cul, Max ! On comparait nos tableaux de chasse, on mettait même des notes aux nanas qu'on se faisait ! J'ai eu peur que tu penses que je me comporterais mal avec Camille et je n'ai pas osé t'en parler. Alors qu'elle compte pour moi, s'enflamme-t-il. Bien plus qu'aucune autre femme avant elle !

Max est abasourdi.

Quant à moi, mon cœur s'envole.

Léo tient à moi, bon sang !

Je sursaute lorsque Max éclate de rire en écartant les bras.

Il est shooté ! Je ne sais pas à quoi, mais il est shooté, c'est sûr !

– Eh quoi ? On peut changer, non ? Regarde-moi ! Je suis marié, je vais avoir un bébé ! Je serais un connard de première si je t'empêchais de sortir avec ma sœur ! Je n'en ai pas le droit, Léo, surtout si ça te rend heureux ! Alors…

Il ménage son petit effet, ajoute :

– Vous avez ma bénédiction !

Il fait un pas vers nous, ouvre de nouveau les bras et nous enlace.

Et… il se met à chialer.

On l'a perdu !

Je le serre contre moi, lui caresse le dos en lui disant que tout va bien… et Léo fait de même. Nos regards se croisent, aussi perplexes l'un que l'autre.

Au bout de quelques secondes, il s'écarte de nous, essuie ses yeux.

– Je suis trop content, putain ! Mon meilleur ami et ma petite sœur ! Rien ne pouvait me faire plus plaisir !

– Tu n'es pas fâché, alors ? s'enquiert Léo, la voix légèrement éraillée.

– Non, bien sûr que non ! Je suis très heureux pour vous deux, répond mon frère en m'attirant à lui et en m'embrassant sur le front. Mais si tu lui fais du mal, je te tue ! Et toi, pareil ! ajoute-t-il à mon intention. T'as pas intérêt à briser le cœur de mon meilleur ami, ou tu auras affaire à moi !

Quoi ?!

Léo me fait un clin d'œil, genre : « Fais gaffe à tes petites fesses, meuf ! » ou… « T'as vu, je compte autant que toi pour lui… », ce que je savais déjà !

– Je m'en souviendrai ! ironisé-je. Et pour ce qui est de me protéger, j'apprécie le geste, merci beaucoup ! Sinon, comment va Julie ? Parce que c'est quand même un peu pour elle que nous sommes là !

– Tout va bien ! Ils la préparent pour une césarienne, c'est ce que j'étais venu vous dire. Je ne peux pas être avec elle au bloc, c'est interdit, mais je peux patienter dans la pièce d'à côté.

Je le prends dans mes bras, le cœur au bord des lèvres.

– Ne t'inquiète pas, tout va bien se passer…

Évidemment, je n'en sais rien, mais on souhaite toujours ce qu'il y a de meilleur aux gens que l'on aime, non ? Et j'espère sincèrement que ce sera le cas, je ne supporterais pas non plus qu'il arrive quelque chose à Julie ou au bébé. Pourtant, je ne peux m'empêcher d'être inquiète, mais ça aussi c'est normal, on se fait toujours du souci pour nos proches.

– Bon, j'y retourne !

– Bon courage !

– Ça va bien se passer, mec, réitère à son tour Léo en lui serrant l'épaule.

Il nous sourit, puis s'échappe.

Je laisse Léo m'attirer vers les chaises sur lesquelles nous étions assis quelques minutes auparavant, et plutôt que de me laisser m'asseoir à ses côtés, il me prend sur ses genoux et referme ses bras sur moi.

Je niche mon visage dans son cou.

Je me gave de son odeur. Une odeur qu'aujourd'hui j'adore par-dessus tout.

Il me frotte le dos.

– Ça va aller ?

– Je crois, soupiré-je. Mais je suis morte de trouille.

– C'est normal que tu aies peur, mais je suis là. Tout va bien se passer.

– Oui, tu es là. Et je t'en remercie. Je crois que je n'aurais déjà plus d'ongles si tu n'étais pas à mes côtés.

Je ne peux m'empêcher, malgré mon stress, de pouffer.

Ce qui, évidemment, n'échappe pas à Léo.

Il doit se dire que je suis devenue folle, à alterner entre rires et larmes.

– À quoi tu penses ?

– À qui, tu veux dire. À Maxence. Il m'a fait délirer ! Il était en colère, mais pas pour les raisons que nous imaginions.

– Moi aussi, il m'a tué. C'est vraiment la soirée des révélations !

– C'est clair ! Si tu avais su qu'il ne se serait pas opposé à notre relation, ça aurait changé quelque chose pour toi ? murmuré-je, toujours blottie contre lui.

Il empaume ma joue, lève mon visage vers lui.

– Je ne suis pas sûr, je me sentais indigne de toi…

J'écarquille les yeux, abasourdie.

– Tu te sentais indigne de moi ? Mais… pourquoi ?

– Tu es belle, intelligente, brillante, tu viens d'une grande famille, moi, je n'avais rien, je n'étais rien…

C'est à mon tour de caresser sa joue, émue aux larmes.

– Tu as réussi ! Aujourd'hui, tu es célèbre, tu t'en es plutôt bien sorti et ce que tu as, tu ne le dois qu'à toi…

– Seriez-vous en train de me dire que je suis digne de vous, maître ?

Toujours cette touche de raillerie dans sa voix, mais aujourd'hui, je sais qu'il me dissimulait son trouble et son extrême sensibilité. Car oui, Léo est un homme sensible et généreux, et je comprends maintenant qu'il l'était certainement autrefois, sous une apparence de gros dur sûr de lui, mais j'étais tellement en colère contre lui pour ce qu'il m'imposait à longueur de journée que je n'ai rien vu.

Je me laisse happer par la fièvre de ses iris.

– Je le dis, et je le pense…

– Tu n'es pas fâchée que ton frère soit au courant alors ?

– Non ! Je le lui aurais avoué tôt ou tard…

Il caresse ma cuisse.

– Mmm… et comment aviez-vous prévu de le lui dire, maître ?

Son regard pétille.

– J'aurais fait ça…

Je m'avance, l'embrasse doucement, puis quitte ses lèvres, murmure :

– … et encore ça…

Je longe sa mâchoire qu'ombre une légère barbe, jusqu'à son cou, pose mes lèvres sur sa peau, au-dessus de sa chemise.

– … et encore ça… je t'aurais embrassé devant tout le monde. Pour qu'ils sachent que tu es avec moi… que tu es à moi… enfin…

L'émotion m'étreint.

Je ne pensais pas, avant de le vivre, que j'étais capable de ressentir autant de fascination et d'attachement pour un homme. Et pourtant, nous ne sommes ensemble que depuis quelques jours ! Mais j'ai le sentiment, certainement parce que j'ai attendu ce moment toute ma vie sans peut-être même en avoir conscience, d'être entière et à ma place. Pour la première fois de toute ma vie ! Et je ne peux nier que ça m'effraie parce que, justement, c'est fort et inattendu.

Mais quand il englobe ma joue et plonge ses iris d'une douceur envoûtante dans les miens, quand il me susurre d'une voix douce et rauque qu'il est avec moi et qu'il est à moi, qu'il avait lui aussi attendu ce moment toute sa vie, et quand ensuite il prend mes lèvres, là aussi avec une douceur incroyable, mes doutes s'évanouissent de nouveau.

Ce n'est que deux bonnes heures plus tard que Maxence vient s'effondrer dans nos bras, vidé, les traits tirés, mais heureux de nous annoncer que Julie va bien, leur bébé Logan également, et que nous pourrons leur rendre visite dans l'après-midi.

Logan…

Je les savais fans de Hugh Jackman et de *Wolverine*, mais pas à ce point !

Mais j'aime bien.

Beaucoup, même.

Voilà, mon père est tiré d'affaire, mes parents vont rentrer du Sud pour faire connaissance avec leur premier petit-enfant, nous annonce encore Max, Julie et le bébé vont bien, *tout le monde* va bien, Tim a fait son coming out et est heureux… Nous allons enfin pouvoir respirer et reprendre le cours de notre vie.

***

– Tu parles d'un Noël ! m'exclamé-je en me laissant tomber sur le canapé.

Je m'adosse, regarde Léo s'installer à mes côtés qui renchérit :

– C'est clair qu'il était chargé en émotions ! Tu as sommeil ?

Je jette un coup d'œil à ma montre : deux heures !

– Pas le moins du monde, je suis trop excitée pour dormir.

Ses yeux pétillent soudain d'un vif intérêt.

Il prend ma main, m'attire sur ses genoux.

– Dois-je comprendre que je peux faire ce que je veux de vous, maître ? susurre-t-il de sa belle voix, rauque à souhait.

Une voix qui m'enchante et me transporte aussitôt, tout comme ses mains qu'il glisse dans mon dos, et son nez dans mon cou.

Je me cambre et demande, joueuse :

– Qu'avez-vous en tête, monsieur Duquesne ?

– La même chose que vous, maître !

La lumière de désir dans ses yeux met instantanément le feu à mon entrejambe. Mais j'ai envie de faire durer le plaisir ;

je sais qu'il n'en sera que plus explosif. Léo a cette faculté de me tenter au-delà du possible et de m'emmener haut. Très haut. Plus haut que je ne suis jamais allée avec un homme.

Je plonge dans ses yeux couleur nuit.

– Tu sais ce dont j'ai envie ? Ce qui me ferait vraiment plaisir ?

– Dis toujours… tu sais comme j'aime te faire plaisir, justement… souffle-t-il tout contre mon oreille, avant d'en prendre le lobe entre ses dents et le mordiller.

Mon entrejambe frémit, comme s'il y avait une connexion entre mon oreille et mon sexe. Mais je crois… non, je suis sûre que c'est le cas. Où qu'il pose les lèvres, mon sexe se gorge de l'envie de lui. Je n'ai jamais eu autant envie d'un homme et j'ai le sentiment que cette envie ne faiblira jamais.

Je retiens un gémissement.

Ce soir, je veux jouer… avec nos nerfs, avec nos corps. De nos corps…

– J'aimerais faire un billard, comme au bon vieux temps ! lâché-je, ravie de voir l'étonnement dans ses iris.

Je t'ai bien eu…

Je ne suis pas nostalgique, ce n'est pas mon genre, mais j'avoue que nos parties étaient mémorables. C'était Tim et moi contre lui et Max, ou lui et moi contre mes frères, et dans ces moments-là, nous avions une vraie complicité, nous prenions plaisir à être ensemble. Ensemble contre le reste du monde. Enfin… c'était ce que moi, je ressentais. Mais savoir que ce ressenti était très certainement partagé me rend toute chose, là, maintenant. À l'époque, évidemment, j'aurais donné tout ce que je possédais et plus encore pour qu'il m'embrasse au lieu de lever la main pour un check comme si j'étais l'un de ses potes! *L'un de ses putains de potes!* J'enrageais! Je voulais plus. Mille fois plus. Je le voulais, lui… et à bien y réfléchir, je n'ai toujours voulu que lui.

– Ce n'est pas tout à fait ce que j'avais en tête, mais pourquoi pas? Qu'est-ce que j'obtiens si je gagne?

– Mon corps! Mais si tu perds, tu l'auras aussi, susurré-je en lui mordillant le cou. Ou alors, c'est moi qui serai en droit d'abuser du tien…

J'adore sa peau. J'ai tout le temps envie de l'embrasser, de le dévorer. Dès que je le touche, je m'enflamme et ne suis plus capable de penser à autre chose qu'à lui, moi, allongés, à nous caresser jusqu'à nous consumer de désir.

– Ça me va! ronronne-t-il à son tour en me serrant fort. Surtout la dernière partie de ta phrase.

Moi aussi, ça me va… ô combien…

– Tu aimerais que j'abuse de toi?

Un sourire taquin et coquin, en tout cas hautement sexy, me répond.

– J'adorerais ça, maître. Que tu me chevauches et que tu prennes ton plaisir toute seule…

Il se penche davantage, susurre:

– … ma queue bien profondément plantée dans ton corps. Que tu me prennes tout ce que j'ai…

Mes joues s'enflamment.

– On va dire que t'as perdu, alors! m'exclamé-je.

Il me retient alors que je m'apprête à sauter de ses genoux, pressée de passer aux choses sérieuses. Il a mis le feu à mon corps, ce traître, alors qu'au départ, je voulais *vraiment* faire un billard.

Bon, OK, je veux aussi qu'il me prenne comme une bête sur le tapis vert.

Un petit bruit sort de ses lèvres.

– Tutt, tutt, tutt, où comptes-tu te sauver si vite ?

Je vais pour lui répondre avec l'idée de l'entraîner ensuite vers le salon le plus vite possible, lorsque la sonnerie de mon portable se fait entendre.

Mon cœur bondit : un appel en pleine nuit, ce n'est jamais bon signe.

Je cours pour le récupérer au fond de mon sac.

Baptiste !

Naaaan ! Il ne va pas me refaire le coup !

J'ignore l'appel. Mon portable sonne de nouveau.

J'ai un mauvais pressentiment.

Mais si c'est juste pour me relancer, il va m'entendre.

Je m'avance vers Léo qui s'est levé, l'enlace.

– Je suis désolée, il faut vraiment que je prenne cet appel. C'est Baptiste ! Je sais que ça t'agace que je lui parle, mais tu dois me faire confiance en ce qui le concerne, et c'est sûrement important. Et si ça ne l'est pas, je mettrai fin à notre conversation, OK ?

Il dépose un baiser sur mes lèvres, gronde :

– OK, je te fais confiance ! Mais si ça ne l'est pas, tu me le passes !

Un sourire m'échappe.

– OK !

Bon Dieu, comme j'aime qu'il me revendique de cette façon... ce que je ne permettrais à aucun autre homme.

– Je t'attends au salon.

– D'accord, j'arrive.

Je le regarde s'éloigner, mon téléphone enfin muet.

– Léo ?

Il se retourne.

Sa beauté me frappe en plein cœur.

– Merci !

Ma voix est plus éraillée que je ne l'aurais voulu.

Il hausse un sourcil.

– Pour ?

– Pour ta confiance. Ça compte pour moi.

– Pour moi aussi, ça compte. J'ai confiance en toi.

– Je te dirai tout, je te le promets.

J'aurais dû tourner sept fois ma langue dans ma bouche au lieu de sortir cette connerie ; il va penser que j'ai des sentiments pour Baptiste, alors que non !

Ce n'est que du sexe !

Ce que j'ai d'ailleurs exigé entre nous également.

– Ce n'est pas grave si tu n'en as pas envie, rétorque-t-il, à mon grand étonnement.

Alors que j'aurais parié qu'il allait me dire qu'il l'espérait bien et qu'il était plus que temps.

– Si, je le veux…

Il me désigne du menton mon portable que je suis en train de faire tourner entre mes doigts.

– Rappelle-le…

– Oui, oui, je vais le faire…

– Je te laisse…

– OK…

Et sur un dernier regard, il sort de la pièce.

Je me pince l'arête du nez, et après une grande inspiration pour m'obliger au calme, j'appuie sur le contact de Baptiste.

Il décroche aussitôt, crache :

– Ah, quand même !

– Qu'est-ce qui se passe, Baptiste ? Ça ne pouvait pas attendre demain ?

– Non, ça ne pouvait pas attendre ! Éric a eu un accident de ski, il a la jambe dans le plâtre. Il veut que tu rentres, Camille.

Eh merde…

– Zut, le pauvre… il doit être fou, il déteste rester inactif. Ça va aller, il n'a pas trop mal ?

– J'en sais rien, je ne lui ai pas posé la question !

Le contraire m'aurait étonné…

Je fais les cent pas dans le salon, regarde ma montre. Il est trop tard pour prendre moi-même de ses nouvelles, je l'appellerai demain.

– Pourquoi ne m'a-t-il pas appelée directement ? demandé-je, soudain suspicieuse.

– J'en sais rien ! réitère-t-il. Il a été opéré dans l'après-midi…

– Il t'a bien appelé, toi…

– Peut-être parce que j'ai plus d'importance que toi au sein du cabinet !

Quoi ?

Je renonce à me disputer avec lui, ce n'est pas le moment, mais je ne vais certainement pas laisser passer ça. Du moins, pas de sa part ! En ce qui concerne Éric, je ne veux pas croire qu'il me considère moins que Baptiste ! Nous sommes proches, lui et moi, nous l'avons toujours été, et pour mon père il a été super, il m'a remplacée au pied levé, m'a incitée à prendre du temps pour ma famille… Ce comportement de sa part m'étonne, et je vais devoir tirer ça au clair. À moins que…

à moins que Baptiste ne me mente et cherche à s'attirer le beau rôle, voire prendre ma place.

Serait-il jaloux de la relation que j'entretiens avec Éric ? Avec lui, tout est possible…

– Il rentre quand à Paris ?

– Demain dans la journée, je crois ! Et toi ?

– Je partirai demain également.

– Tu veux que je passe à ton appartement en fin de journée, nous pourrions faire le point sur ce que tu as manqué…

Encore ce ton condescendant !

– Non, merci, ça va aller, je vais me débrouiller, il y a le serveur pour ça ! répliqué-je sèchement.

Moi qui pensais avoir le temps de me remettre dans le bain, et avoir la possibilité de partir quelques jours avec Léo à Sainte-Maxime pour nous retrouver enfin seuls et vivre notre amour au grand jour, c'est raté !

Et je vais devoir continuer à gérer le domaine, à distance cette fois-ci… mais ma mère reprendra certainement du service. Elle aussi déteste l'oisiveté. Si elle rentre au domaine, elle ne pourra pas s'empêcher d'aller au bureau.

Nous en discuterons, et aviserons en conséquence : elle peut reprendre doucement, tout en continuant à garder un œil sur mon père… qui lui, devra rentrer au centre pour finir sa rééducation… j'éclaircirai également tout ça avec elle demain au téléphone, je vais la laisser profiter de son petit-fils et je serai certainement partie lorsqu'ils arriveront à la maternité.

Quant à Baptiste, je me promets de mettre les points sur les I avec lui dès mon retour au bureau. Il va m'entendre, cet enfoiré !

Je lui donne donc rendez-vous lundi à la première heure, et raccroche.

Je prends une grande inspiration avant de rejoindre Léo. L'idée de devoir lui annoncer que je dois le quitter me fait un mal de chien. Mais je n'ai pas le choix. J'espère qu'il le comprendra…

25

Camille

Le regard de Léo me happe dès mon entrée au salon.

Il vient à ma rencontre, me tend le verre de vin blanc qu'il avait préparé pour moi.

– Alors ?

Je contemple quelques secondes mon verre, totalement perdue, lève les yeux vers lui.

– L'un de mes collègues vient d'avoir un accident de ski, il a la jambe fracturée. Je vais devoir retourner à Paris.

– Ah…

Son flegme à toute épreuve, que j'avais déjà pu constater, me perturbe.

Dans l'instant, je ne sais qu'en penser…

– Je suis désolée…

Il m'ôte mon verre des mains, le repose sur le bar en même temps que le sien, puis il revient me prendre dans ses bras, alors que je n'ai pas bougé d'un millimètre. J'étais excitée, je ne le suis plus. Toute énergie semble avoir quitté mon corps.

Il glisse un doigt sous mon menton, lève mon visage vers lui.

– Hé… ça va aller…

– Je me fais du souci pour Éric, mon collègue. C'est lui qui m'a embauchée, puis il m'a proposé la place d'associée lorsque son collègue est parti à la retraite, c'est un type super, et…

Des larmes emplissent mes yeux.

Peu importent les révélations de Baptiste, je tiens à Éric… et rien ne pourra jamais entacher ça.

– C'est normal, et je comprends. Mais la nuit n'est pas finie…

Il caresse mes lèvres des siennes. Leur douceur me transporte.

Je noue mes bras autour de sa nuque, me presse contre lui.

J'aimerais me fondre en lui et le fondre en moi pour l'emporter avec moi.

Sa main longe ma nuque, se fait caressante. Son contact m'apaise, mais ce n'est pas suffisant. Je veux plus. J'ai besoin de plus. J'ai besoin de lui.

– Je te propose d'oublier ton collègue, et…

Je me jette sur ses lèvres avant qu'il finisse sa phrase.

J'ai tellement besoin de lui et de le sentir en moi que je pourrais tuer quiconque se mettrait en travers de mon chemin.

Je gémis lorsque sa langue s'enroule autour de la mienne. Il a compris. Il a compris ma demande, mon angoisse, ma colère. Car oui, je suis en colère ! Je pensais avoir du temps ! Je pensais pouvoir profiter de sa présence encore quelques jours, peut-être même quelques semaines. Au moins deux ! Au lieu de cela, je vais devoir m'éloigner et l'abandonner.

Je m'accroche à ses épaules alors que, sans quitter mes lèvres, il me soulève sous les fesses et me porte jusqu'à l'un des tabourets sur lequel il m'assoit. Ses baisers se font plus intenses, plus enflammés, ses mains plus entreprenantes, plus caressantes, puis plus… exigeantes.

Mon souffle devient court, le désir m'enflamme, mon sexe va à la rencontre du sien, dur, tentant… je défais fébrilement sa ceinture, ouvre les boutons de son jean, referme ma main sur son membre… un gémissement m'échappe.

Sans cesser de m'embrasser, et alors que j'ai son sexe entre mes doigts, il retire sa chemise, ses élégants richelieus Finsbury noirs patinés, laisse tomber son pantalon et son boxer à ses pieds, se penche pour enlever ses chaussettes, puis il fait un pas en arrière pour se livrer à moi, nu. Magnifique.

Le souffle me manque lorsqu'il s'approche.

J'adore ce que je lis sur son visage, dans ses yeux. J'aime ce désir brut qu'il me livre. J'aime son attitude de dominant.

Mon corps réagit immédiatement.

En un rien de temps, il m'ôte ma robe, mon soutien-gorge, et déchire ma petite culotte à la dentelle si fine qu'elle ne résiste pas à l'impatience de ses doigts, ne me laissant que mes bas et mes bottes. Je meurs, mon cœur menace de s'arrêter lorsque, après avoir fait glisser mes fesses au bord du tabouret, il s'agenouille.

Je laisse échapper un long soupir quand ses lèvres rencontrent mon clitoris gonflé qui ne demande que ça, que l'on s'occupe de lui, et glisse mes doigts dans ses cheveux tout en le regardant faire. Je n'ai jamais rien vu d'aussi hot, d'aussi… excitant. Que cet homme magnifique à mes pieds, sa bouche et ses lèvres sur mon sexe.

Il me dévore, me lape, aspire, mord… c'est enflammé, diabolique, et très, très jouissif. Mon ventre se serre, mon sexe s'inonde. Je me cambre tellement c'est bon, tellement j'aime ce qu'il me fait. Sa salive se mélange à ma liqueur intime qui trempe ses lèvres. Mon envie de lui, de le sentir en moi, me supplicie.

Je tire sur ses cheveux, le faisant gronder et me déguster encore plus avidement.

Des soubresauts incontrôlables me traversent.

Je remonte les cuisses, murmure son nom. Je pourrais le crier tellement j'ai envie de lui.

Et quand il lève les yeux, si beaux, si ardents, si flamboyants de désir et de passion, tout en frottant vigoureusement mon bourgeon prêt à exploser et en glissant sa langue dans mon tunnel trempé avec une totale et évidente délectation, je ne peux plus rien retenir et m'éparpille, laissant mon plaisir couler dans sa bouche. Plaisir dont il se délecte avant de se redresser, de prendre mes lèvres et de me pénétrer avec ses doigts, profitant de mon plaisir pour me terrasser davantage.

Je m'accroche de nouveau à ses épaules, perdue, emportée, chavirée.

Le monde pourrait s'écrouler, il n'y a que lui, que lui qui existe et ce qu'il m'impose. Que ses lèvres, son corps bouillant contre le mien, ses doigts en moi qui me fouillent et me donnent un plaisir incroyable.

Mes cris dans sa bouche se font plus amples, mon souffle s'envole.

Il y va fort, il me baise avec ses doigts, tellement puissamment et habilement qu'après quelques secondes, des jets de cyprine s'échappent de mon corps. Je hoquette tellement c'est bon, merveilleux, plus fort que tout ce que j'ai connu jusqu'alors.

Et quand il me pénètre enfin, quand il fait entrer son sexe divinement dur dans le mien pour ensuite me posséder passionnément, avec une juste brutalité, je jouis encore, avec la sensation que je ne pourrai plus jamais m'arrêter de jouir. Et surtout, surtout, je n'ai pas envie qu'il arrête.

Je le veux tout à moi, et jouir ainsi jusqu'à la fin des temps.

26

Camille

– Il est beau, hein ?

Je quitte des yeux le visage d'ange de Logan endormi dans mes bras et contemple Julie et sa mine radieuse. J'envie son bonheur. Elle a trouvé l'amour, elle vient de donner le jour à un magnifique bébé qui malgré ses cinq semaines d'avance se porte comme un charme et elle est heureuse. Visiblement, indiscutablement et pleinement heureuse. Et elle a raison. La vie lui a fait le plus merveilleux des cadeaux : avoir un enfant de l'homme qu'elle aime, dont elle est éperdument amoureuse. Mon regard dévie vers Léo, en grande discussion avec Max, Tim et Dimitri.

Il tourne la tête vers moi, me regarde ardemment.

L'émotion me submerge, comme bien souvent depuis que j'ai ouvert les yeux ce matin.

– Oui, Julie, il est magnifique.

Elle regarde Léo, reporte ensuite son attention sur moi, se penche.

– Max m'a dit pour Léo et toi. C'est merveilleux.

Un long soupir m'échappe.

– Quoi ? Ça se passe mal ? demande-t-elle, aussitôt alarmée.

– Oh, non, c'est même tout le contraire, mais je vais devoir retourner à Paris…

Cette nuit a été en tout point magique, nous nous sommes unis passionnément, comme si… comme si c'était la dernière fois, et mon cœur saigne : nous ne nous sommes rien promis, je ne sais même pas si nous nous reverrons, ni même s'il en a envie, et si moi, j'ai envie que notre histoire dure malgré la distance. Je ne sais pas jusqu'où je suis capable d'aller pour lui, ce que j'accepte de changer dans mon quotidien. Là, tout de suite, je l'ignore. S'il me posait la question, j'ignore également ce que je répondrais.

Max s'approche et, d'un bras autour de mon épaule, me serre contre lui.

– Léo vient de m'informer pour ton collègue. Je suis désolé, ma puce.

Je lève la tête vers lui.

– Je dois retourner au bureau.

– Je sais… on va se débrouiller, ne t'inquiète pas. Tu as déjà fait beaucoup et je ne l'oublierai jamais.

Ben… c'est un peu normal, non ?

Soudain, l'idée qu'il puisse me croire insensible à ce qui leur arrive me fait mal. OK, je vis loin et je ne reviens que très rarement, mais ils sont ma famille et je les aime. Plus que tout. J'espère au moins le leur avoir prouvé.

– Tu pensais vraiment que j'allais vous laisser dans la panade sans vous donner un coup de main ?

– Non, bien sûr, j'espérais que tu nous aiderais, mais tu es très occupée à Paris et Meursault est le trou du cul du monde.

Je sais que tu t'ennuies rapidement quand tu es ici, mais il est vrai que les choses ont changé, ajoute-t-il, en jetant un coup d'œil à son meilleur ami.

Oui, les choses ont légèrement changé…

Je regarde ma montre.

Je vais devoir bouger si je veux rentrer avant la nuit.

J'embrasse le front de Logan. Ce qu'il sent bon… Je suis tombée raide dingue de ce bébé à l'instant même où je l'ai pris contre moi. Il a une tonne de cheveux bruns, il ressemble à un petit chat écorché à la peau étonnamment rouge et il est tout fripé, mais tout comme sa maman, je suppose, je trouve qu'il est le plus beau des bébés.

Je croise le regard de Léo pour la millième fois, qui semble attendri lui aussi, et troublé.

Mon cœur se serre, là encore pour la millième fois.

L'heure est venue. Je dois partir… les bagages sont dans ma voiture garée devant l'hôpital. Je me demande encore comment j'ai réussi à conduire jusqu'ici tellement mon cerveau est perturbé par ce départ, et comment je vais faire jusqu'à Paris. Mon esprit est en vrac, mon corps douloureux. J'ai mal partout. Pas parce que j'ai fait des folies de mon corps (enfin… si, mais c'est pas ça!), mais parce qu'un mal sourd me cisaille de part en part à l'idée de devoir partir. Je ne vais même pas voir mes parents qui sont pris dans des bouchons et ne seront pas rentrés avant des heures. Je vais partir seule, la mort dans l'âme, et c'est bien la première fois que je quitte les Perrières dans cet état.

Je me lève dans un état presque second, verrouille mon regard à celui de Léo. Un regard désespérément implorant, j'en ai bien peur, à l'idée de m'éloigner d'eux. Aussitôt, il est contre moi, son bras autour de ma taille, ses lèvres sur ma tempe. Son contact me fait à la fois du bien et du mal.

– Je t'accompagne, dit-il doucement tout contre ma peau.

Je secoue la tête en signe d'assentiment alors que je voudrais lui crier : « Viens avec moi, ou empêche-moi de partir… »

Évidemment, je ne dis rien, ni lui non plus.

Nous n'avons pas abordé le sujet de notre avenir, j'ignore ce qu'il attend de moi, ce qu'il espère, et quant à moi, je ne sais toujours pas ce que je veux. Une partie de moi voudrait continuer notre histoire, alors que l'autre n'est pas prête à sacrifier sa liberté. Et par-dessus tout, comme il ne se livre pas, j'ai peur de mettre des espoirs en « nous » et de souffrir comme j'ai souffert dans le passé par sa faute. J'ai peur que les choses se répètent, en pire parce qu'aujourd'hui, il a été à moi.

J'embrasse Logan, Julie, mes frères et Dimitri, félicite encore les heureux parents pour ce beau bébé, je souris, je joue un rôle alors que mon cœur se fait de plus en plus pesant au fil des minutes. Sur un ultime adieu, je sors de la chambre, serrée contre Léo qui m'entraîne vers la sortie, et heureusement, car j'aurais été incapable de retrouver mon chemin.

Sitôt tous deux arrivés à ma voiture, il me prend dans ses bras, me pousse contre la carrosserie et m'embrasse fiévreusement.

Ce baiser me bouscule.

– Je n'ai pas envie de partir, lui avoué-je après avoir quitté ses lèvres et m'être nichée dans son cou. C'est trop dur…

Il se détache de moi et prend mon visage entre ses mains.

– Tu vas y arriver. Tu es forte !

Oui… je l'étais… je ne le suis plus… mais ça, il ne le

comprend sans doute pas !

– Tu pourrais peut-être venir me voir dans la semaine ?

J'ai le sentiment d'être pitoyable à quémander ainsi.

Il caresse ma joue. Tendrement. Puis l'ourlet de mes lèvres.

Je fonds.

– C'est une invitation ?

– Bien sûr ! Mais tu n'en as pas besoin, tu viens quand tu veux…

– Alors si tu m'invites, je viendrai, répond-il avec ce charmant sourire en coin que j'aime tant et qui me donne envie de me ruer sur ses lèvres. Mais je ne peux rien te promettre, ajoute-t-il, tout dépend du travail au restaurant et si nous avons bien avancé dans notre projet commun avec ton frère.

– Oui, bien sûr, je comprends…

Douche froide !

– Tu reviens le week-end prochain, non ?

Ce que je perçois dans sa voix m'interpelle : serait-il aussi perdu que moi ? Espère-t-il, tout comme moi, que la distance ne nous sépare pas définitivement ? A-t-il envie et espoir que notre histoire perdure ? Putain, pourquoi il ne dit rien ?!

– Je pense pouvoir venir, je réponds. En tout cas, je vais tout faire pour…

Je me noie dans ses iris.

– Tu vas me manquer…

Il glisse la main derrière ma nuque, pose son front sur le mien, murmure :

– Toi aussi, tu vas me manquer.

Je me mets un coup de pied aux fesses virtuel.

– À très vite, alors…

– Oui, à très vite…

Je lui fais un dernier baiser et m'échappe de ses bras.

Je le regarde une dernière fois dans mon rétroviseur avant de sortir du parking et souris en voyant sa main s'agiter.

Bon Dieu, que c'est dur de le laisser…

Je le savais, mais je ne pensais pas que ce serait aussi difficile…

Quand, une heure plus tard, il m'appelle pour me dire que je lui manque déjà et s'inquiète de savoir comment se passe mon voyage et que, incapables ni l'un ni l'autre de raccrocher, nous discutons à bâtons rompus jusqu'à ce que j'arrive à mon appartement, et encore ensuite après ma douche, puis à nouveau quand je me mets au lit, je me dis que peut-être la séparation ne sera pas si terrible si nous restons en communication…

27

Léo

– Max, j'aurais besoin de prendre deux jours !

Mon meilleur ami, assis en face de moi au bar de l'appartement de ses parents, en ce lundi matin, pour un petit café partagé avant de gagner le restaurant, hausse un sourcil.

– Tu veux aller voir ma sœur ?

Je souris.

– Je ne peux rien te cacher…

– Tu pars quand ?

– Maintenant ! J'aurais besoin que tu me donnes également l'adresse de sa boîte. Je vais lui faire la surprise.

J'en rêve !

La surprendre dans son petit ensemble strict d'avocate, son carré brun parfaitement coiffé, sans un cheveu qui dépasse, la prendre sur son bureau, sauvagement, je bande rien qu'à l'idée.

– Elle sera ravie, tu lui manques.

Mon cœur fait un bond.

– Elle me manque aussi, j'espère qu'elle sera contente de me voir.

– Tu en doutes ?

– J'avoue que parfois, elle est si distante que je ne sais que penser.

Cette distance qu'elle met entre nous m'est insupportable. Pour autant, je ne fais rien pour y remédier, hormis lui donner tout ce que j'ai, l'aimer passionnément du mieux que je peux, mais j'ai parfois le sentiment que ce n'est pas assez. Que ce ne sera jamais assez…

Maxence rit, ce con.

– Qu'est-ce que j'ai dit de si drôle ?

– Elle dit exactement la même chose de toi !

Ah…

– Je ne veux pas la brusquer, je ne l'oblige à rien. Je veux que ça vienne d'elle…

– Il y a une différence entre ne pas la brusquer et jouer au mec qui s'en fout ! Comment veux-tu qu'elle comprenne que tu tiens à elle si tu ne le lui dis pas ?

– Je lui ai dit, elle ne m'a pas cru !

Et putain, ça me met toujours autant en rage. C'est dire si j'ai envie de recommencer ! Pour m'entendre dire qu'il n'y aura jamais que du sexe entre nous et que nous devons continuer à n'être que des putains de sex friends, jamais de la vie !

Je prends ce qu'elle me donne, mais je sais que ça ne me suffit pas, loin de là.

Je veux plus…

– Peut-être que maintenant que vous êtes ensemble, ce sera différent. Elle a peur de souffrir et connaissant ta réputation passée, je la comprends.

– Je ne suis plus ce genre de gars, Max. Je tiens vraiment

à elle. Elle, en revanche, je ne sais pas trop…

– Alors dis-le-lui !

– Peut-être… j'en sais rien… tu m'acceptes comme beau-frère ?

– Naaaan ! Tu vas lui demander de t'épouser ?

Je grimace, ému.

– Pas tout de suite ! Je t'ai dit que je ne voulais pas la brusquer, mais… je peux lui demander d'y réfléchir. Très fortement…

Le sourire de Max me réchauffe le cœur.

– Elle dira oui, Léo, j'en suis sûr, elle t'aime…

Je l'espère, et j'espère qu'elle dira oui.

Ça m'a pris hier après avoir mis fin à notre conversation. J'ai eu envie de la voir. Tellement envie que j'aurais voulu être capable de me téléporter pour pouvoir la prendre dans mes bras. Elle me manque tellement, j'ai le sentiment d'avoir été amputé d'une partie de mon corps.

Il faut que je la voie, je ne veux pas être séparé d'elle une minute de plus. Il faut que je le lui dise, que je lui avoue mes sentiments, que je lui prouve que je tiens à elle en lui demandant de m'épouser.

Je la veux dans ma vie, je la veux pour toujours…

Je n'ai jamais rien voulu d'aussi fort !

28

Camille

Lundi matin. J'entre dans la pièce de réunion, mes dossiers préparés par Faustine, à qui j'ai envoyé un message hier soir, sous le bras, et j'ai la surprise de découvrir Éric, que je n'ai pas réussi à joindre hier, assis devant l'immense table où se déroulent les débriefings, sa jambe plâtrée sur une chaise, des cannes anglaises appuyées contre le dossier.

– Éric ? Je suis surprise de te voir ! Tout va bien ?

Son sourire me prend au dépourvu.

– Oui, et toi ? Moi aussi, je suis surpris de te voir.

Je remarque alors que tous les visages sont tournés vers moi.

Je fixe Baptiste, qui baisse les yeux.

Je vois…

– Comment va ton père ? Ta famille ?

– Bien… je…

– Tu n'aurais pas dû revenir…

– Tu ne veux pas de moi ici, c'est ce que je dois comprendre ?

– Pardon ? Pourquoi dis-tu ça ? Tu es la bienvenue, voyons… c'est juste que je pensais que tu resterais plus longtemps avec les tiens s'ils ont encore besoin de toi.

Il a l'air vraiment surpris.

Me joue-t-il la comédie, lui aussi ?

– Tout le monde va bien… il n'y a aucun problème, *vous* avez besoin de moi, alors je suis revenue.

Baptiste, toujours la tête baissée, fait semblant de consulter des dossiers. Il tourne les pages, mais je connais cette expression : il s'est bien foutu de ma gueule !

– Vous n'avez pas besoin de moi ?

Éric m'adresse un sourire chaleureux qui me remonte instantanément le moral, ajoute :

– Si, bien sûr, nous avons toujours besoin de toi, tu es associée à part entière, tu fais comme tu veux et tu n'as de comptes à rendre à personne. Mais nous pouvions nous débrouiller sans toi, ce n'était pas la peine de revenir, du moins pas pour moi. Comme tu peux le constater, je peux reprendre mes fonctions, c'est ma jambe qui est en bouillie, pas mon cerveau…

– Je vois… Tu veux dire que tu n'as pas demandé à Baptiste de me faire rentrer ?

– Non, bien sûr que non… m'assure Éric, de plus en plus surpris.

– Mais tu dois être contente d'être revenue, renchérit Nicole, la secrétaire de ce traître de Baptiste. Il paraît que tu t'ennuies ferme dans ton village natal…

Elle coule un regard vers son chef, qui fronce des sourcils à son intention.

Un silence un peu gêné flotte dans la pièce.

OK…

Il ne sert à rien de s'appesantir sur le sujet, mais ce connard de Baptiste va m'entendre. Je vais régler mes comptes, et ça va faire mal !

Je pose mes dossiers sur la table, lâche :

– Bon, eh bien maintenant que je suis là, qu'est-ce que j'ai manqué ?

Nous passons les deux heures suivantes à parler du collectif de femmes que je vais représenter, puis de nouveaux dossiers. Le tout avec l'efficacité qui nous caractérise, Éric et moi, tandis que Baptiste semble complètement largué, ses remarques hors sujet, ce qui lui vaut souvent des réflexions acerbes d'Éric, des regards surpris de sa secrétaire ainsi que de nos collaborateurs, et plus je l'observe, plus il me dégoûte.

À tel point qu'à la pause déjeuner, alors que je pensais vouloir en découdre avec lui et régler mes comptes, je n'ai aucune envie de voir sa tronche et prends la tangente avant même qu'il ait levé le cul de son fauteuil.

– Camille, attends !

Je sors du bâtiment, accélère le pas.

– Attends, merde…

Putain…

Finalement, autant battre le fer pendant qu'il est chaud !

Je me retourne pour lui faire face.

– Fous-moi la paix, Baptiste, nous n'avons plus rien à nous dire ! En tout cas, en ce qui me concerne, j'ai tiré un trait sur toi !

– Mais… je t'aime…

Quoi ?!

C'est la meilleure, celle-ci !

– N'importe quoi ! Tu n'aimes que toi ! Quand on aime quelqu'un, on ne lui ment pas, on ne le manipule pas !

– Je suis désolé, je voulais que tu rentres. J'ai besoin de toi !

Il s'approche, et je n'ai pas le temps de reculer ni de lui échapper qu'il emprisonne mes épaules et plaque ses lèvres sur les miennes, me prenant totalement par surprise.

Je le repousse brusquement, me faisant violence pour ne pas le frapper lorsqu'une voix s'élève dans mon dos :

– Camille ?

Je me retourne, étonnée, et me prends l'équivalent d'un trente-huit tonnes dans la tronche.

– Léo ? Mais… qu'est-ce que tu fais là ?

– Je suis venu te voir, mais je tombe mal, apparemment !

Sa voix cassante, tranchante, sèche, me lacère le cœur et me surprend tellement que j'en perds mes mots. Les apparences sont contre moi ! Venant de derrière, il m'a vue dans les bras de Baptiste, mais certainement pas ce qu'il s'est passé avant, d'où sa colère.

– Je vais tout t'expliquer, ce n'est pas ce que tu crois !

– Je sais ce que j'ai vu, Camille, réagit-il, caustique. Je te laisse donc avec…

Il me désigne Baptiste du menton.

– … ton ami !

Et il me tourne le dos !

Naaaaan !

Je le rattrape, referme ma main sur son bras, complètement paniquée.

– Ne pars pas comme ça, je t'en prie, ce n'est pas ce que tu crois, réitéré-je, me rendant compte qu'avec les derniers événements, la naissance de Logan, l'appel de Baptiste, mon départ précipité, je ne lui ai pas parlé de la relation que j'entretenais avec mon collègue.

Il va se méprendre, penser que j'étais avec Baptiste et que je me suis moquée de lui.

Ses pupilles flambent mais le calme dont il fait preuve me déstabilise.

J'aurais préféré mille fois qu'il se mette véritablement en colère, au moins cela prouverait qu'il tient à moi.

– Je t'en prie, laisse-moi t'expliquer…

– Il n'y a rien à expliquer, Camille. Je me fous de ce type, je te l'ai dit ! Il n'a aucune espèce d'importance pour moi, et peu importe ce qui s'est passé entre vous, je m'en tape ! J'étais venu te dire que je ne veux plus être ton sex friend. Je ne peux pas, je ne l'ai jamais voulu du reste, parce que je t'aime trop pour me contenter de ce rôle…

– Tu m'aimes ? répété-je, hébétée.

Ses iris me transpercent.

– Oui, je t'aime ! Il n'y a que toi, Camille, il n'y a toujours eu que toi, alors si tu veux de moi, *si tu veux être avec moi*, insiste-t-il, tu vas devoir faire des choix ! Je te laisse y réfléchir et revenir vers moi si c'est moi que tu choisis.

Quoi ?

Il fait volte-face, me laissant seule sur le trottoir. Seule, désemparée, et… incapable de faire le moindre geste pour le retenir. Je suis comme… assommée. Je me serais pris une massue en pleine tête que je n'aurais pas été plus chamboulée. J'entrevois ce qu'il demande, ces choix qu'il réclame, et là, tout de suite, je ne peux pas, j'ai besoin de réfléchir, besoin de faire le point, d'être sûre de moi… ça va trop vite, c'est trop soudain…

J'ai du mal à respirer.

Je déteste que l'on me force la main, mais il s'agit de Léo, je ne veux pas le perdre… Je peux au moins lui expliquer, lui demander de rester, de patienter.

Je m'élance à sa suite, l'appelle, mais avec les bruits de circulation, il ne m'entend pas. J'accélère le pas, crie son nom qui se perd dans les klaxons incessants et quand j'atteins le coin de la rue, c'est pour voir le taxi dans lequel il s'est engouffré démarrer juste devant moi.

Fait chier…

– C'est qui ce mec ?

Je me retourne d'un bloc, reporte sur Baptiste ma colère.

– Ta gueule, Baptiste ! Qu'est-ce qui t'a pris, bon sang ? De quel droit tu te jettes sur moi de cette manière ?

Il s'avance, cherche encore à me prendre aux épaules, m'obligeant à reculer pour lui échapper.

– Je t'aime… je t'aime comme un fou… Tu vois pas comme je t'aime…

– Mais moi je ne t'aime pas, putain ! m'énervé-je. Enfonce-le-toi dans le crâne une bonne fois pour toutes, et fous-moi la paix, d'accord ?!

Il m'énerve.

Je ne veux plus voir sa tronche. Je passe devant lui, l'ignore et regagne mon bureau. J'envoie Faustine me chercher à manger et lui ordonne de ne laisser entrer personne, sauf Éric. Même si ce traître de Baptiste l'implore, mon bureau lui est interdit.

J'ai besoin de réfléchir.

Je me place devant la baie, mon regard perdu sur les toits de Paris.

Je crève d'envie d'appeler Léo, mais pour lui dire quoi ? Je ne sais toujours pas ce que je veux… Si je fais le choix d'être avec lui, que deviendra ma vie ? Est-ce que je suis prête à renoncer à tout ce que j'ai construit pour le suivre ? Est-ce qu'il me demandera de quitter la France pour le Japon ? Fait-il partie de ces mecs qui pensent qu'une femme doit suivre son homme, et non l'inverse ? Si je lui demandais de vivre avec moi, ici, à Paris, accepterait-il ? Il m'a encore jeté ses sentiments au visage comme une bombe, sans tenir compte de moi, et je crois que je n'étais pas prête pour ces révélations.

Les questions se bousculent dans mon esprit, jusqu'à me donner le tournis.

Je me retourne en entendant frapper contre la porte.

Je donne la permission d'entrer, prête à envoyer Baptiste se faire voir s'il ose braver mon interdit, sauf que ce n'est pas Baptiste qui pénètre dans la pièce, mais Faustine, avec mon repas du traiteur du coin qu'elle dépose sur mon bureau.

– Si vous avez besoin de quoi que ce soit d'autre, madame Dumas, faites-le-moi savoir.

– Merci, Faustine…

Je m'assois au bureau, et tout en mangeant, je me concentre sur le dossier du collectif de femmes ; elles ont besoin de moi, elles comptent sur moi. Le travail m'a toujours aidée à y voir plus clair… j'espère qu'il en sera de même aujourd'hui. Ensuite, ce soir ou peut-être demain, j'aurai réussi à prendre une décision quant à mon avenir avec Léo…

29

Camille

J'observe d'un regard morne ma tasse de café noir posée à côté de mon ordinateur, sur mon bureau. Je fais pivoter mon fauteuil, l'esprit ailleurs.

Trois jours que je rumine et que je n'arrive pas à me décider.

J'ai essayé de joindre Léo pour discuter avec lui, mais il ne répond pas ; je vois clair dans son jeu, il m'a dit qu'il ne me forcerait à rien, alors il me laisse mariner et prendre ma décision seule, ce qui est louable de sa part… si seulement ce n'était pas tant le bordel dans ma tête !

En outre, je ne peux pas prendre une décision, peu importe laquelle, sans savoir ce qu'il projette, comment il conçoit notre vie ! Cela voudrait dire me jeter dans l'inconnu ! Tout sacrifier ! Comme une preuve ultime d'amour !

C'est ça qu'il attend de moi ?

Putain, j'en sais rien…

Je ne cesse de voir défiler en boucle tous les moments passés avec lui, ceux du passé, puis ceux, plus récents, dans ses bras. Il m'a rendue heureuse, plus heureuse que je ne l'ai jamais été, et soudain, il me manque tellement que j'ai le sentiment d'être écorchée, de saigner de toute part, ou d'être brûlée vive. Ça peut paraître excessif, mais ceux qui ont vécu un chagrin d'amour, la perte de l'être aimé, savent. Ils connaissent cette sensation de ne plus pouvoir respirer sans souffrir, de trembler, de ne pas réussir à penser à autre chose qu'à la personne aimée. Je n'ai pas perdu Léo, il ne m'a pas quittée, mais je souffre du manque de lui, et je souffrirai toute ma vie si je ne suis pas à ses côtés.

Il fallait qu'il me pousse dans mes retranchements, que mon cœur hurle que j'ai besoin de lui jour et nuit. Il fallait qu'il s'éloigne, qu'il me laisse faire mes propres choix, que la peur de le perdre me fasse quasiment perdre les pédales, et il fallait que j'aie mal pour comprendre que je l'aime, que je suis amoureuse de lui, pour que je l'accepte et cesse d'avoir peur. Car oui, je l'aime… je l'aime comme une folle… je l'aime plus que tout !

J'en suis là de mes pensées à planifier mon retour en Bourgogne ce week-end et à fantasmer sur nos retrouvailles lorsque mon téléphone, sur le bureau, se met à vibrer.

J'accepte l'appel.

– Qu'est-ce que tu lui as fait ? s'égosille Maxence.

Mon cœur manque un battement.

– Comment ça, ce que je lui ai fait ?

– Il part !

– Comment ça, il part ?

– Oui, Camille, Léo s'en va ! Il retourne au Japon ! Il n'a rien voulu me dire mais je suis sûr que tu y es pour quelque chose ! Qu'est-ce qui s'est passé ?

Je me pince l'arête du nez, m'efforce au calme.

– Il m'a dit qu'il m'aimait !

– Quoi ? s'égosille-t-il encore.

Je garde sous silence le fait que Léo a vu mon collègue m'embrasser en pleine rue.

– Depuis quand c'est un problème qu'il t'aime, toi aussi tu l'aimes, non ?

Je soupire :

– Oui, Max, je l'aime… j'ai mis un peu de temps à m'en rendre compte et à l'accepter. Visiblement, il n'a pas voulu attendre.

– Vous auriez pu en discuter de vive voix ! m'accuse-t-il.

– J'ai essayé de le joindre, il n'a pas répondu à mes appels.

– Pourquoi ?

– J'en sais rien, Max, je ne suis pas dans sa tête, m'énervé-je. Peut-être qu'il continue de s'amuser à mes dépens ?

– N'importe quoi ! Je suis sûr que non !

Mon cerveau carbure à toute vitesse.

Je dois le voir avant qu'il parte.

– Son avion décolle à quelle heure ?

– Je ne sais pas !

Merde…

– Il part de Saint-Ex ?

– Oui !

Alors j'y vais…

J'abrège ma conversation, recherche les horaires des vols pour Tokyo. Ça va être chaud, mais si je pars maintenant, c'est jouable.

J'appelle Léo, mais il ne répond pas !

Putain…

Je lui laisse un message pour le supplier de m'attendre, je suis sûre que dès qu'il l'aura, il attendra…

Je planifie mon départ avec Faustine, saisis mon sac, mon ordi portable, me rue dans le bureau d'Éric pour lui faire part de ma décision de m'absenter. Encore. Il comprend parfaitement la situation et se moque gentiment lorsqu'il devine qu'il y a un mec là-dessous ! D'ailleurs, je suis censée être encore en vacances, Baptiste me remplacera ! Il me doit bien ça ! Ce dont convient également Éric, encore et toujours de mon côté. Il se charge de lui transmettre le message. Je l'assure de mon retour avant le procès du collectif ; nous avons encore le temps…

Sans attendre une minute, je quitte les bureaux au pas de course, m'installe au volant de ma Porsche, prête à remonter le temps…

30

Camille

Vous voyez ces comédies romantiques où, dans un aéroport ou sur le quai d'une gare, le héros (ou l'héroïne) court, à la recherche de son amour, le cœur battant, l'espoir chevillé au corps d'arriver à temps. Avant que l'avion décolle, ou que le train parte. Il (ou elle) court, et court encore… mais trop tard… le train part ou l'avion décolle. Et alors, désespéré(e), il ou elle regarde son amour partir loin.

Mais quand il (ou elle !) se retourne, son amour est là !

Il n'est pas parti, il a attendu.

Ils se regardent intensément avec tout l'amour qu'ils se vouent et courent dans les bras l'un de l'autre pour s'embrasser à perdre haleine et se promettre de ne plus jamais se quitter.

Mais ça… c'est dans les films !

Et dans les années quatre-vingt-dix !

Moi, j'ai envoyé des messages, j'ai fait des vocaux, j'ai utilisé toute la technologie du vingt et unième siècle à ma disposition pour que Léo m'attende et pour que nous ayons une discussion, parce que je ne peux pas prendre la décision d'être avec lui s'il ne dit rien de ce qu'il prévoit pour nous, il peut au moins comprendre ça ! Je ne lui dis pas que je l'aime, je veux lui dire en face, mais… il fait le mort une fois de plus, et même si j'ai couru comme une dératée, je suis arrivée effectivement trop tard, son avion avait déjà décollé.

Je regarde partout autour de moi, le cœur vibrant d'espoir, mais je ne l'aperçois nulle part. Il est bel et bien parti.

Je m'effondre sur un siège, laisse tomber ma tête dans mes mains… pour me redresser comme un ressort quelques secondes après.

Il veut des preuves de mon amour, il veut que je lui coure après, alors soit, il va être servi !

Je me rue au guichet le plus proche, demande l'horaire du prochain vol pour Tokyo : dix-neuf heures, arrivée dix-huit heures trente demain. Plus de vingt heures de vol, avec une escale à Londres.

Parfait !

J'ai largement le temps de m'acheter une valise, quelques fringues, un nécessaire de toilette et du maquillage, et c'est remontée à bloc et prête à tout que je prends place à bord du Boeing 777 d'Air France.

Pendant tout le vol, entre veille et sommeil, je rêve de nos retrouvailles. Je les fantasme, je les imagine, tour à tour catastrophiques : il ne me pardonne pas d'avoir mis autant de temps à réaliser que je l'aime vraiment et que j'ai besoin de lui, en même temps, il n'a répondu à aucun de mes appels ; ou idéales : il m'ouvre les bras dès qu'il me voit !

Et c'est harassée, fébrile et impatiente que je descends de l'avion sur le tarmac de l'aéroport international de Narita. Une vraie boule de nerfs shootée à l'adrénaline ! Bon, un peu cabossée, la boule, et pas seulement parce que je viens de me prendre un jour de plus dans les gencives avec le décalage horaire, mais bel et bien parce que je ne sais pas ce que les heures qui viennent me réservent.

J'ai besoin de réponses :

Pourquoi est-il parti aussi précipitamment ? Qu'attend-il de moi exactement ? Qu'est-ce qu'il cherche ? Veut-il encore me torturer comme il le faisait dans le passé ? Je pensais pourtant que nous avions dépassé ce stade…

J'achète un téléphone portable dans l'un des nombreux distributeurs du hall de l'aéroport.

Je me suis renseignée dans l'avion et j'ai découvert, à ma grande surprise, que nos opérateurs ne fonctionnent pas au Japon. Il faut se procurer une puce ou un téléphone prépayé, et des clés wifi, mais apparemment, le wifi libre ne fonctionne pas bien. J'attendrai d'être à l'hôtel pour me connecter !

J'appelle Léo sur son numéro français, mais ne suis pas surprise lorsqu'une voix m'annonce en japonais, puis en anglais que le numéro n'est pas attribué. Tout en traversant le hall d'accueil, j'envoie ensuite un message à Max pour qu'il me donne le moyen de joindre Léo, mais je n'obtiens aucune réponse. Je ne sais même pas si ce satané téléphone prépayé fonctionne correctement, pourtant, je suis sûre d'avoir composé le bon indicatif pour la France…

J'accélère le pas, légèrement agacée.

Agacée et anxieuse…

Des taxis attendent les touristes devant le terminal, heureusement très éclairé, et j'opte, après renseignements pris auprès de quelques personnes, pour le Narita Express, un train au design ultra-futuriste avec son nez aplati. Une petite merveille de technologie ultra-propre, spacieuse et lumineuse ; les taxis, pris dans la circulation dantesque, mettent un temps infini pour rejoindre la capitale, et ce n'est qu'à la gare de Tokyo, une cinquantaine de minutes plus tard, que j'emprunte l'un d'eux pour la rue Omotesando où se situe le restaurant de Léo : Le Burgonde.

Heureusement que Tokyo est l'une des villes les plus sûres du monde, car débarquer ici seule et à la nuit tombée relève de l'inconscience, mais j'avoue que je n'ai pas réfléchi, je suis partie sur un coup de tête !

Je n'ai pas peur.

C'est perdre Léo qui me terrifie.

Mon frère ne m'a toujours pas répondu et j'enrage… J'aurais voulu prévenir Léo de mon arrivée et lui donner rendez-vous, au lieu de ça, je me retrouve devant son restaurant, qui, d'extérieur, m'apparaît plutôt sympathique ! Vitré, avec une grande terrasse aménagée pour l'instant hors d'usage avec ce froid intense.

Je pousse la porte et suis aussitôt happée par la sérénité du lieu.

Là aussi, c'est spacieux, lumineux, épuré : le bois noir du mobilier se marie parfaitement avec les assises et les nappes claires ; le tout est rehaussé de nombreux luminaires en forme de goutte d'eau.

J'imagine Léo dans cet écrin, avec sa beauté sauvage et altière, et je frémis. Je frémis d'autant plus que je m'attends à tout moment à le voir apparaître. Je suis préparée (j'ai eu un paquet d'heures pour le faire !) mais je ne peux empêcher mon corps de fourmiller de partout et mes doigts, autour de la poignée de la valise, sont si serrés que je me demande si je vais pouvoir la lâcher ou être obligée de dormir avec.

L'attente m'use les nerfs… mais partout où mes yeux se posent, aucune trace de Léo… Comment je vais faire si je n'arrive pas à le voir dès ce soir, et pour le trouver dans cette immensité ? J'ignore son adresse personnelle.

Et Max qui ne répond toujours pas…

J'en suis là de mes interrogations, lorsqu'un homme, très élégant dans une tenue noire identique à celle que portait Léo au domaine, se dirige vers moi, le sourire engageant.

Il s'incline en signe d'accueil, et me demande en anglais si je désire dîner.

– Avec plaisir, je réponds en anglais également, mais auparavant, j'aimerais voir M. Duquesne, s'il vous plaît, je suis sa… une amie française. Pouvez-vous lui dire que Camille le demande ?

Son sourire plaqué sur ses lèvres fines s'accentue.

– Je suis désolé, il n'est pas là…

Déception… grosse déception… teintée d'un peu de désillusion…

– Et… plus tard dans la soirée ? Ou demain ?

– Je l'ignore, madame.

Alors, toi, tu ne me facilites pas la tâche !

– Pourriez-vous avoir la gentillesse de lui faire part de ma présence ?

Il s'incline, toujours souriant, et j'ai comme une envie soudaine de lui arracher ce sourire un peu trop lisse et un peu trop « violent » pour mon humeur.

– Je vais me renseigner. Voulez-vous vous installer en attendant ?

Tout ce qu'il voudra du moment qu'il me ramène Léo. J'acquiesce et il me désigne les tables désertes.

– Vous n'avez que l'embarras du choix.

Je m'installe.

Il me tend un menu, s'éclipse, et revient quelques minutes après pour me dire qu'il n'a pas réussi à joindre Léo.

Profondément déçue, je lui rends pourtant son sourire : pourquoi mettrais-je en doute sa parole ? Pourquoi me mentirait-il ? Si Léo était au courant de ma présence, il accourrait, non ? C'est quand même une belle preuve d'amour de l'avoir suivi jusqu'ici !

– Vous pourriez peut-être me donner son adresse…

Je rêve, sans doute, parce que tout souriant qu'il soit, il paraît aussi hermétique qu'une porte de toilettes.

– Vous m'en voyez désolé, madame, mais je respecte l'intimité de mon associé. Je pense que vous comprenez…

Très bien, oui !

Et c'est tout à son honneur ! Après tout, il n'est pas censé me faire confiance ni me croire sur parole, je fais de même lorsque l'on me réclame le numéro privé d'Éric ou son adresse personnelle.

– Quel est l'hôtel le plus proche ? demandé-je encore.

– Le Wing !

Je lui fais de petits yeux implorants :

– Pouvez-vous au moins lui dire, quand vous le verrez, que je suis descendue au Wing ? Je repartirai le 3 janvier. S'il vous plaît, je ne vous demande pas davantage, juste de lui dire ça. S'il vous plaît, monsieur, je suis venue lui parler, c'est important. Très important.

Ma voix s'éraille.

Je ne peux pas partir sans voir Léo, je n'ai pas fait tout ce chemin pour rien, je ne le tolérerai pas. Je ne sais pas encore comment je vais m'y prendre, mais je réussirai à convaincre cet homme de délivrer mon message. Peut-être pourrais-je tenter de faire vibrer une petite corde sensible qu'il possède certainement, comme chacun d'entre nous. Il suffit juste de trouver les mots, et ça, ça me connaît.

L'associé de Léo me demande de faire mon choix pour le dîner, tandis que le restaurant se remplit et que des serveurs habillés de blanc sortent du fond pour accueillir les convives et prendre les commandes. S'ensuit alors un important va-et-vient témoignant de la célébrité du lieu.

Je commande une pièce de bœuf de Kobe (véritable caviar de la viande, réservé dans le passé à l'empereur et ses seigneurs), du nom de la ville japonaise d'où elle est originaire, que je connais de réputation et qui paraît-il est extrêmement goûteuse et d'une tendreté incomparable, parce que très persillée. En outre, j'ai halluciné lorsque j'ai appris les conditions d'élevage : les veaux sont nourris pendant les sept premiers mois exclusivement de l'herbe grasse du port de Kobe et de lait, ensuite de riz, d'herbe toujours et de bière pour leur ouvrir l'appétit. On leur fait écouter de la musique douce et tous les jours, ils ont droit à leur massage au saké.

D'où son prix exorbitant !

Donc… je commande mon bœuf de Kobe, suivi d'un *sakura*, le fameux dessert créé par Léo, et j'attends, en regardant avec attention autour de moi pour ne pas me laisser aller à la mélancolie de ne pas avoir pu voir Léo dès ce soir.

J'espère que son associé lui parlera de moi…

J'observe le cuisinier, derrière le comptoir, cuire ma viande sur une plancha, façon *teppanyaki*.

Je ne peux m'empêcher de saliver lorsque le steak m'est servi sur une ardoise, accompagné de quelques légumes grillés (carotte, oignon rouge et asperge, découpés en fines lamelles), d'un peu de riz et d'une portion de salade de ce que j'apprends être (dixit le serveur) du wakamé, une algue d'un vert intense marinée dans du vinaigre de riz, de l'huile d'olive, du jus de citron et de la ciboule.

La viande est effectivement tendre à souhait, elle se coupe comme du beurre, et en bouche, la saveur est également légèrement beurrée, iodée, très agréable bien que relativement forte en goût, d'où le fait qu'on ne puisse en manger de grande quantité. Enfin, là, ça me suffit grandement.

Et c'est excellent !

Une tuerie, même, je ne regrette pas mon choix !

Je mange lentement pour profiter de cette magie de la nature. Et évidemment, je ne peux empêcher mon cœur, à chaque fois que la porte sur la rue s'ouvre ou qu'un homme (un serveur) arrive du fond du restaurant, de s'emballer à la perspective de voir Léo. Je ne peux m'empêcher d'espérer qu'il débarque sans prévenir, sans que son associé soit au courant.

Que peut-il bien faire ?

À quoi occupe-t-il ses soirées ?

Est-ce que Max lui a dit que je partais le retrouver ?

J'ai le sentiment de toucher le fond lorsque mon cœur se serre dès la première cuillerée de son dessert, lorsque tout remonte à la surface – tout ce que nous avons vécu dernièrement, mais aussi dans le passé. À quel point je tiens à lui, à quel point il est devenu mon équilibre et quelqu'un d'important dans ma vie. Si important que j'ai le sentiment d'avoir été en sursis avant lui, de ne pas avoir vécu pleinement. Je ne me sens vivante et véritablement moi-même que depuis que je suis avec lui ; chaque minute, chaque seconde avait plus de saveur, plus d'intensité, plus de force.

Je ne peux plus vivre sans lui, c'est impossible.

Si seulement je m'étais rendu compte de mes sentiments avant, si seulement je ne lui avais pas proposé de n'être que des sex friends ! En même temps, c'était vraiment ce que je voulais pour ne pas risquer de m'attacher à lui, et j'ai ignoré les sentiments qu'il nourrissait pour moi.

Il aurait dû me les avouer plus tôt, bon sang !

Ça nous aurait peut-être évité toute cette merde, mais je n'étais pas prête à faire des sacrifices alors que maintenant je le suis. Il fallait que j'en passe par là, que je comprenne, que je fasse mes choix…

Mais bon, le passé est le passé, s'appesantir dessus ne sert à rien hormis me saper le moral qui n'est déjà pas au beau fixe.

– Ça ne va pas, madame ? Ce n'est pas bon ?

Eh merde…

Je lève les yeux de mon assiette.

Il pense vraiment que je suis triste parce que le dessert ne me convient pas ?

Comme convenu, je décide de me confier à lui pour espérer son empathie. Cet homme m'est étranger, mais il est la seule personne capable de faire le lien entre Léo et moi. En tout cas, jusqu'à ce que mon frère me réponde ! Et j'ai pu remarquer qu'il est souvent plus facile de se confier à des étrangers qu'aux proches : moins d'émotions, moins de risques que ces personnes se servent de nos confidences pour nous faire du mal, enfin bref, je décide d'ouvrir mon cœur, une fois n'est pas coutume…

– Si, c'est très bon, mais je n'ai pas pu m'empêcher de penser à Léo et ce dessert, c'est tellement lui. Il est incroyable, à la fois doux et acide, généreux mais qui ne se livre pas immédiatement ; la saveur vient ensuite, comme un cadeau, un don du ciel. Je comprends qu'il l'ait rendu célèbre…

– Vous le connaissez bien, alors ?

Je crois déceler une petite note d'intérêt dans sa voix.

– Léo est un ami d'enfance, et c'est toujours le meilleur ami de mon frère aîné ; il a dû vous parler de lui, Maxence Dumas, nous sommes restaurateurs nous aussi, en Bourgogne, et je… je l'aime… je l'ai aimé toute ma vie.

Voilà… il va certainement me prendre pour une folle mais je m'en fous !

Il faut que ça sorte, que je le dise à quelqu'un, et que ce soit à ce type aussi fermé qu'une palourde m'importe peu en fin de compte, voire m'arrange. Il le gardera pour lui ou en parlera à Léo, je l'ignore, et cela aussi importe peu…

– Je suis sûr qu'il viendra à vous, entends-je.

L'espoir renaît.

– C'est vrai ? Vous allez lui dire que je l'attends à l'hôtel, n'est-ce pas, c'est bien ce que je dois comprendre ? Je suis désolée, je ne devrais pas vous embêter avec mes histoires, vous avez beaucoup de travail, mais je suis malheureuse sans lui, et je crois que je serai malheureuse pour le restant de mes jours s'il… s'il ne veut plus de moi, vous comprenez ?

– Je comprends. Je lui dirai de passer vous voir.

– Oh, merci, monsieur, m'exclamé-je.

Son sourire me réchauffe le cœur.

– Quoi qu'il en soit, c'était excellent ! Tout était parfait. Vous pourriez m'apporter l'addition ?

– C'est offert par la maison !

Alors là, je suis sur le cul !

– Vous voulez un petit verre de saké ?

– Volontiers ! réponds-je, reconnaissante.

– Parlez-moi de votre région, demande-t-il à ma grande surprise, après s'être installé face à moi et nous avoir servi un petit verre d'alcool.

Alors je lui raconte la Bourgogne et l'endroit d'où je viens.

Je lui raconte les vignes, les traditions, qui font de ce terroir un terroir d'exception. Une terre authentique. Qui a malgré tout su se moderniser. C'est ce que nous avons fait, nous, aux Perrières, en diversifiant notre activité. Et plus je lui parle de ma terre, plus je découvre que je l'aime profondément, qu'elle est inscrite dans mon ADN et qu'elle est indissociable de Léo, mon amour d'adolescente, mon premier amour et mon amour de toujours. Cet amour que je chérissais, même s'il me faisait souffrir, et que je chérirai jusqu'à la fin de ma vie. Un amour essentiel à mon existence.

Léo est mon essentiel…

Ce n'est qu'une bonne heure plus tard que je quitte le Burgonde pour prendre, à pied, la direction de l'hôtel que m'a conseillé l'associé de Léo et situé à dix minutes de marche sur la même rue. Là aussi, j'hallucine. Il y a des LED absolument partout ! De toutes les couleurs : des arches, des LED roses dans les arbres faisant penser à ces fameux cerisiers, ces *sakura*, des sapins de Noël ornés de bleu et d'argent… des milliards de lumières, une orgie lumineuse comme je n'en ai jamais vu.

Les Champs-Élysées, à côté, c'est du pipi de chat !

C'est incroyable, absolument féerique !

Et je suis heureuse de faire la connaissance de Tokyo à cette période, ça vaut le détour.

La façade du Wing International Premium Tokyo Yotsuya, immense, que je contemple de bas en haut, est tout aussi remarquable avec son entrée vitrée et son allée pavée bordée de petits arbustes en pots. Le hall dans lequel je pénètre et que je traverse jusqu'à l'accueil, avec ses grands canapés design dans les tons clairs et la verdure un peu partout, également.

Je demande les disponibilités et l'hôtesse, vêtue d'un tailleur noir très ajusté sur sa silhouette longiligne, me propose une suite de luxe au prix incroyable de trois cents euros la nuit, petit déjeuner compris.

Je m'empresse d'accepter et lui demande si je peux passer des appels vers des portables depuis la chambre, ce qu'elle me confirme. Ça me coûtera sans doute un bras, mais de ça aussi je me fous ; j'ai plus d'argent que je ne peux en dépenser.

Je suis encore bluffée quand j'ouvre la porte de la chambre, au sixième étage, et malgré ma tristesse et ma déception de ne pas avoir vu Léo, je me laisse happer par la beauté du lieu.

Tout est fait pour que l'on s'y sente bien.

La pièce est vaste, avec tout le nécessaire : bureau, télé, penderie, salle de bains et un futon épais en guise de lit, recouvert d'une couette blanche, avec au pied un plaid rouge en soie d'une douceur incroyable, bordé de brun et assorti au deuxième coussin. À la tête de lit, une cloison ornée de lumières rouges et blanches sépare ce dernier de la salle de bains, elle-même spacieuse et d'une propreté extrême. De nombreux produits sont à disposition, aussi bien dans la salle de bains que dans la chambre où m'attendent un assortiment de thés et de cafés ainsi qu'une bouilloire.

Je la remplis d'eau minérale, la mets en fonctionnement tout en rangeant mes affaires, puis je prends une rapide douche, m'enveloppe dans une sortie-de-bain douillette, me prépare un thé et vais m'installer au bureau sur lequel j'ai posé mon ordinateur portable. Je vais aussitôt sur ma boîte mail pour constater que Max m'a répondu, il y a une heure.

Je clique sur le mail.

Mon cœur s'emballe, espère… Max est heureux que mon vol se soit bien passé, il me souhaite beaucoup de chance avec Léo ; j'en aurai grand besoin, selon lui, et bizarrement, il ne veut pas s'en mêler. J'aurais attendu et espéré plus de compréhension et d'aide de sa part, mais bon, il me laisse me débrouiller, ou alors il a des consignes du principal intéressé, ce que je ne peux exclure.

Néanmoins, il me transmet le mail de Léo.

J'en pleurerais…

C'est le seul moyen que j'ai, dorénavant, de communiquer avec lui puisque je ne peux pas l'appeler.

Je prends une grande inspiration, tape :

Léo,

Tu m'as dit que tu m'aimais… j'ai tellement attendu ces mots venant de toi que sur le moment, je n'ai pas été fichue de te répondre, et je te répondrai, je te le promets, après t'avoir tout avoué. Tout d'abord, et même si tu te moques des hommes qui ont traversé ma vie, je te dois la vérité sur ce qui s'est passé à Paris. J'ignore ce que tu as vu, mais c'est Baptiste qui m'a embrassée, il s'est littéralement jeté sur mes lèvres et je l'ai aussitôt repoussé. Ce type n'est rien pour moi!

Je décide de tout lui dire.

Il en fera ce qu'il voudra, mais au moins j'aurai vidé mon sac et mon cœur s'en trouvera sans doute allégé:

C'est vrai, j'ai couché avec lui au bureau, jamais en dehors!

Je suspends mon geste.

Je ne sais pas si finalement j'ai envie de tout lui avouer: que si je n'entretenais pas de véritable relation avec Baptiste, je baisais quand même avec lui au bureau, juste pour le fun, pour le piquant et l'interdit; j'ai toujours peur de l'image qu'il aura de moi après ça. Aucun homme n'aime que sa petite amie soit capable de se faire sauter au boulot par son collègue…

Je continue pourtant:

Mais je ne l'aime pas! Je ne l'ai jamais aimé, c'était clair entre nous depuis le début, j'ai toujours été honnête avec lui! C'est toi que j'aime, Léo. Toi et toi seul. Depuis toujours. Je t'aime depuis que tu es entré dans notre vie. Je t'ai aimé plus que tout, pendant des années, alors même que tu me faisais chier et m'en faisais voir de toutes les couleurs. J'ai voulu me protéger en te proposant cette histoire de sex friends et en te paraissant détachée car même si tu étais avec moi, même si tu me disais que tu tenais à moi, même si tu me le prouvais chaque jour, j'avais peur… et j'ai toujours peur. Je suis toujours terrifiée à l'idée de te perdre, à l'idée de croire en notre histoire pour ensuite la voir partir en fumée. J'avais besoin, aussi, de me rendre compte à quel point tu me manques et tu avais raison, il fallait pour cela que je le vive. Il fallait que j'aie peur de te perdre. Mais aujourd'hui, je ne peux plus me voiler la face, je t'aime comme une folle et si tu le veux toujours, je te promets de t'aimer comme tu le mérites.

Ton associé (très sympa, d'ailleurs) a dû te dire que je suis descendue au Wing.

Je t'y attendrai (je pense repartir le trois), mais réponds-moi, s'il te plaît, ne me laisse pas dans cet état. Dis-moi au moins s'il y a encore un peu d'espoir pour notre histoire, si tu ne m'en veux pas trop de t'avoir fait attendre ; j'avais décidé de te retrouver à Meursault le week-end, je m'en réjouissais d'avance, je rêvais de nos retrouvailles.

Pourquoi n'as-tu pas répondu à mes appels ni à mes messages ?

Je n'ai pas voulu mêler Max à nos histoires, il m'aurait disputée, c'est d'ailleurs ce qu'il a fait lorsque tu as décidé de partir.

Pourquoi, d'ailleurs ?

Pourquoi as-tu quitté la France ?

J'espère que tout va bien, je m'inquiète, ne me laisse pas repartir sans t'avoir revu…

Je t'aime, Léo, je t'aimerai toujours…

Camille

J'appuie sur Envoi et m'adosse au siège, épuisée.

Voilà, la balle est dans son camp.

Je ne sais pas si j'ai réussi à le convaincre ; les mots ne sont pas assez forts pour exprimer ce que je ressens pour lui, ils ne suffisent pas à décrire la profondeur de mes sentiments et combien je me sens vide et creuse sans lui. J'espère qu'il me croira et j'espère surtout qu'il me laissera une chance de lui prouver combien je l'aime.

C'est avec cet espoir que je me couche, après avoir attendu, en vain, une réponse de sa part. Je ne peux empêcher une vague de désespoir de me submerger, suivie d'une intense crise de larmes.

31

Camille

Ce soir, c'est le réveillon du Nouvel An ici aussi.

J'ai lu qu'après l'avoir fêté au début du printemps en même temps que la Chine, la Corée ou encore le Vietnam, le Japon a adopté en 1873 le calendrier grégorien et depuis, le premier janvier est devenu le jour officiel. L'occasion pour les Japonais de faire un grand ménage et de prendre de bonnes résolutions, un peu comme nous. Ils doivent aussi avoir, en théorie je suppose, liquidé leurs affaires en cours et réglé leurs dettes, et être de bonne humeur.

J'ai trouvé ça marrant !

Même si je n'ai pas particulièrement envie de me réjouir.

Je n'ai toujours aucune nouvelle de Léo et je désespère d'heure en heure. Je n'en peux tellement plus d'être enfermée que je décide de sortir prendre l'air.

Après avoir donné des consignes à l'accueil (si jamais M. Duquesne me demande, qu'il m'attende bien *sagement* au salon, il va comprendre l'allusion !) j'erre sans but dans la rue, me gavant de toutes ces incroyables illuminations de malade.

Je marche, et marche, et marche encore, perdant la notion du temps et presque celle de l'espace.

Je veille tout de même à ne pas me perdre, surtout en empruntant de petites rues perpendiculaires, où il y a foule.

Au bout d'un certain temps, toute cette population finit par me faire tourner la tête et je reprends le chemin de l'hôtel, la mort dans l'âme. Je ne sais pas à quoi je m'attendais, à un miracle peut-être : voir Léo courir vers moi, me sourire, m'ouvrir les bras.

Sans même m'en rendre compte, sans même le vouloir, mes pas dépassent le Wing et me portent jusqu'au Burgonde. Je n'ose pas pousser la porte, alors je reste là, dans l'espoir de l'apercevoir. Pendant de longues minutes, je scrute la salle à la recherche de sa silhouette, je détaille chaque homme arrivant des cuisines, me retenant pour ne pas m'y ruer, me maudissant d'espérer que mon histoire d'amour n'est pas morte.

Mais putain, pourquoi tarde-t-il autant à venir me retrouver ?

Ça fait plus de vingt-quatre heures maintenant qu'il a reçu mon mail, il aurait dû me répondre, c'était la moindre des choses, plutôt que de faire le mort ! Je devrais repartir, ça lui ferait les pieds ! Mais je ne peux m'y résoudre. J'ai dit à son associé que je resterais jusqu'au trois janvier, alors je vais rester jusqu'au trois janvier, même si j'en crève !

Arrivée à la réception, je demande à l'hôtesse si quelqu'un a demandé à me voir pendant mon absence, question à laquelle elle répond par la négative (le contraire m'aurait étonné !). Je commande un plateau de sushis ainsi qu'une petite soupe miso en room service. Je vais prendre mon repas tout en travaillant, au moins j'arrêterai de perdre mon temps et ça m'empêchera de cogiter. Il faut à tout prix que j'occupe mon esprit ou je vais craquer.

Je m'installe au bureau, ouvre mon ordinateur portable et vais checker mes mails, tous du bureau. Toujours pas de nouvelles de Léo ! Au moins, j'aurai fait ce que je devais pour tenter de sauver notre histoire, je n'aurai pas de regrets. Je me suis dévoilée, je lui ai dit des choses que je n'ai jamais dites à personne et justement, je ne regrette rien. Nous ne sommes manifestement pas destinés à être ensemble, et même si c'est fort entre nous, eh bien… ça ne devait pas durer. J'y ai cru. C'était une erreur ! Et je vais maintenant reprendre le cours de mon existence. Avec, je l'espère, sérénité et entrain !

Bon OK, c'est pas gagné, si j'en crois les larmes qui ne cessent d'avoir envie de couler.

Je sursaute lorsque des coups résonnent contre ma porte.

Le room service, très certainement !

– J'arrive ! crié-je.

C'est bon, pas la peine de s'impatienter. Finalement, ils ne sont pas si flegmatiques que ça, les Japonais ! Enfin… pas tous visiblement.

J'ouvre le vantail, et me retrouve nez à nez avec Léo !

Léo… beau à mourir…

– Tu en as mis du temps, j'ai failli attendre !

Quoi ?

J'ouvre la bouche, la referme, incapable de sortir un fichu mot.

– Pour une avocate, je trouve que vous avez d'énormes difficultés pour vous servir de votre langue à bon escient, maître !

– Ta gueule !

Son sourire s'égrène.

– Ça m'avait manqué ! Viens !

Il m'ouvre les bras.

Je me rebiffe :

– Tu m'ignores pendant plus de vingt-quatre heures alors que j'ai fait des milliers de kilomètres pour te voir et alors que je t'ai ouvert mon cœur, et tu voudrais que je te saute dans les bras ? Tu es vraiment un grand malade !

Je suis tellement en colère que j'ai envie de le frapper, et ce n'est pas dit que je ne le fasse pas s'il continue de me regarder avec cet air de sale gosse et cette attitude de connard sûr de lui : jambes écartées, bras croisés. Je mate ses pectoraux… ses biceps… la chemise noire… le blouson de cuir, noir également… le jean moulant ses cuisses nerveuses…

Putain, Camille, regarde ailleurs !

Il sourit, ce con, exprès pour me faire chier ! Il continue de me faire chier, et le pire, c'est que ça marche !

– C'est bon, t'as fini ?

– Non, je n'ai pas fini, je…

Je ne peux en dire davantage lorsque je me retrouve avec ses mains autour de mon visage, et ses lèvres sur les miennes. Son baiser est si… si émotionnellement intense que je fonds comme un chamallow. Je fonds, je soupire et je m'accroche à lui pour ne pas vaciller tellement c'est bon, tellement c'est fort, et tellement ça me fait du bien et me comble de l'avoir de nouveau tout contre moi alors que je pensais l'avoir perdu pour toujours.

Mon cœur renaît, mon souffle revit, mon corps, mon âme également. La parabole de ma vie reprend son cours.

Il met fin à notre baiser, pose son front sur le mien, murmure, la voix éraillée et visiblement aussi ému que moi :

– Désolé ! Fallait vraiment que je te fasse taire !

Je m'agrippe à ses poignets, ferme les yeux.

J'ai encore du mal à réaliser.

– C'est vrai, tu ne me laisses jamais finir mes phrases !

– Contrairement à toi, je préfère les actes aux paroles !

– Je ne t'en veux pas, je comprends, parfois, c'est difficile d'exprimer ce que l'on ressent…

– Je t'ai quand même dit que je t'aimais. À Paris…

– C'est vrai ! Ça a dû te demander beaucoup de courage, ironisé-je.

– Oui, mais je l'ai fait, et je m'en suis mordu les doigts ensuite parce que tu ne me répondais pas.

– Je suis désolée, j'étais déboussolée, je n'étais pas prête, je n'aime pas être bousculée.

– Je sais… répond-il à son tour.

Nous nous dévisageons.

– Sinon, tu voulais quelque chose de spécial ?

Il s'écarte.

– Prends tes affaires, j'ai réglé ta note, je t'enlève !

Oh…

Il lève la main.

– Et ne pose pas de questions !

Je mets mes mains sur mes hanches.

– OK ! Dis tout de suite que je suis chiante ! J'aime bien savoir où je mets les pieds ! Si ça se trouve, tu m'as vendue à des yakusas et je vais me retrouver dans un bordel des bas-fonds de la ville et…

– Camille !

– Quoi ?

– Tais-toi !

– D'accord !

Je lui souris, et son sourire, en retour, fait accélérer mon cœur. Il m'avait tellement manqué.

Je me rapproche, me mets sur la pointe des pieds et lève la tête.

– Embrasse-moi encore, je n'en ai pas eu assez…

– Tout ce que vous voudrez, maître ! susurre-t-il avant de poser délicatement ses lèvres sur les miennes.

Que j'aime ses baisers, ses mains dans mon dos qui me pressent contre lui, son désir qui s'éveille…

C'est encore lui qui met fin à notre étreinte.

– On y va ? Avant que je te baise contre cette porte !

Je lui fais un sourire en coin, lui faisant comprendre que je ne serais pas contre. Absolument pas contre, bien au contraire.

– Après, Camille !

Je fais la moue, pour la forme, parce que je suis ravie qu'il soit là et qu'il me réserve une (ou plusieurs !) surprise.

Évidemment, nous allons devoir parler et éclaircir quelques points, mais là, tout de suite, je n'en ai pas envie.

Non, là, je veux profiter de lui, de nous, et de ce qu'il m'offre.

Il me fait un mouvement de la main, m'incitant à rentrer dans la chambre, qu'il inspecte.

– Pas mal !

– Je trouve aussi !

Je le laisse contempler les lieux pendant que je récupère mes affaires de toilette et ma nuisette avant de boucler ma valise. Je remise mon ordinateur dans ma pochette en cuir faisant office de sac à main, enfile mes bottes, mon manteau…

Lorsque je relève la tête, je surprends son regard sur moi.

Un regard qui me donne chaud, très chaud, et qui réchauffe instantanément mon cœur.

Il se décolle de la fenêtre, traverse la distance qui nous sépare et pose ses doigts sur les miens autour de la poignée de la valise, sans cesser une seule seconde de me dévisager. Comme d'habitude, sa beauté m'émeut, sa présence me rend heureuse et mon désir pour lui refait surface.

Bon Dieu, comme j'aime cet homme !

Je pourrais le lui crier, mais ça aussi, c'est trop tôt, et de toute façon, il le sait déjà.

Je lui abandonne la valise sans un mot, alors qu'il me dévisage toujours, et lui emboîte le pas quand il sort de la pièce.

Dans l'ascenseur, c'est chaud bouillant !

Il s'appuie contre la paroi face à moi et ses yeux ne me quittent pas durant toute la descente, qui ne dure pas assez longtemps à mon goût. J'aime son regard sur moi, j'aime le désir intense qui y règne, j'aime son souffle qui accélère légèrement comme s'il s'imaginait déjà me faire l'amour ; j'aime cette attente fiévreuse, cette impatience qui nous rendra fous de désir, parce que je suis exactement dans le même état. Je le dévore des yeux, mettant dans ce regard tout l'amour que j'éprouve pour lui. Depuis tellement longtemps que je ne sais même plus ce que c'est que de ne pas l'aimer, même si, c'est vrai, j'ai tout fait pour l'oublier pendant dix ans et même si j'étais terrifiée à l'idée de faire des choix pour lui et de renoncer à ma liberté et mon indépendance. Mais il était toujours là, tapi au fond de mon cœur, et il a suffi d'un instant pour que les sentiments renaissent.

On n'oublie jamais son premier amour…

Je salue les hôtesses en passant devant la banque d'accueil, et la première surprise m'attend juste devant les portes.

Putain…

– C'est à toi, ça, m'extasié-je, ou tu l'as louée pour l'occasion ?

– Elle est à moi !

Nom de Dieu !

Qui roule dans un tel bolide, ici ? Mais j'ai pu remarquer que dans cette rue se côtoient des voitures de luxe, toutes plus belles les unes que les autres. Les Japonais sont des esthètes, enfin, ceux qui en ont les moyens, et franchement, cette capitale n'a rien à envier à Paris. Je pense même qu'elle la dépasse en tout : propreté, accueil de ses habitants, et pour le coup, décorations de Noël. Je ne pensais pas qu'une telle chose pouvait exister avant de l'avoir vue de mes propres yeux. Ils sont sans doute un peu fous, mais j'aime cette folie et cette démesure.

– C'est une Ferrari, non ?

– Exact !

Il a un charmant sourire, comme pour s'excuser de posséder ce genre de truc, mais au fond de lui, je sais qu'il en est fier. Et il le peut ! Il le mérite, car la vie n'a pas toujours été rose dans son enfance. Je ne crois pas me tromper en disant qu'il a manqué d'à peu près tout. Contrairement à nous qui avions tout… l'amour des parents, des grands-parents bienveillants et aimants eux aussi, une famille unie, des terres, un nom, des moyens, puis de plus en plus de moyens…

Nous prenons place, après que Léo a glissé ma valise à l'arrière.

Je l'imite, me sangle dans les sièges baquets avec l'impression de participer à une course de vitesse sur un circuit (quand j'étais ado, j'adorais regarder le sport automobile à la télé, avec mes frères, mon père… et Léo. Dans mes souvenirs, il adorait ça lui aussi. Sans doute est-ce aujourd'hui une autre de ses passions, tout comme moi je peux m'éclater au volant de ma Porsche…), et je crois que je souris comme une débile.

Je le regarde enfiler la clé dans le logement prévu à cet effet, puis appuyer sur le bouton.

Nos regards se croisent et un sourire lui échappe lorsque le bruit du moteur se fait entendre. Il donne quelques coups d'accélérateur.

– Tu aimes ?

– J'adore ! Toi aussi tu aimes toujours les voitures de course et la vitesse…

– Toujours ! Comme toi, d'après ce que m'a dit Max…

– Tu veux dire que Max te parlait de moi ?

– Tout le temps ! Et quand il ne disait rien, c'est moi qui lui posais des questions.

J'ouvre de grands yeux.

– Mais… pourquoi ?

Il se penche. Plonge ses iris au fond des miens.

– Parce que je n'ai pas cessé une seule seconde de penser à toi, tu me crois maintenant ?

Je fouille ses prunelles d'un noir intense.

– Je ne sais pas, peut-être… tu m'as quand même fait attendre plus d'une journée !

– J'ai bien attendu dix-sept ans, moi ! Et j'avais une bonne raison.

– Ah oui, laquelle ?

Je le charrie, mais à la vérité, je joue un rôle parce que je fonds. Totalement ! Mais je ne veux pas non plus trop lui faciliter la tâche. J'ai commis des erreurs, j'ai des torts, mais il m'a quand même bien torturée en me faisant attendre et j'ai du mal à réaliser. Toujours pas…

– Tu verras ! lance-t-il, énigmatique, avant de se redresser, de mettre son clignotant et de s'engager sur la voie.

La moindre accélération est incroyable, et Léo ne s'en prive pas.

L'intérieur de la F40 (parce que c'est bien à bord de l'une d'elles que je me retrouve, bordel de merde ! J'ai le sentiment de vivre un rêve de gosse !) que je découvre réellement après avoir bavé dessus pendant des années est plutôt rudimentaire, mis à part ce tissu sur le tableau de bord, noir, tout doux et très certainement ignifugé.

Cette voiture est incroyable, elle colle à la route, et le bruit du V8 me transcende. Pour une voiture qui a été créée il y a trente ans, elle est encore très bien ! C'est sûr qu'elle n'est pas assistée comme les voitures modernes, mais pour des pilotes (du dimanche !) comme nous le sommes, il y a de quoi se faire plaisir.

– Tu as pris des cours de pilotage ? demandé-je.

Ce qui est certainement le cas, puisqu'il maîtrise.

Parfaitement !

Et on ne pilote pas une telle voiture de cette manière sans un minimum d'entraînement. Pour la sécurité également, parce qu'en moins de deux, n'étant justement pas assistée (ici, pas d'antipatinage, pas de freins assistés, pas de radar ni de contrôle de quoi que ce soit !), elle est tellement puissante qu'on peut se retrouver dans le décor.

– Oui ! Toi aussi, non ?

Je rougis. De plaisir ! Parce que ces cours m'ont vraiment plu. Sait-il également que je me suis laissé séduire par mon instructeur ? Je ne vais pas lui poser la question et j'aime autant penser que non !

– Oui ! Il fallait que j'apprenne à piloter ma Porsche ! Tu m'emmènes où ? demandé-je encore, alors que les rues défilent.

Les rues, les gratte-ciel, les lumières… j'en prends plein les yeux.

– Chez moi !

– Oh… et c'est où chez toi ?

– Dans le quartier Ginza !

– Connais pas ! En même temps, je n'ai pas beaucoup bougé. Je me suis juste promenée dans ma rue !

Il tourne la tête vers moi après s'être arrêté au feu.

– Je te ferai visiter. Tu verras, Tokyo est une ville fantastique.

C'est vrai, elle est incroyable !

Je me laisse porter et je décide de profiter ! De chaque minute, chaque seconde… j'ai d'ailleurs le sentiment que le cours du temps s'est arrêté depuis que je l'ai découvert devant ma porte.

Et ça me plaît !

Infiniment !

Ça me plaît déjà tellement que je n'ai pas envie que ça s'arrête.

Jamais !

– Parle-moi d'elle, et de ta vie ici…

– Que te dire… je crois que j'ai eu beaucoup de chance. Mes premiers patrons (des Français !) étaient hyper sympas. Ils m'ont installé dans un appart déjà pas mal en plein cœur de la ville, proche de leur restaurant, je bossais beaucoup, mais j'ai pris le temps de m'inscrire à des cours du soir pour apprendre à confectionner des sushis parce que j'adore ça !

Le sourire qu'il m'adresse fait accélérer mon palpitant.

Moi aussi j'adore quand il dit « J'adore » avec cette sensualité qui le caractérise et qui m'émeut et me trouble. Cette sensualité à fleur de peau, comme son élégance, son charisme, son raffinement… qui lui donnent une attractivité de malade (euh… je crois que ce mot aussi est inventé, bon, vous voyez quoi !), et pas seulement parce qu'il possède une F40 !

– C'est au cours de l'un d'eux que j'ai rencontré Yori Takahashi, continue-t-il, et cette rencontre a changé ma vie. Je ne sais pas ce qu'il a vu en moi, mais il avait déjà ce projet d'ouvrir un restaurant de cuisine française revisitée, et mon book de desserts l'a fasciné, je crois, alors il m'a proposé une association, que j'ai acceptée.

Je pose ma main sur la sienne.

– Moi, je le comprends ! Tu es fabuleux dans ce que tu fais !

Fabuleux en tout, à vrai dire…

– Ensuite ?

– J'ai eu cette chance magnifique qu'il soit déjà plein aux as et prêt à miser sur moi, nous avons donc ouvert un premier restaurant sur Omotesando, puis d'autres, puis toute une chaîne. Puis j'ai ouvert également une chaîne de pâtisseries.

– Bravo ! Tu peux être fier !

Il met son clignotant, s'engouffre dans une allée en pente et s'arrête devant une grande porte métallique. Il récupère une télécommande dans la boîte à gants, caressant ma cuisse au passage, à l'aller, et au retour. Mon souffle se bloque instantanément. Toujours cet effet de folie à chaque fois qu'il me touche. Je fonds ! Encore et toujours ! Et toujours un peu davantage !

– Je le suis ! Mais attends de voir la suite, tu ne vas pas en croire tes yeux !

Il me fait un sourire diabolique pendant que la porte du parking souterrain s'ouvre, puis il s'engage à l'intérieur.

– Pourquoi ? Qu'est-ce que tu mijotes ?

– Tu verras !

– Tu sais que je n'aime pas trop les surprises !

– Celles-ci, tu vas les aimer, j'en suis sûr !

Il stoppe le moteur, se détache et se couche à moitié sur moi tandis que je galère avec les attaches des sangles, et m'embrasse goulûment. Me voilà prisonnière ! Mais je ne donnerai ma place pour rien au monde.

Son baiser dure et dure encore jusqu'à ce qu'il décide (encore !) d'y mettre fin.

– Tout ce que j'ai fait, je l'ai fait pour toi, Camille. Pour être digne de toi ! susurre-t-il avant de sortir de l'habitacle.

Quoi ?

Je m'énerve sur les sangles et gesticule pour ôter les épaules lorsque la portière s'ouvre.

– Je vais t'aider…

Il engouffre le buste au-dessus de moi, me libère, tout en me retenant prisonnière de son corps et de son magnifique et incandescent regard noir.

Je lève la main, caresse sa joue.

– Je t'aimais déjà quand tu n'avais pas un sou, Léo. Et je serais retombée amoureuse de toi sans…

Je désigne du menton l'intérieur de la F40.

– … tout ça ! Je suis même légèrement intimidée, et… impressionnée, aussi… et très fière de toi !

Il me fait un baiser sur le nez alors que je voudrais plus. Mille fois plus. Ce que je lui fais comprendre en me pendant à son cou et en lui présentant mes lèvres. Il a vraiment le don de me rendre folle, et c'est également ce que j'aime chez lui, qu'il soit plein de surprises.

– Vous m'en voyez ravi, maître. Maintenant, viens !

Il prend ma main, me fait sortir de la voiture, récupère ma valise et m'entraîne au pas de course vers un ascenseur. Qui s'ouvre immédiatement et dans lequel nous nous engouffrons. À peine les portes refermées, il me plaque au fond et cette fois-ci se jette sur mes lèvres, mettant le feu à mon corps. Ses mains, ses lèvres, son odeur, sa peau sous mes doigts quand je griffe son dos après avoir retroussé son tee-shirt… tout me rend dingue. J'aimerais qu'il me prenne, là, tout de suite. Sauvagement et pleinement comme lui seul sait le faire.

Je gémis, me plaque contre lui.

J'en veux plus, beaucoup, beaucoup plus…

Un petit *dong* met fin à mes délires de luxure.

D'autant qu'une fois de plus il s'écarte de moi, me laissant pantelante, chaude comme la braise, et, je suppose, les joues en feu.

Je pousse un léger cri et éclate de rire lorsqu'il me prend dans ses bras comme une mariée, tout en repoussant ma valise du pied. Et c'est ainsi que je me sens ou comme j'aimerais me sentir, et là, dans l'instant, j'aimerais lui demander de m'épouser. Mais… c'est un peu tôt pour penser à ça, non? Nous venons juste de nous retrouver et je ne sais toujours pas ce qu'il envisage pour nous deux.

Il me repose les pieds au sol.

– Bienvenue chez moi, Camille!

Je reprends mon équilibre sur un sol brillant (on pourrait manger par terre tellement c'est propre!) et écarquille les yeux. Une volée de marches conduit à un salon au mobilier japonais avec à droite un espace cuisine, un escalier mène à un étage en mezzanine, et partout, partout, des vitres. D'immenses vitres qui donnent l'illusion d'être en apesanteur dans le ciel.

– Viens! réitère Léo en tirant sur ma main qu'il n'a pas lâchée.

Il se dirige vers l'une des baies, l'ouvre et nous fait sortir sur une terrasse et là, j'hallucine encore parce qu'il y a une piscine, et sur la piscine, des milliers (j'exagère peut-être juste un tout petit peu!) de bougies.

C'est incroyable!

Je ne sais pas, avec ce ciel d'encre, la luminosité de la ville sous nos pieds – dont le bruit nous parvient comme un clin d'œil à la civilisation pourtant loin de nous – et toutes ces petites lumières dorées sur l'eau verte de la piscine alliés à l'idée qu'il a installé ou fait installer tout ça pour moi, j'en ai le souffle coupé.

Je me retourne vers lui, l'enlace, le cœur serré.

Il me presse contre lui, et c'est lui, mon plus beau cadeau. Tout ce luxe ne m'intéresse pas, même si c'est un régal pour les yeux. Il n'y a que lui. Lui, lui, encore lui et rien que lui… lui, sa chaleur, ses bras autour de moi, son corps contre le mien.

– C'est magnifique, Léo, merci !

– Ça te plaît ?

Sa voix est rocailleuse, chargée d'émotions.

Je lis dans son regard encore tellement d'incertitude que ça me fait mal. Je prends conscience que *je* lui ai fait du mal.

– C'est magique !

Je me serre davantage contre lui.

– Et je t'aime.

Il repousse mes cheveux de mon visage, plonge les yeux au fond des miens.

– Moi aussi, je t'aime. Je t'aime depuis toujours et je t'aimerai toujours.

Mon cœur explose d'entendre de nouveau ces mots dans sa bouche.

– Tu as quand même attendu plus de vingt-quatre heures pour venir me retrouver ! Tu voulais me torturer ?

– J'étais parti rouler pour oublier, mais je suis rentré dès que Yori m'a averti. Tu m'as jeté, Camille, chez tes parents, tu n'as pas voulu me croire lorsque je t'ai avoué que je tenais à toi, puis tu m'as proposé ce deal à la con ! J'étais malheureux, je pensais que tu ne voulais pas de moi.

Je me pends à son cou.

– Je suis désolée, pardonne-moi.

– J'ai ma part de responsabilité, je sais…

– Ouais ! Tu m'as quand même fait chier pendant des années !

– Parce que je te désirais !

– Mais je ne le savais pas ! réponds-je de la même façon.

Il rit et je ne peux que mêler mes rires aux siens.

– Tu as faim ?

Quoi ?

Il pense vraiment que j'ai envie de manger ? Non, moi ce que je veux, c'est faire l'amour, le retrouver, lui appartenir et qu'il m'appartienne, mais visiblement, il a d'autres projets pour nous deux ! Alors pour une fois, je vais me laisser porter. Notre passion renaîtra bientôt, je n'ai pas de doutes là-dessus… et, bon, il n'y a pas que le sexe dans la vie, si ? Non ?

– Alors, tu as faim ? réitère-t-il.

Je me pends à son cou, minaude :

– Oui, de toi…

Il pose ses mains autour de mes hanches, me plaque contre lui.

– Pas tout de suite, Camille…

– Pourquoi ? Tu veux encore me torturer ? Tu estimes que je ne t'ai pas assez attendu ?

– Si, mais j'ai d'autres surprises… Viens !

J'aime sa façon de prononcer ce mot.

J'aime la lumière dans ses yeux.

Alors, je le laisse m'entraîner vers le côté de la terrasse où nous attendent, sous une tonnelle agrémentée de plusieurs chauffages en parasol, de grands canapés au ras du sol ornés de coussins dans les tons bleu foncé et bleu clair, avec au milieu une table rectangulaire éclairée là encore de bougies. Dessus, des ardoises de présentation, des plats sur des chauffe-plats, d'autres non, tous recouverts d'une cloche. Le tout sobre, raffiné, et du plus bel effet. En tout cas digne d'un très bon et très grand restaurant.

Il m'invite à prendre place en face de lui.

Ses yeux pétillent, son sourire me séduit, me ravit, l'amour me submerge, me serre le cœur et la trachée. J'adore ! J'adore ce qu'il me fait ressentir. Chacune de mes émotions semble être démultipliée depuis son retour, et c'est sans doute ça l'amour. Le vrai. Cette sensation étrange et intense de ne respirer pleinement que lorsque l'on est proche de l'être aimé, de s'abreuver à son souffle, de n'exister qu'à travers son regard et par son regard, d'être soi-même, sans fard, accepté pour ce que l'on est, de mourir à petit feu lorsque l'on est séparés.

– Camille ?

– Mmm ?

Perdue dans mes pensées, je n'ai pas remarqué qu'il me tend des baguettes, dont je m'empare après avoir retiré mon manteau.

Il soulève les cloches : sushis, sashimis, petites coupelles de nouilles, de crudités, de friture, de riz…

J'hallucine, demande :

– C'est toi qui as fait tout ça ?

– D'habitude, je mange au restaurant ou je ramène deux ou trois trucs, mais là, non, j'ai tout fait moi-même.

Il me désigne certaines des préparations avec ses propres baguettes :

– Ramen (les nouilles en bouillon avec divers légumes et viandes), tempuras (les fritures), riz au curry, tofu frit, gyozas (une sorte de raviolis en demi-lune garnis d'une farce composée de chou, oignon vert, gingembre et ail mêlés à de la viande de porc hachée), yakitoris (les brochettes) et riz gluant.

– Waouh ! Tu me gâtes, tout à l'air succulent !

– La cuisine japonaise est à mon sens l'une des plus raffinées et des plus goûteuses du monde. Pour ma part, j'adore !

Je saisis un sashimi du bout des baguettes, le porte en bouche.

Un régal !

Après que j'en ai mangé plusieurs ainsi que des… gyozas, il me tend une coupelle de nouilles en soupe, ainsi qu'une cuillère en porcelaine. Très jolie, du reste.

Je fouille dans le bouillon pour identifier les ingrédients : œuf poché, tranches de canard, graines de sésame, nouilles en spaghettis, champignons noirs, carottes râpées, petites lamelles de chou vert.

– Les Japonais sont hyper exigeants pour tout, mais surtout en ce qui concerne la qualité des aliments.

Il me désigne un drôle de truc en rond de couleur blanche, avec une spirale orangée à l'intérieur.

– Ça s'appelle un *narutomaki*. C'est à base de poisson et cuit à la vapeur. Goûte ! C'est très bon.

Je m'exécute, déguste le *narutomaki*, quelques nouilles, l'œuf, le bouillon… c'est surprenant, au goût relativement corsé et très chaud, mais j'adore. Je suis habituée aux bonnes choses, mais là, avec tous ces mets, la barre est haute. Une fois de plus, je suis bluffée par ses talents culinaires, il est quand même capable de préparer des plats aussi bien bourguignons que japonais, avec la même exactitude et la même perfection.

– Hier soir, j'ai goûté le bœuf de Kobe et j'ai adoré !

– Je sais ! Tu as d'ailleurs fait grande impression à Yori !

– Oh… j'en suis touchée.

– Il m'a dit que j'étais le roi des cons si je te laissais filer !

– Ah, ah, tout à fait d'accord.

– Alors…

Il met la main dans la poche de son jean, en sort un écrin.

Noooooooon !

Il l'ouvre, pour me dévoiler la plus belle bague de fiançailles que j'ai jamais vue, en or blanc et diamants : élégante, aux lignes pures et au chaton carré.

Je porte les mains à la bouche, soufflée par le geste et par la beauté du bijou.

Léo retire la bague de son écrin et s'empare de ma main gauche, que je lui abandonne, trop interdite pour réagir, ne pouvant que le contempler, le cœur serré d'émotion.

Il me dévisage intensément et prononce d'une voix éraillée :

– … et si tu restais ?

J'ouvre de grands yeux tandis qu'il glisse la bague à mon annulaire en ajoutant :

– Je ne veux plus jamais être séparé de toi, Camille. Reste ici. Avec moi.

– Tu es sérieux ?

– Très ! prononce-t-il en embrassant mes doigts. Mais si tu ne veux pas, je rentrerai avec toi en France…

Ses lèvres brûlantes sur ma peau me font frémir.

– Tu ferais ça ?

– Je ferais n'importe quoi pour que tu sois à moi, Camille…

Je ne pensais pas être aussi heureuse un jour. Si pleinement heureuse. Mes rêves d'adolescente se sont réalisés. Aujourd'hui, je suis aimée du garçon que j'ai aimé en secret pendant des années. Alors, sans plus réfléchir ni tergiverser, je me lève et lui saute dessus. Et j'accepte, des rires et des larmes dans la voix, sa proposition de rester avec lui. Ici ou ailleurs, qu'importe l'endroit où nous vivrons, c'est lui ma maison, ma ville, mon univers.

Pour toujours.

– Je t'aime, je réitère, après avoir quitté ses lèvres que je venais de prendre pour un baiser passionné. Je n'ai jamais aimé que toi. Et je suis désolée pour Baptiste, enfin… pour ce dont tu as été témoin, mais il m'a complètement prise au dépourvu.

– Je sais, j'ai lu ton mail ! Mais sur le moment, j'ai vraiment eu du mal à ne pas lui sauter dessus pour qu'il ôte ses lèvres des tiennes. Ça m'a rendu fou, Camille !

– Je sais, dis-je à mon tour.

– Mais je ne pouvais pas partir sans te dire que je t'aimais. C'était un peu précipité, pardonne-moi.

– Tu as eu raison, c'est moi qui ai mis du temps pour te répondre, j'avais besoin de réfléchir, je t'ai appelé mais tu ne répondais pas.

– Moi aussi, j'avais besoin de réfléchir, mais voyant que tu ne revenais pas vers moi, j'ai recommencé à douter et je suis parti.

– Je suis désolée…

– Tu n'as pas à l'être, tu avais besoin de temps, j'aurais dû l'accepter. C'est moi qui ai fini par merder. J'ai cru que tu continuais de t'amuser avec moi, que je n'étais pas aussi important pour toi que tu l'étais pour moi, que notre relation ne représentait rien à tes yeux. Tu m'avais fait comprendre que tu ne voulais pas d'homme dans ta vie, que tu souhaitais juste un sex friend, et j'ai accepté parce que c'était la seule façon d'être avec toi. Parce que c'était mieux que rien et je pensais pouvoir m'en contenter. J'espérais secrètement que tu finirais par tomber amoureuse de moi quand tu me connaîtrais mieux.

– J'étais déjà amoureuse de toi, Léo. Tout est ma faute ! Je n'aurais jamais dû te proposer ce truc à la con !

Il me fait un sourire en coin.

– On s'est quand même bien amusés !

– C'est clair !

Je quitte ma place, me dirige vers lui sur les genoux et grimpe sur les siens.

– D'ailleurs, qu'est-ce qu'on attend ?

Je tire sur son tee-shirt, l'aide à le retirer.

– J'ai envie de vous, monsieur Duquesne, feulé-je en glissant mes lèvres sur sa peau, juste sous l'oreille.

Ses mains sur moi, sous ma robe, ainsi que ses gémissements sont les réponses que j'attendais. Les seules qui importent et les seules dont j'ai besoin.

Et quand, quelques minutes plus tard, il me couche sur la banquette pour me faire l'amour avec passion et ferveur, me prouvant, encore et encore, combien il m'aime, je touche du doigt le paradis.

32

Camille

Ce soir-là, sur la terrasse de son appartement, Léo et moi nous sommes juré fidélité et amour éternel ! Et c'était beau… mais beau… quand j'y repense, j'en ai les larmes aux yeux. Et ensuite, eh bien, nous ne nous sommes plus quittés et j'ai décidé de rester ici, avec lui. Je ne voulais pas qu'il renonce à tout ce qu'il avait construit. J'ai donc fait rapatrier ma Porsche aux Perrières, j'ai revendu mes parts de la boîte, très facilement et sans aucun regret, je continue de gérer les finances des Perrières, et depuis (ça fait plus de six mois déjà !), je me consacre à Léo, qui, heureusement, travaille moins.

En tout cas, plus le soir !

Soirs que nous passons ensemble, à l'appartement ou dans l'un des nombreux restaurants qu'il tient à me faire découvrir. Tout comme il m'a fait découvrir dès les premières semaines les merveilles de la ville, en plus du quartier où il réside, Ginza, réputé pour ses boutiques de luxe ; Shibuya et ses carrefours les plus fréquentés au monde, Shinjuku et ses galeries commerciales, Akihabara, le *quartier électrique* à l'ambiance survoltée, aux néons clignotants, publicités sonores et magasins spécialisés en électronique, un autre monde ; les musées (Edo-Tokyo, le musée Hokusai, du nom de l'artiste, le Ghibli, le musée consacré au réalisateur Miyazaki et son monde féerique que Léo m'a également fait découvrir) ; les marchés, les temples, les parcs, la tour Skytree pour une vue incontournable sur la ville, même si celle que je préfère reste la vue que l'on a du haut de sa terrasse. Nous avons même fait une excursion jusqu'au mont Fuji, lui aussi incontournable, pour admirer le lever de soleil. Incroyable ! Je crois que je suis tombée amoureuse de ce pays extraordinaire et tout en contrastes et en excès à cet instant précis, au pied du mont Fuji.

Pourtant, je reste très attachée à mes origines bourguignonnes et ma terre me manque, ainsi que ma famille ; mais comme je l'ai dit, ma maison, c'est Léo, je ne pourrais plus jamais m'éloigner de lui, l'homme qui aujourd'hui partage ma vie et dont je suis irrémédiablement, indubitablement, incommensurablement amoureuse. D'autant que… j'ai une grande nouvelle à lui annoncer et j'ai prévu de le faire ce soir.

J'ai donc cherché un objet pour qu'il devine sans que j'aie besoin de lui faire un dessin.

Je suppose que je n'ai pas besoin de vous en faire un à vous non plus !

Je suis enceinte !

Comme nous avons décidé d'un commun accord de ne pas attendre pour fonder une famille, cette nouvelle est une bonne nouvelle, j'en suis très heureuse et Léo le sera aussi. Quand je vois comment il s'intéresse aux enfants de son associé et comment il se comporte avec eux, je suis sûre qu'il sera un papa merveilleux, un papa aimant et attentionné, lui qui a manqué de l'attention de ses parents toute sa vie.

Dès que j'ai compris que j'attendais un bébé, j'ai pris rendez-vous dans une maternité privée (en secret) qui m'a été conseillée par la femme de Yori (un amour de femme) et ce matin, j'ai rencontré le gynécologue qui l'a accouchée de ses deux enfants. Très sympathique, et très compétent.

C'est donc en possession de ma première échographie, mise en valeur dans un cadre photo lumineux et clignotant dégoté dans le quartier électrique, que j'attends fébrilement le retour de Léo en espérant fêter l'événement comme il se doit, d'autant qu'il y a six mois, jour pour jour, il m'offrait cette magnifique bague de fiançailles.

Ce soir, nous fêterons non seulement cette nouvelle petite vie qui s'annonce mais le jour de notre union officielle ; union qui me comble de jour en jour.

J'ai revêtu un kimono, je sais qu'il kiffe, et j'ai confectionné le repas : sushis (je ne m'en lasse pas), bœuf de Kobe (je ne m'en lasse pas non plus !), petits légumes fondants, *sakura* en dessert que je suis allée chiper en douce auprès de Yori, et… des éclairs au chocolat, mon péché mignon, proposés au Burgonde parce que tout de même, la cuisine française et surtout les bons desserts me manquent aussi.

Mon cœur bat la chamade quand, vers un peu plus de dix-neuf heures, j'entends, du coin cuisine, le *ding* de l'ascenseur.

Je m'élance et saute au cou de mon fiancé.

– Que me vaut cet honneur ?

– Que je suis heureuse de te voir ! Tu m'as manqué !

– Tu m'as manqué aussi, chaton, gronde-t-il en m'embrassant dans le cou, me faisant glousser.

– Tu m'as tellement manqué que je n'ai pas mis de culotte !

Il rit.

J'aime le faire rire, j'aime voir le bonheur dans ses yeux, j'aime la lumière qui y règne quand je lui dis que je l'aime, et que je l'aime plus que tout.

J'adore ça, c'est ma came !

Je ne m'en lasserai jamais…

– Mmm, nous allons tout de suite pouvoir passer aux choses sérieuses, alors, susurre-t-il dans le creux de mon oreille en cherchant à glisser ses doigts sous ma robe.

Je lui échappe.

– Pas tout de suite, beau brun, avant ça, j'ai une surprise pour toi !

Je l'entraîne sur la terrasse où j'ai tout installé. La soirée s'annonce chaude. J'allume les bougies – même s'il fait encore relativement jour, elles sont destinées également à faire fuir les insectes –, me délectant de son regard sur mes fesses, mes jambes, mes hauts talons, en faisant exprès de garder la posture pour le tenter. J'aime également infiniment ce jeu de la tentation et de la séduction qui fait monter la tension sexuelle et met le feu à nos corps, avant l'aboutissement ultime : cet acte d'amour et de partage sans cesse renouvelé où nous nous retrouvons, où nos âmes fusionnent en une seule et même âme.

Je reprends sa main, l'attire jusqu'à l'un des canapés et ce n'est qu'à ce moment que je remarque qu'il a lui aussi un cadeau, qu'il me tend avec un petit sourire en coin. Ce petit sourire que j'aime tant et qui est tellement *lui*… cet homme que j'aime par-dessus tout.

Je m'en empare, m'installe sur ses genoux, face à lui.

– Qu'est-ce que c'est ?

Il lève les yeux au ciel.

– Ouvre et tu verras !

Il se moque, j'aime faire des surprises, mais je n'aime pas particulièrement en recevoir, bien que… j'adore les siennes ; elles me font toujours infiniment plaisir et il tombe juste à chaque fois, que ce soit ses cadeaux ou les activités qu'il me propose. Pas plus tard que le week-end dernier nous avons fait une virée en F40 jusqu'à la mer ; un super moment.

Bref, je m'égare…

– Un livre ? tenté-je, car mon cadeau en a la forme et la consistance.

Son sourire s'élargit.

Je détruis le papier d'emballage, je veux dire par là que je l'arrache sans aucune déférence, pour découvrir un livre, effectivement, mais pas n'importe quel livre : le manuel de *Vins de Bourgogne & Desserts* qu'ils ont mis au point, Maxence et lui.

Je tourne les pages glacées, une à une, admire les images, m'extasie :

– C'est magnifique, Léo ! Le rendu est superbe ! Vous êtes contents ?

– Très !

– Vous avez fait une version en japonais ?

– Tout à fait ! Nous les mettrons en vente dans nos boutiques, ici et là-bas.

– Ça marchera, j'en suis sûre ! Il est vraiment très beau, on a envie de tout manger. Comment tu as fait pour terminer ?

– J'en avais déjà confectionné pas mal avant de partir et j'ai fini ici. C'est moi qui ai pris les clichés.

Je pose le livre sur le canapé, l'enlace.

– Tu es vraiment doué, mais ça, je le savais déjà… minaudé-je.

Je l'embrasse furtivement puis me redresse, le faisant gronder. Mais si je pensais le distraire de mes charmes, c'est peine perdue, ses mains s'égarent de nouveau sous ma robe, tout comme ses lèvres dans mon cou, et j'ai beaucoup de difficultés à lui résister. Surtout lorsqu'il me susurre de sa belle voix grave qu'il a envie de moi.

Je le repousse pourtant, taquine, et m'étire pour prendre le cadre que j'avais caché sous l'un des coussins, alors que ses doigts approchent dangereusement de mon entrejambe dénudé. Mais si je le laisse faire, il n'ouvrira jamais mon cadeau, alors que j'aimerais qu'il le fasse. Tout de suite. Je ne peux plus attendre, je suis trop impatiente.

Je me tortille :

– Attends. Je voudrais que tu ouvres ça avant !

– Avant quoi ?

Il lutine mon cou tandis que la pulpe de ses doigts va à la rencontre de mon clitoris, qu'il trouve sans problème.

– Avant que je te laisse abuser de mon corps. Je suis très sérieuse, Léo…

Il se redresse, curieux, et, sans cesser de m'observer intensément comme à la recherche de réponses sur mon visage, il défait à son tour son paquet, pour tomber en totale sidération face à ce qu'il découvre. Puis son visage s'éclaire en un sourire merveilleux qui comble mon cœur.

– Un… un bébé ?

Il en perd ses mots.

– Oui, mon amour, un bébé ! *Ton* bébé…

Ses yeux s'embuent de larmes et là encore c'est la réponse que j'attendais.

Il m'enlace, presque à m'étouffer, et m'embrasse, encore et encore, en parsemant des baisers sur tout mon visage, pour finir par mes lèvres qu'il dévore.

– Bon Dieu, comme je t'aime. Je t'aime comme un fou, tu sais ça ? demande-t-il en me faisant basculer sur la banquette.

Je pose mes mains autour de son visage, le contemple amoureusement, les yeux mouillés de larmes.

– Je sais, et moi aussi, je t'aime…

Notre union, ensuite, est encore plus intense que d'habitude car de notre amour va naître un petit être, pour notre plus grand bonheur à tous deux.

Et c'est en plein orgasme que ce traître me demande en mariage.

Vous vous doutez bien quelle a été ma réponse…

ÉPILOGUE

Léo

Trois mois après ce fameux soir où Camille m'a révélé qu'elle attendait mon enfant, je la regarde, subjugué, hébété et heureux à en crever, remonter au bras de son père l'allée de la petite église de Meursault décorée pour l'occasion. Sa mère s'est occupée de tout et je dois dire que c'est réussi. Mais toute magnifique que soit l'église avec ses décorations florales ivoire et bordeaux au début de chaque banc ainsi qu'au pied et sur l'autel, rien n'est plus magnifique qu'elle, *Camille Dumas*, ma future femme. Dans sa robe bustier ivoire ornée de fleurs bordeaux, elle est sublime, ses cheveux, qu'elle a laissés pousser en prévision de ce jour, relevés en un chignon sophistiqué.

Elle est belle…

La plus belle femme que j'aie jamais rencontrée, et celle que j'aime. Celle que j'ai aimée toute ma vie, et jamais, au grand jamais, je n'aurais espéré un jour l'épouser. Je pensais qu'elle m'était interdite alors même que je savais tout au fond de mon cœur qu'elle était faite pour moi, mais je savais également que j'étais indigne d'elle. Qu'aurait-elle fait d'un débile sans le sou comme moi alors qu'elle se destinait à de grandes études ?

Puis j'ai rencontré la pâtisserie, j'en ai fait mon autre grande passion, j'ai fait fortune au Japon et je suis revenu avec l'espoir de conquérir son cœur, et j'ai réussi !

Putain, aujourd'hui, cette femme merveilleuse va devenir *ma* femme.

Et plus elle avance, ses sublimes yeux bleus plantés dans les miens, plus cette intense chaleur lorsque je suis à ses côtés et la contemple m'envahit. Cette chaleur, c'est elle ! Elle seule a été capable, *est capable* de me combler à ce point. Je pense à elle tout le temps. Elle est toujours dans chacune de mes pensées, depuis si longtemps que je ne sais pas faire autrement. Et je n'en ai aucune envie.

Je vois à son visage qu'elle est émue.

La chaleur, dans mon cœur, augmente en intensité quand je saisis sa main, pour ensuite nous diriger devant le prêtre.

Je réponds à son blabla sans même m'en rendre compte tant je suis subjugué par le visage de ma promise, bientôt ma femme. Je répète après lui les paroles d'usage, Camille fait de même, nous échangeons nos anneaux, je trépigne d'impatience car je ne souhaite qu'une chose, ça !

Ses lèvres sur les miennes, sa langue, ses baisers, ses bras autour de mon cou, son corps contre le mien, avec entre nous ce petit être qui arrondit son ventre, mes mains sur sa taille, moi qui la fais tourner, elle qui rit à gorge déployée, et nous… nous… nous et seulement nous.

Je la repose au sol.

Nous répondons aux vœux de bonheur de la famille et des proches, pour ensuite prendre la direction des Perrières et du restaurant où a lieu le reste des réjouissances.

Ce n'est que bien plus tard dans la soirée, alors que nous dansons sur la piste collés l'un à l'autre, que je pose la question qui me taraude depuis quelques jours. Depuis que je l'ai découverte transformée au contact de sa famille qui, je le sais, lui manque terriblement. Elle ne s'est jamais plainte de notre vie au Japon, elle est présente, elle me comble, elle veut me seconder en tout, m'épauler, elle s'occupe d'ailleurs de ma comptabilité, mais je sais qu'elle est malheureuse loin de sa famille et de sa terre.

Je fais ça pour elle, parce que je l'aime.

– Et si on restait ? susurré-je dans le creux de son oreille.

Elle redresse la tête, plonge ses prunelles dans les miennes.

– Où ? Ici ?

– Ouais ! Ici, chez nous ! Yori est prêt à me racheter mes parts, je pourrais conserver les pâtisseries au Japon et en ouvrir à Beaune, Dijon, ailleurs… plein… et t'acheter le domaine de tes rêves, qu'en dis-tu ?

Elle me saute au cou, s'écrie :

– J'en dis que tu es le plus merveilleux des hommes, et que je t'aime à la folie… et comme ça, je vais enfin pouvoir faire venir la télé ! s'exclame-t-elle, excitée.

Je ris.

J'aime tellement la voir heureuse.

Nous scellons par d'intenses baisers nos vœux de nous aimer toujours, ici, sur ces terres qui nous ont vus naître et grandir. Je me suis éloigné pour de mauvaises raisons ; aujourd'hui, je veux rester, avec la femme que j'aime et pour laquelle, naguère, j'ai tout quitté.

La boucle est bouclée…

Et je me promets de ne plus jamais m'éloigner d'elle, de ne plus jamais la faire chier, *sauf gentiment*, et de l'aimer jusqu'à mon dernier souffle.

FIN

Extrait

DECADENT LOVER

Adora Sky

1

Adylin
27 juillet

– S'il vous plaît, mademoiselle !

Encore lui, mais quel relou, ce mec !

Ça fait trois fois qu'il m'appelle pour des excuses à deux balles, tout ça pour me draguer, et il me gonfle franchement ! Mais comme on dit, « le client est roi » et je n'ai pas vraiment envie de perdre mon job parce que j'aurais mis un coup de pied bien placé au roi des cons. Je me dirige donc vers lui avec un sourire forcé.

– Oui ?

– Saviez-vous que vos parents sont des voleurs ?

Et c'est reparti, après le fameux : « On ne s'est pas déjà croisés ? », j'ai le droit à celle-là !

Quel ringard !

J'ai horreur de ces mecs qui se pensent irrésistibles, trop extravertis pour être honnêtes, et qui se la pètent en utilisant un langage beaucoup trop courtois pour draguer. Ils ne se rendent même pas compte qu'ils sont lourds et ridicules. Surtout celui-là. Avec son air de petit bourgeois avec un balai coincé entre les fesses, je suis sûre qu'il brunche tous les dimanches midi avec son petit pull noué sur les épaules.

Pathétique !

– Non, pourquoi ? demandé-je en prenant un air blasé.

– Parce qu'ils ont volé toutes les étoiles du ciel pour les mettre dans vos yeux ! me dit-il, content de sa connerie.

Bon cette fois, il me soûle, le relou.

– C'est bon ? Je peux retourner travailler ? lui demandé-je sans le moindre sourire pour qu'il comprenne le message.

Je commence à partir en direction du bar puis me ravise et ajoute :

– Au fait, il vous reste un petit bout de salade entre les dents, juste là, lui dis-je en désignant mes deux incisives.

Le Brad Pitt « low cost » perd son sourire et met sa main devant sa bouche, honteux.

Je retourne au bar, un sourire fier sur mes lèvres. Zack, le barman, la tête penchée sur le côté, se marrant franchement, me demande :

– Il ne lâche toujours pas l'affaire, hein ?

– Non, ça fait trois fois que je le rembarre aujourd'hui, deux hier, quatre avant-hier. Je n'en peux plus de lui, dis-je, dépitée.

– S'il va trop loin, n'hésite pas, je me ferai un plaisir de le foutre dehors, celui-là. Ça fait des mois qu'il vient et drague toutes les serveuses tour à tour en se ramassant râteau sur râteau. Et ma belle, pas de chance, tu es la petite nouvelle, me dit-il avec un grand sourire. C'est ton bizutage.

– Je m'en serais bien passée, réponds-je, les dents serrées, en lui assénant un regard désapprobateur.

Je travaille au Styx, dans le quartier d'Over-the-Rhine à Cincinnati, depuis six mois maintenant. J'ai passé mon enfance et adolescence à Northside, un autre quartier de la ville. Quand j'ai eu 17 ans, mon père a été muté à Phoenix et j'ai dû abandonner la ville qui m'a vue grandir avec beaucoup de regrets. Il y a un peu plus de six mois, j'ai pris la décision de revenir vivre en Ohio, je ne me suis jamais vraiment adaptée à Phoenix, à son climat, à sa mentalité. Je n'y avais pas de « vrais » amis, j'ai suivi des cours à domicile depuis notre départ de Cincinnati jusqu'à la fin de ma scolarité, et surtout les gens sont faux là-bas, tout est dans le paraître et je n'aime pas du tout cette mentalité. Après les cours, j'ai enchaîné des petits boulots de serveuse dans des bars où les employés défilaient à la pelle.

Mon dernier emploi à Phoenix était barmaid dans une boîte de nuit gay, le Rainbow. J'y ai rencontré Brian un soir de juillet, il y a deux ans. Il a été ma première vraie relation sérieuse, j'étais très amoureuse de lui, nous étions fiancés et projetions de nous marier l'année suivante.

Sauf qu'une nuit, en rentrant du boulot, j'ai eu le plaisir immense (notez le sarcasme !) de trouver MON fiancé avec MON collègue du Rainbow, Paco. Celui-là même que j'avais remplacé pour qu'il ait sa soirée, car monsieur avait quelque chose d'hyper important à faire. Effectivement, se taper le mec de la collègue qui le dépanne pour la soirée, dans le lit de ladite collègue, c'était, a priori, assez important.

La trahison a été très douloureuse et dure à avaler. C'est difficile de découvrir qu'on est trompé.

Quelques jours plus tard, lorsqu'il a été temps de s'expliquer, Brian a fini par m'avouer que ça durait depuis plusieurs mois et qu'il s'était retrouvé pris au piège de ses propres mensonges.

En même temps, le fait de l'avoir rencontré dans une boîte gay aurait dû me mettre la puce à l'oreille. Certes !

Il m'a avoué qu'il m'aimait, mais pas de la même manière que moi je l'aimais. Il a toujours été attiré par les hommes, d'où notre rencontre dans cette boîte, mais ne voulait pas se l'avouer. Puis avec le temps et la routine, son attirance pour les hommes a pris de l'ampleur et il a fini par sauter le pas. J'aurais aimé qu'il ait assez confiance en moi pour se confier et m'avouer ses doutes, même si c'est difficile de se livrer si profondément à la personne avec qui l'on est. Sachant que le résultat sera la destruction du couple. Après des heures de discussions, je lui ai dit au revoir en lui assurant qu'avec le temps j'arriverais à lui pardonner sa trahison.

Je suis partie de l'appartement et j'ai tout plaqué. Je suis allée me réfugier et me morfondre chez mes parents pendant quelques semaines. Puis j'ai pris la décision radicale de revenir à Cincinnati, seule. Mes parents ont essayé de me retenir, mais sans succès, ma décision était irrévocable.

Je me suis mise en quête d'un appartement ici, dans Over-the-Rhine, et quelques jours après, j'ai trouvé mon petit trois-pièces.

Un jour, je me promenais dans le quartier et je suis tombée sur le Styx. Une annonce sur la vitrine du bar mentionnait

« URGENT RECHERCHE SERVEUR/SERVEUSE »

J'ai donc poussé la porte et le patron, Jackson Stinson, m'a embauchée immédiatement quand il a vu mon expérience en service.

Le bar est à deux rues de mon appartement, et c'est un job sympa avec des collègues parfaits. Zack Thorne, le barman, est un grand brun au regard chocolat. Avec sa silhouette svelte, ses bras musclés et son sourire enjôleur, il est le centre d'attention de beaucoup de clientes. Sa bonne humeur permanente et son humour, plus que douteux parfois, le rendent cependant très attachant. Il m'a tout de suite prise sous son aile quand je suis arrivée. Ne donnant pas ma confiance aisément, j'étais sur mes gardes au début et puis le beau brun a fini par briser les barrières que j'avais érigées à coups de blagues pourries et de confidences au détour de soirées où nous fermions le bar ensemble.

Une paire de doigts se met à claquer devant mes yeux, me faisant revenir à l'instant présent.

– Tu t'étais encore absentée, ma belle ! dit-il, inquiet. Ça arrive régulièrement, je trouve…

– Mais non, ne t'inquiète pas, tout va bien, tenté-je de le rassurer.

– Mouais, si tu le dis… Au fait, tu te rappelles que ma soirée est samedi prochain ?

– Oui, bien sûr ! Comment oublier, tu m'en parles tous les jours depuis deux mois, me moqué-je.

Zack organise chaque année, au mois d'août, une fête énorme qui réunit tous ses amis. Apparemment c'est LA soirée à ne pas manquer.

Il part dans un de ses grands discours sur tout le déroulement de la soirée qui comprendra des feux d'artifice, de la boisson à volonté, des filles également à volonté (je ne me sens pas concernée par ce détail, mais je me garde de le lui dire) et bien sûr son cousin Samuel qui sera présent avec son groupe et qui jouera quelques morceaux.

– Il s'appelle comment le groupe de ton cousin, déjà ? me risqué-je à lui demander.

– Renegades ! répond Colleen, qui a suivi toute la conversation de loin depuis quelques minutes. Tu ne retiens rien, Ady, ce n'est pas possible !

Colleen Bristol est la deuxième serveuse du Styx. Le destin m'a joué un tour sur ce coup-là, Colleen était une copine de classe en cours élémentaire. C'est elle qui m'a reconnue, soi-disant grâce à mes cheveux roux, comme si j'étais la seule rousse à Cincinnati.

Depuis, nous essayons de rattraper le temps perdu. Brune, les cheveux rasés sur les côtés et plus longs sur le dessus, lui retombant dans les yeux, une manchette de tatouage qui descend jusque sur le milieu de la main, Colleen est une très belle fille avec de grands yeux gris bleuté.

Et Zack repart dans ses grandes explications sur son enfance avec Samuel (ce qu'il m'a déjà raconté cinquante fois, soit dit en passant), les quatre cents coups qu'ils ont faits ensemble, la musique sur laquelle il chante avec son cousin et dont il aime se vanter. Il me passionne quand il parle avec entrain, et sa bonne humeur est contagieuse.

Nous discutons tous les trois, quand je vois mon boulet transi (alias le faux Brad Pitt) me faire de nouveau signe.

– Désolée, les gars, mon ex-futur prince charmant m'appelle, encore !

***

Quelques heures plus tard, je sors du Styx, la tête baissée dans mon sac à main, à la recherche de ces satanées clés, comme toujours. Elles se glissent constamment dans des endroits improbables, c'est vraiment agaçant. Je mets enfin la main dessus et quand je relève la tête, je vois cet homme adossé nonchalamment contre le mur à côté de la devanture du bar. Vêtu de vêtements sombres, caché sous une capuche, il fume tranquillement. Je ne distingue pas grand-chose, seulement cette paire d'yeux sombres qui se posent sur moi les quelques secondes que dure notre rencontre et qui me donnent des frissons. La fumée qui se dégage de sa cigarette me fait plisser le nez, je n'aime pas du tout cette odeur de cannabis. Ce n'est pas la première fois que je l'aperçois, il squatte souvent devant le Styx avant la fermeture. Il faudra que j'en parle à Jax.

Deux jeunes filles passent au même moment entre nous. Elles lui lancent des regards insistants en chuchotant entre elles et gloussent comme des pintades avant de pénétrer dans le pub. Leur comportement est étrange. Je les fixe jusqu'à ce qu'elles disparaissent de ma vue, puis mes yeux se reposent furtivement sur l'homme, qui a toujours son regard braqué sur moi, avant que je ne reprenne mon chemin. D'un pas vif, je mets rapidement de la distance entre nous. Je sens toujours, malgré tout, la brûlure de ses yeux sur mes épaules. J'active le pas pour échapper à son emprise.

Une fois que j'ai tourné à l'angle de ma rue, je prends deux secondes et m'arrête contre un mur pour reprendre mon souffle. Son regard m'a vraiment déstabilisée et je n'ai pas aimé ça.

Qui est ce mec ?

addictives

Rose Becker
Le Bébé, mon milliardaire et moi (aussi en poche)
Torride, sexy & dangereux
Forever You – saisons 1 et 2
Dangerous

Aimée Bianca
B.O.S.S. Beau, Odieux, Sexy, Snob

Phoebe Campbell
Lui résister… ou pas – l'intégrale
You Again
Single Daddy. Try Me if You Can

Mia Carre
Bad for You
Teach Me Everything
Charmant connard !

Mélodie Chavin
Campus Rules
Fucking Wedding
Coloc avec mon ennemi

Alexia Clemens
Red Python. Save Me

Sonia Eska
Ne me tente pas

Emma Green
Toi + Moi : L'un contre l'autre (aussi en poche)
Toi + Moi : Envers et contre tout (aussi en poche)
Toi + Moi : Seuls contre tous (aussi en poche)
Call Me Baby – volumes 1 et 2
Call Me Bitch
Love Me if You Can
Kiss Me if You Can
Bliss. Le faux journal d'une vraie romantique – volumes 1 et 2
Jeux interdits
Jeux insolents
Jeux imprudents
Une toute dernière fois
Fallait pas me chercher ! – volumes 1 et 2

Corps impatients (aussi en poche)
Cœurs insoumis (aussi en poche)
Âmes indociles (aussi en poche)
Cent facettes de Mr Diamonds – l'intégrale
Bliss. Le faux journal d'une vraie romantique – l'intégrale
(Im)parfait
Love Me if You Can – l'intégrale
Kiss Me if You Can – l'intégrale
It's Raining Love!
The Boy Next Room
Call Me Baby – l'intégrale
Call Me Bitch – l'intégrale
PS: Oublie-moi!
Fallait pas me chercher! – l'intégrale
Recherche coloc: emmerdeurs, râleurs, lovers… s'abstenir!
10 bonnes raisons de te détester!
Just 17
Love & Lies on Campus
Bien plus forte que toi!
If You Wanna Be My Lover…
The Boy on Fire

Megan Harold
Breaking the Rules
Initiation with My Boss

Ludivine Hart
Arrogant & Tattooed

Amy Hopper
Gone Boy
Le Coloc

Charlie Lazlo
Mon insupportable boss

Sienna Lloyd
Mords-moi!

Caroline Mongas
Mariage forcé. Un contrat indécent

June Moore
Étreinte – volumes 1 à 3

Zoé Murat
Stepbrother Love
Boss Me Around

Clara Oz
Arrogant

Lina Parker
Campus at Sea

Gaëlle Sage
Kiss, Kill & Ride
Lost Rider

Ana Scott
Dark Ride
Last Ride
Vicious Ride
The Dominant
Evil Ride
Sensual Stepbrother
Un enfoiré mais un coup d'enfer !
Say Yes to the Boss
Le Meilleur Ami de mon frère

Camilla Simon
Le voisin parfait est un enfoiré
Initiation with My Enemy
Le mec parfait est un inconnu… ou presque !
Le rockeur parfait est insolent et tatoué

Ève Souliac
Sexy Mistake

Liv Stone
Love Lessons

Lisa Swann
Adore-moi ! – l'intégrale

Louise Valmont
Toi & moi, c'est compliqué !
Campus Initiation
Mon insupportable voisin !

Chloe Wilkox
Extreme Lover – l'intégrale
Immoral
Dominant Boss. Apprends-moi
The Virgin's Price

Luv

Ana K. Anderson
Indompté
Scottish Bastard

Sophie Auger
Be with Me

Sonia Birdy
L'Initiation
Touchdown. Campus Star

Laura Black
Dark Initiation
Games of Desire
H.A.R.D. Hot, Arrogant, Rebelle, Déterminé
Sulfurous Bad Boy

Margot D. Bortoli
Too Young

Juliette Brunel
Delicious

Anne Cantore
Promets-moi. Louise et Marco

Sarina Cassint
Avec toi… peut-être
Insolent Boss

Romy Cole
Never Kiss a Soldier

Mary Ann Davis
Coach Me Love

Sarah Dheilm
Hot Reward

Gwen Delmas
Noël, toi & moi
Sex Friends. Pas de contraintes, que du plaisir !

Eugénie Dielens
Imprévisible boss
The Boss Next Door

Cléa Dorian & Ninon Vars
Dark Love

Laurie Eschard
Love Naked

Lil Evans
Savage Rider
Crash & Burn
Boss Affair

Lou Garance
Can You Keep a Secret ?
Foutu coloc !

Alexandra Gonzalez
Shades of You

Erin Graham
Teach Me Love
The Boss
Secret Stepbrother
Strong Addiction
Coloc avec mon boss
The Initiation

Joh Harper
Crazy Love
Broken but Alive

Marie Hayle
Under Control
Lover Next Door

Ellie Jade
About Last Night

Emma S. James
Under the Rain

Lucie F. June
Fight with Darkness

Sara June
Rider in the Dark
Sexy Wild Rider

Emily Jurius
Love to Hate You

Allie Krown
High School Challenge

Antinea Kane
In Love with My Enemy

Marion Laurent
Mr Alpha
I Want You in My Bed!

Pauline Libersart
Tiger. Entre ses griffes

Nina Loren
Breaking the Ice
Teach Me Again. Impossible Desire

Ella Lores
Mariée par accident à un connard arrogant rencontré la veille…
My Best Enemy

Jessica Lumbroso
Emma X. Secrète et insoumise

Lili Malone
Coloc avec un inconnu

Mila Marelli
Dark Man in Love
Crazy Wedding

Mag Maury
My Hipster Christmas

Billie Morgan
Free Fighter

Aurore Nox
Foutu menteur !

Alix Parks
Never Kiss the Boss

Jeanne Pears
Insupportable coloc
Colocs & Sex Friends
H.O.T. Hypnotique, Obstiné, Ténébreux
The Most Insolent Man

Alexia Perkins
Arrogant Fake Lover

Sophie S. Pierucci
L'Inconnu de l'ascenseur & Moi (aussi en poche)
My Stepbrother. L'initiation

Silvia Reed
Darkest. La dernière heure
Too Close

Anita Rigins
No Rules
My Rules

Isla A. Rowley
Le coloc de mon frère

Avril Rose
Coffee, Sex & Law

Jana Rouze
Effet de vague – saisons 1, 2 et 3

Wendy Roy
Une seule fois (ou presque)

Ana Scott
À corps brisés

Adora Sky
Decadent Lover

Léana Soal
Fight & Hope

Cara Solak
Perfect Obsession

Izia Soley
Fauve

Initiation. On Your Skin

Liv Stone
Initie-moi. Mes jours contre tes nuits

Lena K. Summers
Perfect Bad Boy
Donovan, roi des connards

Kaly Swann
Austin. Breathe with Me

Lily Tortay
Dance for Me

Flore Valier
Ta peau contre la mienne

Anna Wendell
Arrogant Bad Boy
Apprends-moi le désir
Colosse. Le maître du jeu
Break Your Chains

Mina Zadig
Just Sex & Tattoos
Arrogant Highlander

New adult addictives

Sonia Birdy
California High School

Mélodie Chavin
Stepbro' Next Door

Juliette Duval
Falling for my Stepbrother

Sianna Milano
High School Initiation

Isla A. Rowley
Toxic Games

addictives POCHE

Rose Becker
Le Bébé, mon milliardaire et moi (aussi en grand format)
Désirs & Désastres

Marjorie Burbaud
The Campus Teacher

Phoebe Campbell
Tes ordres sont mes désirs

Olivia Dean
À lui, corps et âme – volumes 1 et 2

Sonia Eska
My Last Chance

Lou Everly
Bad Boy Crush

Erin Graham
Nos amours contraires

Emma Green
Seuls contre tous (aussi en grand format sous le titre *Toi + Moi : Seuls contre tous*)
L'un contre l'autre (aussi en grand format sous le titre *Toi + Moi : L'un contre l'autre*)
Envers et contre tout (aussi en grand format sous le titre *Toi + Moi : Envers et contre tout*)
Corps impatients (aussi en grand format)
Cœurs insoumis (aussi en grand format)
Âmes indociles (aussi en grand format)

Kim Grey
Fausse fiancée & vrais ennuis

Megan Harold
Sublime-moi !

Charlie Lazlo
Kiss Me I'm Famous
The Duke

Jeanne Pears
Jamais avec mon coloc !

Sophie S. Pierucci
L'Inconnu de l'ascenseur & Moi (aussi en grand format)
Deep & Dark

Lise Robin
Forbidden Stepbrother

Alexane Tolley
The Boss Rules

Chloe Wilkox
Your Game, My Rules

Foutu menteur !
Aurore Nox

Faire semblant… ce n'est pas si facile !
Charlotte et Thomas se détestent ! Après une nuit ensemble quand ils étaient adolescents, lui est parti vivre son rêve de cinéma, la laissant seule et furieuse. Mais lorsque des années plus tard il s'invente une fausse petite amie, un seul nom lui vient à l'esprit pour tenir le rôle : Charlotte !
De son côté, Charlotte, mère célibataire, est aux abois après la perte de son boulot. Quand Thomas lui propose un contrat pour jouer sa petite amie à Los Angeles, elle accepte. Mais comment jouer le couple parfait quand elle rêve de l'étrangler… autant que de lui sauter dessus ?

Pour des news exclusives
et plein d'autres surprises, retrouvez-nous sur :
Facebook : **facebook.com/editionsaddictives**
Twitter et Instagram : **@ed_addictives**
et sur notre site **www.editions-addictives.com**

Auteure : Ana Scott

Edisource – Éditions Addictives
100, rue Petit, 75019 Paris
Imprimé par FINIDR – Lipova cp. 1965 – 73701 Cesky Tesin,
République tchèque
Dépôt légal : septembre 2022 – Achevé d'imprimer : août 2022
ISBN : 978-2-37126-520-2
Réf. contrat : ZEOL_001